中国皮影木偶戏剧本集成

主编 朱恒夫
副主编 刘衍青

「十四五」国家重点图书出版规划项目

华北东北卷·珍珠塔

上海大学出版社
·上海·

图书在版编目(CIP)数据

珍珠塔/朱恒夫主编;刘衍青副主编.—上海:上海大学出版社,2023.6
(中国皮影木偶戏剧本集成;6.华北东北卷)
ISBN 978-7-5671-4649-5

Ⅰ.①珍… Ⅱ.①朱… ②刘… Ⅲ.①皮影戏—剧本—中国②木偶剧—剧本—中国 Ⅳ.①I238.7

中国国家版本馆 CIP 数据核字(2023)第 064244 号

责任编辑　庄际虹
封面设计　柯国富
技术编辑　金　鑫　钱宇坤

中国皮影木偶戏剧本集成
主编　朱恒夫　副主编　刘衍青
华北东北卷·珍珠塔
上海大学出版社出版发行
(上海市上大路99号　邮政编码 200444)
(https://www.shupress.cn　发行热线 021-66135112)
出版人　戴骏豪
*
南京展望文化发展有限公司排版
江阴市机关印刷服务有限公司印刷　各地新华书店经销
开本 710mm×1000mm　1/16　印张 26.75　字数 449 千
2023 年 7 月第 1 版　2023 年 7 月第 1 次印刷
ISBN 978-7-5671-4649-5/I·683　定价　98.00 元

版权所有　侵权必究
如发现本书有印装质量问题请与印刷厂质量科联系
联系电话:0510-86688678

总序：中国皮影戏的历史、现状与剧目特征

皮影戏是我国产生较早的戏剧种类之一，也是一门古老的传统民间艺术。它以羊、牛、驴皮以及纸等为基本材料，制作成能活动的形象造型即影人，由艺人手执竹扦在幕后操作，通过光线的透视，配以演唱及丝竹鼓点的伴奏，在影窗上展现各式的人物和故事。皮影戏是一种集文学、绘画、雕刻、音乐、表演于一体，融进历史、哲学、宗教、民俗、伦理等多种文化的民间艺术形式，是中华民族的艺术瑰宝。

一、皮影戏发展历程溯源

中国皮影戏源远流长，但其最早起源于何时，尚无文献典籍可考。皮影戏，历史上称为"影戏"，关于影戏产生的时间，众说纷纭。近人顾颉刚在《中国影戏略史及其现状》中说："影戏之性质与傀儡全同，不同者只其表现之方法，是以影戏亦必自始即模仿戏剧者，其兴起虽确知当后于傀儡，然或亦在周之世也。"[①] 他猜测周代就有了影戏。稍有一点根据的是"汉代说"。宋代高承《事物纪原》卷九《博弈嬉戏部》"影戏"条云："故老相承，言影戏之原出于汉武帝。李夫人之亡，齐人少翁言能致其魂，上念夫人无已，乃使致之。少翁夜为方帷，张灯烛，帝坐他帐，自帷中望见之，仿佛夫人像也，盖不得就视之。由是世间有影戏。"[②] 但是，这出"招魂戏"只是借灯光投影之术，没有"人影"的表演，也没有情节，所以还不是真正意义上的皮影戏。《稗史》亦说汉代就有了影戏，云：秦武王作角

---

① 顾颉刚：《中国影戏略史及其现状》，《文史》第19辑，中华书局1983年8月，第111页。

② （宋）高承撰：《事物纪原》，（明）李果订，金圆、许沛藻点校，中华书局1989年版，第495页。

抵，始皇作曼延鱼龙水戏，汉武帝益以幻眼、走索、寻撞（橦）、舞输（轮）、弄碗、影戏……①大概所说的"影戏"是从武帝"设帷招魂"之事推断而来。

在隋代的佛事活动中，似乎有弄影戏的迹象。《隋书·五行志》云："唐县人宋子贤，善为幻术。每夜，楼上有光明，能变作佛形，自称弥勒出世。又悬大镜于堂上，纸素上画为蛇、为兽及人形。有人来礼谒者，转侧其镜，遣观来生形象。或映见纸上蛇形，子贤辄告云：'此罪业也，当更礼念。'又令礼谒，乃转人形示之。"②用灯光照作为幻术以惑人，也不等于后代的影戏。

近人多认为影戏产生于唐代。齐如山在《影戏——故都百戏考之四》中认为："此戏当然始于陕西，因西安建都数百年，玄宗又极爱提倡美术，各种伎艺由陕西兴起者甚多，则影戏始于此，亦在意中。"③力主戏曲源起于影戏、偶戏的孙楷第在《近代戏曲原出宋傀儡戏影戏考》中断言："余意影戏殆仁宗时始盛耳。若溯其源，则唐五代时，似已有类似影戏之事。"并进一步说与唐代的俗讲有关："说话与影戏，仅讲时雕像有无之异，其原出于俗讲则一也。"④

齐如山和孙楷第之说均属推测，缺少文献依据。一些唐诗倒是直接说明唐代已经有了影戏。中唐人元稹《灯影》云："洛阳昼夜无车马，漫挂红纱满树头。见说平时灯影里，玄宗潜伴太真游。"⑤很显然，彼时的洛阳已经有了皮影，玄宗与贵妃的故事是表演的内容之一。又，雍裕之的《两头纤纤》诗也对影戏作了描绘："两头纤纤八字眉，半白半黑灯影帷。腼腼膊膊晓禽飞，磊磊落落秋果垂。"⑥影帷即是今日的影窗，"晓禽飞"和"秋果垂"当是表演的一些场景。晚唐韦庄的《途次逢李氏兄弟感旧》诗云："御沟西面朱门宅，记得当时好弟兄。晓傍柳阴骑竹马，夜隈灯影弄先生。"⑦康保成认为："'夜隈灯影弄先生'就是玩影戏，'先生'即影偶。"⑧

---

① （清）赵吉士辑《寄园寄所寄》卷七"獭祭寄"，清康熙三十五年刻本。
② 《隋书》第三册，中华书局1982年版，第662—663页。
③ 齐如山：《影戏——故都百戏考之四》，《大公报·剧坛》1935年8月7日第12版。
④ 孙楷第：《近代戏曲原出宋傀儡戏影戏考》，《傀儡戏考原》，上杂出版社1952年版，第62、63页。
⑤ 《全唐诗》卷四一二，中华书局1999年版，第4580页。
⑥ 《全唐诗》卷四七一，中华书局1999年版，第5383页。
⑦ 《全唐诗》卷七〇〇，中华书局1999年版，第8131页。
⑧ 康保成：《佛教与中国皮影戏的发展》，《文艺研究》2003年第5期，第91页。

总序：中国皮影戏的历史、现状与剧目特征

随着时间的推移，影戏艺术有了很大的提高，剧目也不断地增加。北宋张耒在《明道杂志》中记载："京师有富家子，少孤，专财，群无赖百方诱导之，而此子甚好看弄影戏，每弄至斩关羽，辄为之泣下，嘱弄者且缓之。"① 可见，此时的影戏剧目中有三国故事。此为高承《事物纪原》证实，该书云："宋朝仁宗时，市人有能谈三国事者，或采其说，加缘饰作影人，始为魏、吴、蜀三分战争之像。"② 影戏为人们喜爱后，玩皮影的人就多了，于是，便出现了著名的艺人。孟元老《东京梦华录》卷五《京瓦伎艺》云："……杂剧、掉刀、蛮牌董十五、赵七、曹保义、朱婆儿、没困驼、风僧哥、俎六姐。影戏丁仪，瘦吉等弄乔影戏。"③ 吴自牧《梦粱录》卷二十"百戏伎艺"条云："更有弄影戏者，元汴京初以素纸雕簇，自后人巧工精，以羊皮雕形，用以彩色妆饰，不致损坏。杭城有贾四郎、王升、王闰卿等，熟于摆布，立讲无差。其话本与讲史书者颇同，大抵真假相半，公忠者雕以正貌，奸邪者刻以丑形，盖亦寓褒贬于其间耳。"④ 由此可见，北宋的影戏已经发展到了相当成熟的水平，其成绩可以归纳为四点：其一，演唱不再随意，而是遵照脚本的内容，其内容相当于彼时开始流行的话本。可以讲述史书，三国故事更是其常演的剧目。其二，已经形成一批专业的艺人队伍，还分为"影戏"与"乔影戏"（"乔"字在当时作"伪装"解。瓦子诸艺中有一种"乔相扑"的表演艺术，就是扮演摔跤的样子，而不是真摔跤。"乔影戏"可能是由真人模拟影人的动作形式，做出种种滑稽的样子，以引人发笑。）两个品种。其三，有了人物的脸谱，并按照性格、品性分别饰以图案色彩。其四，演出水平极高，能使观众忘乎所以，以假当真。影戏艺术在北宋之所以能飞速发展，与当时城市的发展、市民人口的大幅增多有很大的关系。

至南宋，影戏的发展进入一个前所未有的辉煌时代。周密《武林旧事》卷二《元夕》记载道："又有幽坊静巷好事之家，多设五色琉璃泡灯，更自雅洁，靓妆笑语，望之如神仙。……或戏于小楼，以人为大影戏，儿童喧呼，终夕不绝。"⑤

---

① （元）陶宗仪等：《说郛三种》卷四十二，上海古籍出版社1989年版，第2003页。
② （宋）高承撰：《事物纪原》，（明）李果订，金圆、许沛藻点校，中华书局1989年版，第495页。
③ （宋）孟元老撰：《东京梦华录笺注》，伊永文笺注，中华书局2006年版，第461页。
④ （宋）吴自牧：《梦粱录》，浙江人民出版社1984年版，第194页。
⑤ （宋）四水潜夫辑：《武林旧事》，浙江人民出版社1984年版，第31页。

此大影戏，孙楷第认为是人扮演的，相当于"乔影戏"。周贻白认为是人的影子在表演。当时还有一种称为"手影"的影戏形式。南宋洪迈《夷坚志·夷坚三志》辛卷第三"普照明颠"条记载："华亭县普照寺僧惠明者，常若失志恍惚，语言无绪，而信口谈人灾福，一切多验，因目曰明颠。……尝遇手影戏者，人请之占颂。即把笔书云：'三尺生绡作戏台，全凭十指逞诙谐。有时明月灯窗下，一笑还从掌握来。'"① 悬挂三尺生绡做影窗，用手做出各种形状，投影到影窗上，即为手影。华亭为今日之上海松江，当时影戏在江南是比较普及的，宋代《吴县志》云："上元，影灯巧丽，它郡莫及，有万眼罗及琉璃球者犹妙。"②

南宋时，宋金对峙，经常发生战争，故影戏艺人常搬演金戈铁马的故事。张戒《岁寒堂诗话》云："往在柏台，郑亨仲、方公美诵张文潜《中兴碑》诗，戒曰：'此弄影戏语耳。'二公骇笑，问其故，戒曰：'郭公凛凛英雄才，金戈铁马从西来。举旗为风偃为雨，洒扫九庙无尘埃。'岂非弄影戏乎？"③ 当然，主要的演出内容还是历史故事，此时，"历史剧"已涉及汉、三国、唐、五代等朝代的人物和事件。由于艺人队伍进一步扩大，影人制作与影戏表演已经成了一个行业，于是，产生了"绘革社"这样专业的行业组织。

金元的影戏，文献记载不多。既然戏曲在彼时极为兴旺，作为戏剧的一种形式，影戏就不可能衰弱，只不过那时文人的兴趣主要放在人演的院本、杂剧上罢了。不过，有两幅壁画倒是露出了一点影戏的信息。一是金代山西繁峙岩山寺文殊殿壁画，其中有一个场景，我们不妨称之为"儿童弄影戏图"。画面上，有一影窗，前面三个儿童席地观看，后面有一人正在拽拉影人进行表演。还有一个儿童，在影窗的旁边，学着影戏艺人亦在拽拉着小影人。二是山西孝义出土的大德二年（1298）的元墓壁画。壁画上绘着男耕女织的场景，旁边有一人正手拿着影人在玩耍，墓壁上写着"王同乐影传家，共守其职"几个字④。显然，男耕女织是影戏所表现的内容，"乐影传家"则是影戏艺人标榜自己有着渊源的家学。

明代影戏资料目前见于文献的多为诗文和小说。瞿佑《影戏》云："灯火光中夜漏迟，风轮旋转竞奔驰。过来有迹人争睹，散去无声鬼不知。月地花阶频出没，

---

① （宋）洪迈：《夷坚志》第三册，中华书局1981年版，第1406页。
② 《吴县志》，民国三年乌程张钧衡影宋刻本。
③ （宋）张戒：《岁寒堂诗话》，中华书局1985年版，第13页。
④ 中国戏曲志编辑委员会：《中国戏曲志·山西卷》，中国ISBN中心出版社2000年版，第7页。

云窗雾阁暂追随。一场变幻如春梦,线索重看傀儡嬉。"① 瞿佑对影戏的兴趣很浓厚,多次写诗记述他观看的情景,田汝成辑撰的《西湖游览志余》卷二十也引了一首他的关于影戏的诗,云:"南瓦新开影戏场,满堂明烛照兴亡,看看弄到乌江渡,犹把英雄说霸王。"② 《霸王别姬》是影戏的常演剧目,故徐文长所作的《做影戏》灯谜,也是以这个影戏剧目为素材,云:"做得好,又要遮得好,一般也号做子弟兵,有何面目见江东父老?"③

由于影戏在明代是一种普及性的表演艺术,所以,小说所描写的社会生活中亦有所反映。明末无名氏小说《梼杌闲评》第二回就描写了一个家庭戏班的演出情况:

> 朱公问道:"你是那里人?姓甚么?"妇人跪下禀道:"小妇姓侯,丈夫姓魏,肃宁县人。"朱公道:"你还有甚么戏法?"妇人道:"还有刀山、吞火、走马灯戏。"朱公道:"别的戏不做罢,且看戏。你们奉酒,晚间做几出灯戏来看。"传巡捕官上来道:"各色社火俱着退去,各赏新历钱钞,唯留昆腔戏子一班,四名妓女承应,并留侯氏晚间做灯戏。"巡捕答应去了。……侯一娘上前禀道:"回大人,可好做灯戏哩?"朱公道:"做罢。"一娘下来,那男子取过一张桌子,对着席前放上一个白纸棚子,点起两枝画烛。妇人取过一个小篾箱子,拿出些纸人来,都是纸骨子剪成的人物,糊上各样颜色纱绢,手脚皆活动一般,也有别趣。④

因皮影戏被人们高度认同,它的功能就不仅仅是娱人了,还可以同人戏一样酬神祭祀。明末张仁熙在《皮人曲》诗中有这样的描述:"年年六月田夫忙,田塍草土设戏场。田多场小大如掌,隔纸皮人来徜徉。虫神有灵人莫恼,年年惯看皮人好。田夫苍黄具黍鸡,纸钱罗案香插泥。打鼓鸣锣拜不已,愿我虫神生欢喜。神之去矣翔若云,香烟作车纸作牖。虫神嗜苗更嗜酒,田儿少习今白首。那得闲钱倩人歌,自作皮人祈大有。"⑤

明朝影戏初步形成了地方流派,河北、江苏、浙江、山东、陕西、山西、云

---

① (清)俞琰选编:《咏物诗选》,成都古籍书店1987年版,第116页。
② (明)田汝成辑撰:《西湖游览志余》,中华书局1958年版,第356页。
③ (明)徐渭:《徐渭集》,中华书局1983年版,第1066页。
④ 不题撰人:《梼杌闲评》,止戈、韦行校点,齐鲁书社1995年版,第12—13页。
⑤ 邓之诚:《清诗纪事初编》,上海古籍出版社2013年版,第192页。

南等地的皮影艺人结合当地的人文风俗、民间曲调，各自创新，形成了不同于他地的特色。

　　清代尤其是乾隆之后以及民国时期，影戏进入了中国影戏发展史上的高峰阶段，无论是技艺水平、剧目数量，还是艺人人数和观众人次，都是前所未有的。这与当时戏曲特别是花部戏的整体勃兴的大环境紧密相关。影戏的审美效果，不逊于人戏，富察敦崇《燕京岁时记》云："影戏借灯取影，哀怨异常，老妪听之多能下泪。"① 其普及程度，可以从日常的俗语中看出来，如《红楼梦》第六十五回云："见提着影戏人子上场，好歹别戳破这层纸儿。"②

　　根据清代各地皮影戏的历史流变及其皮影戏影人的造型特征，可以将我国皮影戏分为北方影系、西部影系和中南部影系三大系统。

　　北方影系：包括今河北、东北三省、内蒙古等地的皮影戏。这一影系的皮影戏始于金代。1127年金兵入侵中原时，曾经将包括皮影戏艺人在内的各类艺人掳掠到北方，北方的皮影戏由此发展而来，而以河北滦州（今唐山）一带为中心。

　　西部影系：涵盖陕西、四川、甘肃、青海、晋南、豫东、鄂西、冀中和北京西部等地。该系统的皮影戏是由北宋躲避靖康之乱而向西迁徙的中原皮影戏艺人带来，并经历代发展而形成。西部影系以陕西华县、华阴一带的皮影戏为主要代表。还有晋南皮影戏、川北皮影戏、陇原皮影戏、陇东皮影戏、环县道情皮影戏和青海皮影戏等。

　　中南部影系：包括中原地区及其以南地区的皮影戏。自北宋灭亡之后，中原地区的皮影戏艺人与其他各类艺人一起随着都城的南迁，到了临安（今浙江杭州），还有一部分艺人流落到江苏、湖北、湖南等地，后又陆续流转到广东、福建、台湾一带。这些地区加上中原地区的皮影戏，属我国中南部影系。中南部影系没有自己单独的唱腔，而是借用当地的戏曲、说唱、民歌小调的唱腔进行演唱。

　　清代文献中有关影戏的记载较多，尤其是方志中"民俗"栏目，可谓比比皆是。如清代乾隆年间进士李声振《百戏竹枝词·影戏》云："机关牵引未分明，绿

---

　　① （清）潘荣陛：《帝京岁时纪胜》；（清）富察敦崇：《燕京岁时记》，北京古籍出版社1981年版，第94页。
　　② （清）曹雪芹、高鹗：《红楼梦》，中国艺术研究院红楼梦研究所校注，人民文学出版社1996年版，第908页。

绮窗前透夜檠。半面才通君莫问，前身原是楮先生。"① 乾隆《永平府志》"岁时民俗"条云："通街张灯、演剧，或影戏、驱戏之类，观者达曙。"② 滦州学正左乔林《海阳竹枝词》有句云："张灯作戏调翻新，顾影徘徊却逼真。环佩珊珊莲步稳，帐前活现李夫人。"③ 清代澄海人李勋《说诀》卷十三云：潮人最尚影戏，其制以牛皮刻作人形，加以藻绘，作戏者于纸窗内爇火一盏，以箸运之，乃能旋转如意，舞蹈应节，较之傀儡更觉优雅可观。④ 说者谓此唯潮郡有之，其实非也。

民国年间，战争不断，社会动荡不安，许多时候，老百姓在生死线上挣扎，这自然会影响皮影戏的演出。但只要局势稍微稳定，皮影戏就会活跃起来，而在兵祸较少的地方，它还得到了长足的发展。

民国二十三年（1934），高云翘对滦州的皮影做了调查，感慨地说："高粱地里，唱影的不绝，梆子或有一二，皮黄绝无。"⑤ 卓之在《湖南戏剧概观》中记述了20世纪30年代湖南一些地方的皮影戏情况："影戏班在湖南，地位远不及汉班（即今之湘剧）及花鼓班，大概用为酬神还愿之工具而已。是以无论在城在乡，到处皆得见之。平日常演于各寺庵内，唯每届旧历中元节，则居民多演以祀祖，该省戏班异常忙碌，甚至从黄昏起演至通宵达旦，可演四五本之多。"⑥ 1934年刊的辽宁《庄河县志》"民间文艺·影戏"条对本县的皮影戏有较为详细的介绍："有所谓驴皮影者，即影戏也。其制，酷似有声电影，不过彼为电灯机唱，此为油灯人唱耳。其法，以白布为幔，置灯其中，系以驴皮制人马牲畜、楼台建筑及飞潜动植等物，用灯幻照，俨在目前，并能活动自如，唯妙唯肖。司事者在幔歌唱，词多俚俗。农民凡有吉庆、酬神等事，多醵金演唱。"⑦

民国年间的影戏在与时俱进上，有三个方面的表现：一是灌制唱片，向全国

---

① 雷梦水等编：《中华竹枝词》，北京古籍出版社1997年版，第81页。该诗自注云："剪纸为之，透机械于小窗上，夜演一剧，亦有生致。"
② 《永平府志》，乾隆三十九年刻本。
③ 张工明编著：《滦县志诗歌集》，河北人民出版社2015年版，第151页。
④ 中山大学中国非物质文化遗产研究中心编：《中国非物质文化遗产第十一辑》，中山大学出版社2006年版，第113页。
⑤ 高云翘：《滦州影调查记》，《剧学月刊》第三卷第十一期，1934年。
⑥ 卓之：《湖南戏剧概观》，《剧学月刊》第三卷第七期，1934年。
⑦ 丁世良、赵放主编：《中国地方志民俗资料汇编·东北卷》，北京图书馆出版社1989年版，第152页。

发行，借此将地方皮影戏声腔与故事传播到全国。冀东的皮影戏艺人就曾经和胜利、百代、昆仑、丽歌、宝利等唱片公司合作，灌制了100多个剧目的唱段。二是借助新的印刷技术，刻印皮影戏的脚本。这当然是文人和出版商合作所为，出于射利的目的，但在客观上对于皮影戏的传播和帮助人们深刻认识其思想内容起到了积极的作用。三是自觉地将其作为救亡图存与革命斗争的工具。如日军占领嘉兴海宁时，皮影戏艺人张九元为揭露日本侵略者的暴行，唤起人们的抗日热情，创编了皮影戏《打皇兵》，演出后产生很大的影响。至于中国共产党建立政权的地区，影戏的政治功能则更为明显，从剧目的名称《田玉参军》《齐心杀敌》《土地改革》《送夫参军》《破除迷信》等，就可以看出它们的思想倾向性。

二、当代影戏的现状与分布

中华人民共和国成立后，因实行新的社会制度和倡导新的思想，无论是生产关系，还是意识形态，都发生了根本性的变化。作为一种艺术形式的皮影戏，在党的方针路线的指引下，在戏班组织、剧目编创、皮影绘制与表演形式上也进行了一系列的改革。新中国成立之初，皮影戏与戏曲的其他剧种一样，"改戏、改人、改制"。在"百花齐放，推陈出新"的政策的指导下，各地皮影剧团对传统剧目进行整理和改编，出现了一批思想性和艺术性较高的表现古代生活的剧目，如浙江海宁的皮影戏《蜈蚣岭》、陕西的碗碗腔皮影戏《快活林》、青海的皮影戏《牛头山》、湖南的皮影戏《梁红玉》《火焰山》，等等。配合不同时期的政治需要，编演了反映现代生活的剧目，如宣传新婚姻法的华阴皮影戏《小女婿》等。内容上的变革，一些地方在"文革"后期特别明显，仅在1972年至1976年间，唐山市皮影剧团就编演了《红嫂》《红灯记》《龙江颂》《智取威虎山》《沙家浜》《杜鹃山》《磐石湾》《山庄红医》《唐山人民缅怀毛主席》等。新中国成立之前的皮影戏班全部是民营的，而在新中国成立之后，能够留存下来的所有戏班都改成国有或集体所有制的剧团，艺人则成了"文艺工作者"。据《人民日报》1960年2月18日报道，至20世纪60年代初，我国的皮影戏班约有1 100多个，从业人员大约在6 200名。当然，地区之间是不平衡的。

自20世纪50年代之后，皮影戏在形式上发生的变革，成绩也是很突出的。例如湖南皮影戏艺人何德润、谭德贵与画家翟翊合作，让"影人比原来大出一倍多，变五分脸为七分身材七分脸，甚至由侧面改为正面。有的面部用赛璐珞着色剪制；有的服饰上嵌以彩色透明纸，又以新颖的灯光彩景和大影幕，使得影窗上的形象极其鲜艳生动。在操纵技术上，他们根据各种动物不同的典型动作，进行了特别的制作，利用卷棒、弹簧、拉线，使影人的表情可以活动自如：双眼可以开闭，嘴能张合；龟的四脚和鹤的头颈可以自由伸缩等。……在表现闪电雷鸣时，用两根炭棒相碰，闪出电光。在电唱机的转盘上，装上圆木板，板边装上一圈灯泡，通电后，灯亮木板转，轮番照射幕布上的火、水、云彩等道具，使影窗上的云、水、火都可以动起来，非常逼真"①。其他地方的影戏艺人，也发挥创造力，有许多推进皮影戏艺术发展的发明，像黑龙江皮影戏就使影人一步一步地走路和骑着自行车前进；唐山皮影戏增加了乐器，由原来的一把二胡，变成了扬琴、二胡、琵琶、三弦、大阮、笙、笛、唢呐等众多乐器，甚至小提琴也加入合奏，比起先前自然好听多了。

"文革"时期，皮影戏的繁荣景象戛然而止。剧团解散，剧目禁演，艺人转业，大量珍贵的皮影道具和文献资料被损毁，这种状况，除了个别地方，一直持续到1976年。

"文革"结束之后，各地皮影艺术迅速复苏，剧团重建，传统剧目解禁，新的剧目不断产生。仅1980年，湖南衡阳一个地区6个县就有大小剧团557个，从艺人员1150人。然而，随着电视的普及和娱乐形式的丰富，皮影戏与人演的戏曲一样，以不可遏制的趋势一天天衰萎下去，而市场的持续性的收缩又使得皮影戏进入了恶性循环，观众愈少，就愈加没有人从事这个行业，而人才缺乏，则会使皮影戏艺术不能与时俱进而得到观众的欣赏。于是，皮影戏艺术的前景便越来越黯淡。以辽宁凌源县为例，全县原有皮影戏班120个左右，进入20世纪90年代之后，不断缩减，现在可以演出的戏班仅存4个，艺人不到30位，而30岁以下的艺人又只有2位，其技艺和知名的老艺人则无法相比。

为了传承民族的优秀文化，保护像皮影戏这类古老的艺术形式，国家于2011年2月25日颁布了《中华人民共和国非物质文化遗产法》。自此之后，皮影戏便得到了中央和地方政府的高度重视，多种皮影戏进入国家级或省市级"非物质文化遗产名录"，得到了财政经费的支持，减缓了衰萎的速度，有的还显示出勃勃的生机。

---

① 魏力群主编：《中国皮影戏全集》第1卷"源流"，文物出版社2015年版，第160页。

如下表所示，现时的大多数皮影戏剧团主要分布在河北、陕西、甘肃、内蒙古、黑龙江、天津、北京、山东、河南、湖南、山西、浙江、广东、辽宁、青海、上海、湖北、重庆、福建、云南、江苏、安徽、江西等20多个省市、自治区，当然，有的地方多，有的地方少。

所属影系	省（市、自治区）	市（县、区、州）	剧团名称	主要演出区域
北方影系	内蒙古自治区	赤峰	阿鲁科尔沁旗皮影艺术团	内蒙古自治区、北京市等
			赤峰玉龙皮影文化艺术团	内蒙古自治区赤峰市红山区等
			宁城董家古装皮影戏	内蒙古自治区赤峰市宁城县等
			宁城龙雨皮影艺术团	内蒙古自治区赤峰市宁城县汐子镇等
	黑龙江	哈尔滨	哈尔滨儿童艺术剧院	黑龙江省哈尔滨市及周边地区
	辽宁	沈阳	浑南顾景恩皮影	辽宁省沈阳市浑南区及周边地区
		朝阳	凌源市旭日皮影艺术团	辽宁省朝阳市凌源市及辽西地区
			凌源英熙皮影文化产业有限公司	辽宁省朝阳市凌源市及周边地区
			喀左红星皮影团	辽宁省朝阳市喀左县洞子沟等
	河北	秦皇岛	青龙满族自治县百灵皮影剧团	河北省、北京市等
			青龙东方皮影剧团	河北省秦皇岛市青龙满族自治县大巫岚镇等
			卢龙县启明皮影团	河北省秦皇岛市卢龙县等地
			昌黎县向东皮影剧团	河北省秦皇岛市昌黎县及周边地区
		承德	平泉市皮影艺术团	河北省平泉市平房乡等
			河北省雾灵皮影艺术团	河北省承德市兴隆县及周边地区
			承德红星皮影剧团	河北省承德市及周边地区

续 表

所属影系	省（市、自治区）	市（县、区、州）	剧团名称	主要演出区域
北方影系	河北	唐山	圣灯皮影工作室	河北省唐山市乐亭县及周边地区
			滦南县皮影团	河北省唐山市滦南县及周边地区
			中国滦州皮影剧团	河北省唐山市滦州市小马庄镇等
			滦州禾丽皮影剧团	河北省滦州市
			周捞爷皮影艺术团	河北省唐山市
			迁西县燕昆皮影团	河北省唐山市迁西县兴城镇等
			郭宝皮影传承馆	河北省唐山市迁安市城区街道
			夕阳红皮影团	河北省唐山市遵化市
			天宇皮影团	河北省唐山市遵化市刘备寨乡刘南山村
		衡水	腾飞皮影戏班	河北省衡水市景县
		廊坊	庆升平乡村皮影民俗演艺文化基地	河北省廊坊市三河市
	天津	蓟州区	蓟州新城皮影队	天津市蓟州区
		宝坻区	海滨街道天锦园皮影队	天津市宝坻区
	北京	西城区	北京皮影剧团	北京市西城区
			小蚂蚁袖珍人皮影艺术团	北京市西城区
		通州区	韩非子剧社	北京市通州区
西部影戏	陕西	西安	黄河魂艺术团	陕西省西安市
			小雁塔传统文化交流中心皮影戏	陕西省西安市碑林区
			中国汪氏皮影艺术剧团	陕西省西安市

续　表

所属影系	省（市、自治区）	市（县、区、州）	剧团名称	主要演出区域
西部影戏	陕西	渭南	永兴坊皮影戏班	陕西省渭南市华州区胡磊村
			华县魏氏皮影剧社	陕西省渭南市华州区
			魏金全戏班	陕西省渭南市华州区
			陕西民间艺术演艺社	陕西省渭南市临渭区双泉乡
			白水县古调影子社	陕西省渭南市白水县尧禾镇麻家村
	山西	太原	清徐常丰皮影团	山西省太原市清徐县柳杜乡常丰村
		吕梁	王政仁皮影剧团	山西省吕梁市孝义市高阳镇高阳村
			传统文化展演团	山西省吕梁市孝义市贾家庄村
			武俊礼皮影剧团	山西省吕梁市孝义市梧桐镇
		临汾	侯马市皮影剧团	山西省临汾市侯马市
	甘肃	庆阳	环县杨登义戏班	甘肃省庆阳市环县
		定西	甘肃通渭刘氏皮影班	甘肃省定西市通渭县常家河镇
	青海	西宁	大通县新艺皮影社	青海省西宁市大通回族土族自治县黄家寨镇东柳村
	重庆	巫山县	同兴班皮影剧团	重庆市巫山县罗坪镇
	云南	保山	腾冲刘家寨皮影剧团	云南省保山市腾冲市
		楚雄彝族自治州	表演者：额加寿	云南省楚雄彝族自治州禄丰县
		玉溪	表演者：王文跃	云南省玉溪市
中南部影戏	山东	青岛	西海岸金凤皮影艺术团	山东省青岛市西海岸新区薛家岛
			大嘴巴皮影班	山东省青岛市市南区
		烟台	所城皮影艺术团	山东省烟台市芝罘区

续 表

所属影系	省（市、自治区）	市（县、区、州）	剧团名称	主要演出区域
中南部影戏	山东	泰安	泰山皮影艺术研究院	山东省泰安市
		枣庄	山亭皮影徐庄镇邢氏庄户剧团	山东省枣庄市山亭区徐庄镇
			鲁南山花皮影剧团	山东省枣庄市山亭区山亭街道
			山亭皮影凫城镇韩氏庄户剧团	山东省枣庄市山亭区
		菏泽	定陶荣坤皮影艺术团	山东省菏泽市定陶区张湾镇
			曹县任家班皮影剧团	山东省菏泽市曹县庄寨镇
	河南	三门峡	灵宝西车道情皮影艺术团	河南省三门峡市灵宝市尹庄镇西车村
		郑州	河南精灵梦皮影艺术团	河南省郑州市惠济区良库工舍
		南阳	桐柏县皮影艺术团彭家班	河南省南阳市桐柏县吴城镇邓庄村
			桐柏县皮影艺术团蔡家班	河南省南阳市桐柏县月河镇林庙村
		信阳	平桥区杜光金皮影戏剧团	河南省信阳市平桥区平昌镇
			罗山皮影戏新秀剧团	河南省信阳市罗山县彭新镇曾店村
			罗山弘馨皮影戏剧团	河南省信阳市罗山县周党镇同兴社区
			光山县任长明皮影戏文化传播有限公司	河南省信阳市光山县泼陂河镇黄涂湾村
	湖北	孝感	孝感市皮影艺术团	湖北省孝感市孝南区朋兴乡丹阳古镇
			张望明戏班	湖北省孝感市云梦县义堂镇好石村
			余长永戏班	湖北省孝感市云梦县曾店镇
			湖北省云梦皮影队	湖北省孝感市云梦县城关镇
			陈红军戏班	

续　表

所属影系	省（市、自治区）	市（县、区、州）	剧团名称	主要演出区域
中南部影戏	湖北	孝感	大悟县九女潭皮影团	湖北省孝感市大悟县宣化店镇
			应城市皮影艺术剧团	湖北省孝感市应城市汤池镇方集村
			应城市皮影艺术团	湖北省孝感市应城市
		黄冈	红安县华河镇皮影队	湖北省黄冈市红安县华河镇金桥村
			红安县杏花乡秦昌武皮影剧团	湖北省黄冈市红安县杏花乡长兴村
			红安县七里坪镇典明皮影艺术团	湖北省黄冈市红安县七里坪镇典明村
			红安县城关镇易杨家皮影队	湖北省黄冈市红安县城关镇易杨家村
			红安县城关镇倪赵家皮影队	湖北省黄冈市红安县城关镇倪赵家村
			红安县二程镇赵氏皮影戏团	湖北省黄冈市红安县二程镇新街村
			红安传统戏剧皮影艺术队	湖北省黄冈市红安县华河镇陈河村
			红安县杏花乡兴旺皮影队	湖北省黄冈市红安县杏花乡秦家岗湾
			中南皮影戏团	湖北省黄冈市麻城市中馆驿镇马路口村
			李先耀皮影队	湖北省黄冈市麻城市铁门岗乡谭程村
			东山皮影艺术团	湖北省黄冈市麻城市盐田河镇栗花新村
		武汉	新洲区龙丘黄冈皮影队	湖北省武汉市新洲区三店街道
			黄陂区大余湾皮影戏馆	湖北省武汉市黄陂区木兰乡

总序：中国皮影戏的历史、现状与剧目特征

续　表

所属影系	省（市、自治区）	市（县、区、州）	剧团名称	主要演出区域
中南部影戏	湖北	天门	天门市豪城传承基地	湖北省天门市
		潜江	周矶雷谭仙潜业余皮影队	湖北省潜江市
		仙桃	仙桃江汉皮影团	湖北省仙桃市
			仙桃市江汉皮影艺术剧团	
		宜昌	夷陵区分乡徐氏皮影	湖北省宜昌市夷陵区分乡镇南垭村
			秭归皮影戏太和班	湖北省宜昌市秭归县郭家坝镇百日场村
		襄阳	沮水乐艺术团	湖北省襄阳市保康县马良镇张家岭村
		十堰	房县兴隆皮影戏班	湖北省十堰市房县窑淮乡
		神农架林区	下谷坪堂戏皮影戏剧团永和班	湖北省神农架林区下谷坪土家族乡
		恩施州	巴东皮影协会（大顺班）	湖北省恩施州巴东县沿渡河镇
	安徽	宿州	泗县古韵皮影剧团	安徽省宿州市泗县草沟镇秦桥村
		合肥	安徽省马派皮影戏剧团	安徽省合肥市
		宣城	皖南皮影戏曲艺术团	安徽省宣城市宣州区水东镇
	江苏	南京	姚其德戏班	南京市夫子庙秦淮人家酒楼
	上海	黄浦区	上海市木偶剧团有限公司	上海市黄浦区
		徐汇区	康健街道艺术团桂林皮影戏班	上海市徐汇区康健街道
		普陀区	上海马派影偶剧团	上海市普陀区
		长宁区	上海长宁民俗文化中心青梦园皮影团	上海市长宁区民俗文化中心

续 表

所属影系	省（市、自治区）	市（县、区、州）	剧团名称	主要演出区域
中南部影戏	上海	闵行区	上海七宝皮影馆	上海市闵行区七宝镇
		松江区	泗泾镇非遗传承基地	上海市松江区泗泾镇
	浙江	湖州	安吉孝丰项家皮影艺术团	浙江省湖州市安吉县孝丰镇大河村
		嘉兴	乌镇皮影艺术团	浙江省嘉兴市桐乡市西栅大街乌镇风景区
			海宁皮影艺术团有限公司	浙江省嘉兴市海宁市盐官镇
			海宁市长陆皮影剧团	浙江省嘉兴市海宁市长安镇陆泽村
		杭州	表演者：马群	浙江省杭州市上城区中国美术学院
	湖南	长沙	湖南省木偶皮影艺术保护传承中心	湖南省长沙市雨花区湖南省木偶皮影艺术保护传承中心
			长沙庆明皮影艺术团	湖南省长沙市望城区白箬铺镇
		湘潭	湘潭升平轩皮影艺术团	湖南省湘潭市雨湖区鹤岭镇凤凰村
		株洲	攸县丫江桥皮影一队	湖南省株洲市攸县丫江桥镇双江社区
	江西	萍乡	上栗县天马皮影戏文化艺术团	江西省萍乡市上栗县上栗镇绿塘村
			萍乡市湘东区永发皮影演艺团	江西省萍乡市湘东区东桥镇界头村
	福建	厦门	厦门市弘晏庄木偶皮影戏传习中心	福建省厦门市思明区曾厝垵文创艺术中心
	广东	汕尾	陆丰市皮影剧团	广东省汕尾市陆丰市
		深圳	深圳百仕达皮影艺术团	深圳市罗湖区翠竹街道
			草埔小学皮影艺术团	深圳市罗湖区草埔小学
			深圳三只猴剧团	深圳市宝安区观澜街道
			杜鹃花皮影文化艺术中心	深圳市龙岗区

每个地方的皮影戏因其渊源、剧目、唱腔、影人制法和表演技艺的不同，便和他地的皮影艺术形态有了差异。我们以甘肃省环县道情皮影戏和浙江海宁皮影戏为例，来看看它们的特色。

环县道情皮影戏是秦陇文化与周边族群文化、道情说唱曲艺与皮影艺术相结合的产物，采取"借灯、传影、配声以演故事"的手段，融民间音乐、美术和口传文学为一体。其独特性主要体现在道情音乐唱腔和皮影制作及表演上。戏班演出时，前台一人挑杆表演，并承担所有角色的做、唱、念、白的工作，后台四五人伴奏并"嘛簧"，一唱众和，其腔调粗犷高亢。道情音乐为徵调式，分为"伤音""花音"，以坦板、飞板两种速度演唱，曲牌体与板式体并存。其伴奏乐器有四弦、渔鼓、甩梆子、简板等。演唱剧目有180多部，以表现古代生活为主。

海宁皮影戏。皮影戏自南宋从中原传入海宁后，与当地的"海塘盐工曲"和"海宁小调"相融合，并吸收了"弋阳腔""海盐腔"等声腔，曲调既高亢激越，又婉转悠扬。其唱词和道白用海宁方言。其开台戏和武打戏，以板胡、二胡伴奏为主，其主腔为【三五七】【文二凡】【武二凡】【文三凡】【武三凡】【回龙】【叫王龙】等；正本戏用笛子、二胡伴奏，其声腔有【长腔】【十八板】【当头君官】【日出扶桑】【深深下拜】【上上楼】等。其影人脸谱造型既接近于京剧，又不同于京剧，它按忠、奸、贤、义的不同性格和喜、怒、哀、乐的不同表情来加以夸张塑造。为了符合剧情发展，适应操作上的艺术需要，在表演剧目时，有时候同一个人物要换几次头面。海宁皮影戏剧目近300个，有大戏、小戏和文戏、武戏之分。其皮影的主要制作特点是"少雕镂，重彩绘，单线平涂"；脸形圆活，单眼侧面；少夸张，近实像，富"人情"味；整体以单手、并足（侧身）为主。

三、皮影戏剧目的内容与艺术特征

尽管皮影戏历史悠久，但是由于多种原因，宋、元、明三代的剧本都没有留存下来，现存最早的剧本大概产生于清代中叶。

很可能在早期就没有书写的剧本，即纸质剧本，但并不是说，皮影戏的演唱就没有剧本，剧本还是有的，只不过是无文字的。在新中国成立之前，每一个地区的皮影戏，都有不依文字剧本演唱的戏班。由于多数艺人不识字，演唱的内容全凭着师徒间口传心授。当然，由于内容是靠记忆的，所以变化较大。同一个故事，不同的戏班演出的不一样，就是同一个戏班，甚至是同一个人，在不同的时间、不同的地点演出的也不完全一样。随着粗通文墨之人的加入，开始有了叙写故事梗概的"搭桥本"（湖南称"过桥本""口述本"，湖北称"杠子书"，河北称"书套子"），文雅的说法叫"提纲本"，相当于戏曲的"路头戏""幕表戏"。艺人在把握了所演唱故事的主要情节后，需要当场发挥，既可以添枝加叶，也可以"偷工减料"。为了演唱得好，显示文采，艺人大都会掌握一些"赋子"，每出现相同的场景时，就套用一下，如有皇帝早朝的场景时，就唱这样的四句："金殿当头紫阁重，仙人掌上玉芙蓉。太平皇帝朝元日，五色云车驾六龙。"空守闺房而心情郁闷的年轻妻子上场时，则袭用这样固定的诗句："闺中少妇不知愁，性惯娇痴懒上楼。想到昨宵春梦恶，对花不语自低头。"当然，这些"赋子"不是文盲艺人编写的，而是文人所作。

到了明代，随着教育的普及，许多原致力于科考的读书人，因为长期困顿场屋、功名无望，便将智力、精力与时间投入到皮影剧本的创作上，于是，皮影戏的剧目发生了根本性的变化。之前的剧目，主要来源于曲艺、民间传说和戏曲，而自此之后，产生了大量的原创性的剧目。如清代乾隆时的陕西渭南县举人李芳桂，在几次春闱失利后，为当地碗碗腔皮影戏创作了十部剧本，即《春秋配》《白玉钿》《香莲佩》《紫霞宫》《如意簪》《玉燕纹》《万福莲》《火焰驹》《四岔捎书》和《玄玄锄谷》。又如清道光时人滦州乐亭县戴家河的高述尧，因为人耿直，得罪权贵，被革除了秀才的名号，于是，他在设塾教书之暇，为皮影戏班编写了《二度梅》《三贤传》《定唐》《珠宝钗》《出师表》《青云剑》等剧目。一般来说，文人编写的剧本，比起"提纲本"或艺人自编的戏，质量上要高得多。这些剧本情节曲折，且符合生活与艺术的真实；人物形象鲜明，其行动具有内在的逻辑性；文通句顺，富有文采，唱词合辙押韵，好念易唱。

自古迄今，皮影戏的剧本，当以万计，真可谓汗牛充栋。仅陇东环县皮影戏，据2004年的调查，现存剧本就有2 277本，内容不重复的剧本有188本。滦州皮影戏的传统连本大戏有415部，传统的单出剧目则为323卷[①]，这些还不包括新中国成立后编创的剧目。

皮影戏剧本从素材的来源上，可以分为五大类。

---

① 魏力群：《中国皮影艺术史》，文物出版社2007年版，第159—168页。

第一类是讲史，多改编自历史演义。从夏商周起，重要人物和重大事件都有演绎，如《大舜王耕田》《禹王治水》《姜子牙下山》《吴越春秋》《战涠池》《黄泉见母》《伐子都》《马陵道》《将相和》《刺秦》《鸿门宴》《霸王别姬》《貂蝉拜月》《未央宫》《苏武牧羊》《昭君出塞》《骂王朗》《白帝托孤》《打黄盖》《单刀会》《讨荆州》《洛神》《铜雀台》《姚献杀妻》《绿珠坠楼》《秦琼卖马》《陈杏元出塞》《罗成叫关》《唐明皇哭妃》《千里送京娘》《陈桥驿》《下南唐》《打关西》《杨家将》《打銮驾》《精忠报国》，等等。

讲史剧目众多的原因在于我国民众对历史有着浓厚的兴趣，他们通过"知古"来反映自己对今日政治的诉求，并通过历史经验获得为人处世的原则，也正因为此，皮影艺人创作排演历史剧便拥有了厚实的观众基础和市场竞争力。而对于统治者来说，颂扬历史上的忠臣孝子，批判奸臣逆子，为人们树立道德榜样，无疑有利于政权的稳定与阶级矛盾的缓和，所以，具有"风化"功能的历史剧也得到了他们的鼓励。

第二类是民间故事，包括神话与传说。如《嫦娥奔月》《哪吒闹海》《天河配》《孟姜女》《赶山塞海》《大香山》《郭巨埋儿》《雪梅吊孝》《白蛇传》《花木兰从军》，等等。

第三类是非历史演义的小说。但凡著名的小说如《封神演义》《水浒传》《西游记》等，皮影艺人都会将它们改编成剧目。当然，不是原封不动地照搬，而是选择其中精彩的人物故事，重新整理改编，如将《水浒传》中的内容编成《乌龙院》《鲁达除霸》《逼上梁山》《打店》《石秀杀嫂》《丁甲山》《三打祝家庄》，等等。既可以连起来演连本的梁山好汉故事，也可以单独演出其中的折子戏。

第四类是戏曲曲艺故事，即是从戏曲剧目和说唱曲艺的曲目中改编而来，如《六月雪》《西厢记》《赵氏孤儿》《白兔记》《十五贯》《绣襦记》《铡美案》《梁山伯与祝英台》《珍珠塔》《杨乃武与小白菜》，等等。"文革"后期，许多地方的皮影戏也将《红灯记》《沙家浜》《智取威虎山》《杜鹃山》《龙江颂》《平原游击队》等"革命样板戏"映上了影窗。

第五类是根据古今生活创编的剧目。文人编写的剧本多属此类，一些篇幅不长的单出戏也是无所依傍的原创剧目，如传统剧目中的《一匹布》《卖杂货》《偷蔓菁》《怕婆娘》《董烂子卖他妈》《老顶嘴》《二姐娃做梦》，现当代剧目中的《穷人恨》《赤胆忠心》《焦裕禄》《新任支书》，等等。

尽管皮影戏剧目多改编自历史演义、民间故事、戏曲剧目、曲艺曲目等，但有许多剧目改编的幅度很大，不但情节不一样，人物的形象也大不相同，如长沙皮影戏《盘貂》虽然改编自湘剧的《斩貂》，但两者比较，差异很大，念白、唱词迥乎不同。湘剧《斩貂》中的关羽出场时这样唱道："【引】雄心赤胆汉英豪，撩袍勒马破奸曹！丹心耿耿，社稷坚牢，万马营中逞英豪，斩华雄，谁人不晓？"而皮影戏《盘貂》的关羽出场时的唱词为："【引】赤胆忠心，不知何日会桃园，徐州失散好惨凄。兄南弟北各一偏，好似鳖鱼吞钩线，各人肝胆费心间。"湘剧《斩貂》中的关羽有着"红颜祸水"的成见，对貂蝉的所作所为，极度蔑视："（唱）【乱弹腔】一轮明月照山川，推去了云雾星斗全。坐虎椅，看几本《春秋》《左传》。《春秋》内，尽都是妖女婵娟。（白）我想权臣篡位，即董卓父子；妖女丧夫，即貂蝉也！"最后毫不留情地将她杀死。而皮影戏《盘貂》中的关羽在听了貂蝉用美人计引起董卓、吕布父子争风吃醋而致董卓丧命的介绍后，以肯定的语气评价道："若还不把美人计献，眼见这汉江山归了董奸。"他欣赏貂蝉的智慧，准备将她送给兄长刘备，给她更好的前程："貂蝉女她生来嘴能舌变，几句话说得某喜笑连天。但愿某大哥早登金殿，封你个班头女子靠君前。"

依据篇幅的长度，皮影戏又可以分为折子戏、连本戏、单出戏。折子戏是一部戏中的一折，多数有一个相对完整的情节，如《游西湖》《拜佛》《精变》《盗草》《水漫金山》《断桥》《合钵》《宝塔压白蛇》《祭塔》是连本戏《白蛇传》的折子，因全本《白蛇传》需要几天才能演完，若时间不允许，可以演出其中的一个或几个折子戏。连本戏规模较大，没有五六个演出单元时间演不完，有的需连演一个多月，如《封神榜》《西游记》《杨家将》《包公案》《施公案》《江湖二十四侠》等。折子戏和连本戏的关系是整体和部分的关系，将内容相关的折子戏连起来就是一个整体，分开来就是折子戏。单出戏是叙事完整但体量不大的戏，往往又称为"小戏"，如《打面缸》《小姑贤》《教书谋馆》《嘎秃子闹洞房》《八仙过海》《兰香阁》《聚宝盆》等。浙江海宁皮影戏选出一些武打的折子戏做"开台戏"，活跃演出的气氛，常演的开台折子戏有《闹龙宫》《闹地府》《闹天宫》《火焰山》《快活林》《蜈蚣岭》《潞安州》《凤凰山》《打石猴》《南天国》《金沙滩》《两郎关》《烈火旗》等。

皮影戏和戏曲，在叙事的立足点上不完全一样。戏曲完全为代言体，每个角色为所扮演的人物代言，而皮影戏受说唱艺术的影响，为代言体和叙事体的结合。

如滦州皮影戏《珍珠塔》中的一个片段：

  天子：（唱）天子一见吃一惊。这刺客，甚是凶。杀败侍卫，怎把朕容？忙把宫人叫，赶快撞金钟。聚起阖朝文武，救驾保护主公。惊慌失色逃了命。

  陈春：（唱）陈春追，抖威风，提刀前往，上下冲锋，（代白）昏君哪里逃生！

无论是皇帝还是陈春，他们的唱词，代言体与叙述体都是混合在一起的。

  皮影戏剧本歌唱多而念白少，唱词的语言通俗易懂，如同常语，但是合辙押韵。如滦州皮影戏《紫荆关》中的一段唱词：

  姑嫂二人寻车辆，庄稼地里把身藏。何处万恶贼强盗，行路竟敢抢女娘。

  不知何人来救护，你我得便逃了祸殃。也不知哥哥/相公怎么样？唯恐追贼受了伤。

  叹咱鞋弓袜又小，不能急快转家乡。恐怕贼人来追赶，汗透衣衫心发慌。

  北方的皮影戏唱词，所用韵辙一般有十三道，其名目是：发花、梭波、乜斜、一七、姑苏、怀来、灰堆、遥条、由求、言前、人辰、江阳、中东。之外，还有两道儿化韵的小辙。通常是偶句押韵，压在句末的字上。押平声韵的叫"正韵"，押仄声韵的叫"硬辙"或称"反辙"。南方的方言较多，之间的差别很大，因而南方皮影戏唱词的用韵各地不一样。以吴语地区为例，其唱词的用韵共有十一部，分为阳声韵四部，为东同部、江阳部、真亭部和寒田部；阴声韵七部，为支鱼部、灰回部、萧豪部、皆来部、歌模部、家蛇部和尤侯部。当然，皮影戏的唱词格律没有诗、词或昆曲的曲律那么严格，只要顺口易唱即可。

  每一个地方的皮影戏唱腔与流传于该地域的地方戏声腔有着紧密的关系。若皮影戏后起于地方戏，那它就会运用戏曲的曲调，其唱腔与当地戏曲剧种的唱腔基本相同。如陕西、甘肃、宁夏的许多皮影戏多是用秦腔的曲调演唱，长沙一带的皮影戏用湘剧曲调演唱。若是由皮影戏为基础发展起来的戏曲剧种，当然唱的就是皮影戏原先的曲调，如流行于河北唐山一带的影调剧所唱的【平调】【花调】【滦河调】【吟腔】【硬唱】就是当地皮影戏所唱的；现为戏曲剧种的碗碗腔是在皮影戏基础上发展起来的，主要曲调自然还是原先皮影戏所唱的。后一种情况说明，有一些皮影戏已经形成了自己的曲调体系，如滦州皮影的原始曲调为"九腔十八调"，九腔即【梅花腔】【柔腔】【琴腔】【一字腔】【小银腔】【小东腔】【西门腔】【凤凰腔】【纺车腔】，而每腔上下两句的曲调不一样，故成"十八调"；之后，吸收了戏曲和俚歌俗曲的曲调，渐渐由单调而变得丰富起来。

皮影戏剧目的主旨是鲜明的，传统剧目的思想性主要表现在三个方面：一是颂扬忠君爱国之臣的赤诚无畏的精神，二是高度肯定青年男女之间纯真的爱情，三是赞扬慈悲仁爱、行侠仗义、坚忍不拔的品质。而对那些少廉寡耻、自私自利、残忍酷虐、行奸贪婪之人，这些剧目则予以无情的批判。

皮影戏剧目大多故事情节丰富曲折，引人入胜，尤其是连本大戏，能让观众欲罢不能。如海宁皮影戏《聚宝盆》（又名《李金煌买鱼放生》）故事略云：

宋时，书生李金煌之父李天笙升为兵部尚书，但不久遭权奸何荣所害而被打入天牢。朝廷命杨文广率军抄家，杨同情李家，掩护其全家逃逸。金煌之叔李天帛与妻为武人，上首阳山为王；金煌与母亲逃至成都，落在瓦窑讨饭度日。其时，成都知府王天佑为官不廉，其女桂香力劝改邪归正，天佑怒，遣家丁上街找一叫花子，逼女嫁之。桂香恨，不带走王家一件衣物，匆匆随叫花子而去。叫花子乃李金煌也。金煌携桂香至瓦窑，见李母，一家相依相亲。桂香有一金钗，让金煌典当后买线绣花度日。不久桂香有孕，金煌欲为桂香煮鱼汤，上街买得鲤鱼一条，然见鱼可怜，放生而去。不料鱼乃是龙宫三太子。后龙王为酬答救子之恩，送来聚宝盆一只，恰逢桂香分娩，生子便名"得宝"。龙王又献大宅予金煌，使之顿成巨富，金煌感恩，改姓为敖，人称"敖百万"。李天帛为惩贪官，劫了绵迪县库银，朝廷命已升为总督的王天佑缉查。王与绵迪县令有隙，不但不查，反而耻笑他。县令怒，上告。王被罚银六十万两，无奈去敖百万家借银，见到了女儿桂香，天佑认罪。后何荣与弟何延海奸事败露，李天笙获释封相；天帛归顺，为兵部侍郎；金煌亦得官，后李得宝被皇上招为驸马。

皮影戏剧目所叙述的故事大都具有传奇性，根本原因是为了迎合观众的审美需要。在旧时的中国，处于底层社会的劳动人民，生活极为单调，日出而作，日落而息，生产与生活是重复的、机械的，因而是乏味的。没有色彩的日子，必然导致身体的疲惫和心理的压抑，而传奇性的故事能如一剂"强心针"，为他们劳苦平淡的生活带来精神的抚慰与快感。另外，再平凡卑微的人都有追求"卓越"的心理，然而，"卓越"并非人人可以实现，但可以借助传奇性的人物和故事来表达自己"卓越"的理想，并获得间接的"卓越"感受。

连本戏的表演和唱白，较为严肃，而小戏因为贴近生活，角色又均为小人物，其言语举止幽默诙谐，或调侃，或自嘲，剧情轻松自如，具有喜剧的风格，如《王七怕老婆》《刘捣鬼》《老渔婆劝架》等。

新中国成立之后，皮影戏界为适应时代需要、拓展观众面，创作了一批短小精悍、生动活泼的童话寓言戏，代表剧目有《鹤与龟》《两个朋友》《野心狼》《东郭先生》《小羊过桥》《小猫钓鱼》《雀之灵》《两只公鸡》《狐狸与乌鸦》《三只老鼠》等。今天皮影戏之所以还有一些生命力，主要是靠为孩子们演出的这类剧目。

历史悠久、曾经遍布全国绝大多数省份的皮影戏，在城市化与现代化进程中，逐渐失去昔日的风光，但是，因受国家非物质文化遗产法的保护和对旅游经济的融入，它会在相当长时间内生存着，或者变更自己的功能，譬如皮影造型像书法、绘画一样成为家庭或一些场所的装饰品。就剧本而言，它们的生命力不会因为整个皮影戏艺术的衰萎而衰颓，反而会因时间的推移而不断地增强，因为它们汇集了千万个故事，能为今日文艺创作提供大量的素材；它们所反映的政治理想、宗教信仰、艺术趣味等会成为今人和后人了解民族过去的精神世界的信息库；它们表现的方言土语、民俗画面、社会活动、生产过程等具有宝贵的学术研究价值。就是作为普通的读物，它们至少也会像明清白话小说一样，给人们带来审美的愉悦。正是考虑到这样的意义，我们才选择它们中的一些精品，整理出版，以飨读者。

编 校 说 明

本丛书第1—10卷主要收录华北、东北地区的皮影戏剧目,对于剧本的编订整理遵循以下原则:

一、所收录的均是当地演出频繁且为百姓喜闻乐见的剧目,剧本以民间手抄本为底本。

二、编校整理时,一律保持剧本原貌,除注释某些较为难懂的方言、俗语外,主要是改正错别字、校补漏字等,在内容上不做改动。对于影响剧情内容的错讹则以按语的形式予以标注。

三、对于演绎历史故事的剧本,其历史人物姓名、地名仍用其称呼,以保持剧本原貌。

四、为便于读者把握剧情,在每个剧目的开篇处设有"故事梗概",在每本戏的前面设"剧情梗概",以总括主要情节、提示剧情进展。

五、由于皮影戏剧本的传承大多是口耳相传,手抄本中的很多人物身份及行当都没有标示清楚,为保持作品原貌,"主要人物及行当表"一仍其旧,缺失部分未予增加。

目　录

华北东北皮影戏概述 …………………………………………………… 1

珍　珠　塔

主要人物及行当表 ………………………………………………………… 9
　第一本 …………………………………………………………………… 11
　第二本 …………………………………………………………………… 31
　第三本 …………………………………………………………………… 54
　第四本 …………………………………………………………………… 69
　第五本 …………………………………………………………………… 85
　第六本 …………………………………………………………………… 113
　第七本 …………………………………………………………………… 133
　第八本 …………………………………………………………………… 159
　第九本 …………………………………………………………………… 185
　第十本 …………………………………………………………………… 213
　第十一本 ………………………………………………………………… 239
　第十二本 ………………………………………………………………… 265
　第十三本 ………………………………………………………………… 289
　第十四本 ………………………………………………………………… 316
　第十五本 ………………………………………………………………… 343
　第十六本 ………………………………………………………………… 369

华北东北皮影戏概述

华北、东北的地域范围，为今日之河北、内蒙古、北京、天津、辽宁、吉林、黑龙江等地，而这一地域的皮影戏当以滦州为中心。

滦州，在今河北省唐山市，乐亭曾隶属于滦州，故外人将产生在这里的影戏称之为"滦州影""乐亭影"或"唐山皮影"等。

那么，这一地域的皮影来源于何处？据现有文献来看，当是中原一带。徐梦莘《三朝北盟会编》卷七十七"靖康二年正月二十五日乙卯"条记载道：

  金人来索御前祗候、方脉医人、教坊乐人、内侍官四十五人；露台祗候、妓女千人，蔡京、童贯、王黼、梁师成等家歌舞宫女数百人。先是权贵家舞伎内人，自上即位后皆散出民间，令开封府勒牙婆媒人追寻之。……杂剧、说话、弄影戏、小说、嘌唱、弄傀儡、打筋斗、弹筝、琵琶、吹笙等艺人一百五十余家，令开封府押赴军前。开封府军人争持文牒，乱取人口，攘夺财物，自城中发赴军前者，皆先破碎其家计，然后扶老携幼，竭室以行。亲戚、故旧涕泣，叙别离相送而去，哭泣之声，遍于里巷，如此者日日不绝。①

由此可见，至迟在金代时，北方就有了皮影戏。元蒙时期，皮影戏已经成了皇室欣赏的一种艺术形式。瑞典学者多桑（C. d'Ohsson）在他的蒙古史中说："有汉地人在窝阔台前作影戏，影中有各国人。其间有一老人，长髯，冠缠头巾……"②

然而，北方的"滦州影"却没有在金元明清的文献上出现过，直到了民国年间，才有一位叫李脱尘的皮影艺人说他从别人那里得到了一本《影戏小史》，他在此基础上写成《滦州影戏小史》。此书问世后，多被研究皮影的学者引用，佟晶心在《中国影戏考》中引述云：

---

① （宋）徐梦莘撰：《三朝北盟会编》（影印本）上册（靖康中帙五十二），上海古籍出版社1987年版，第583—584页。

② ［瑞典］多桑著，冯承钧译：《多桑蒙古史》上册，中华书局1962年版，第206页。

> 我国自影戏发端于前明嘉靖年，首创者为永平府属滦县人黄素志君。黄君，一生员也，博学而兼精雕刻、绘画。因连仕不第，遂游学关外（即山海关），至辽阳，设帐教读，启蒙该地幼童。唯黄先生素崇佛教，每见社会人心不古，奸诈邪淫，五伦反覆，思挽救之，始有影戏之作。初编制之影戏脚本为《盼儿楼》，系述周昭王误信偏妃之言致使夫妻父子离散，若许苦痛因而生焉，百姓小民更遭涂炭。黄君作影辞毕，复思如何现身说法以使芸芸众生易于了解，遂用厚纸刻成人形，染以颜色。然纸质易坏，屡经修改未获良法。黄君之弟子裴生，敏慧异常，每见先生雕刻，已则思维。后见先生屡次失望，便思以羊皮刮净毛血而刻之或能奏效。因以其意见述之乃师，黄先生采其言，试用果较纸人美观而坚实。后思忠奸邪正、君子小人宜如何分别方能使人一目了然，后于《孟子》书中得之，以眼目之形状分之。大概凡奸人必目似瓜子形，丑角眼外有白圈，即用外表以辨明其内心也。①

但一些学人对于有无黄素志其人持怀疑态度。但无论如何，"滦州影"在明代已经成熟，是一事实，因为在1958年，唐山专区文教局发现了一本标明为"明万历己卯年（1579）手抄"的连台本乐亭影卷《薄命图》，该本行当齐全，唱词有"十字赋"、七字句、"三赶七"等②。

因"滦州影"剧目数以百计，剧旨积极向上，故事内容丰富，情节传奇曲折，人物形象鲜明，唱腔悦耳动人，所以不断地向外扩展，几乎传播至整个华北、东北。自民国年间皮影艺术进入学术研究领域之后，所有的学者都一致认为华北、东北的皮影戏的源发地在滦州。

顾颉刚说："而负盛名之滦州影戏，则河北东部及东北各地尚为其领域。"③

江玉祥将影戏划分为七大系列，其中"滦州影戏，包括河北东部皮影、北京东城皮影、东北皮影、内蒙古皮影"④。

秦振安认为："滦州影系，以河北省之滦州（即今之昌黎、滦县、乐亭三县）

---

① 佟晶心：《中国影戏考》，《剧学月刊》第3卷第11期，1934年11月。
② 庞彦强、张松岩主编：《燕赵艺术精粹：河北皮影·木偶》，花山文艺出版社2005年版，第24—25、36页。
③ 顾颉刚：《中国影戏略史及其现状》，《文史》第19辑，中华书局1983年8月，第135页。
④ 江玉祥：《中国影戏》，四川人民出版社1992年版，第196页。

为中心。活动范围，遍及河北全境、北京及天津两特别市和东北各省。"①

魏力群通过调查后得出这样的结论："清代道光年间至二十世纪三十年代，许多乐亭人到东北各城镇做生意，也就将家乡的影戏带到了东北。起初，这些影戏只在东北农村和小城镇流动演出，后来，乐亭县'翠荫堂班''王华班'等，先后应大商号之邀赴东北大城市沈阳、哈尔滨、营口等地进行职业演出，并获得巨大成功，使乐亭影戏很快风靡东北三省，为东北当地原有影戏充实了新的内容和形式，又结合当地风俗及语言条件的影响，形成了不同的演唱风格和流派。"②

一些地方志也证实了学者们的说法。吉林省《怀德县志》云："光绪末年，河北省乐亭县移民杨德林等人迁来秦家屯，他们组织皮影戏班，并于乐亭县购进全部影箱、影卷，使皮影戏在怀德落了户。王老箭、于和、孙建、孙跃等为当时四大皮影名人。……艺人除在本地坐堂演出外，还到梨树、双辽、长岭、农安、黑龙江等地演出。"③ 因此，我们将华北、东北的皮影戏合成一卷。

华北、东北皮影经历了影经、流口影与翻卷影三个阶段。影经相当于故事提要，艺人在此基础上充实细节；流口影的内容相对于影经要固定一些，是师徒之间、艺人之间口耳相传的；到了翻卷影，才有了文本。之所以有影经与流口影，是因为彼阶段艺人们多是文盲，不具备阅读文本的能力。到了清代中叶之后，不能翻阅文本的艺人，说唱的随意性太大，无法保证表演的艺术质量，基本上是不受欢迎的，因而艺人多成了识字之人。

经过几百年数代艺人的创造，华北、东北的皮影戏影卷繁富，有上千个之多。其中大多数采用了其他文艺形式的故事，有的改编自章回小说，如《封神榜》《凤岐山》《伐西岐》《前七国》《后七国》《五雷阵》《吴越春秋》《六国封相》《反樊城》《重耳走国》《临潼斗宝》《楚汉相争》《九里山》《白莽山》《东汉》《三国》《瓦岗寨》《隋唐》《江流记》《二度梅》《小西唐》《中西唐》《大西唐》《薛丁山征西》《罗通扫北》《薛刚反唐》《打登州》《破孟州》《天汉山》《绿牡丹》《西游记》《五色英雄会》《刘金定救驾》《杨家将》《天门阵》《牤牛阵》《岳飞传》《五虎传》《九龙山》《十粒金丹》《三侠五义》《金鞭记》《飞龙传》《水浒传》《济公传》《大

---

① 秦振安编著：《中国皮影戏之主流——滦州影》，台湾省立博物馆出版部1991年版，第31页。
② 魏力群：《冀东乐亭皮影戏》，《神州民俗》2013年第206期。
③ 怀德县志编纂委员会编著：《怀德县志》，吉林文史出版社1996年版，第769页。

明英烈》《香莲帕》《于公案》《彭公案》《施公案》《刘公案》，等等；有的来自戏曲，如《蝴蝶梦》《昭君出塞》《狸猫换太子》《渔家乐》《灵飞镜》《蕉叶扇》《五龙图》《目连救母》《党人碑》《宝莲灯》《雷峰塔》《六月雪》《百花亭》《混元盒》，等等；还有的源自民间故事、宝卷、评书、鼓词、弹词等文艺形式。

到了清末之后，创作新影卷成了风气。如创作了《二度梅》《三贤传》《定唐》《珠宝钗》《出师表》和《青云剑》六大部影卷、达百万字之多的高述尧，为清嘉道时人，县诸生，居于乐亭城北关帝庙于庄（今代家河于庄），满族。他博学多才，屡试不第后，在家设塾教学。因性嗜影戏，谙熟音律，便在教学之余，创编影卷。他对影戏唱词结构进行了规范化的整理，摒弃了一些"杂牌子"，规范了"大、小金边"的格律，扩大了"硬辙"的使用范围。所编影卷，艺人视为范本之作①。在高述尧之后，华北、东北许多地方的文人热衷于影卷的创作，如清末辽宁锦县大齐屯齐二黑撰写了《五峰（锋）会》，其女又续写了《平西册》；辽宁凌源北炉乡平房村举人任善树（字老玉）撰写了《十粒金丹》；辽宁喀左县李杖子村皮影艺人李文然（1912年生）于二十世纪三十年代编撰了《丝绒带》《鲛绡帐》《万灵针》等。

新中国成立之前的传统影卷在内容与艺术上有三个特点：一是剧旨宣扬忠孝节义，二是情节曲折离奇，三是染上了地方特有的文化色彩。当然，编创者都是站在底层大众的立场上，以他们的伦理观、价值观来衡量是非，并表现他们的生活理想。如歌颂"忠君"的品质，很多故事中的"君"，尽是明君，而绝不是昏君，这明君等同于国家，"忠君"实际上就是忠于国家。而对于昏君，不管是哪朝哪代的，影卷都是大加挞伐。再如对女性形象的描写，虽然也以男性的视角写她们愿意在一夫多妻的婚姻中生活，但她们对于男人的选择却是主动的、积极的、高标准的。

新中国成立之后，为了迎合时代的需要，华北、东北的皮影戏的影卷内容发生了显著的变化。首先在剧旨上，体现出主流意识，即揭露封建社会的黑暗和统治阶级的残酷无道、歌颂劳动人民高尚的品质、宣扬爱国主义精神等。其次多以现当代的社会生活为题材，以革命战争时期的英雄和社会主义建设时期的工农兵为主要人物。再次以神话、童话为题材，充分考虑儿童的审美趣味。作品如《九

---

① 张军：《滦州影戏研究》，大象出版社2010年版，第148—149页。

件衣》《芦荡火种》《女游击队员》《焦裕禄》《红管家》《大闹天宫》《乌龟与兔子》《嫦娥下凡》，等等。

影卷的唱词结构形式有七字句和"十字锦""五字赋""三赶七""大金边""小金边""楼上楼""赞"等，总的来说，较为自由，编创者可以根据叙事、抒情与表现人物性格的需要而选择某种表达形式。

皮影戏艺人在表演时以"影卷"为脚本，依字来建构唱腔。唱词须合辙押韵，一般来讲，有十三辙，即中东、衣期、言前、灰堆、梭波、遥迢、麻沙、人辰、由求、包邪、姑苏、江阳、怀来等。编创者会根据不同行当、人物性格和情节需要，尽量选用适合的辙口。旦行较多使用"衣期""包邪""灰堆""由求"等，生行多用"江阳""中东""言前"等。由于韵母所含的字有多有少，含字多的叫宽辙，含字少的叫窄辙，也叫险辙。如"包邪"辙，平声字少，仄声字多，有文字功底的人才能够运用得恰到好处。押平声的叫"正辙"，押仄声的叫"硬辙"或"反辙"。

以"滦州影"为中心的华北、东北皮影戏，所唱的曲调有平调、悲调、花调、侉调、梦调、游阴调、还阳调、凄凉调等调式。"平调"是基本唱腔，男、女腔皆可用，它既能用于抒情性的唱段，又可用于叙事的唱段。"花调"是在平调基础上通过装饰、加花等手法发展而成，唱腔华丽，用于表现欢快、活泼、诙谐的情绪，在传统剧目中，为彩旦、花旦、小旦和丑专用，板式运用上只有大板和二性板。"凄凉调"也叫"路途悲"，用于表现悲哀凄凉的情绪，女腔专用，唱腔速度慢，擅长抒情和叙述，多用于怀念、回忆和痛苦之处。"悲调"一般为大板、二性板，速度缓慢，男、女腔皆有，用于表现声泪俱下、悲恸欲绝的感情，曲调如泣如诉，线条起伏很大，源于当地妇女失去亲人悲极痛哭的音调。"游阴调"传统上是人死后到阴间变成鬼魂时专用的唱腔，因为用途的局限性，很少演唱，也没有严格的规范。"滦州影"还有一个特殊的唱法，即用手指掐捏着喉头，控制声带而发出声音的歌唱。[①]

华北、东北的皮影戏，近年来一直处于衰落的状态。但由于许多地方将它们列为"非物质文化遗产"而得到传承，政府和业界正在按照"创新性发展、创造性转化"的精神，努力探索，让它能与时俱进，从而重新获得观众的喜爱。

[①] 刘荣德、石玉琢编著：《乐亭影戏音乐概论》，人民音乐出版社1991年版，第137—237页。

珍 珠 塔

杨明忠　倪恺祺　整理

【剧情梗概】 奸相严嵩利用交趾国所进珍珠塔谋害太子及忠良大臣，文华学士黄万寿保下太子性命，太傅李万、将军赵永不幸被抄杀全家。赵永长女赵金花法力高强，带妹赵银花、弟赵亮逃到云龙山落草。李万之子李庆幼聘英烈侯郭英之女玉梅，此时正回乡祭祖。庙会上，郭英之子郭力强抢民女常香元，先后被李庆与故相夏言之子夏杰以及赵银花与赵亮姐弟打退，香元嫁与夏杰。郭力请来青州总兵黄万年，赵亮被擒。金花救回赵亮，生擒万年子黄枚，并与银花一起强嫁黄枚。李庆、夏杰行刺严嵩失败，夏杰逃往云龙山，李庆被黄万寿藏在女儿翠云的绣房。由于家仆告发，李庆离开黄府，却被严嵩子世蕃、女桂花擒获。桂花爱慕李庆，与之定下婚约，助其逃走。李庆投奔舅父孟辉处，舅母拒纳，表姐彩霞则心仪李庆，赠以天子赏赐其父的珍珠塔。李庆的姨表弟岳强亦慕彩霞，忌恨李庆，将他骗到家中，强夺珍珠塔，并要送官。因为表妹岳秀云相助，李庆脱身，逃到郭府，却被郭英捉拿。秀云为躲避哥哥报复，随金刀圣母上山学艺。岳强又夜入彩霞闺房，被孟辉痛责。青州知县收受岳强贿赂，以其手中珍珠塔为联姻凭据，将彩霞断给了他。岳强霸娶彩霞，同时又强抢常香元。二女刺杀岳强未成，被微服私访的海瑞所救，才免遇害。海瑞诱捕岳强，岳强认罪，被正法。郭力贪慕黄万年女彩云美貌，提亲被拒，遂奏告黄枚联姻山寇，天子将万年兄万寿下狱，又命郭英捉拿万年，围剿云龙山。黄枚回到青州，万年欲处死他，被仙人济小堂救走。郭英逮捕万年，郭力到黄府逼亲，彩云用法术将他赶走。李庆被玉梅放走，途中遇到夏杰和赵亮。郭力以法术擒回李、夏二人，赵亮逃回报信。赵金花发兵青州，郭氏父子不敌，遂急命斩杀李庆、夏杰。郭玉梅女扮男装，法场饯别未婚夫。赵金花劫去夏杰，大侠欧阳朔救脱李庆，玉梅在走投无路之际遇到孟辉，被收为"义子"。黄万寿遇害，翠云及其弟黄朋被学艺归来的黄枚救走。郭力请来师兄混横和尚助阵，夏杰、赵亮均被活捉。黄枚破其法术，杀死混横和尚，救回二人。严嵩将桂花许与郭力，并荐她率兵进剿云龙山。混横和尚的师父红横僧亦下山为徒报仇，进入桂花军中。金刀圣母遣秀云下山，了却姻缘。李庆从欧阳朔学艺已成，回青州迎娶彩霞、玉梅、秀云。他与黄枚先后为红横僧所擒，得桂花暗中相助，被金花解救，并杀死郭力。济小堂请来师兄云柳，降伏红横僧。桂花说服黄万年归附朝廷，并与翠云共嫁李庆。严嵩、郭英假传圣旨，欲以毒酒谋害群雄，却被海瑞与黄万年设计擒拿。海瑞上表天子，诉说原委。天子因桂花有功，赦免严嵩死罪，令其手拿银碗、金筷在民间乞讨，将严世蕃、郭英等处死，最后大封忠臣义士。

主要人物及行当表

天　子：明嘉靖皇帝（即明世宗朱厚熜）
太　子：裕王朱载垕（即朱载坖）
李　万：太傅
李　庆：李万之子
赵　永：永烈将军
赵　亮：赵永之子，武生
赵金花：赵永长女，小旦
赵银花：赵永次女，小旦
孟　辉：左都御史、李万内兄
孟彩霞：孟辉之女，小旦
夏　杰：前宰相夏言之子、孟辉义子，武生
常　广：孟辉内弟，老丑
常香元：常广之女，小旦

黄万寿：文华学士
黄　朋：黄万寿之子，小生
黄翠云：黄万寿之女，小旦
黄万年：黄万寿之弟、青州总兵
黄　枚：黄万年之子
黄彩云：黄万年之女，小旦
海　瑞：刑部云南司主事
张元英：太子之母，皇后
吴有仁：黄万年部将
严　嵩：国丈，宰相
严世蕃：严嵩之子
严桂花：严嵩之女，小旦
郝　妃：贵妃、严嵩义女
赵文华：刑部侍郎、严嵩义子

岳　贵：九门提督、严嵩义子　　　岳秀云：岳强之妹
郭　英：英烈侯　　　　　　　　　易德才：寿光县正堂
郭　力：郭英之子，丑武生　　　　红横僧：郭力师父
郭玉梅：郭英之女，小旦　　　　　混横和尚：郭力师兄
岳　强：孟辉外甥、严嵩义子，丑文生

第 一 本

【剧情梗概】 嘉靖皇帝宠妃郝氏与其义父奸相严嵩勾结，先向皇帝献谗言，将张皇后打入冷宫，又欲谋害太子，严嵩令所匿罪犯陈春对天子行刺，并谎称受太子和太傅李万、将军赵永指使。所幸行刺未能得逞。天子大怒，不顾忠臣劝解，将李万、赵永斩首。因黄万寿保本，太子未被立即处刑。严嵩为斩草除根，令九门提督岳贵抄杀赵永、李万全家。

（上太子）

太　子：（诗）青宫德主在皇门，骨肉残伤不得亲。
　　　　　　　被废常思旧时事，心之忧思可同伦。
　　　　（白）裕王朱载垕。父皇大明嘉靖天子，小王张皇后所生，立为太子。不料严嵩这个奸贼，不时进宫与奸妃定计，勾串陷害忠良。昨日生母皇后被奸妃阴谋用计，贬入寒宫受罪，小王屡上哀表，奈何父皇忠良不纳。咳，思想起来叫小王终日怀恨。
　　　　（上冯保）

冯　保：启千岁，方才太监与严嵩又往上阳院去了。

太　子：呀！奸贼严嵩私自进宫，又生奸计陷害忠良。况且不待宣召，私自进宫，有干例禁，何不拿他一款，打他一顿？再去见父皇，参他一本，聊解我心中之恨。
　　　　（唱）一闻奸贼进宫院，无名火起气昂昂。
　　　　　　　勾串奸妃生毒计，谗言惑主害忠良。
　　　　　　　害我母子不见面，夫妻恩爱不久长。
　　　　　　　青宫有我朱载垕，岂容奸贼乱朝纲？
　　　　（白）冯保。

冯　保：有。

太　子：（唱）相随小王出宫院，暗等奸贼伏道旁。
　　　　　　　不言青宫与冯保，

严　嵩：（唱）再表严嵩出昭阳。

拜别国母出宫院，心中得意喜洋洋。

可喜甥女蒙君宠，言听计从沐恩光。

思想得意往前走，

（上太子、冯保、严嵩）

太　子：（唱）裕王拦路气昂昂。

大骂奸贼天包胆，竟敢私自进昭阳。

不待宣召进宫院，就该刀下把命亡。

（白）冯保，快些将这奸贼绑，绑上金殿见父皇。

严　嵩：（唱）俯伏在地呼千岁。

（白）千岁息怒。为臣携旨来宫，岂敢私入宫院哪？千岁。

太　子：哦，你是奉旨进宫？圣上可有旨意召你么？

严　嵩：千岁，臣奉娘娘旨意呀，千岁。

太　子：咦，娘娘有何事故，宣你进宫议论？

严　嵩：这个，这个也无别的议论，不过国家之事，千岁。

太　子：呀呸，什么国家之事？分明你父女定计勾串，不知又害哪家大臣。本御既是太子及青宫之主，岂容你这奸贼私自出入？

（唱）声断喝，骂奸贼。

私入宫院，暗起阴谋。

父女生奸计，安心乱山河。

陷害忠臣良将，其人实实可恶。

害死清官杨继盛，谋害尚书永德。

严　嵩：（唱）俯伏地，把头磕。

为臣蒙恩，拜相入阁。

忠直扶社稷，赤胆保山河。

纵然肝脑涂地，难报我主之德。

丹心耿耿无二意，怎敢害人起邪谋？

太　子：（唱）你父女，太也恶。

谗言蒙主，内外图谋。

害得吾皇母，被贬受折磨。

又绝父子情意，致使君妻不和。

本御与你何仇恨，苦苦陷害为什么？

严　嵩：（白）哇呀，千岁。

（唱）心中怕，战哆嗦。

尊声千岁，请听臣说。

皇后被贬事，与臣却无说。

嫌其出身微贱，圣主自己裁度。

为臣怎敢干宫事？陷害国母罪更多。

太　子：（唱）无名火，怒气多。

你这奸党，休得巧舌。

暗害皇国母，我已早晓得。

你今私入宫院，按律得把头割。

（白）冯保。

冯　保：有。

太　子：（唱）快用御棍与吾打，然后面君参奸贼。

冯　保：（白）领旨，看打！看打！

严　嵩：哎呀，千岁，

（唱）疼痛难忍苦哀告，

（白）为臣进宫，本奉娘娘密旨，何有私自进宫，自讨其罪呀？千岁。

太　子：奸贼呀，你女宣你私入皇宫及谋国事，尔等公事，何劳私谋？明系陷害忠臣。冯保，快与我打这奸贼。

严　嵩：哎呀，不好。（跑下）

冯　保：启千岁，严嵩逃走。此去必见娘娘，此祸可是不小。

太　子：奸贼呀奸贼，我与你势不两立，我不除贼，贼必害我。奸妃私召他父进宫，有犯国法。只得急急赶入皇宫，拿住严嵩，再见圣上，用本奏他才是正理。冯保，随本御急进皇宫便了。（下）

（上郝妃，坐）

郝　妃：（诗）身在椒房近帝阍，与君一体沐恩深。

多施脂粉增颜色，浓画蛾眉伴至尊。

（白）宁家郝香莲。爹爹郝秀，不幸早亡，母亦相继而亡。舅父严嵩抚养成人，招为义女，献与圣上。蒙君宠爱，封为上阳院贵妃，因与张后不睦，与舅父略施小计，将张后贬入寒宫。张后所生一子朱载垕业已长大成人，倘若为他母报仇，岂不祸及自身？因恐张氏皇后知道此事，秘宣舅父定计，以除祸患。谁想太子仁孝可嘉，并无过处，舅父也无计可施。

（急上严嵩，跪）

严　嵩：娘娘千岁，与臣做主吧。

郝　妃：哦，国丈请起。

严　嵩：谢娘娘千岁。

郝　妃：国丈方才出宫，为何狼狈而回？

严　嵩：方才出得宫去，正遇奸王朱载垕，言进宫违犯国法，将臣重打一顿，定要绑去面君，幸而逃入宫来，望娘娘与臣做主吧。

郝　妃：咳，舅父啊，我虽是国丈女儿，奈不通圣意，私宣入宫，与国法有碍，只好忍气吞声，再思报仇之计。

（上太监）

太　监：启娘娘千岁，青宫太子喝令冯保人等，声声要拿国丈，望娘娘早做准备。

严　嵩：这却如何是好？

郝　妃：国丈不要惊慌，暂藏龙床之下，等他到来，自然挡他回去。

严　嵩：为臣领旨。

（出娘娘坐，上太子）

太　子：儿朱载垕，参见娘娘千岁。

郝　妃：殿下免礼。

太　子：是。

郝　妃：咳，儿不在青宫读书诵卷，宁家未曾宣召，擅入后宫何事？

太　子：娘娘千岁。

（唱）口呼娘娘千千岁，细听儿臣奏分明。
相国严嵩是臣宰，无旨竟敢入皇宫。
方才见他入宫院，霎时之间影无踪。
莫非娘娘私隐匿，放他出来见朝廷。

郝　妃：（唱）殿下之言实差矣，外臣谁敢入皇宫？
将无作有来寻找，问你却是什么心？

太　子：（白）哦，是，是。

郝　　妃：（唱）莫作偷香与窃玉，托言进宫找严嵩。
　　　　　　　你学前朝隋炀帝，败坏人伦乱家风。
太　　子：（唱）裕王闻听只发怔，出神多时把话明。
　　　　　　　娘娘何出此言语？岂不怕宫人听去作笑声？
　　　　　　　快将严嵩献与我，儿臣立刻出皇宫。
郝　　妃：（白）嗻。
　　　　　（唱）托言来觅严丞相，定为调戏女花容。
　　　　　　　我虽不是生身母，名分也关母子情。
　　　　　　　闯入皇宫将奴戏，败坏人伦乱家风。
　　　　　　　叫道王惇抓袍带，一齐面君把本奏。
王　　惇：（白）领旨。
　　　　　（唱）说声领旨要动手，
太　　子：（唱）心下着忙战兢兢。
　　　　　　　袍袖一甩出宫去，（下）
郝　　妃：（唱）毒妃欢喜笑盈盈。
严　　嵩：（唱）严嵩出来说好好，
　　　　　（白）多得娘娘略施小计，吓得奸王惊慌而去。哈哈哈！
郝　　妃：事急出于无奈，故此生出无耻计策。国丈你快出宫，料他不能再来。须得设计，即刻谋害奸王死，早早以绝后患。哦，王惇。
王　　惇：有。
郝　　妃：快送国丈出宫。正是：
　　　　　（诗）人到急处生毒计，事到临头须用谋。
（出老、小旦）
欧阳氏：（诗）梨花已放三月景，芍药开出满园春。
　　　　（白）老身欧阳氏。
严桂花：奴严桂花。
欧阳氏：本是宰相严嵩原配，生下一男一女，儿名严世蕃，女名桂花。女儿现已成人，并未选择佳婿，老身不胜忧闷。
严桂花：哦，母亲，家父进宫去见西宫表姐，又不知所为何事？天已过午，不见回来。
欧阳氏：咳，你父兄所做的事情，竟仗官高位大，欺凌阖朝文武，陷害忠良。最可叹皇后娘娘，被你爹爹害得贬进寒宫受罪，真是可怜。咱母女时常劝化，怎奈执意不听，任性为恶，怕是将来不得善果了。

（上严嵩）

严　嵩：可恼可恼。咳，罢了吾了。

欧阳氏、严桂花：老爷/爹爹，因何这么狼狈而归？

严　嵩：咳，夫人、女儿，你们不知，如此这般，被那裕王打骂一顿，定定恨在心头，还得想个妙计，谋害奸王，以消胸中之气。

欧阳氏：老爷，千万不可再使毒计害人，听吾解劝。

（唱）老爷当朝为宰相，掌握权衡四海闻。
　　　甥女蒙恩封宫院，你现是国丈在朝谁不尊？
　　　咱们阖家沾恩宠，理应保国尽忠心。
　　　为什么欺压阖朝文与武，辜负皇朝雨露恩。
　　　害得母后不得地，现已被贬入寒门。
　　　太子关切母子义，他才怀恨在其心。
　　　君子有权存德仁，不可再用计谋深。
　　　仗势欺人终有祸，怕是将来灾难临。
　　　咱家富贵敌半国，多少宝贝咱家存。
　　　财宝金银不用买，珊瑚玛瑙聚宝盆。
　　　天下诸国来进贡，都是老爷你珍存。
　　　国家大事你做主，皇上由着你七分。
　　　这样好处好好享，千万不许再害人。
　　　怕是将来权势败，不能挽救悔在心。
　　　为人知足常乐也，得想远在儿女近在身。
　　　你想哪家有万间高楼厦，不过一间就容存。
　　　任你银山与金海，一碗之饭如成神。
　　　世界人儿一个理，共同生活世上存。
　　　老爷你害的大臣不少了，何必屡次结仇深？
　　　夫人相劝言未尽，

严　嵩：（白）胡道！

（唱）心中不悦怒深沉。

　　　　　妇道无知少家教，不想富贵愿受贫。
　　　　　不让老夫使计策，怎能够威威烈烈人上人？
　　　　　不害群臣有妨害，怕他们夺我权柄变了心。
　　　　　从今以后不许劝，再说丧话打断筋。
　　　　　你母女快快与吾后面去，
欧阳氏：（白）咳，不敢再说转回身。（下）
严世蕃：（唱）世蕃进来禀报事。
　　　　　（白）启禀相父，王公公、赵文华二人请到。
严　嵩：好，好，那是为父心腹之人呢，正好内堂叙话。请进来。
严世蕃：是。（下，内白）有请二位进来。
王公公、赵文华：（内白）来了。（上）丞相/义父大人在上，我等拜揖。
严　嵩：王公公，请转上座。
王公公：便座可矣。
赵文华：儿告坐。义父老大人将儿叫来，有何见教？
严　嵩：贤契不知，方才老夫进宫，这般如此身被凌辱。奸王他知道咱父子谋害其母缘由，言势不两立。贤契足智多谋，因请来王公公大家商议，早除奸王，以除祸患。
赵文华：奸王既知害母之事，此祸真不小了。
　　　　　（唱）文华听此言，心中胆又战。
　　　　　尊声干爹爹，惹了大祸患。
　　　　　那个小奸王，其心真不善。
　　　　　既知害母情，一定结仇怨。
　　　　　其师李翰林，足智多谋算。
　　　　　扶助小奸王，与母报仇怨。
　　　　　须得设计谋，早除心腹患。
　　　　　如若不害他，必把咱们办。
　　　　　因此请吾来，设下好计谋。
　　　　　一时想不来，急得出了汗。
　　　　　哦哦说有了，这得悄悄办。
　　　　　必得一个人，还要多能干。

>　　改装换衣裳，装作小内院。
>　　隐藏伏道中，劫驾动刀剑。
>　　必然被人拿，问罪要定案。
>　　就说是赵永，勾串那李万。
>　　故此命他来，杀君行逆叛。
>　　圣上信其言，有口难分辩。
>　　皇后与裕王，准把阎王见。
>　　剪草把根除，免得生祸患。

严　嵩：（唱）严嵩闻言说不妥。

（白）贤契之言且有理，但裕王与圣上父子天性所关，唯圣上未必即信哪。

王公公： 老太师，咱家有条妙计，管叫圣上准信就是了。

严　嵩： 公公有啥妙计呢？

王公公： 上年交趾国进来珍珠塔一尊，圣上赐予裕王，娘娘爱惜此宝，咱家已将此宝献与娘娘之手。如今将宝偷出，交与刺客献给奸王，以宝塔为凭，何愁圣上不传旨呢？

赵文华： 有此奇宝以作凭证，裕王虽生双翅，谅他不能逃出宫去。可是此计虽好，只怕无人敢担此任。

严　嵩： 我府下现有一猛士陈春，英勇无敌，因犯盗案，罪该斩首，老夫爱他是条好汉，救他一命，现在府下听用。今要用他，必然愿去。

赵文华： 此计太妙，乃是天绝裕王，何妨唤来，当面一议？

严　嵩： 院子，唤陈春来见。

院　子： 是。（下，内白）相爷有命，陈春来见。

陈　春：（内白）来了。（上花面）相爷在上，陈春叩头。

严　嵩： 起来。老夫有秘事，你可愿去么？

陈　春： 蒙相爷不杀之恩，虽万死不辞。

严　嵩： 你扮作一小太监，相随王公公进宫，自怀利刃，天子五鼓临朝，努力刺之。相爷得了天下，你是开国元勋，准得王公之位。倘若被拿了，就赖李万、赵永勾串，裕王给你珍珠塔，主使行刺，那时候必然把你入瓮，老夫自有方法救你出狱，自管放心。

陈　春： 相爷恩同再造，虽肝脑涂地，难以报答，小人以死相报也。

严　嵩：好，好。明日乃是大朝之日，单等天晚，与你珍珠宝塔，好随王公公进朝行刺。正是——

（诗）定好害人一条计，欲学荆轲刺秦君。

（白）请。

（出三髯官）

李　万：（诗）忠臣扶明主，赤胆保江山。

（白）下官李万，乃是河北冀州人氏。夫人孟氏，咳，不幸病故辞世去了，所生一子名叫李庆，回转原籍祭扫坟茔去了。蒙圣恩封为太傅之职，教育裕王太子。可恨严嵩父子蒙蔽圣上，将无作有，把国母张皇后陷害，打入寒宫。裕王关切母子之情，终日悲痛。下官也上谏本，奈何君王不纳臣言。今日大朝之日，五更而起，上朝面君，准备参那严嵩，保出张娘娘，免受寒宫之苦。这得去也。

（出天子、郝妃坐）

天子、郝妃：（诗）尊为天子人民主，贵掌三宫六院全。

天　子：（白）朕，大明嘉靖天子。

郝　妃：宁家郝香莲。

天　子：太祖武皇征伐平乱而有天下，自朕登基以来，民丰物富，国泰民安，刀枪存库，马放南山，兵不练武，太平世界，武有大将，文有忠臣，诸国来朝。今乃是大朝之日，内侍臣。

内侍臣：伺候。

天　子：伴朕上朝。

内侍臣：领旨。

（云兆）

天　子：哼，朕欲出宫，忽然扑面一阵狂风，却是为何？

郝　妃：呀，宫中忽然风起，惊震万岁。今日早朝，需防不测。虽然如此，现有警报平安，日久不得不加防备。

天　子：爱妃，此言有理。宫人。

宫　人：伺候。

天　子：传朕口旨，钦命侍卫宫门伺候，保驾临朝。

宫　人：领旨。

|（唱）说领旨，往外行。（下）
天　　子：（唱）嘉靖天子，出了皇宫。（下）
郝　　妃：（唱）严妃送圣驾，回宫且不明。（下）
护　　卫：（唱）再表御前护卫，保驾前呼后拥。
　　　　　　　　灯光照耀如白昼，香烟缥缈透九重。
　　　　　　　　保驾走，赴龙庭。
陈　　春：（唱）再表陈春，隐藏身形。
　　　　　　　　二目留神看，天子露身形。
　　　　　　　　准备行刺动手，正好劫杀行凶。
　　　　　　　　一纵身形闯上去，
护　　卫：（唱）护卫一见往上冲。
陈　　春：（唱）往上闯，举钢锋。
护　　卫：（唱）大胆贼子，竟敢行凶？
　　　　　　　　两面杀一处，努力相斗争。
　　　　　　　　呀，不好，也有剑下废命，也有怕死逃生。
陈　　春：（唱）陈春越杀力越勇，
天　　子：（唱）天子一见吃一惊。
　　　　　　　　这刺客，甚是凶。
　　　　　　　　杀败侍卫，怎把朕容？
　　　　　　　　忙把宫人叫，赶快撞金钟。
　　　　　　　　聚起阖朝文武，救驾保护主公。
　　　　　　　　惊慌失色逃了命。
陈　　春：（唱）陈春追，抖威风。
　　　　　　　　提刀前往，上下冲锋。
　　　　　　（白）昏君哪里逃生？
天　　子：（白）呀，不好，快来救驾！
陈　　春：（唱）上天差我来，拿你赴幽冥。
天　　子：（白）咳呀，不好了！
陈　　春：（唱）举刀搂头就砍，
曹　　英：（唱）来了救驾曹英。（天子下）

　　　　　手拿宝剑挡去路，
　　　　（白）贼子休刺吾主，曹英拿你来也。
　　　　（杀一阵，曹英死，上天子）

天　　子：吓死我也。皇宫内出了刺客，多亏了曹英救驾，方脱其害，只好藏在景安内宫，等候外臣捉拿刺客。宫人快撞金钟，不得有误。

宫　　人：领旨。（内鸣钟）
　　　　（上众臣）

严　　嵩：咳呀，不好，宫内金钟急响连声，必有危机之事，大家急去救驾要紧。
　　　　（大杀，陈春被擒，严嵩跪）

严　　嵩：启奏万岁，将刺客拿住。

天　　子：贼子进宫行刺，必有主使之人，急让三法司审问明白，再来启奏。

严　　嵩：万岁，为臣领旨。
　　　　（上张元英）

张元英：（诗）被贬宛如身后事，于今唯有白华章。
　　　　（白）哀家张元英。圣上宠信严妃，奸相严嵩说奴是僧门之人出身，出身微贱，不可封为皇后，将奴贬为庶民，不能再观天颜。幸得我儿朝夕问安，稍慰心怀。
　　　　（上冯保）

冯　　保：国母娘娘，不好了。

张元英：咳，冯保，为何这等惊慌？

冯　　保：咳呀，娘娘，今早圣上登殿，伏道正遇刺客，幸而拿住，送在三法司审问口供，称姓陈名春，乃是李万、赵永串通裕王太子，令他行刺杀君。娘娘千岁。

张元英：呀，真是祸从天降了。
　　　　（唱）乍听凶信失了色，三魂杳杳七魄飞。
　　　　　　何人设下狠毒计，要害我儿把心亏？
　　　　　　主使刺客行叛逆，难免刀下一命危。
　　　　　　举止失措无主意，只落叫苦大放悲。
　　　　　　我儿无故遭冤枉，可怜年轻把阴归。
　　　　　　含悲带痛叫冯保，急请殿下入宫帏。

冯　保：（唱）说声领旨出宫去，霎时之间急转回。
　　　　（上太子）
太　子：（唱）裕王进宫行国礼，母后因何泪双垂？
张元英：（白）儿啦，
　　　　（唱）你在青宫把书念，怎知母子有祸非？
　　　　　　　行刺之事说一遍，不久我儿把阴归。
太　子：（白）呀，
　　　　（唱）一闻此言魂不在，龙颜改变战一堆。
　　　　　　　以子弑父为大逆，罪该万死也不亏。
　　　　　　　何人定下狠毒计，移祸于我作罪魁？
　　　　　　　哦哦，是了，前者曾把严嵩打，宫院受辱惹是非。
　　　　　　　父女定下移祸计，谋害小王把心亏。
　　　　　　　惊慌失色叫冯保，
　　　　（白）冯保。
冯　保：有。
太　子：小王惊慌之际，无什么主见，你有何策可救小王脱离大难？
冯　保：奴辈也无计策，只好急出宫院去见海瑞、黄万寿。一班文武大臣上殿保本，请圣上分辨是非，或者圣上宽恩不究，也未可定。
张元英：哦，冯保所说即是。皇儿，就此去见圣上，说个明白清楚。
冯　保：是。
　　　　（诗）于今母子含冤枉，全凭君王洗是非。（下）
　　　　（出文武，排班站）
严　嵩：（白）老夫丞相严嵩。
岳　贵：九门提督岳贵。
孟培德：左都御史孟培德。
郭俊臣：英烈侯郭俊臣。
赵文华：刑部侍郎赵文华。
海　瑞：刑部云南司海瑞。
合：　　金钟三响，圣驾临轩来也。
　　　　（上天子）

天　　子：（诗）基命丹心唯夙夜，正纲节纪在朝廷。

　　　　　（白）朕大明嘉靖天子。

赵文华：（跪）万岁万万岁！臣赵文华奉旨审问刺客陈春，他乃是青州人氏。臣动刑拷打，他口口声声说是李万、赵永二人主使，又牵连着太子，臣所以不敢深究。伏乞万岁当殿审问陈春，便知详细，万岁。

天　　子：哦，陈春口供，朕有可疑，朕与青宫太子父子相关，他又忠孝可嘉，岂肯自残骨肉，做此大逆之事么？

赵文华：万岁，那陈春乃是一个勇夫，没有李万、赵永所主，他也不敢入宫内行刺，定有宫内之人引入禁门，所以他才暗藏伏道，乞陛下尊裁。

天　　子：准爱卿所奏，急将陈春绑来，朕当细问。

赵文华：为臣领旨。

太　　监：圣上有旨，刺客陈春上殿。

（绑上陈春）

陈　　春：来了。

天　　子：陈春，我把你这个逆贼，是何人主使行刺？从头说来。

陈　　春：万岁要问我何人主使，是天上叫来杀你这个昏君。

天　　子：这厮甚是刁恶，金瓜武士。

金瓜武士：万岁。

天　　子：将这厮推出午门斩首，万剐凌迟不必细问。

陈　　春：哎呀，万岁，暂留奴才活命，我说就是了。

天　　子：如此快说。

陈　　春：奴才受李万、赵永大人指使。他二人将我扮作小内监，送入青宫，太子引我入内，暗藏伏道。今已将死，不能不说。

天　　子：胡说。太子与我有天性之亲，况且素行忠孝，岂能为此大逆？贼子临死，竟敢移祸殿下，满口胡说。武士们，推出午门凌迟处死。

陈　　春：哎呀，万岁，太子情及国母被废，圣上不念夫妻之情，断了父子之义，故此与小人珍珠塔一座，叫我暗藏伏道，行刺万岁。

天　　子：哼哼哼，你行刺未成，太子焉能与你宝塔？

陈　　春：小人杀君，律犯大逆之罪，唯恐太子得了天下之时，归罪我一人，所以讨了宝塔，以作凭证。

天　　子：哼哼哼，宝塔何在？
陈　　春：小人随身而带。
天　　子：内臣伺候，将宝塔取来。
内　　臣：领旨，宝塔取到。
天　　子：待朕看来。此宝塔乃是交趾国进来，朕亲赐与太子收藏，竟到陈春之手？依此看来，定是二贼串唆逆子，主使陈春行刺当真了。宫人，将陈春打入天牢，候审以正国法。
内　　臣：领旨。（下）
天　　子：武士们，将李万、赵永宣上殿来。
内　　臣：领旨。圣上有旨，李万、赵永上殿。
　　　　　（上李万、赵永）
李万、赵永：万岁万万岁，臣李万/赵永见驾。
天　　子：奸贼呀奸贼，我待尔等高爵厚禄，你不尽忠报国，反助逆子做此杀父弑君大逆之罪，尔等还有何说？
李万、赵永：呀，万岁，臣蒙恩肝脑涂地难报圣上，臣焉敢主使陈春行刺，自取杀身之祸？
　　　　　（唱）连叩首，尊圣君。
　　　　　　　　为臣焉敢，主使陈春？
　　　　　　　　弑君行逆叛，自取罪临身。
　　　　　　　　必是奸贼陷害，设计暗害为臣。
　　　　　　　　伏乞圣上天裁也，须得再审那陈春。
天　　子：（唱）拍龙案，骂逆贼。
　　　　　　　　主使逆子，暗地亏心。
　　　　　　　　助恶行叛逆，欲夺锦乾坤。
　　　　　　　　幸而上天保佑，拿住行刺之人。
　　　　　　　　似此大逆世少有，犹如那楚国潘崇助逆臣。
李万、赵永：（唱）仁殿下，览德君。
　　　　　　　　平素忠孝，四海皆闻。
　　　　　　　　无兄又无弟，守阙只一人。
　　　　　　　　况且又在年幼，怎比楚国商臣？

臣等虽有助逆意，太子怎会弑父君？

天　子：（白）哇！

（唱）珍珠塔，凭据真。

逆子送与，刺客陈春。

叛逆罪证明，巧辩蒙圣君。

带怒叫声武士，上殿快快拿人。

绑出午门问斩，好正国法服臣民。

（上武士）

金瓜武士：（唱）说得令，就拿人。

急急上绑，推出午门。

李万、赵永：（白）罢了罢了。

（上孟辉、海瑞）

孟辉、海瑞：刀下留人。

（唱）孟辉与海瑞，上殿把本申。

跪倒丹墀下面，叩头连尊圣君。

我主需要三思也，不要屈杀保国臣。

李太傅，赵将军。

忠心保国，都也知闻。

焉敢行叛逆，自取大罪临？

全凭陈春一语，便杀社稷之臣。

伏乞我主降恩旨，暂赦二人审陈春。

奏罢俯伏把头叩，

天　子：（唱）天子闻听怒生嗔。

李万赵永他主使，相助太子谋弑君。

大逆报应该万死，罪灭九族朕才称心。

孟辉、海瑞：（白）呀。万岁，臣闻父子君臣乃人之大伦也，以子弑父，世闻罕有。我主听陈春一面之词，会屈杀股肱之臣哪。万岁。

天　子：卿言以子弑父，世上罕有，昔日楚国商臣与潘崇弑父夺位，卿其不知么？

孟辉、海瑞：万岁，楚成王废嫡立幼，致生叛逆。青宫太子与李万、赵永等忠孝仁慈，非潘崇、商臣可比。

天　　子：尔言太子不能弑父，那珍珠塔焉能到陈春之手？明明是勾串同谋。尔等再要保本者，与逆臣一律同罪，退去！（下）

孟辉、海瑞：万岁。

天　　子：金瓜武士。

金瓜武士：万岁。

天　　子：将李万、赵永割首示众。

金瓜武士：领旨。开刀。

天　　子：内臣将太子宣上殿来。

内　　臣：领旨。圣上有旨，宣裕王上殿。

太　　子：万岁。儿臣朱载垔参见，父皇万岁。

天　　子：朱载垔。

太　　子：儿臣在。

天　　子：哼哼哼，逆子呀逆子，你不念养育之恩，勾串贼臣，反行叛逆，朕不能内修纪纲，焉能外正臣民？武士们！

太　　子：万岁。

天　　子：将逆子绑出午门斩首。

太　　子：哎呀，父皇暂缓儿臣须臾之死，有表请白父皇。

天　　子：逆子逆子，你做滔天之事，死有余辜，尚有何说？

太　　子：儿臣遭此陷害，好比申生、重耳之冤哪。（哭）父皇！

天　　子：晋献公听骊姬之言，以害其子。今父皇并无进谗面谀之人要谋害你这个不孝的逆子。

　　　　（唱）明明是你与刺客，何敢巧言来蒙哄？
　　　　　　　养子不教父之过，也难免别邦列国笑朕躬。
　　　　　　　朕今不将你斩首，臣民皆把叛逆行。
　　　　　　　传旨忙把侍卫叫，绑出逆子快施刑。

侍　　卫：（白）领旨。
　　　　（唱）连说领旨绑下去。

太　　子：（白）哎呀，父皇啊，父皇。
　　　　（上黄万寿）

黄万寿：万岁万万岁，臣黄万寿见驾。

天　　子：哦，黄爱卿，寡人未曾宣召你见朕，有何本奏？
黄万寿：臣不知裕王身犯何罪，绑出斩首？
天　　子：逆子主使陈春杀君谋位，因而斩首，以正国法。
黄万寿：万岁，太子忠孝仁慈，臣民皆知。况且守阙一人，继位而有，天下唾手可得，何必杀父谋位，自取恶名？依臣愚见，必有奸臣勾串内院，暗害青宫，连害吾主万岁。
天　　子：哼，奸臣陷害寡人，也曾虑及到此，但珍珠塔因何而到刺客之手？
黄万寿：我主万岁，若无凭据，不能取信于人，珍珠塔或许被人盗去，亦未可知。祈请我主开恩，暂赦太子，将陈春押在臣府，审问其主使，便知真假虚实因果。若太子真的将珍珠塔面与陈春，老臣情愿将阖家老幼同殿下一死，我主以为何如？万岁。
天　　子：咳，爱卿，你以一家性命保奏，我朕便暂赦逆子，打入寒宫，凭卿将陈春审问明白，再斩逆子不为晚矣。
黄万寿：谢过万岁。

（上严嵩，跪）

严　　嵩：万岁不可听信逆臣之言，如此会乱国法。黄万寿上本审问陈春口供，他必将刺客打死，以缄其口，明显与李万、赵永一党同谋，祈请陛下速斩逆臣，以免祸患，万岁。
黄万寿：哼哼哼，严嵩，你这奸贼呀奸贼，你上本谏君，明明是勾串奸党，设毒计阴谋祸及青宫太子，断绝圣上父子之情，欲使江山无倚，真是罪恶滔天。启奏陛下，速斩国贼，以谢天下，将陈春押在臣府深究细审，自然水落石出。我主万岁。
天　　子：二卿不可失了同朝之好。将陈春押三法司严加细问，不可再奏。退朝。
严嵩、黄万寿：万岁万万岁。
天　　子：内臣伺候，将太子打入寒宫。
内　　臣：领旨。
天　　子：（诗）为臣不易为君难，君敬臣忠百姓安。（同下）

（急上严嵩）

严　　嵩：（白）可恨哪可恨，黄万寿上本谏君，裕王免死。只将李万、赵永斩首，稍解我心头之恨。

（上岳贵）

岳　贵：老义父下朝来了，晚生在此等候多时了。

严　嵩：贤契等候老夫，有何要事？

岳　贵：老义父附耳来，李万、赵永死，其子李庆、赵亮，有万夫不当之勇，又是祸根，老义父不如趁此机会早为除之，免生祸患。

严　嵩：哼，老夫也虑及于此，圣上在景安殿上，只好如此而作，以绝后患。

岳　贵：这计倒也不错，就依此计而行。老义父请上景安殿。

严　嵩：就此请。（下）

（上严嵩，跪）

严　嵩：万岁万岁万万岁，臣有本奏，冒犯天颜。

天　子：国丈有何本奏？

严　嵩：万岁，李万、赵永之子适闻其父被斩，勾串家将人等反出府来，声言与父报仇，乞我主降旨，早为捉拿，不可慢呀。

天　子：李庆、赵亮两个狗子不遵国法，叛乱京师，钦命九门提督岳贵捉拿他家口，领旨下殿。

（升帐，二将站班）

白永、吴能：（诗）英杰天生胆气豪，常骑烈马抡大刀。
　　　　　　　　　斗牛并射龙泉剑，雨露均沾兽锦袍。

白　永：（白）我白永。

吴　能：我吴能。

合：　　提督升帐，在此伺候。

（上岳贵，坐）

岳　贵：（诗）勇气堂堂会领兵，威风北战与南征。
　　　　　　　西海闻名胆丧破，英名赫赫震北京。

（白）本帅九门提督岳贵，乃是青州府人氏。方才义父严嵩太师捧圣旨到来，圣上命我抄拿李、赵两家的家口，已将人马点齐。众将官！与你爷抬枪带马，随我捉拿李、赵两家家口，不得有误。（下）

（上老旦、小旦）

马　氏：（诗）东隅已逝桑榆晚，红颜何愁不残颜？

（白）老身赵夫人马氏。

赵金花：奴赵金花。

赵银花：奴赵银花。

马　氏：吾乃是永烈将军赵永原配夫人，所生一男二女，儿名赵亮，女名金花、银花，俱已成人，并未婚配。

赵金花：妈呀，爹爹清晨上朝，天已过午，不见回来，儿们心惊眼跳，莫非有什么不测之事？

（上赵亮）

马　氏：我儿。

赵金花：兄弟。

马　氏：为何满眼落泪？

赵　亮：如此这般，我爹爹叫人家斩首。

马氏母女：哎呀，可不痛死人也。（三人倒）

赵　亮：呀，母亲醒来，姐姐醒来。

马氏母女：（唱）魂飞天外无知觉，苏醒多时又还魂。

哎呀一声罢了我，二目微睁泪纷纷。

勉强坐起放悲痛，惨切切地呼夫君／天伦。

老爷呀，赤胆忠心扶圣主，一旦被害命归阴。

可恨朝廷多昏聩，忠奸清浊两不分。

宠信严嵩贼奸党，屈杀忠良扶佞臣。

赵金花：（白）爹爹呀！

（唱）忠正一世无结果，只落得人被刀餐血染身。

哎呀，咬牙大骂贼奸党，因何无故害储君？

设计又害生身父，岂肯与你善罢休？

奴家施展仙家术，拿住奸党定抽筋。

姐妹哭泣如酒醉，

岳　贵：（内白）众将官，将府门团团围住。

（上陶力）

陶　力：（唱）陶力进房禀原因。

马　氏：（白）你为何这等惊慌失色？

陶　力：今有岳贵带领无数人马将府围得水泄不通，口口声声要拿咱全家人口。

马　　氏：呀，真乃祸从天降了。咳呀，是咱们命该如此。陶力。

陶　　力：有。

马　　氏：你快带领家将，将府门把住，你快去。

陶　　力：是，小人遵命。（下）

赵　　亮：母亲，大兵把咱府门围住，咱一家人还要束手待毙？孩儿与姐姐们保着母亲，闯出府去，拿住严嵩，千刀万剐，好与爹爹报仇雪恨。

马　　氏：住了！赵氏门中历代忠良，你今背叛朝廷，有辱祖先。你快吩咐家人，将府用火点着烧坏，阖家死于火内，免做那刀头之鬼。

（完）

第 二 本

【剧情梗概】岳贵带人捉拿李、赵二臣家眷，李府众人提前逃走，赵夫人自杀，赵金花姐弟杀出京城，在云龙山落草。大臣孟辉为李万妻兄，见李万无辜被杀，心灰意冷，辞官回乡。皇帝念及功劳，将珍珠塔赐予了孟辉。前相夏言之子夏杰为孟辉义子，奉义父之命到冀州向李万之子李庆报信。李庆、夏杰决定回京找严嵩报仇。在青州清修寺庙会上，英列侯郭俊臣之子郭力强抢民女常香元，李庆、夏杰将香元救回。

赵金花、赵银花：（白）为今之计，还说尽什么忠、全什么孝？天子内宠奸妃，外信奸佞，不尽夫妻之情，断绝父子之义，屈杀忠良，陷害朝臣。当此之时，无不心变。何不顺天命以分清白，诛杀严嵩父子，以谢天下；扶保青宫太子，以报先皇，岂不尽美尽善？何必轻生，自寻死路？

赵　亮：着哇，姐姐们所言极是。正好杀了严嵩父子报仇雪恨，寒宫救出太子，登了大宝，不但免死，我还复我爹爹名誉呢。你老再思再想吧。

马　氏：你今叛逆朝廷，有辱你父一世英名，何况官兵势重，难以抵挡？倘若被擒，也是一死，不如自己先死，死得其所，儿啦。

（唱）眼含泪，叫亲生。

你父英烈，四海闻名。

你等要造反，不孝又不忠。

人骂乱臣贼子，有辱先祖之名。

况且官兵势又重，拿住还是丧残生。

赵金花、赵银花：（唱）尊我母，心放宁。

我等英勇，广有神通。

施展仙家术，可挡百万兵。

杀绝朝内奸党，与父大报冤横。

万剐严嵩夺天下，扶保太子把基登。

赵　亮：（唱）姐姐们，果然能。

老母就该，依计而行。

何必见识短，居家丧残生？

老小六十余口，死后谁人心疼？

妈呀，可叹孩儿年纪小，眼看小命活不成。

马　氏：（白）咳，儿啦。

（唱）心中软，泪盈盈。

亲生骨肉，怎么不疼？

儿们若惜命，只可逃了生。

不必生心作反，即刻逃出北京。

赵金花：（白）我们逃生，母亲怎样？

马　氏：（唱）为娘年过花甲子，眼看老了赴幽冥。

赵金花、赵银花：（唱）情不对，理不通。

怎舍老母，各自逃生？

儿们保家口，全仗法术精。

杀退官兵官将，阖家逃出北京。

老母请把宽心放，岂不知孩们有神通？

马　氏：（唱）默无语，自叮咛。

儿们恋我，不忍逃生。

如若将我保，怎能退官兵？

那时难免两误，母子俱把命倾。

（白）是，是，也罢，将心一横说罢了，咳！（碰死，倒尸）

姐弟三人：呀！

（唱）姐弟一见魂吓蒙。

抱住尸首悲啼起，妈呀，何苦心狠丧残生？

剩下你这不孝子，不能报答养育情。

越哭越痛越有气，咬牙切齿骂严嵩。

谋害我父刀下死，逼迫我母不善终。

不共戴天仇要报，拿住奸贼刀剐凌。

（上陶力）

陶　力：（唱）正然悲痛陶力报，

（白）禀公子、小姐，官兵势重，攻打府门，家将难以把守，公子、小姐早作脱身之计吧。

赵金花：陶力不用惊慌，我姐弟自有退兵之策。兄弟，吩咐家将，将金银财宝收拾收拾，以备自走之策，快去。

赵　亮：是。

赵金花：妹妹保着家眷，我与兄弟大战官兵，杀入相府，捉拿严嵩，再作出城之策。家将们。

家　将：有。

赵金花：刀马伺候。（下）

岳　贵：（内白）众将官。

众将官：（内白）有。

岳　贵：（内白）努力上前攻打府门，不得有误。

（上岳贵枪马）

岳　贵：俺九门提督岳贵，率领人马捉拿李万家口，早已逃走，又来到赵府。众将官，快剿杀赵永家口！呀，府门大开，闪出一员女将。众将官。

众将官：有。

岳　贵：迎上前去。

（上赵金花对岳贵）

岳　贵：咳哟哟，你这小姑娘骑着马，拿着刀，想来要遭殃。我且问你，是谁家女孩儿，敢来疆场出丑？哈哈哈。

赵金花：要问你姑娘，小心听真，我乃赵将军之女。狗官何名？

岳　贵：要问姓名，听我道来呀。

（唱）勒马手擎枪，不住翻白眼。

叫声小姑娘，听我说长短。

岳贵是我名，官高有威显。

提督把九门，英名传得远。

今日领兵来，拿你去问斩。

你这小姐姐，长得我稀罕。

头发如墨黑，两鬓未开脸。

两道柳叶眉，一对杏核眼。

　　　　　　脸蛋亮又光，娇嫩起宝闪。
　　　　　　樱桃小口儿，又着胭粉染。
　　　　　　三寸小金莲，镫里未装满。
　　　　　　骑马手抡刀，横眉又立眼。
　　　　　　要将动杀法，死了我不管。
　　　　　　有心将你杀，看着我心软。
　　　　　　快快下马来，受绑不容缓。
　　　　　　见了老相爷，管保没危险。
　　　　　　与老作夫人，你的心意满。
　　　　　　说罢笑哈哈，
赵金花：（唱）金花气破胆。
　　　　　　大刀一摆搂头剁，
　　　　（白）狗官休要胡说，看刀取你。
岳　贵：与你干上咧。
　　　　（大杀，赵金花败下，赵亮对上）
岳　贵：哈哈哈，好赵亮，你竟敢拿刀动枪的，胆可不小。
赵　亮：休得胡言，着枪。
岳　贵：来，来啦。
　　　　（上赵金花）
赵金花：官兵蜂拥而来，哪有闲工与他恶战？（念念有词），飞沙走石速降。打退官兵，杀入严府便了。
　　　　（唱）真言咒语念三遍，狂风大作遮满天。
　　　　　　风送飞石迷人眼，碗大石头半空悬。
　　　　　　赴此抢刀杀上去，
众官兵：（唱）官兵官将胆战寒。
　　　　　　飞沙走石往下打，狂风四起云雾满。
　　　　　　不敢交战四下散，
岳　贵：（唱）岳贵吓得战一团。
　　　　　　丫头邪法人难挡，要想拿她难上难。
　　　　　　只得逃走丞相府，擒她得想计妙玄。

赵金花：（唱）金花复又念真言。

打马如飞逃了命，（下）

收了法术叫兄弟，趁此正好找权奸。

一拥闯入奸相府，杀他家口报仇冤。

赵　亮：（唱）赵亮答言说有理，

（白）姐姐法术无边，何愁不得杀贼报仇？家将们！

家　将：有。

赵　亮：一拥杀入相府。（下）

（出严嵩坐）

严　嵩：（诗）调和鼎鼐三公府，燮理阴阳宰相家。

（白）本相严嵩。只因岳贵领旨剿拿李、赵二家家口，去时已久，为何不见到来？

（上院子）

院　子：禀相爷，赵文华赵老爷府外求见。

严　嵩：就说有请。

院　子：有请赵老爷。

（上赵文华）

赵文华：来了。

赵文华：义父老大人在上，晚生拜揖。

严　嵩：贤契免礼，请坐。

赵文华：告坐。

严　嵩：贤契到此何事？

赵文华：只因圣上把陈春发至三法司，那黄万寿他定要亲口审问，倘若陈春受刑不过，招出实情，那时咱父子恐有杀身之祸。

严　嵩：老夫也虑及于此。

赵文华：义父老大人，我看陈春那小子有点靠不住。

严　嵩：贤契要早定计，以免其祸才好。

赵文华：便想无计可使，只好进入监狱，将陈春用毒药药死，以缄其口，可以免其祸患。如陈春一死，无了口供，裕王难出寒宫。依计而行，绝无后患。

严　嵩：贤契即刻进狱，毒死陈春，以免后患。

赵文华：晚生告辞。

岳　贵：众将官。

众将官：有。

岳　贵：将马带过。

　　　　　（上岳贵）

岳　贵：老义父在上，岳贵拜揖。

严　嵩：免礼，一旁坐下。

岳　贵：是，孩儿告坐。

严　嵩：贤契抄拿李、赵家口，怎么样了？

岳　贵：咳，爹爹呀，真叫我说不来了。

　　　　　（唱）未从把话言，不住连声叹。
　　　　　　　尊声老大人，听我说一遍。
　　　　　　　奉旨领三军，赵府抄家眷。
　　　　　　　急催人马走，唯恐误期限。
　　　　　　　赶到赵府中，他们人忙乱。
　　　　　　　老夫人碰死，激起英雄汉。
　　　　　　　他儿小赵亮，声言报仇怨。
　　　　　　　他有两姐姐，法术妙无限。
　　　　　　　大姐前冲锋，二姐保家眷。
　　　　　　　还有众家将，拼命决死战。
　　　　　　　一拥杀出来，决心作反叛。
　　　　　　　三军挡不住，勇气冲霄汉。
　　　　　　　我看事不好，且退还且战。
　　　　　　　直奔咱府来，这事可怎办？
　　　　　　　快禀老义父，赶快作计算。
　　　　　　　倘若杀进府，一齐把命陷。
　　　　　（白）老义父快想办法吧！

严　嵩：贤契，事已至此，无计可使，只好整顿人马，再堵挡一阵，谅他人马不多，寡不敌众，也许退去，那时再想办法。事不宜迟，赶快出马。（下）

岳　贵：是。（下，内白）带马。（又上）

（唱）奉了相爷命，二次来出战。

前回吓破胆，这回腿直颤。

望风就想逃，不敢拼命干。

正是：岳贵临阵心害怕，

（上赵金花）

赵金花：（唱）金花催马阵前站。

你既怕死逃了命，还敢二次来出现？

分明你该今天死，

（白）看刀！

（两人战二回合）

岳　贵：（唱）岳贵招架心胆战。

战二回合快逃走，快到相府报一番。（下）

（上严嵩）

严　嵩：（白）岳贵二次迎敌，堵挡反贼，不知胜败，真叫老夫放心不下呀。

（急上岳贵）

岳　贵：禀义父老大人，反贼汹涌，堵挡不住，眼看闯入府来啦，老大人快做准备吧。

严　嵩：只是堵挡不住，大料难逃性命，不如阖家寻死，免落贼人之手啊。（哭）

（上严桂花）

严桂花：（唱）尊爹爹快把泪擦，女儿出阵堵挡他。

不是女儿夸海口，我用法术将她拿。

（白）爹爹呀，不可觅死免悲痛，孩儿去抓赵金花。

严　嵩：咳，你乃是闺门中幼女，却会怎样？

严桂花：（唱）孩儿我受过仙家术，刀马纯熟武艺佳。

吩咐梅香快取宝剑，定要会会赵金花。（下，又上）

桂花小姐来临阵，

（白）呀，四面狂风大作，飞沙走石不用说了，又是那丫头施的法术，不免念动真言，用手指飞沙走石速退。

（上赵金花）

赵金花：你这丫头是谁，竟敢破我法术？

严桂花：你姑娘严桂花，乃宰相之女。丫头竟敢用邪法杀人，休得逞脸。看剑！
赵金花：来，来，来。（大杀，赵金花败下，又上）咳，丫头杀法骁勇，用如母钩擒她便了。（念念有词），如母钩起。（下）
严桂花：好个贱人，用宝伤人，怎得能够？念动真言，如母钩落地，追杀上去。（下，赵金花上）
赵金花：这丫头善破法宝，大料不能擒住严贼家口，只好回去，再想擒贼之策。家将们。
家　将：有。
赵金花：收兵回府。（下）
　　　　　（上武生）
夏　杰：（诗）少年英雄胆气豪，威风凛凛贯天曹。
　　　　　（白）俺夏杰，字文华，乃湖广永州府人氏。先父夏言，曾拜阁入相，不幸被奸臣严嵩所害，剿我的家口，母亲尽忠身亡，多得孟老爷将我藏匿他府下。我感其救命大恩，认为义父。是我常想着杀贼，奈何孤掌难鸣，不知何日才得报仇雪恨？咳，可怜哪，可怜。
夏　杰：咳，义父来了，请转上座。
孟　辉：便座即可。
夏　杰：咳，义父为何满眼落泪，声言可怜却为何事？
孟　辉：咳，干儿听了。
　　　　　（唱）说话泪先流，越擦越不净。
　　　　　　　莫怪我今哭，叫人真心恸。
　　　　　　　李万我妹夫，英烈多忠正。
　　　　　　　教习小裕王，太傅声名重。
　　　　　　　惹了贼严嵩，奸党把权弄。
　　　　　　　如此设计谋，朝廷受了惑。
　　　　　　　误绑李老爷，刀下废了命。
　　　　　　　绑拿小储君，看看要废命。
　　　　　　　多亏黄大人，保本苦谏净。
　　　　　　　赦了小裕王，急往寒宫送。
　　　　　　　严审贼陈春，拷打问口供。

　　　　　　主使要问真，生死不一定。
　　　　　　亲戚连着心，我怎不悲痛？
夏　杰：（白）唔呀唔呀！
　　　　（唱）夏杰闻此言，气得双眼瞪。
　　　　　　跺足喊连天，好似劈雷动。
　　　　　　大骂奸严嵩，万恶真豪横。
　　　　　　害得老盟叔，无故遭不幸。
　　　　　　盟兄李振吉，报仇是一定。
　　　　　　我今上冀州，报丧见李庆。
　　　　　　和他同近亲，就望奸贼碰。
　　　　　　杀了贼严嵩，雪恨才心净。
　　　　　　主意一定把干爹叫，
　　　　（白）呀，义父，我盟叔被害，其子李庆未必知晓，孩儿我上冀州，与李庆盟兄急去送信便了。
孟　辉：咳，我妹丈一死，家奴院公俱已逃走，大料无人与他送信，唯恐严嵩剪草除根，捉拿李庆我外甥，若得我儿不辞劳苦前去送信更好哇。你到冀州见了我外甥，你二人同到寿光县我的家躲避躲避。我今修书一封，你可就连夜而去，半路不可迟误。
夏　杰：是，孩儿遵命。（下）
孟　辉：梅香快来。
（上梅香）
梅　香：来了，老爷有何吩咐？
孟　辉：后房告诉你太太、小姐，将金银财宝收拾妥当了，老爷这官也不做了，我就上朝辞官去了，咱们回家吧。
梅　香：是，奴婢晓得了。（下）
孟　辉：中军。
中　军：有。
孟　辉：吩咐外厢调轿，上朝。（下，又上）
中　军：请爷下轿。
孟　辉：尔等朝房伺候。（下）

（上孟辉，天子坐）

孟　辉：万岁万万岁。臣孟辉有本奏闻陛下。
天　子：爱卿有何本奏？
孟　辉：万岁，臣年过花甲，气衰血弱，不能与王效力，乞我主施恩，放老臣回归故里，以养残躯，臣不胜感恩之至。
天　子：爱卿乃先皇老臣，有功扶国，当此太平世界，正好君臣晏乐，奈何弃朕而去？
孟　辉：万岁，臣乃年老气衰，年近七旬，身多疾病，唯恐有误国事哪，万岁。
天　子：爱卿年迈，意欲退归林下，朕只好准奏。并无物可赐，唯有珍珠塔一件，赐予爱卿。宫人。
宫　人：伺候。
天　子：将宝塔取出来与孟辉。
宫　人：领旨。
孟　辉：万岁万万岁，臣谢主隆恩。
（车辆一过，上赵金花、赵银花、赵亮）
赵金花：可叹我父被奸臣陷害，我母被奸贼逼迫而亡，剩下我姐弟三人弃府逃走，投到远方，再想计策。（内喊：唔呀）呀，想来内喊之声必是追兵来也。兄弟、妹妹，保护车辆先行，待吾打发他们回去。
赵　亮：是。（下）
赵金花：待我杀上前去。（下）
（严桂花、赵金花对上）
赵金花：严桂花，我把你这个贱人，你父欺君罔上，陷害青宫太子，又杀我父。你这贱人助纣为虐，岂不怕恶贯满盈，死无葬身之地？
严桂花：丫头，休得胡言。看刀取你。
赵金花：来，来，来。（大杀一阵，败下，又上）这个丫头杀法骁勇，待奴祭起飞刀，斩她便了。（念念有词），飞刀起下。
严桂花：呀，好个贱人赵金花，祭来飞刀，待我用甘拔剑破她飞刀。念动真言，甘拔剑照刀而起！（飞刀落）宝剑破了飞刀，待我用甘拔剑擒她便了。（念念有词），甘拔剑起！
赵金花：严桂花破了奴的飞刀，又祭来甘拔剑杀我，怎得能够？念动真言，将甘拔剑收入锦囊。待吾杀上前去。

（唱）金花女，暗沉吟。

　　　　这个贱婢，法术惊人。

　　　　破奴刀两口，收她剑一根。

　　　　严嵩若有此女，翌日大乱乾坤。

　　　　我若不杀此贱婢，怎与爹爹把冤申？

严桂花：（唱）桂花女，把刀抡。

　　　　赵家小姐，有些难擒。

　　　　收去甘拔剑，再祭风火轮。

　　　　手中掐诀叠印，口里念诵灵文。

　　　　把手一擎急又快，烈火纷纷起烟云。

赵金花：（唱）抬头看，细留神。

　　　　霞光万道，锐气纷纷。

　　　　不知什么宝，一时认不真。

　　　　只好疾速逃走，不然一定被擒。

　　　　弃了战马腾空起，要想杀我枉费心。

严桂花：（唱）这贱人，法术深。

　　　　法宝难破，竟自腾云。

　　　　复又念咒语，收回风火轮。

　　　　欲想擒拿家口，何必屈杀好人？

　　　　只好收兵回城去，

　　（白）众将官。

众将官：有。

严桂花：奴若捉拿赵家家口，未免残忍太过。何况奴父兄不仁不德，已而临阵，赵氏姐弟业已逃走，也就是了，不可追赶。众将官。

众将官：有。

严桂花：收兵回城。（下）

赵金花：好也是好也，幸而从云中逃走，未受其害，只得保护车辆逃走便了。

（下）

（夏杰马上）

夏　　杰：（诗）心忙急似箭，只恨马行慢。

　　　　　（白）俺夏杰，字文华，奉义父之命，连夜急行，急与李庆送信，只得催马走走。

　　　　　（唱）催马走，抖丝缰。

　　　　　　　　思前想后，甚是悲伤。

　　　　　　　　可怜李太傅，忠臣不善亡。

　　　　　　　　因此去见李庆，杀贼大报冤枉。

　　　　　　　　不言夏杰路上走，（下）

（上孟辉）

孟　　辉：（唱）再表孟辉出朝纲。

　　　　　　　　辞圣上，转家乡。

　　　　　　　　金银财宝，俱用车装。

　　　　　　　　年老归林下，要把财主当。

　　　　　　　　欲学农夫耕野，强如陪伴君王。

　　　　　　　　伴君如同羊伴虎，虎要登山定吃羊。

　　　　　　　　我妹丈，是忠良。

　　　　　　　　官居太傅，教习裕王。

　　　　　　　　英名天下晓，威威震朝纲。

　　　　　　　　误被严嵩谋害，只落刀下身亡。

　　　　　　　　忠臣一世无结果，令人闻知痛断肠。

　　　　　　　　老孟辉，在途场。（下）

（上赵氏姐弟）

赵　　亮：（唱）再表赵亮，反出朝纲。

赵金花、赵银花：（唱）金花姐妹俩，马上泪汪汪。

　　　　　　　　　　可怜生身父母，临终不得善亡。

　　　　　　　　　　但愿日后拿奸党，万剐千刀祭爹娘。

　　　　　　　　　　不言姐妹路途走，（下）

　　　　　　　　　（升帐，丑坐，喽啰站）

喽　　啰：（唱）再表那云龙山草鸡大王。

　　　　　　　　喽啰上班升大帐。

宋汗标：（诗）盖世英雄就属咱，云龙山上为大王。
　　　　　　生平本事与天齐，推倒一个搡倒俩。
　　　　（白）孤家草鸡大王怂蛋包，呔，呔，呔，是宋汗标。在这青州府云龙山为王，下山偷个小鸡儿，拔个烟囱儿。喽啰们呢？

喽　啰：有。

宋汗标：打听有狗下山庄，禀我知道。

喽　啰：哈，报大王，得知山下来了一溜大车，一群人马，请令定夺。

宋汗标：车辆从此路过，只好抢回，比偷鸡盗狗还强。喽啰们。

喽　啰：有。

宋汗标：抬枪带马，杀下山去。（下）
　　　　（上赵金花刀马，宋汗标对上）

宋汗标：我说你这小姐姐，骑着大马，拿着大刀，还敢与大王爷爷动手么？我劝你将金银财宝与我留下，饶你不死。

赵金花：山寇，少要胡说。看刀。（杀宋汗标死）

众喽啰：求姑娘饶命罢，大王一死，我们情愿拥护姑奶奶为王。

赵金花：起过了。

喽　啰：是。

赵金花：咳，妹妹、兄弟，你我姐弟正好无处投奔，趁此机会就在此山为王。

赵银花：就依姐姐高见。

赵金花：喽啰们。

喽　啰：有。

赵金花：就此上山。

喽　啰：哈。（下）
　　　　（上白面武生）

李　庆：（诗）六尺桃衣映彩霞，西江亭上醉琵琶。
　　　　　　月照皎洁春留影，风冷挑灯剪落花。
　　　　（白）俺李庆，字振吉，河北冀州人氏。父亲李万，官居太傅之职，母亲孟氏，咳，早年去世。我幼年父母聘定青州府郭俊臣之女为妻，因母服孝未满，尚未搬娶。今奉父命，回家拜扫先祖坟茔。这也不在话下。
　　　　（上院子）

院　子：禀公子，今有夏公子从京而来，府外求见。
李　庆：夏贤弟从舅父府中而来，到此冀州，却为何故？待吾出府迎接。

（唱）一闻夏杰贤弟到，正正衣冠接出门。

（白）夏贤弟，哪里？

（上夏杰）

夏　杰：仁兄哪里？
李　庆：贤弟可好？
夏　杰：仁兄可好？

（唱）携手而行进书舍，一揖告座宾主分。

李　庆：（唱）不知贤弟贵驾到，未去远迎罪及深。
夏　杰：（白）好说。

（唱）你我乃是知己友，何须套言动虚文？

李　庆：（唱）咱自北京分离后，至今可想在其心。
夏　杰：（唱）小弟想兄难成寐，一日如同过三春。
李　庆：（唱）贤弟离了北京地，有何事故请实云？
夏　杰：（唱）大哥请把书字看，底里缘由自知闻。
李　庆：（唱）拆开书字看一遍，咳呀一声倒埃尘。
夏　杰：（白）大哥，醒来，醒来。
李　庆：咳呀，

（唱）苏醒多时抬身起，咳呀，爹爹呀，哭声屈死老天伦。

忠臣一世无结果，只落得头被刀餐命归阴。

咳，哭罢多时心发恨，大骂严嵩狗奸臣。

你今害了我的父，李庆岂肯善甘心？

有朝一日拿住你，摘心喝血定抽筋。

咳，虽然杀剐把仇报，怎得父子两相亲？

爹爹呀，豪杰哭得如酒醉，

夏　杰：（唱）夏杰连连把兄尊。

（白）咳，大哥，叔父已死，哭之也是无益，不如你我兄弟二人同心协力，进京诛贼，以报不共戴天之仇？有何不可？

李　庆：难得贤弟如此好意，助兄以报此仇，就此弃家进京，劫杀严嵩父子。

正是：同心协力杀奸党，欲学专诸刺王僚。（下）

（升帐，二将站）

赵亮、陶力：（诗）杀气冲霄汉，威风透九天。
　　　　　　　　　四海英雄将，聚会云龙山。

赵　亮：（白）俺赵亮。

陶　力：俺陶力。

赵亮、陶力：寨主升帐，在此伺候。

（上赵金花、赵银花）

赵金花、赵银花：（诗）杨柳身轻马似飞，抡刀舞剑镇香闺。
　　　　　　　　　　　呼风唤雨神通广，雄勇英名天下归。

赵金花：（白）奴赵金花。

赵银花：奴赵银花。

赵金花：父亲赵永，大明嘉靖驾下称臣，被严嵩奸贼陷害遭斩。奸贼还要剪草除根，抄拿家口，母亲被迫自尽身亡。姐弟三人无奈，带领家将，是一场好杀，反在这云龙山上为王。来在此山乃青州地界，先有草寇在此山为王，叫奴杀尽。奴占了此山，聚集四海英雄好汉，单等兵成大队，粮草有余，杀入北京捉拿严嵩父子报仇，碎尸万段，方消我心中之恨。

赵银花：姐姐，青州府清修寺起了广良大会，咱何不前去？一则逛会，二则以访问英雄，好了咱姐妹终身之事。

赵金花：咳，虽然可去，怎奈咱姐妹乃是女流之辈，如何去得？

赵银花：咱姐妹女扮男装，有何不可？

赵金花：言之有理。咱兄弟把守山寨，你我改扮就此下山。兄弟赵亮上帐听令！

赵　亮：在！姐姐有何吩咐？兄弟听示。

赵金花：（唱）姐妹开言呼兄弟，我今有话对你云。
　　　　　　　山上大事交与你，即刻就要下山林。

赵　亮：（白）你们要上哪儿呀？

赵银花：青州起了广良会，聚集天下英雄人。一则去访英雄士，二则逛会去散心。

赵　亮：（唱）一闻此言心不悦，姐姐们行事欠思忖。
　　　　　　别说兄弟说啰话，不知你们是什么心？
　　　　　　姐姐乃是窈窕女，

赵金花：（白）接着说呀。
赵　亮：（唱）生得风流又招群。
　　　　　　　会上人多心不善，一些光棍匪类人。
　　　　　　　你们若是头里走，丢眉扯眼后边跟。
　　　　　　　虽然厉害不让讲，吵吵闹闹也磕碜。
　　　　　　　我劝姐姐不可去，小弟我实实在在不放心。
赵金花：（白）咳哟咳哟，
　　　　（唱）姐妹闻听红粉面，兄弟你无大无小话胡云。
　　　　　　　我们下山去逛会，女扮男装可瞒人。
　　　　　　　何况又有平生艺，谁敢多言起邪心？
赵　亮：（白）虽然改装终是女流，千万不可前去。虽然扮成男装，乃是一个娘们，下店咧，吃饭咧，也有点不方便。这是一旦要到庙上，你既扮成爷们，怎上娘群里去呀？自然得在爷们堆里。人多多的，挤挤插插，那有多不方便。庙上见了英雄好汉，怎说呢，只也想着要招人家么，怎望人家说呢？就打着在一块吃饭喝酒，这也罢了。黑家咧，白日咧、睡觉咧煞的咧，你们仔细想想，怎会去的呢？实在是去不得的。
赵金花：兄弟言之却有理，但妹妹去的心盛，要不的你姐弟一同前去，却也无妨。
赵　亮：这倒是，大姐姐多活几年，心里有点横竖，有兄弟相伴，姐姐就一路上下店吃饭喝酒也无差样。今年二姐姐去，明年大姐姐去。这么一说，大姐姐就得把守山寨了，我姐弟二人就去逛会走走。
赵金花：明天你姐弟下山前去逛会，大摆宴席与你二人饯行。喽啰们！
喽　啰：有。
赵金花：杀猪宰羊，筵席伺候。（下）
　　　　（上丑武生，坐）
郭　力：（诗）闲串花街柳巷，闷来楚馆秦楼。
　　　　　　　粉面佳人喜相留，真乃快乐无够。
　　　　（白）我大爷郭力，号有勋，乃山东青州府人氏。家爹郭俊臣，官居英烈侯之位。我母亲岳氏，妹妹名唤玉梅，聘与冀州李庆为妻，尚未过门。我幼年受过仙人传授，学的法术无边，武艺惊人，借着我家老子这点名声，仗着自己武艺，在青州府地面上，任意地横爬竖滚，无有人敢惹。

如今青州清修寺起了广良大会，我不免带着小子们前去逛会，有何不可？小子们快来。

（上二丑）

家　奴：来了。大爷我来了。

郭　力：嘿，什么东西？

家　奴：我是来随大爷到广良大会逛会去。

郭　力：使得不咧，快些带马，随大爷前去便了。

家　奴：咳。（下）

（上老丑，坐）

常　广：（诗）人老全仗饭，饭多人康健。

　　　　　　吃饭要充实，一天要三遍。

（白）我老汉常广，有一个外号叫进财。青州人氏，黄花院居住。一辈无儿，只有一女孩。老婆子上年个死啦！咳，这个人若是无个老婆子，才是个憋闷哪。那早晚无人扶持，还是个小事，唯独到了半夜，越发要醒了。越想着啥，抽袋烟咧，呆着自己霎时的。咳，真是憋闷得很哪。虽然有个丫头，（上小旦，听声）总是不遂她的心事，我问她，她又不说，横是我明白点了。

常香元：爹爹，你老人家明白啥咃？

常　广：咳，这孩子啥时候来的？

常香元：孩儿我方才来的。你老说我啥话呀？

常　广：我未说你啥咃。

常香元：不用瞒我，我听得挺明白。

常　广：你既听见了，我就说说罢。我看你今年大改样啦。你的心事，要望我要个小女婿吧。咳，是明白吧？

常香元：咳哟，咳哟，你老可是瞎说，谁家闺女不是老死在家里？要那东西做啥咃？

常　广：哦，我未说呀，竟也是纳闷着呢。闺女呀，闲话少说，清修寺起了广良大会，我与你死了的妈妈许下了三年香愿，快随爹爹进香了愿去吧。

常香元：是咧，待孩儿收拾收拾，前去拈香还愿才是。

（唱）连连答应说遵命，（下，又上）急忙回房换衣衫。

　　　　　　点翠花儿头上戴，又带上五谷丰登镀金环。
　　　　　　扎上了标志蛇皮带，又换上红绣花鞋样儿鲜。
　　　　　　八幅罗裙腰中系，穿上了红绣大花衫。
常　广：（白）闺女呀，该走啦，不用扎古①了，天不早咧。
常香元：（唱）轻挪莲步出绣户，
常　广：（唱）常老上锁把门关。
常香元：（唱）不言父女去还愿，（下）
　　　　（上丑小子）
郭　力：（唱）再表有勋郭家男。
　　　　　　带领小子来逛会，东张西望人狂颠。
　　　　　　娘们群里挤着走，挨挨蹭蹭肩靠肩。
　　　　　　呀，远远望见一女子，好一似天仙下界到人间。看罢回头叫小子，
　　　　（白）小子们呢？
　　　　（上家奴）
家　奴：有。
郭　力：你看那一女子好像天仙下临凡间。（看常香元，凑近）咳哟，好一个标致女子。
家　奴：大爷，你不到跟前看看哪？开开眼，臊个空心皮呢。
郭　力：使得使得，随大爷迎近上去（下，又上）
　　　　（唱）郭力抖精神，迈步往上闯。
　　　　（上常广、常香元父女）
常　广：（白）女儿快走哇。
郭　力：（唱）美人身上细留神，不眨眼不眨眼不眨眼。
　　　　　　头发黑黝黝，好似香墨染。
　　　　　　梳的还是髻盘龙，时兴纂时兴纂时兴纂。
　　　　　　五色红绒多新鲜，簪子不多把翠点。
　　　　　　一丈青儿坠滴流，遮住脸遮住脸遮住脸。
　　　　　　樱桃小口儿，又用胭脂点。

---

①　扎古：细心打扮。

> 糯米银牙长个齐，密密摆密密摆密密摆。
> 杨柳细腰儿，长得似笔管。
> 身上穿的大红衫，花红色花红色花红色。
> 裤腿扎腕上，鲜红绣五色。
> 蛇皮带儿紧紧扎，真合款真合款真合款。
> 一对小金莲，刚刚三寸满。
> 可敬她妈裹得强，多光彩多光彩多光彩。

常　广：（白）闺女呀，快走吧。

常香元：是，我来了。

郭　力：（唱）花鞋样儿新，功成作些彩。
> 白底红帮扎满花，桃子脸桃子脸桃子脸。
> 还有一蜂儿，定在那鞋脸。
> 踩的那叫脚印儿，

家　奴：（白）大爷，你老量一量。

郭　力：（唱）使得，刚半拃刚半拃刚半拃。
> 鞋儿做得精，脚儿一点点。
> 见此美人眼发直，动色胆动色胆动色胆。

家　奴：（唱）大爷到跟前，何必闹闲款？
> 不然咱们抬着她，回家转回家转回家转。

郭　力：（唱）与我作夫人，心足意也满。

家　奴：（唱）只怕她不从，

郭　力：（唱）她不敢她不敢她不敢。
　　　　（白）有咧，小子们。

家　奴：有。

郭　力：就此随我大爷前去问问老头儿，闺女是谁家的，是她什么人。问问去。

家　奴：走不咧，咱们问问去。

郭　力：嗨，那老头儿，你是谁？那女子是你什么人？

常　广：老汉常广，乃是黄花院的人氏，后边那个女子是我闺女呀。你问这个干啥咃？

郭　力：大爷，我问你，自然有点心事。

常　广：你有什么心事呢？你是哪里的呀？

郭　力：哈哈哈哈。我是城里的，姓郭名力，大号有勋。我看你闺女煞好的，与大爷我作个媳妇，想来你必愿意吧？

常　广：呀呀呸，谁想你这个人说话，好不知羞耻嗨？你既是宦门公子，何礼不知。在这大会上说这些没味的话。不看你是公子，我打你一顿鸟枪。

郭　力：哈哈哈，你大爷，我这是好意呀。你若应了亲事，你造化不小，若不应，那是羞辱我，你真是不识抬举。

常　广：哈哈，我把你这个狂徒坏蛋兔羔子，无故地要耍笑民间女子，真正的不知好歹。你家岂无姐妹吗？要被人家耍笑，你心下如何？是你再思再想罢。

常香元：爹爹不要与他讲啥，咱父女俩回家走吧。

常　广：活脱脱像个王八蛋，真是气死我也。（下）

郭　力：咳哟，好个老杂毛，不应亲事倒还罢了，反被他臭骂一顿，实实可恨。这口气叫人难咽。

家　奴：我说大爷，要办依着我的主意，也不论长，也不论短，与他个硬抢，抢到咱府中，拜了天地就得咧。

郭　力：如此，抢得了？

家　奴：抢得了。

郭　力：小子们，与我大爷就抢。

（小子背旦一过，常广追）

常　广：咳呀，不好了，狂徒们竟敢把我女儿抢去，这可怎好？

（唱）老儿着了急，吓得出躁汗。
　　　养活这丫头，活活倾老汉。
　　　偏偏今日个，烧香来了愿。
　　　碰见郭家男，坏种王八蛋。
　　　当面硬抢亲，不应把脸变。
　　　抢去我闺女，任性胡作乱。
　　　女儿身受辱，竟把阎王见。
　　　我也不活着，与他干一干。
　　　急到青府城，去把太守见。

郭力狗子他，从头把理办。

老儿且不言，（下）

（李庆、夏杰马上）

李庆、夏杰：（唱）来了英雄汉。

李庆与夏杰，要去报仇怨。

打马跑如风，行走不嫌慢。

过了杏花村，又走桃花店。

正然往前行，举目抬头看。

只见一老儿，抱头如鼠窜。

连跑带着急，喊叫声不断。

（上常广）

常　广：（白）咳呀，闺女呀。

李　庆：（唱）兄弟咱二人，一同把他见。

催开马能行，堪堪到对面。

二人下马开言问，

夏　杰：（白）呀呸，你这老人家哭哭啼啼、慌慌张张却是为何？

常　广：咳，爷爷们有所不知，适才我闺女被郭家狗子抢去咧。

夏　杰：哎呀呀呀，这还了得。明明世界，朗朗乾坤，竟敢抢掠民间妇女，真正反了。老人家不必着急，待某赶上，打败他们，救你女儿就是了。

常　广：那么敢情好，若能救回小女，必有重报，我就先磕一个吧。（跪下磕头）

夏　杰：不必不必，起来起来，此乃不平之事，理当一救，何敢望报？

李　庆：哦，你老在此稍等。待我二人赶上前去，打死狗子，夺回姑娘，绝不便宜这个狗娘养的。（同下）

（上郭力）

郭　力：（唱）郭有勋，心内欢。

抢来美女，心里舒坦。

那时多欢乐，何惧王法严？

虽然行词告状，打点爷有银钱。

知府与我相交好，这点小事只当玩。

心越想，越喜欢。

夏　　杰：（内白）狂徒哪里走？
郭　　力：（唱）忽听后面，喊叫连天。

　　　　　　　　只见一大汉，如飞似狂颠。

　　　　　　　　形象好似追我，不知却为哪般？

　　　　　　　　回头一看只发怔，霎时之间到跟前。

夏杰、李庆：（唱）小豪杰，便开言。

　　　　　　　　大骂狗子，胆大包天，

　　　　　　　　硬抢民间女，淫邪太不堪。

　　　　　　　　今日把我相遇，该你命丧九泉。

郭　　力：（唱）有勋闻言心便怒。

　　　　（白）你是哪里来的？不知大爷我的厉害，竟敢前来撒野，多管闲事。小子们，一起动手给我打。（乱打一阵，败下，又上）哎呀，这个黑小子用钢鞭把小子们全打跑了，剩下我又手无寸铁，即刻回府，拿来兵刀再与他算账。美人我也不要了，快跑吧。

常香元：壮士救命吧！
李　　庆：这位女子不要啼哭，你父央我前来救你，你父现在那边等候。夏贤弟，将她带上马去，咱兄弟同行便了。

　　　　（携常香元上马）

常香元：（白）多谢二位将军了。

　　　　（唱）上了马，谢恩情。

　　　　　　　　二位恩人，义气英雄。

　　　　　　　　平素无瓜葛，专打抱不平。

　　　　　　　　危险厉害全不怕，救我难女出火坑。

　　　　　　　　千恩万谢说不尽，见父来迎下走龙。

　　　　（上常广）

常　　广：（唱）常老汉，上前迎。

　　　　　　　　欢天喜地，两手鞠躬。

　　　　　　　　多亏好汉你，救我女儿情。

　　　　　　　　多得二位勇士，打走坏蛋杂种。

　　　　　　　　请到我家避寒风，说着上前拉能行。

（白）二位英雄，千万别走，请到寒舍歇宿几天，我父女伺候伺候，微须地尽点敬意，也竟着欢喜痛快些。老儿现在我心里就觉得对不过，说不尽怎么报答了。

夏　杰：老伯不必过谦，既是诚心相待，晚生敬领就是了。

常　广：好啦好啦，我这才欢喜呢。丫头呵，你快先家去打扫干干净净，打上一锅水，新木烧个滚开，泡上峨眉小叶香茶，再准备下净面水儿。快去，快去。

常香元：是。（下）

常　广：二位请。

李庆、夏杰：大家同请。

（完）

第 三 本

【剧情梗概】常广将女儿常香元许配给夏杰,当晚成婚。气急败坏的郭力得知,率家丁来抢香元,被李庆、夏杰和赵家姐弟打败后,向青州总兵黄万年求救,黄万年发兵捕拿李庆等人。赵亮不幸被郭力捉拿,赵银花孤军奋战无果,决定回山请出姐姐赵金花,而李庆、夏杰则上京,寻找机会复仇。

常广、李庆、夏杰:(唱)大家一齐往前走,黄花院不远面前咧。
常　广:(唱)到了门口往里让,我儿出来忙迎接。
常香元:(唱)让进屋里又让座,快些请坐屋里歇。
　　　　(白)二位请坐。
李　庆:老伯请坐。
常　广:大家同坐。
常香元:(唱)香元先捧净面水,转身献茶把话曰。
　　　　(白)二位恩人请喝茶吧。
常　广:吾说了丫头啊。
常香元:爹爹。
常　广:你看二位恩人因为救你,多走些道路费些力,想是早已饿了,赶快地做饭吧。
常香元:是。
　　　　(唱)常小姐,不消停。
　　　　　　酒热菜熟,先摆筷盅。
　　　　　　先满两杯酒,捧献二英雄。
　　　　　　随后又一杯,捧献我的亲翁。
　　　　　　尊声恩人请酒菜,恕我草草不敬恭。
　　　　　　说完我又厨下去,
常　广:(白)二位请酒请菜。
李广、夏杰:老伯请。
常　广:二位多用几杯,解解乏困。

李　庆：晚生量小，不敢多用。

常　广：如此，二位酒量，我也不敢深量，丫头啊，看饭。

常香元：是，来了。

　　　　（唱）忙端饭，不消停。

　　　　　　　先盛两碗，捧献英雄。

　　　　　　　随后盛一碗，捧献父亲翁。

　　　　　　　酒饭用完忙撤下，随手斟茶掌银灯。

　　　　　　　恭而敬之一旁立，

常　广：（唱）常广开言尊一声。

　　　　　　　二位恩人你们且谈话，吾和小女到内庭。

　　　　（白）吾说丫头呀，天不早啦，你可不小咧。今天这一场儿闹得山摇地动，差一点险乎遭了不测危险。这也是有缘千里来相会，恰巧来了二位英雄救咱父女，心里感激不尽，想着把你许配他们，丫头你愿意不？不用害羞不肯出口，你就实实在在说吧。

常香元：爹爹，事已至此，还害什么羞？女儿我心里，望爹爹想通，可就怕人家嫌弃咱们呢。

常　广：这么说，你相中哪个啦？

常香元：咳，爹爹呀，相人相心地，相人相才能，其他的世上浮情，都是小小的无关系。要我看二位恩人全是义气英雄，哪位不嫌弃，我就服侍哪位去。

常　广：我女这话真是明白，我就到前庭看情况办吧。

李　庆：老伯请坐。

常　广：我今晚把脸一抹，不害羞，说个粗糙话，二位可别见笑呵。二位英雄全是富贵人家，我是不敢高攀，今天有个小事儿，让二位商议商议，不知意下如何？

李　庆：老伯有事请讲。

常　广：那我就说啦。我的女儿尚未定亲，哪位如不憎嫌，我想做个亲戚呢。

李　庆：晚生前遵亲命，早已定亲，老伯若不憎嫌，请将令爱配给我夏贤弟，我从中做个半面冰翁，不知老伯父女意下如何？

常　广：好哇好哇，我真欢喜了不得了。

李　庆：夏贤弟，老伯父女爱好做亲，应下才是。

夏　　杰：晚生年轻又不才，实在不敢呵。
常　　广：（硬唱）未从开口先带笑，我有实话来相告。
　　　　　　　　　小女不才蒙你救，这个恩情同再造。
　　　　　　　　　以身报德无二心，从一而终把力效。
　　　　　　　　　希望恩人把亲作，来来往往走亲道。
　　　　　　　　　一则父女心有底，二则父女身有靠。
　　　　　　　　　进财还要往下讲，
李　　庆：（唱）李庆便把贤弟叫。
　　　　　（白）贤弟既蒙老人家偏爱，何不从下亲事？况且贤弟未曾定亲，识时务者为俊杰，不必推辞了。
夏　　杰：若是小弟招亲，外人必然论我所作非大丈夫所为也。
常　　广：这是我亲自愿意，并非是公子要求。我小老儿亦已把话说出口来了，公子应下才是，若再不应，我就跪下了。
夏　　杰：既然如此，我就应下亲事。岳父在上，受小婿一拜。
常　　广：慢着慢着，我听说是北街上张二红眼是今天娶亲，咱们就着好日子，拜了天地，与我闺女上了头就完咧。就这么着咧。萍水相逢结连理，山盟海誓鼓瑟琴。（同下）
　　　　　（上郭力）
郭　　力：（诗）美人未得到手，反倒伤脸丢丑。
　　　　　　　　　安心强抢女姣娥，硬要成亲该配偶。
　　　　　（白）我郭大爷有勋。会上遇见常家闺女，生得十分美貌，命小子们抢她到手，想着成亲，不知从何处来了两个黑脸小孩子，力大无穷，小子们被打散了，竟将美人夺去。那时我赤手空拳，并无兵器，只得忍气而回，弄得我一夜未曾安眠。清晨起来，命小子们上黄花院打听那黑小子在何处安身，好再去拿他报仇，捎带着抢回媳妇。去之久矣，怎不回来呢？
　　　　　（上家奴）
家　　奴：大爷呀，我上黄花院打听，黑小子他与常家女子拜了天地了。
郭　　力：咳哟，原来那个美人偏就给了那黑小子，真叫人又气又恨。小子们抬枪备马，急到黄花院找那黑小子算账，不得有误。（下）

（上夏杰夫妻）

夏杰、常香元：（诗）芙蓉花开鸳并立，梧桐枝上凤双栖。

夏　杰：（白）俺夏杰。

常香元：奴常香元。咳哼。

夏　杰：你我夫妻燕尔新婚，你因何愁眉不展？哦，是了，你必是嫌我脸黑吧？

常香元：咳哟，咳哟，官人你说哪里话来？既蒙不嫌贫贱，成为夫妇，乃妾之幸也，哪有嫌君之理？

夏　杰：那么，为何总是哼儿咳的咧？

常香元：咳，妾总愁着郭家狗子不肯甘心哪。

夏　杰：哼，是为这点小事，娘子请放宽心，有我在此，狗子再也不敢来了。

（上常广）

常　广：闺女、姑爷，不好了。

夏　杰：岳父，为何这等惊慌？

常　广：真是祸从天降了。

　　（唱）连叫姑爷说不好，真是大祸来临门。
　　　　　昨日狂徒郭有勋，带领着打手一大群。
　　　　　声言姑爷你出去，急去对付把阵临。
　　　　　还要硬抢我闺女，与他拜堂成个亲。
　　　　　姑爷你说怎么的？

夏　杰：（白）哇呀呀呀！

　　（唱）豪杰闻听气炸心。
　　　　　跺足捶胸骂贼子，大骂狂徒太邪心。
　　　　　我今定要杀狗子，剥皮喝血抽了筋。
　　　　　我今去把那厮见，岳父快去备麒麟。

常　广：（白）是。

　　（唱）常进财答应出房去，（下）

常香元：（唱）香元含羞呼夫君。
　　　　　贼子人多势又重，要去对敌祸必临。
　　　　　不如妾身全节烈，刻下自尽命归阴。（下）

夏　杰：（白）我定要杀这囚攮的。

常香元：（唱）纵然你把他杀了，人命关天罪更深。

　　　　　　　不如妾死为上策，免得临期夫妻两离分。

　　　　（白）是，是，也罢。

夏　杰：（唱）娘子不必如此，慌忙上前拉衣襟。

　　　　　　　正在着急——

（上常广）

常　广：（唱）老儿到。

　　　　（白）这个姑爷呀，了不得了，郭有勋就要杀进门来了。

夏　杰：哎呀，这厮十分可恶，待我出马抵挡，鞍马可曾备齐了？

常　广：早已备齐了。

夏　杰：待我杀这贼去。（下）

常　广：闺女不必啼哭，方才我告诉李公子，叫他前去相帮，他们哥俩必定将贼子打跑了。

常香元：纵然打跑了贼子，他将来也是找咱，躲不了这场大祸呀。

常　广：有祸也说不了啦，等他们来了再说吧。

（夏杰马上对郭力）

夏　杰：嘟，狗子，昨日逃出你祖宗之手，今日又来送死。

郭　力：哈哈哈，大爷我心爱的美人与你作了媳妇，大爷实实地难容。着枪吧。

夏　杰：来，来，来。

（大杀，夏杰下，李庆上，对郭力）

郭　力：你这小子是谁，敢与你大爷动手么？

李　庆：狗子，是你听了。

　　　　（唱）叫狗子，听根苗。

　　　　　　　吾父官居，一员当朝。

　　　　　　　辖文又管武，英明四海标。

　　　　　　　你爷官门公子，可称当世英豪。

　　　　　　　知我厉害快快走，不然剑下赴阴曹。

郭　力：（唱）骂贼子，少发刁。

　　　　　　　大爷英名，比你更高。

　　　　　　　我父为司马，额外封侯爵。

领兵南征北战，立下十大功劳。

大爷受过仙家术，兵法武艺比你高。

李　庆：（唱）你这厮，淫又刁。

想来你父，也是奸曹。

养你这犬子，万人恨难消。

我今将你拿住，定然万剐千刀。

说着举剑搂头砍，

郭　力：（唱）急忙招架把手交。

催战马，逞英豪。

恶战仇敌，不肯相饶。

枪动梨花舞，马跑似龙彪。

真是越杀越勇，恰似二雀争巢。

二人大战无胜败，

（上赵银花、赵亮）

赵银花：（唱）再表银花女英豪。

姐弟二人来逛会，忽听前面闹吵吵。

众人声言郭家子，抢霸民间女多姣。

怎么一个恶狗子？万恶横行太也刁。

兄弟呀，咱们前去看一看，趁此正好助英豪。

赵　亮：（白）使得使得。

（唱）不言姐弟去观看，（下）

（上夏杰）

夏　杰：（唱）夏杰催开马黄骠。

喊叫吆喝往上闯，

（白）大哥，少歇，待我擒这狗子。

（对杀，郭败下，又上）

郭　力：哎哟，这两个小子杀法骁勇，轮流换战，哪有闲工与他耐战？不免使飞沙走石，打他便了。

（唱）两个小子多厉害，杀得我无力招架身发麻。

只好施展仙家术，定要将他两个拿。

　　　　　　　灵文咒语念一遍，狂风大作起光花。

李庆、夏杰：（唱）李庆夏杰正追赶，忽然天边起风沙。

　　　　　　　风刮飞沙迷人目，碗大石头往下砸。

　　　　　　　不敢追赶回里走，

赵银花：（唱）再表观阵的赵银花。

　　　　　　只见黑白二壮士，力敌万人武艺佳。

　　　　　　眼看黑汉往下败，为什么忽然起飞沙？

　　　　　　定是那厮使邪术，想把二位英雄拿。

赵　亮：（白）姐姐呀，你何不施展仙家术，飞沙走石一齐压？

赵银花：（唱）急急掏诀念咒语，

　　　　（白）天灵灵，地灵灵，（念念有词），飞沙走石速退。

赵　亮：姐姐，将他法术破了，何不助他二人一臂之力？

赵银花：兄弟，言之有理，就此冲杀上去。（下）

　　　　（赵亮、郭力对上。）

郭　力：哎哟，你这小子竟敢破我的法术，还敢前来动手？赶快报名受死吧。

赵　亮：狗子听真，你大王爷爷赵亮是也。

郭　力：口称大王，你的巢穴在何处？

赵　亮：爷爷我在云龙山为王，替天行道，专管不平之事。想你这贼子，抢霸民间妇女，万恶滔天，大王我哪里容得？你不用放屁，看枪。

　　　　（大杀，郭力败下，又上）

郭　力：哎呀呀，这小子杀法骁勇，不免用七星石打他便了。

　　　　（上赵银花）

赵银花：狂徒祭来七星石伤人，怎得能够？（念念有词），将宝收入锦囊，冲杀上去。

郭　力：你这小子，将宝贝收去，怎能容你？看枪罢。

赵银花：来，来，来。

　　　　（上郭力，败下，又上）

郭　力：这小子真厉害，杀法骁勇，法术无边，只得禀知总兵，发来官兵拿他便了。

　　　　（上李庆、夏杰、赵银花姐弟）

李　庆：多蒙仁兄相救，请上受我一拜。
赵　亮：不知二位仁兄高名贵姓，为何与这厮大战？
李　庆：俺李庆。
夏　杰：俺夏杰。如此这般，动起杀法，多蒙仁兄相救助力之恩，永远不忘。敬请二位仁兄一到常庄，再为领教。
赵　亮：好说，理应到府一拜。
李　庆：二位仁兄请。
赵　亮：请。（同下）
　　　　（升帐，四将站）
众　将：（诗）辕门三通鼓，金锣震耳鸣。
　　　　　　　　侍立中军帐，单听将令行。
吴有仁：（白）俺副将吴有仁。
马有才：俺参将马有才。
贾乃义：俺贾乃义。
黄金奎：俺黄金奎。
众　将：元帅升帐，在此伺候。
　　　　（上黄万年）
黄万年：（诗）威威赫赫有声名，稳坐青州锁江东。
　　　　　　　　圣上亲封为总镇，黄金宝印挂前胸。
　　　　（白）本帅青州总领黄万年，大明嘉靖驾下称臣，官为镇殿将军之职，只因参本严嵩，贬为青州总兵，镇守五载有余，军民悦服，干戈宁静，这也不在话下。夫人康氏所生一男一女，儿名金奎，女彩云，吾兄在京官居文华殿大学士之职。我儿金奎帐下听用，一家皆受皇恩，倒也罢了。
　　　　（上卒）
卒：　　启禀元帅，英烈侯之子郭有勉前来求见。
黄万年：哼，这厮求见，有何事故？就说有请。
卒：　　是。（下，内白）有请郭公子。
　　　　（上郭力）
郭　力：来了。老大人在上，郭有勉拜揖。
黄万年：免礼，公子请坐。

郭　力：告坐。
黄万年：公子求见本帅，有何事故？
郭　力：大人容禀。

　　　　（唱）尊声老大人，听我说一遍。
　　　　　　　昨日逛会场，去把热闹看。
　　　　　　　遇着一伙人，凶恶多不善。
　　　　　　　欺压买卖人，无处不作乱。
　　　　　　　连抢带着夺，硬把会搅散。
　　　　　　　走到娘们群，跟着还要看。
　　　　　　　实在违王法，晚生上前劝。
　　　　　　　解劝他不听，反倒怒满面。
　　　　　　　口称山大王，盖世英雄汉。
　　　　　　　聚众云龙山，要把朝廷叛。
　　　　　　　任性又胡为，谁敢与他干？
　　　　　　　哪个要多言，筋折骨也断。
　　　　　　　晚生闻此言，气得浑身战。
　　　　　　　率领众家丁，与他把理辩。
　　　　　　　谁知落下风，打得东西散。
　　　　　　　回府命家人，庙上去打探。
　　　　　　　山口十数人，但是英雄汉。
　　　　　　　住在黄家村，吃喝不打算。

黄万年：（白）是何人大胆，敢招山寇？
郭　力：（唱）有个姓常的，他是老坏蛋。
　　　　　　　有个大闺女，实在真好看。
　　　　　　　与他作媳妇，才把山寇恋。
　　　　　　　倘若不拿获，必然成大患。
　　　　　　　故此见大人，细细说一遍。
黄万年：（唱）哼，黄爷闻此言，心中暗打算。
　　　　　　　有勖郭家男，素日多奸骗。
　　　　　　　若听一面词，唯恐屈良善。

我今若不拿，这厮必多辩。
想到此间开言道，
（白）公子暂且回府，本帅稍刻遣将，随你捉拿便了。

郭　力：是，晚生遵命。（下）
黄万年：吴有仁听令，郭有勋言黄花院常进财勾引山寇，搅乱清修寺的盛会。不可不信，也不可全信。命你带五百兵丁将士，细细打探明白。若有山寇，即可捉拿。要你多加仔细，不可有误。
吴有仁：得令。（下）
黄万年：（诗）浪子流言多奸诈，岂肯深信误良民？
（上赵银花，男装）
赵银花：（诗）青山未得多情客，空自妆台施粉朱。
（白）奴赵银花。自从破了郭力法术，来在常家，兄弟与李庆、夏杰拜为弟兄。那常老之女与夏杰成亲，那常氏女子生得风流绝世，见面投缘，何不后堂相见？假意调情玩笑玩笑，再换女装，朝夕饱看，岂不方便？
（唱）女扮男装常家住，自觉不便惦在心。
　　奴家何不露本相？得与常氏两相亲。
　　爱其端庄温又雅，风流美貌果超群。
　　定要调情将她戏，玩笑玩笑美佳人。
　　主意一定后房去，（下）
（上常香元，坐）
常香元：（唱）再表香元女钗裙。
　　独坐香闺愁无限，愁着郭力不甘心。
　　仗势欺人行霸道，将来父女大祸临身。
　　正是佳人愁烦闷，
赵银花：（唱）银花突然进房门。
　　口呼嫂嫂施一礼，
常香元：（唱）佳人一见奴生嗔。
　　叔叔何故将奴见？
赵银花：（白）我自然有点心事。
常香元：（唱）有事去见我父亲。

赵银花：（唱）你父难管你我的事，竟与嫂嫂来谈心。
　　　　　　爱慕芳容难成寝，寻入桃源来相亲。
　　　　　　斗胆前来见嫂嫂，咱俩即刻放春心。

常香元：（白）呀！
　　　　　（唱）听他这话非好意，实心缭乱气不匀。
　　　　　　满面含嗔往外走，

赵银花：（唱）银花拉住笑盈盈。
　　　　　　夏兄丑陋又粗鲁，大料不能随你心。
　　　　　　不是小弟我自夸口，论人才比那夏杰俊十分。
　　　　　　常言说美貌佳人爱才子，小弟我又俊又青春。
　　　　　　今生有缘来相会，了结相思会雨云。
　　　　　　说着眉眼传情意，

常香元：（唱）佳人时下气攻心。
　　　　　　用手一指骂狂匪，
　　　　　（白）好个衣冠中的禽兽。你兄弟既与夏郎结拜，乃关系五伦，为何想做那苟且之事？

赵银花：好嫂子，不必生气。我们救你来到你府，见你美貌，动了淫心，你就从了我吧，就当谢恩了。

常香元：你真人面兽心了。
　　　　　（唱）香元闻听心发怒，大骂狂徒薄情郎。
　　　　　　我当你是真君子，原是淫贼心不良。
　　　　　　说着脱身出外走，

赵银花：（唱）满脸陪笑把口张。
　　　　　　嫂嫂快给消消气，脱去靴帽露女装。

常香元：（唱）惹得香元噗嗤笑。
　　　　　（白）哟，这死丫头子可成精了。

赵银花：你才成精了呢。

常香元：可不是的，我成了精啦，我还会变化。

赵银花：会变是不错的。头一变把你气得鼓了盖了，二一变把你乐得花花肠子都冒出嘴啦。

常香元：哈，你这嘴巧，我可说不过你。现了原形，我可不怕你啦。我得狠狠地报仇，大撕把你，不能轻饶你呀。

（唱）说着含笑用手指，又憎又坏你心真藏。

我当你是真男子，原来也是女娇娘。

（白）我也得调戏调戏你啦。攥住金莲把脖搂，亲嘴挨脸贴胸膛，这些相应便宜了你。

赵银花：你不怕吃亏呀？

常香元：（唱）虽然吃亏不受伤。

赵银花：（唱）今天咱俩结恩爱。

（白）你管我叫啥呀？

常香元：（唱）管你叫亲亲热热的小情郎。

姐俩玩笑传情意，引起香元暗惨伤。

夫妻合卺不多日，一旦分离甚凄凉。

奴家有心想留念，又觉含羞面无光。

满怀心事难出口，

赵银花：（唱）银花也是暗思量。

心中爱慕李公子，有心请他上山冈。

奈何不肯上山寨，如有所失心茫茫。

不言姑嫂后房去，（同下）

（上李庆）

李　庆：（唱）再表弟兄上前堂。

彼此难割又难舍，真乃是友逢知己话偏长。

叙话多时把身起，李庆夏杰赴京邦。

常　广：（唱）老儿进房说不好，

（白）咳呀，大王爷可不好了，郭有勋带领无数人马杀进庄来了。

赵　亮：这厮十分可恶，待我出马，将他生擒活捉，方消我恨。（下）

常　广：姑爷走不多时，这小子又找来啦，待我去见女大王，好与那厮杀一阵子。

（上赵亮，吴有仁，对上郭力）

赵　亮：我把你这个狗子，前者大王爷饶你狗命，今日又来送死。

郭　力：山贼呀山贼，你大爷禀知总兵，押来官兵前来擒你，吴兄听见没有？他自口称大王，乃是云龙山的贼寇，大家动手擒他便了。

吴有仁：有理。

（杀一阵，郭力败下，又上）

郭　力：山贼甚是厉害，吾用开天尺擒他便了。（念念有词），开天尺起呀。

赵　亮：狂徒，哪里走？咳呀不好！（落马）

郭　力：众将官将山贼绑进城去，哈。

（唱）郭有勋，抖精神。

　　　　一马当先，率领三军。

　　　　山贼全拿住，不可放一人。

　　　　见见元帅有赏，尔等必加功勋。

　　　　喝令三军往上闯，一定拿住众贼人。

（上赵银花）

赵银花：（唱）赵银花，杀出村。

　　　　催开战马，忙把刀抡。

　　　　只见我兄弟，落马身被擒。

　　　　吓得心惊胆战，头上惊走真魂。

　　　　只得舍命救兄弟，

郭　力：（唱）有勋挡住恶狠狠。

　　　　枪一举，骂贼人。

　　　　竟敢对阵，来把死寻。

　　　　前者败你手，羞惭回家门。

　　　　禀报总爷知晓，率领大小三军。

　　　　山寇各个全拿住，再动大兵剿山林。

赵银花：（唱）催战马，抖精神。

　　　　大刀一摆，直取顶门。

郭　力：（唱）郭力忙招架，长枪左右分。

　　　　战了二十余趟，心中暗暗思忖。

　　　　何不施展仙家术，恍魂幡儿将她擒？

　　　　催战马，跑如云。（下，又上）

（白）手拿宝贝，口念灵文，起呀！

（唱）直取山寇去，（下）

赵银花：（唱）银花细留神。

　　　　空中霞光万道，一物交绕风云。

　　　　仔细一看认得了，小小幡儿恍人魂。

　　　　急忙掏诀念咒语，（念念有词）

（白）恍魂幡落地。

郭　力：好一女寇，将我宝贝收去，哪里容得？着枪吧。

（杀一阵，郭力败下，又上）

郭　力：哎呀，山贼急了。众将官，急急收兵回城。（下）

赵银花：呀，不好，眼看兄弟被绑进城，四门紧闭，奴单身匹马不能进城，只可回山报知姐姐，再救兄弟。

（唱）长叹气，皱眉梢。

　　　　深恨自己，做事粗糙。

　　　　不该下山寨，逛庙把祸招。

　　　　而今兄弟被绑，料想难以脱逃。

　　　　现在城门全紧闭，只好回去把兵调。

　　　　见姐姐，说根苗。

　　　　急领人马，围住城壕。

　　　　姐姐施法术，努力把兵交。

　　　　但愿把城打破，救出一母同胞。

　　　　不表银花回山去，（下）

（上常广父女）

常　广：（唱）再表那常进财在路途遥。

　　　　家不幸，把祸招。

　　　　官兵官将，常动枪刀。

　　　　赵家姐弟俩，对阵把兵交。

　　　　父女见事不好，因此才把命逃。

　　　　钱粮土地全不要，家具物品都扔了。

　　　　咱投奔，彩山桥。

　　　　姐夫那里，再作斟酌。

　　　　　　藏躲隐名姓，再探祸根苗。
　　　　　　暂压父女且不表，（下）
夏杰、李庆：（唱）再说二家小英豪。
夏　　杰：（白）夏杰。
李　　庆：李庆。
夏　　杰：把京进。
李　　庆：贤弟，你我晓行夜宿，来到北京，只好投店，再作诛贼之策。
夏　　杰：大哥言之有理，就此投店便了。
　　　　（全下）

（完）

第 四 本

【剧情梗概】 在天子的寿宴上，群臣献诗为天子祝寿。海瑞借诗促使天子赦免了娘娘与太子。严嵩进谗言，遭到黄万寿的痛斥，严嵩因此怀恨在心。李庆、夏杰埋伏在严嵩退朝途中，意欲行刺，可惜没有成功。李庆逃到黄万寿家花园，巧遇黄万寿之女翠云。翠云令婢女带李庆去见黄万寿，黄万寿令他男扮女装，藏在翠云闺房之中，躲过了严世蕃、岳贵的搜查。不过，李庆随即病倒。夏杰逃出城外，寻李庆不见，决定独自前往云龙山。

（摆朝，六人站）

众　　臣：（诗）乾坤钟秀降中林，圣代欣逢社稷臣。
　　　　　　　　　舜日尧天逢盛世，四海欣颂圣主君。
严　　嵩：（白）左班丞相严嵩。
黄万寿：文华学士黄万寿。
郭俊臣：大司马郭俊臣。
岳　　贵：九门提督岳贵。
赵文华：刑部侍郎赵文华。
海　　瑞：刑部云南司海瑞。
众　　臣：圣驾临轩，分班伺候。
（出天子坐）
天　　子：（诗）银烛朝天紫陌长，禁城春色晓苍苍。
　　　　　　　　　千条弱柳垂青琐，百啭流莺绕建章。
　　　　　（白）朕大明嘉靖天子在位。寡人年过五旬，时逢万寿，众卿挂彩与朕庆贺。
（上太监）
公　　公：启万岁，阖朝文武候旨庆寿。
天　　子：传朕口旨，文武官员上殿。
公　　公：领旨。圣上有旨，宣文武上殿。
众　　臣：万岁万万岁。
严　　嵩：万岁，臣严嵩为我主万岁恭贺圣寿之诗，乞我主御览。

天　　子：侍儿呈上来。

侍　　儿：领旨。

天　　子：爱卿平身。

严　　嵩：万岁。

天　　子：待朕看来。

　　　　（唱）紫烟峻殿绕晴光，圣主清君致百祥。
　　　　　　　北阙拜恩恩得雨，南山祝寿寿无疆。
　　　　　　　千条弱柳垂闺阁，万颗仙桃绕建章。
　　　　　　　唯愿思辉同日月，八方举首颂顶冈。

　　　　（白）好诗句，清新可以入选。今日众卿上寿，乃是太平筵席，君臣之乐无过于此，凡尔诸臣，皆可吟诗一首。

众　　臣：万岁。

天　　子：待朕看来。

　　　　（唱）缥缈祥云拥紫宸，齐明箕斗瑞星辰。
　　　　　　　三千虎拜趋丹陛，九五龙飞兆圣人。

众　　臣：（白）万岁，臣等和诗一首与我主万岁。

天　　子：呈上来。

众　　臣：万岁。

天　　子：（诗）白玉阶前红日晓，黄金殿下碧桃春。
　　　　　　　酒如三祝情难禁，亿万斯年颂圣君。

　　　　（白）哦，卿等之诗，过誉寡人，朕唯恐不当。

众　　臣：此陛下德与天同，无得称颂之词。臣等才疏学浅，犹恐不足形容我主之德呀，万岁。

　　　　（唱）俯伏跪在金阙下，连连顿首呼圣皇。
　　　　　　　陛下寿同山岳永，福寿绵绵海天长。
　　　　　　　民丰物富太平宴，恭祝我主寿无疆。
　　　　　　　祝罢无言又顿首，

天　　子：（唱）天子座上喜洋洋。
　　　　　　　卿等称赞实过誉，唯恐寡人不可当。
　　　　　　　今日乃是太平宴，君臣之乐喜非常。

　　　　　　卿等平身归班去，叫声海瑞听其详。
　　　　　　诸臣皆有诗一首，海爱卿为何缄口少诗章？
海　瑞：（唱）俯伏跪倒呼万岁，臣才迟钝尚思量。
天　子：（白）海爱卿，平身归班。
海　瑞：万岁。
　　　　（唱）叩头站起暗思索，何不借诗救娘娘？
　　　　　　可怜皇后被谋害，如今母子受冤枉。
　　　　　　常言父子关天性，以诗感动劝君王。
　　　　　　或者醒悟赦太子，父子相见喜非常。
　　　　　　国家幸甚万民乐，不枉我应尽仁臣效帝王。
　　　　　　想罢提笔作诗句，俯伏金阙尊君王。
　　　　　　臣有诗言呈御览，
　　　　（白）万岁，为臣作得庸诗一首请主御览。
天　子：待朕看来。
　　　　（诗）祝寿良辰诗句联，愿君裕后与光前。
　　　　　　万年社稷谁接续？一统山河万万年。
　　　　　　南极有辉真可贺，东宫无主甚堪怜。
　　　　　　人生有乐天亦乐，有寿无主福不全。
　　　　（白）哦，海瑞之诗言朕有寿无子，江山无有接续。如此说来，朕虽为四海天子，年过五旬，不能光前裕后。看此诗句，叫寡人想起皇儿，真是有愧于心了。
　　　　（唱）默默无言暗发叹，想起皇儿泪沾襟。
　　　　　　母子被贬寒宫院，至今不觉有三春。
　　　　　　哦，寡人不该信谗语，追悔无及甚忧心。
　　　　　　欲待思赦他母子，又觉难服文武臣。
　　　　　　为难多时叫海瑞，观臣诗句愧于心。
　　　　　　皇儿业已遭贬废，当时难以出寒门。
海　瑞：（白）陛下过虑，万岁何惜一言之劳，开了金口，使皇太子也得庆贺呀？我主万岁。
　　　　（唱）海瑞平身归班去，

天　子：（唱）复又叫声文武臣。
　　　　　　　寡人三十八岁继大统，屈指算来十余春。
　　　　　　　回看少年行的事，太平差错有违心。
　　　　　　　与卿共议朝堂事，诗酒陶性细论文。
　　　　　　　可称千古一盛事，咳，但缺一乐不随心。
众　臣：（白）陛下垂功四方，君臣相得，真乃可乐之天下，所缺何事？
天　子：（唱）富有四海虽然乐，咳，朕我缺嗣少儿孙。
　　　　　　　百年之后无接续，何人执掌锦乾坤？
众　臣：（唱）阖朝文武无人对，
海　瑞：（唱）海瑞越班呼圣君。
　　　　　　　俯伏金阙呼万岁，
　　　　（白）陛下现有青宫太子，何言无嗣？万岁。
天　子：寡人何处有子？爱卿何不言之？
海　瑞：我主万岁，张皇后所生太子，天下臣民，无不知之，万岁不可忘记，足有十数余年，我主莫非忘了么？
天　子：哦哦，爱卿之言，朕是忘记了。传朕口旨，速赦皇后、太子，共享太平之乐。
严　嵩：万岁，不可呀不可，皇后、太子已经被贬，天下臣民无不知之，不可听海瑞之言，使我主有出尔反尔之举，臣民有不服之意了，万岁。
　　　　（唱）臣不才，受皇封。
　　　　　　　蒙恩拜相，执掌权衡。
　　　　　　　有功加封赏，犯罪不宽容。
　　　　　　　敬遵国家法度，天下万民皆从。
　　　　　　　皇家犯罪加恩赦，臣民犯罪怎施行？
天　子：（唱）叫丞相，且宽容。
　　　　　　　皇儿被贬，难出寒宫。
　　　　　　　奈因朕年老，尚无守阙龙。
　　　　　　　何人承续大统，执掌锦绣江山？
　　　　　　　因念先皇社稷重，暂赦母子出寒宫。
严　嵩：（唱）连叩首，呼主公。
　　　　　　　为官谏止，乃是尽忠。

皇后被贬废，四海尽知情。

今日一旦被赦，唯恐人心不平。

伏乞我主三思也，

天　　子：（唱）天子无语难心中。

海　　瑞：（唱）海刑部，怒冲冲。

口呼丞相，太也不公。

只为你甥女，蒙宠封皇宫。

生心谋害皇后，竟敢内外沟通？

花言巧语使奸计，使得母子入寒宫。

今陛下，万寿逢。

念其太子，难以出宫。

以私报仇恨，谏本不容情。

不念五伦之首，绝断父子之情。

严嵩你好似崔子弑君乱齐国，又似曹操老奸雄。

严　　嵩：（唱）叫海瑞，少逞凶。

以小犯上，凌辱本公。

偏袒护太子，私心在其中。

定是勾串内院，企图献计高升。

说罢叩头呼万岁，

（白）万岁，海瑞串通内院，趁此机会巧献计策，博取高升。似此佞臣，陛下速除，以正国法，天下幸甚，万民幸甚哪，万岁！

天　　子：海瑞乃是正直之臣，朕所素知，宁可不赦皇后，哪有斩他之理？

黄万寿：万岁，黄万寿有本冒犯天颜，乞告我主：那海瑞金石之言，恩赦皇后、太子，使江山有靠，臣民悦服哪，万岁。

严　　嵩：黄万寿，你，你，你竟敢谗言惑主，以乱国法，必与海瑞一党同谋。乞我主速诛佞臣，以正国法。

黄万寿：严嵩呀，奸贼呀奸贼，老匹夫，你蒙君宠爱，蒙恩拜相，执掌权衡，万民仰望，那么你就该公而忘私，何得因甥女恃宠？谋害皇后太子，欲断我主香烟，致使江山无依无靠，让陛下忧心，你于心何忍呢？我把你这奸贼老匹夫呀——

天　子：（白）二卿皆为寡人江山，不可失了同朝之好，我自有公论，不许再奏，
　　　　　　退下。

严嵩、海瑞：万岁万万岁。

天　子：内臣。

内　臣：伺候。

天　子：领朕口谕，要以春轩宫改作重庆宫，诏皇后、太子在重庆宫饮宴共乐太平。

内　臣：领旨。

天　子：卷帘散朝。

　　　　（诗）共乐合生同雨露，不须黄叶落秋风。（下）

　　　　（急上严嵩）

严　嵩：（白）可恨哪可恨。黄万寿、海瑞以诗感动圣上，大赦张后母子，老夫恐
　　　　　其怀恨报仇，谏君上本。谁想黄万寿又在当殿恶参老夫，实实恨他不过，
　　　　　只好回府，再想诛他之策。人来，带马回府。

　　　　（唱）午门以外上坐骑，心中烦闷上眉梢。

　　　　　　　平素上本无不准，言听计从我权朝。

　　　　　　　海瑞他今日以诗感动主，大赦母子出监牢。

　　　　　　　巧言净谏方准本，谁想黄万寿他又把舌嚼？

　　　　　　　金殿他与我作了对，如不杀他恨难消。

　　　　　　　不言严嵩御街走，

李庆、夏杰：（唱）再言李夏二英豪。

　　　　　　　弟兄来往大街走，举目留神四下瞧。

　　　　　　　家家户户灯笼挂，声言万寿闹吵吵。

　　　　　　　心中有事懒观景，一到正阳门外等奸曹。

　　　　　　　一转必定从此过，那时努力动钢刀。

　　　　　　　正然行走人喊道，想必是严嵩下了朝。

　　　　　　　你我只好闯上去，

　　　　（白）贤弟，你看正是严嵩下朝而回，你我努力冲杀上去（下，又上）

　　　　（唱）小豪杰，心意遂。

　　　　　　　来得正好，凑巧杀贼。

　　　　　　　手提纯钢剑，努力抖雄威。

　　　　　　上前挡住去路，奸贼莫把府回。
　　　　　　此处是你死身地，少爷特把你命追。
严　嵩：（唱）心害怕，战一堆。
　　　　　　险些落马，校尉相随。
　　　　　　勉强高声骂，狂徒了不得。
　　　　　　我乃当朝丞相，竟敢拦路胡为？
　　　　　　你等何人这大胆，不怕拿住把命追？
夏　杰：（唱）祖宗我，有名威。
　　　　　　我父夏言，也把官为。
　　　　　　夏杰本是我，英名四海垂。
　　　　　　今日路窄逢冤家，该你命丧轮回。
　　　　　　剐你千刀把仇报，祖宗才把心意遂。
严　嵩：（唱）骂贼子，王法垂。
　　　　　　北京城里，大胆胡为。
　　　　　　喝令众家将，一齐快拿贼。
众家将：（唱）众人答应遵命，举刀杀在一堆。
严　嵩：（唱）严嵩打马脱身走，
李　庆：（唱）李庆掌剑紧相追。
　　　　　　连声喊骂奸贼，想要逃命，插翅难飞。
　　　　　　今遇我李庆，该你一命亏。
　　　　　　举剑搂头砍，
严　嵩：（白）咳呀，不好！（下）
　　　　（上赵雷）
赵　雷：（唱）来了家将赵雷。
　　　　　　贼子休伤我的主，爷爷擒你把府回。
　　　　（白）贼子休伤我主爷爷，赵雷擒你来了。
夏　杰：来，来，来。
　　　　（大杀一阵，急上严嵩）
严　嵩：吓死我也。两个贼子十分骁勇，家将俱各受伤，看看老夫被害，多得赵雷挡住，方保无事。不免逃在提督府内，点起人马，捉拿刺客便了。

（李庆、赵雷对上，杀赵雷死，上岳贵）

岳　贵：吾乃九门提督岳贵。方才严相爷被刺客赶在我府，因此率领人马，捉拿二贼，众将官。

众将官：有。

岳　贵：一拥杀上前去，拿住刺客，重重有赏。

（岳贵对李庆杀，李庆败下，又上）

李　庆：哎呀，不好了，奸贼逃跑，官兵蜂拥而来。不知贤弟哪里去了，只好逃命要紧。（下，又上）呀，这是谁家的花园？园门大开，待我进去，藏躲片时，官兵退去，再走不迟。（下）

（上丑）

冯老三：（诗）朝朝看花园，一夜不得安。

若问我是谁，人称冯老三。

（白）在下冯三便是，在这北城里黄府上看守花园门。我去酒馆里吃了酒，现在去浇花便了。（内喊叫）呀，外面又是人马叫喊，声声要拿刺客，这又是啥勾当呢？花我也不浇咧，待我关上园门，闲事不做，歇歇去才是。（下）

（上岳贵）

岳　贵：方才见那刺客前面逃走，忽然间不见踪迹，莫非说逃到花园去了？我回府禀知相爷，再拿刺客便了。（下）

（上小旦）

黄翠云：（诗）二八佳人不知愁，终日款妆上翠楼。

忽见花蜂穿芳径，叹起双眉有所愁。

（白）奴黄翠云，爹爹黄万寿，官为翰林院之职，兄弟黄朋。奴今方交二九，待字闺中，尚未许人。

（上丫鬟）

梅　香：小姐呀，我看这几天愁锁春山，莫非不遂你老心事吧？

黄翠云：呸，死丫头，我是一个女孩家，有啥不遂心事的呢？你不要胡说乱道的呀。

梅　香：咳哟，哟哟，你老何必瞒着我呀？

（唱）奴婢不会麻衣相，善把人的气色观。

低头不语愁无限，长吁短叹皱眉间。

看了花上蜂儿心焦躁，现今你针线不拿样册不翻。

　　　　茶啦饭啦你全不爱用，夜晚哼咳睡不安。

　　　　必是思想愁夜永，只因缺少并头莲。

　　　　孤孤单单推冷静，缺少姑夫心内烦。

　　（白）小姐，是不是呵？

黄翠云：死丫头。

　　（唱）胡言乱道真欠打，娼妇少要卖笑谈。

　　　　再要胡言打你嘴，胡言八道把嘴巴扇。

梅　香：（白）咳哟，这也真的红了脸。咱何不花园里散散愁烦？

黄翠云：可花园里头有啥逛的呢？

梅　香：咱们何不进花园逛逛去？

黄翠云：（唱）翠云闻听心喜欢。

　　　　据你说的有道理，咱就花园观一观。

　　　　欠身离座整云鬓，环珮叮当款金莲。（下，又上）

　　　　花园不远来到了，开放大门进花园。

　　　　桃红柳绿三春景，鸟语花香艳阳天。

　　　　蝴蝶飞腾采花蕊，黄鸟默默立池边。

　　　　左边开的老来少，右边开的串枝连。

　　　　佳人开言又把丫鬟叫，

　　（白）梅香，这牡丹开放真正娇艳，你掐一朵来我看看。

梅　香：晓得了。（下，急上）呀咳，咱们亭子上有贼了。

黄翠云：胡说，青天白日哪有贼呢？

梅　香：你老看，那不是来啦？

　　（上李庆）

李　庆：这位大姐不要声扬，小生并非贼盗，乃是避难至此，幸勿见怪呀。

黄翠云：细看此人，乃是风流人物呵。

　　（唱）乍一见，吓一蹿。

　　　　佳人闪目，留神细观。

　　　　如此多儒雅，貌美似潘安。

　　　　生得五官端正，将来一定不凡。

　　　　仪表人才多威武，恰似三国吕奉先。

（白）咳，这却如何好呢？

梅　　香：（唱）吓坏了，小丫鬟。

勉强说话，大骂狂男。

青天白日里，胆大入花园。

一定并非好意，将你送到当官。

打了板子上夹棍，叫你小命归阴间。

李　　庆：（唱）小李庆，心胆寒。

尊声小姐，暂且容宽。

小生非盗贼，并非作不端。

我家也是官宦，世代簪缨相传。

望乞小姐宽容恕，我今躲难实在难。

黄翠云：（唱）你既是，宦家男。

国家法度，自当了然。

来在花园内，欺心太不堪。

现在禀知我父，拿你审问根源。

说着故意回里走，

李　　庆：（唱）豪杰施礼把话言。

梅　　香：（白）你躲开罢！

李　　庆：（唱）尊小姐，见可怜。

暂容小生，细说根源。

家父严嵩害，屈死赴九泉。

行刺不成被拿，无奈跑到花园。

我到此地是避难，非是无礼行不端。

黄翠云：（白）哦。

（唱）听此言，才了然。

含羞带愧，又把话言。

公子怀大意，报仇理当然。

少年立此大志，可称盖世奇男。

请问高名与贵姓，居家何处请明言。

李　　庆：（唱）我先祖，李玉安。

　　　　　　扶保太祖，一统江山。

　　　　　　我父名李万，在朝做高官。

　　　　　　学生名叫李庆，不才也是生员。

黄翠云：（白）咃，咋的，你是秀才？

李　庆：正是。

梅　香：好一个酸不溜的破秀才，谁还未见过的？要是穷了得偷人家去。

黄翠云：你少说。

李　庆：（唱）家住河北冀州地，太平街上有家园。

黄翠云：（唱）令先尊，美名传。

　　　　　　声闻四海，可称大贤。

　　　　　　无故含冤死，令人心不安。

　　　　　　前堂禀知我父，保你脱祸安然。

李　庆：（白）令尊何名姓？

黄翠云：（唱）家父姓黄名万寿，一生忠贞除邪奸。

李　庆：（唱）黄老爷，是忠贤。

　　　　　　他与我父，乃是同年。

　　　　　　我去将他见，岂忍献权奸？

　　　　　　自然设计救我，免得被害命捐。

　　　　　　想罢回身尊小姐，

　　　　（白）哦，我家父在世曾与令尊为莫逆之交。小姐，我理当前堂拜见。

黄翠云：梅香，将公子领到前堂，见你老爷去罢。

梅　香：晓得了，公子随我来。

李　庆：来了。

黄翠云：你看李公子一表人物，幸运逃到我府，若得此人与奴为……咳哟，我可说不出口来呀。（下）

　　　　（上岳贵，出严世蕃）

严世蕃：你我领了相爷命令，去到黄学士府中去拿刺客。众将官，去到黄府急搜刺客，不得有误。（下）

　　　　（上黄万寿）

黄万寿：（诗）日坠西山天昏暗，风吹东海水自流。

（白）老夫黄万寿，山西平阳人氏，兄弟万年青州镇守。圣上万寿，多得海瑞奇才，以诗感动圣上，赦出皇后、太子。严嵩怀恨，上本谏君，老夫岂肯袖手？当殿与那奸贼论白几句。幸喜圣上亦纳吾言，皇后、太子赦出寒宫，则得罪奸贼，谅他能奈我何？

（上梅香）

梅　香：启禀老爷，今有李公子这般如此，逃在花园。小姐命奴婢领来拜见老爷。

黄万寿：好，李年兄之子乃是年侄，逃在咱府，这也是上天保佑，不负忠臣之后，快些有请。

梅　香：是。（下，内白）有请李公子。

（上李庆）

李　庆：是，来了。

（唱）李庆闻听一声请，心中大悦面堆欢。

　　　　走近前来施一礼，年伯一向可金安？

黄万寿：（白）好说，年侄免礼请坐。

李　庆：（唱）复又一揖说告坐，

黄万寿：（唱）黄爷含喜把话言。

　　　　公子何日把京进？为什么行刺不成在花园？

李　庆：（唱）从头至尾说一遍，所以惊动望海涵。

黄万寿：（唱）贤侄到此真万幸，忠臣名士万古传。

　　　　当时令尊含冤死，老夫惨痛心不安。

　　　　欲要逮贼无门路，天子宠信狗佞奸。

　　　　奸贼早晚权势退，上本再参斩佞奸。

（上岳贵）

岳　贵：（白）众将官，将府门团团围住。

黄万寿：（唱）正然说话——

院　子：（唱）人来报。

　　　　（白）禀爷，来了岳贵、严世蕃，声声言拿捉李公子。

黄万寿：起过了。

院　子：是。

黄万寿：（唱）黄爷闻听吓一蹿。

　　　　　　奸贼率兵来搜府，若见公子祸塌天。
　　　　　　思想之时生一计，叫声梅香听我言。
　　　　　　急叫公子绣房去，男扮女装把贼瞒。
梅　香：（白）是，知道了。公子快随我来。
李　庆：来了。无奈跟随绣房去，（同下）
黄万寿：（唱）黄爷复又把话言。
　　　　（白）院子，开了府门随我迎接奸贼，看我眼色行事。
　　　　（唱）黄爷迈步出房去，（下）
　　　（出黄翠云坐）
黄翠云：（唱）再表绣房女婵娟。
　　　　　　可敬那位李公子，天武神威是魁元。
　　　　　　若得此人成连理，喝口凉水也香甜。
　　　　　　正是佳人心思想，
梅　香：（唱）梅香进来把话传。
　　　　（白）小姐呀，老爷命奴把话禀，李公子绣房把身安。
黄翠云：可怪煞人啦，叫他上这绣房里作啥吧？
梅　香：（唱）特与姑娘来作伴，
黄翠云：（白）死娼妇，别胡说瞎话咧。
梅　香：可不是呢？
　　　　（唱）免得你老受孤单。
　　　　　　只因岳贵来搜府，以男扮女把他瞒。
　　　　　　公子现在门外等，他叫奴婢来禀传。
黄翠云：（白）咳。
　　　　（唱）一闻此言发了怔，芳心缭乱意不安。
　　　　　　爹爹呀，何况无亲又无故，相伴女孩面无颜。
梅　香：（白）老爷是为救人哪。
黄翠云：咳。
　　　　（唱）事已至此难违命，快请公子进房间。
梅　香：（唱）梅香答应说有请，
李　庆：（唱）来了李庆小魁元。

　　　　　　　躬身施礼尊小姐，恨我无知惹祸端。
黄翠云：（白）公子免礼，请坐吧。
李　庆：（唱）你父女救困扶危相庇护，真是恩德重如山。
黄翠云：（唱）我爹爹心不避嫌请君至，为的解救公子义气全。
　　　　　　　幼女少男同一处，望君海涵少笑谈。
李　庆：（白）恩姐情重如山，碎骨难报。快着点与我改装吧。
黄翠云：是。梅香。
　　　　（唱）快快与他把衣换，
梅　香：（唱）梅香答应手不闲。
　　　　　　　摘下方巾梳鬏髻，净面后又换衣衫。
　　　　　　　以男扮女多齐备，（下）
（上岳贵、严世蕃、黄万寿）
黄万寿：（白）二位大人，统兵前来本府，有何贵干？
严世蕃：黄大人，可是明知故问呢？
黄万寿：自有不知，哪有故问之理？
严世蕃：只因家父与陛下拜寿而回，走至大街上遇见刺客，口称李庆、夏言之子，岳大人领兵追拿，找到贵府花园门首，忽然不见。大人不可隐匿其人，以免失了同朝之好。
黄万寿：大人言之差矣。寒衙若有刺客，即刻绑献贵府，焉敢隐匿，触丞相之怒？
严世蕃：大人与李万交好，岂肯绑献其子？少刻搜出，连累大人，亦得有罪。
黄万寿：何妨？请搜。
严世蕃：哦哦哦。校尉，你等各处搜拿。
众　兵：（唱）众校尉，与兵丁。
　　　　　　　连连答应，不敢消停。
　　　　　　　前边俱找到，各处细查清。
　　　　　　　搜寻多时不见，回禀大人知情。
　　　　　　　我等奉命全搜到，不见刺客影无踪。
严世蕃：（白）哼咳。
　　　　（唱）闻此话，口打哼。
　　　　　　　这个狗子，何处藏形？

想必黄万寿，隐在绣房中。

欲想搜查内室，又怕老儿不容。

咳，既为除害休多虑，谅他不敢不从容。

岳贤弟，陪愚兄。

亲到内室，验看分明。

说着往外走，越院又穿庭。

来在绣房门首，（上黄翠云、李庆女妆）见一美人花容。

不亚前朝西施女，真是倾国又倾城。

岳　贵：（唱）有岳贵，细定睛。

见此美人，勾去魂灵。

头发如墨染，扎的红绒绳。

一双秋波杏眼，樱桃小口鲜红。

面似粉团白又嫩，身穿花衫是大红。

罗裙下面看一眼，红缎花鞋样时兴。

白鞋底，花钻通，

这鞋做的，真也精明。

金边儿锁着口，弯弯半截空。

细看没有三寸，也就二寸有零。

站立不住如呆傻，两眼发直似蒙眬。

黄万寿：（唱）黄万寿，气心攻。

吓骂贼子，太也逞凶。

不是拿刺客，前来看花容。

如此羞辱老夫，你我急上龙庭

恶狠狠地抓袍带，随我上殿奏主公。

岳　贵：（唱）强带笑，身打躬。

搜府莫怪，我有下情。

说着往后走，羞惭面通红。

迈步出了内室，各个归在前庭。

三人一齐出堂去，（下）

李　庆：（唱）李庆听得战兢兢。

　　　　　　低言细语呼恩姐，

　　　（白）恩姐，方才奸贼前来搜翻，吓得我头迷眼黑，站立不住，咳，只怕我病了。

黄翠云：公子不必吃惊，奸贼已去，大料无妨，请上牙床少卧片时，自然好了。

李　庆：咳，只觉心中缭乱，二目难睁，只怕有些不好，待我上床歇歇。咳呀不好哇。（倒）

黄翠云：公子怎么样了？公子醒来，公子醒来。

　　　（唱）一见公子倒在地，心中着急叫丫鬟。

　　　（白）丫鬟快来，丫鬟快来。

　　　（唱）梅香仆妇全不在，何人扶他躺床前？
　　　　　　男女有别人间的礼，怎好贴身把他搀？
　　　　　　想着拘礼不扶起，心中又觉好可怜。
　　　　　　脸儿一憨伸玉腕，咳，你醒醒呀醒醒，右手拉衣左扶肩。（李吐）

　　　（白）你别哇啦哇啦了我一身啦。

　　　（唱）业已昏迷心发乱，吐了又吐弄得奴家好心烦。
　　　　　　不知得的什么病，双手扶起床前坐。

梅　香：（白）咳呦！

　　　（唱）梅香一见吓一蹿。
　　　　　　你们两个那样亲热，手拉手的肩并肩。

黄翠云：（唱）翠云闻听羞又气，大骂贱人少胡言。
　　　　　　公子方才身得病，出于无奈将他搀。
　　　　　　快扶公子床上倒，再要胡言打顿鞭。

李　庆：（唱）李庆得病不再表，

　　　（上夏杰）

夏　杰：（唱）再表夏杰小魁元。

　　　（白）好也好也，怎奈官兵势重，我弟兄又无枪马，难以抵挡。幸喜我出城来，不知大哥怎么样了？我想进城寻找，奈何官兵捉拿甚紧，这却如何是好？哦，哦，哦，有了，我今急上云龙山去再作计较。也许大哥逃在那里，就此前去便了。

　　　（诗）正是：只为仗义重，不辞上山林。（下）

　　　　　　　　　　　　　　　　　　　　　　　　　　　　（完）

第　五　本

【剧情梗概】 赵金花率兵围攻青州城，战败总兵黄万年，救走赵亮，黄万年之子黄枚与副将吴有仁亦被赵金花捉拿回山。大学士黄万寿府中的婢女冬梅和家仆晏禄在黄府花园野合，被黄万寿儿子黄朋撞见，他一怒之下将冬梅摔死，晏禄逃至严嵩府中，将黄万寿私藏李庆之事告诉严嵩。严嵩即派人马围住黄府，搜捉李庆。恰好为感谢黄万寿出手救援被赦罪的太子来到黄府，当他得知严嵩已将黄府包围，便伪装成李庆，有意被捉拿。待严嵩认出太子，惊恐万分。太子令人责打严嵩后，押上金殿，听从天子裁决，李庆因此逃过一劫。郭力和黄万年之女黄彩云上云龙山解救被擒的弟弟黄枚，然力战不胜，逃回城中。赵金花姐妹二人钟情于黄枚，派赵亮做媒，黄枚开始时不从，后为了脱身，假意应承，吴有仁被放回。

　　（升帐，四将站）

众　　将：（诗）腰带三尺剑，能挡百万兵。

　　　　　　　上山专打虎，下海可擒龙。

吴有仁：（白）俺副将吴有仁。

马有才：俺参将马有才。

贾万义：俺贾万义。

黄　　枚：俺黄金奎。

众　　将：元帅升帐，在此伺候。

　　（上帅黄万年）

黄万年：（诗）铁甲金戈剑龙泉，疆场百战敢争先。

　　　　　　　单刀可保江山稳，独骑能扶社稷安。

　　（白）本帅青州总镇黄万年。前有郭有勋到来，说是云龙山的毛寇，将庙会搅散。方才将赵亮擒住，问他口供，乃是郭有勋抢常广之女，因而惹山寇动手。想着拿了常广再问细情，怎奈常广惧罪，携眷逃走，只好且将云龙山寇赵亮打入监中，再思诛贼之策。

　　（上卒）

卒： 报元帅得知，云龙山之贼，开来无数人马城外安营，请令定夺。

黄万年： 再探。

卒： 得令。

黄万年： 众将官，有贼兵到来，不可容他喘息之机，随本帅一拥齐出，杀此贼寇。
（下，内白）喽啰们。

喽　啰：（内白）有。

赵金花：（内白）努力攻城，不得有误。

喽　啰：（内白）哈。

（赵金花马上）

赵金花： 奴赵金花。我的兄弟被青州副将拿去，一同妹妹下山救我兄弟。你看城门大开，闪出一员老将，不知是谁来也？（对上黄万年）来这老将，贵姓高名？

黄万年： 你老爷青州总镇黄万年。女寇何名，竟敢犯我边界？

赵金花： 奴家赵金花。老将稳坐鞍桥，我有一言相告。

（唱）尊老将，请听言。

我父赵永，在朝居官。

父被严嵩害，硬要抄家园。

逼出我们姐妹，占了云龙高山。

我妹下山来逛会，抱打不平惹祸端。

黄万年：（唱）你先父，是忠贤。

赤心耿耿，扶保江山。

尊父尽忠死，美名天下传。

你等忠臣之后，不该招聚高山。

辱没父祖叛圣主，不忠不孝太愚顽。

赵金花：（唱）岂不知，辱祖先？

奸贼逼迫，只好从权。

看我亡父面，将军把恩宽。

放奴兄弟赵亮，即刻收兵回山。

再也不敢来越境，隐居深山不犯边。

黄万年：（唱）笑你等，太愚顽。

　　　　　　大胆闯祸，无法无天。
　　　　　　前者打一仗，杀死众将官。
　　　　　　你等即是山寇，本帅岂肯容宽？
　　　　　　将你拿进京都去，只怕尔等难保全。
赵金花：（唱）老匹夫，太狂颠。
　　　　　　好话哀告，不纳良言。
　　　　　　若不放我弟，刻下祸塌天。
　　　　　　而今将城围住，定要一拥攻关。
　　　　　　如山压一般样，想留你家口只怕难。
黄万年：（白）咦！
　　　　（唱）双眉皱，二目圆。
　　　　　　拧枪催马，抖起威严。
　　　（大杀）
赵金花：（唱）金花忙架住，大战在军前。
　　　　　　来往四十余趟，杀得尘土飞天。
　　　　　　老儿杀法真骁勇，擒他只好弄法玄。
　　　　　　虚砍一刀往下败，（败下，又上）
　　　　（白）这个老儿杀法骁勇，枪疾马快，不免用镖把他打了。
黄万年：丫头，哪里走？
赵金花：着打！
黄万年：咳呀，不好！
赵金花：你看老儿被镖打得险乎落马，大败而逃。喽啰们！
喽　啰：有。
赵金花：杀上前去，不得有误。
　　　　（唱）当先撒开桃红马，大放征驹往下追。
　　　　（上黄枚）
黄　枚：（唱）黄枚一见父帅败，催马拧枪喊如雷。
　　　　　　女寇休伤我的父，少爷枪来把你亏。
赵金花：（白）呀！
　　　　（唱）远远望见一小将，芳心撩乱发了霉。

　　　　　　年纪不过十五六，风流俊俏是英魁。
　　　　　　越看越爱直了眼，低头无语皱蛾眉。
　　　　　　奴家今年十八岁，至今还是在深闺。
　　　　　　荒山无有英雄将，何日才得夫唱妇随？
　　　（赵金花、黄枚对）

黄　　枚：（白）丫头是你，看枪吧。
赵金花：是你慢着，忙的是啥吧？
　　　（唱）想到其间添喜色，慢吐莺声笑微微。
　　　　　　来这小将休撒野，快说你姓名可是谁？
黄　　枚：（白）你少爷黄枚，乃是总兵之子。你等何名？
赵金花：（唱）小将你问奴名何姓，赵氏金花是英魁。
黄　　枚：（白）你父何名？
赵金花：（唱）我父赵永多忠正，官拜将军有名威。
　　　　　　为保天子严嵩害，我姐弟反出北京把王为。
　　　　　　看你父子多忠正，异日定吃严嵩亏。
　　　　　　若听奴家相劝你，放出我弟把山归。
　　　　　　云龙山上来人马，保你开基立业大志遂。
　　　　　　金花还要往下讲，
黄　　枚：（唱）黄枚动怒把话回。
　　　（白）好一女寇，胡言乱语，迷人心窍。不要走，看枪！
赵金花：咳呦呦呦，你怕不中罢。
黄　　枚：不要胡说，着枪。
赵金花：你想三番二次的，我可急咧。来，来，来。
　　　（大杀，赵金花败下，又上）
赵金花：小将果然枪疾马快，力战难以擒他，不免等他赶来，用红绒绳擒他便了。
　　　（下）
黄　　枚：女寇哪里走？呀，不好。（落马）
赵金花：喽啰们。
喽　　啰：有。
赵金花：将这小将绑进营去。（下）

（又与吴有仁对上）

吴有仁：女寇休要逞强，副将老爷擒你来也。

（杀一阵，吴有仁落马）

赵金花：喽啰们。

喽　啰：有。

赵金花：绑进营去。

（上赵银花）

赵银花：可敬姐姐连擒两员上将，关内兵将，俱各丧胆，正好攻城，搭救兄弟。

（上赵金花）

赵金花：咳。妹妹你看城池坚固，兵将把守，难以攻打。我率领众将攻城，城内必不小心防备。趁此机会，妹妹驾云疾速进城，施展仙家法术，搭救兄弟，岂不易如反掌？

赵银花：是，小妹遂命，就此驾云前去。

（唱）吩咐喽啰带过马，双足一跺起在云。

赵金花：（唱）金花率众把城困，叫声城上众三军。

　　　　　既然不能相对垒，放出我弟回山林。

　　　　　说着传令攻关口，

众　将：（唱）吓坏了城上众三军。

　　　　　兵将齐来加防备，滚木礌石把城门。

　　　　　不言众将把城护，

赵银花：（唱）再表银花女钗裙。（上云中）

　　　　　足驾祥云把城进，霎时来到帅府门。

　　　　　云中闪目四下看，衙门清冷少行人。

　　　　　大料我弟在监内，监狱一座细留神。

　　　　　许多的囚犯在其内，各带刑具锁着身。

　　　　　猛然瞧见同胞弟，姐弟关心泪纷纷。

　　　　　只好施展仙家术，快救胞弟归山林。

　　　　　急忙掐诀念咒语，狂风大作起风云。

　　　　　后又掐诀请神将，

（白）念动真言，黄金力士速降。

（上黄金力士）

黄金力士：法官相招，有何差遣？

赵银花：无事不敢劳动尊神，将我胞弟赵亮救出城去，入于山中，不可迟误。

黄金力士：遵法旨。

（黄金力士护送赵亮下，上赵银花）

赵银花：好也，黄金力士将奴胞弟救出城去，只好收了法术出城便了。

赵金花：哦，妹妹可曾把弟弟救出城来了？

赵银花：黄金力士护送大营去了。

赵金花：好，收兵回山。

（上二丑）

狱卒甲：好大风，好大风，忽然的刮了一阵大风，刮得天昏地暗，日色无光。这天气真怪，待咱看看犯人去吧，趁这机会他们会跑了哇？

狱卒乙：使得，走瞧瞧去吧。（下，又上）

狱卒甲：呀，谁也不少见，只有山寇赵亮各处找到无有，想是被风刮去了。急急禀知元帅，咳，可坏咧。（下）

（上老旦、小旦）

黄夫人：（诗）白面将来映白发，

黄彩云：（诗）红梅堪可笑红妆。

黄夫人：（白）老身黄氏。

黄彩云：奴家黄彩云。哦，妈呀，我爹爹大战山寇，不知胜败如何，孩儿我放心不下。

黄万年：（内白）众将官。

众将官：（内白）有。

黄万年：（内白）将马带过。（上）哎呀，罢了我了。

黄夫人：哦，老将军为何这等狼狈，这样光景？

黄万年：咳，夫人哪，不好了。

（唱）口尊夫人说不好，从天降下大祸非。

　　　只因郭力惹山寇，贼兵一至把城围。

　　　实杀实砍不足惧，女寇法术了不得。

　　　金镖打在左膀臂，疼得头迷眼发黑。

　　　　　堪堪落马遭擒掠，救我多得孩儿黄枚。
　　　　　舍死大战贼女寇，落马被擒不能回。
　　　　　说到此间长吁气，
黄夫人、黄彩云：（唱）母女闻听魂吓飞。
黄夫人：（唱）我儿被擒命难保，何人搭救转回归？
黄彩云：（唱）料想姐弟再难见，怎不叫人痛伤悲？
黄夫人：（唱）咬牙大骂郭有勋，抢霸民女惹山贼。
黄彩云：（唱）连累爹爹身受苦，弄得我弟不能归。
黄夫人、黄彩云：（唱）母女发恨多时哭悲痛，
黄万年：（唱）黄爷更是泪双垂。
　　　　　带痛含悲叫爱女，恨父年迈少能为。
　　　　　向来也曾随军旅，所向无敌战功魁。
　　　　　谁知败在女寇手？一世英名化成灰。
　　　　　身带重伤难出马，城中将寡兵又微。
　　　　　何人再战把敌破，搭救我儿小黄枚？
　　　　　况且贼兵将城困，攻破城池了不得。
　　　　　阖城百姓遭屈死，府中人等命必危。
　　　　　咳，为难之事干搓手，
黄彩云：（唱）一旁叹坏女英魁。
　　　　　带痛含悲尊声父，儿情愿出马救弟去破贼。
黄万年：（唱）黄爷摇手说不可，
　　　　（白）女儿不可。闺中幼女出马临阵，有辱家门，万万去不得呀。
黄彩云：孩儿岂不知幼女临阵，被人耻笑？奈何我弟弟今在生死之际，孩儿岂肯坐观其死呀？爹爹。
黄夫人：女儿真要去出马救她弟弟，也说不得出头露面了。
黄万年：女儿决意出马，为父只好从权。恐怕我儿不是那女寇敌手，再请郭有勋一同出马，努力破贼。倘蒙苍天保佑汝弟不死，救回府来也未可定。院子。
　　　　（上院子）
院　子：有。

黄万年：请郭有勋帅府议事。
院　子：哈。
　　　　（上狱卒）
狱　卒：方才一阵邪风，将山贼赵亮刮丢了。请帅命定夺。
黄万年：呀，必是女寇邪法。众将官们，多加防备，紧闭城门，不得有误。
众将官：是。
黄万年：咳呀，儿啦。（下）
　　　　（上奸面丫鬟）
冬　梅：（诗）有福之人服侍，无福之人服侍人。
　　　　（白）奴家我冬梅，乃是黄门学士府的丫鬟。只因家童晏禄生得风流，令人一见动情。今日趁着老爷有事，以掐花为名，万一的我二人有缘，呦呦呦，说不出口来呦。
　　　　（唱）小冬梅，乐悠悠。
　　　　　　要找晏禄，去说根由。
　　　　　　奴婢淫奔妇，常想咏河洲。
　　　　　　只因你我相见，不觉情义也投。
　　　　　　我二人心中全有意，奈何怎得鸾凤俦？
　　　　　　自打量，不风流。
　　　　　　令人一见，只怕嫌恶。
　　　　　　忙把菱花照，打扮要风流。
　　　　　　复又擦上胭粉，重新使上桂油。
　　　　　　梳了个时兴的发髻，一丈青儿坠滴流。
　　　　　　移莲步，慢抬头。
　　　　　　背着小姐，下了绣楼。
　　　　　　好似风摆柳，任意卖风流。
　　　　　　来到花园门首，要偕燕侣鸾俦。
　　　　　　心内盼望多一会，你怎不来游一游？
　　　　（上丑）
晏　禄：（唱）小晏禄，乐无休。
　　　　　　早知花园，任意闲游。

　　　　　一见冬梅到，乐得像活猴。
　　　　　叫声我的姐姐，到此有何情由？
　　　　　这几天来未见面，心中难受似心揪。
　　　（白）冬梅姐姐，府内有事未得见面，今天才脱空儿，前来找你说个话儿。

冬　梅：咳，我这心里忒想你，就是老爷家规甚严，不能朝夕常常见面。今日老爷有事，背着小姐下了绣楼，我竟来找你咳，我的哥哥呀。
　　　（唱）和颜悦色把哥叫，三日不见你想死奴。
　　　　　只因老爷家规紧，难以相会叙心腹。
　　　　　哥哥呀，你我乃是男与女，情愿相投意不疏。
晏　禄：（唱）多得姐姐抬爱我，知心话儿告诉吾。
冬　梅：（唱）咱俩虽然相亲近，而今未成好花烛。
晏　禄：（唱）姐姐呀，若不弃嫌我晏禄，情愿与你结夫妇。
冬　梅：（唱）哥哥不嫌我貌丑，我与你叠被把床铺。
晏　禄：（唱）神女既然有情意，襄王定把巫山赴。
冬　梅：（白）呀。
　　　（唱）冬梅这里欲火动，心中小鹿跳突突。
晏　禄：（唱）心猿意马拴不住，浑身发麻觔又酥。
合　　：（唱）你我同到花阴下，云雨相交乐何如？
　　　　　不言二人去办心腹事，（下）

（上黄朋）

黄　朋：（白）再表黄朋一勇夫。
　　　（诗）胆大锯龙头上角，心雄拔虎嘴边毛。
　　　（白）俺黄朋，字云龙。昨日严世蕃与岳贵两个狗官入府捉拿李庆，前后的任意搜翻起来，某家我要打这狗娘养的，奈何爹爹胆小，怕我惹出祸来，将我关在书房。咳，这事无法可使，不过是生些闷气，竟便宜两个狗头。今日个闷闷不乐，不免花园内游玩游玩便了。
　　　（唱）心不悦，气更多。
　　　　　花园以内，散步游挪。
　　　　　欠身出房舍，行走快如梭。
　　　　　进了花园内，瞧见冬梅贱婆。

（上晏禄、冬梅）

冬　　梅：（白）哥哥呀。

晏　　禄：姐姐呀。

黄　　朋：不知向谁来说话，咕咕嚷嚷甚是轻薄。哼。

　　　　　（唱）听仔细，看明白。

　　　　　　　　原是晏禄，奴才可恶。

　　　　　　　　私自花园进，家规不晓得。

　　　　　　　　牡丹花阴之下，一定有些私合。

　　　　　　　　见此形象心难忍，无名火起气堵脖。

冬　　梅：（白）咳呀。

晏禄、冬梅：可不好了，了不得了。

黄　　朋：（唱）往前闯，似风魔。

　　　　　　　　走至跟前，大声吆喝。

　　　　　　　　大骂狗贱辈，淫邪太可恶。

　　　　　　　　方才你们两个，在此做些甚么？

　　　　　　　　送暖偷香家风坏，一定将你两个头来割。

晏禄、冬梅：（唱）心害怕，战哆嗦。

　　　　　　　　一齐跪倒，连把头磕。

　　　　　　　　小人一时错，不该私苟合。

　　　　　　　　望乞少爷留命，一生不忘大德。

　　　　　　　　说着叩头苦哀告，

黄　　朋：（白）唔呀唔呀。

　　　　　（唱）豪杰闻听气更多。

　　　　　　　　行苟且，暗偷摸。

　　　　　　　　奸夫淫妇，甚是可恶。

　　　　　　　　上前忙抓住，（抓了冬梅）举起狗贱婆。

　　　　　　　　用尽平生之力，叫你去见阎罗。

冬　　梅：（白）咳呀。（死）

晏　　禄：（唱）晏禄急忙往外跑，

黄　　朋：（唱）豪杰追出花园阁。

恶奴怎么无踪影？

（白）恶奴忽然不见。哦哦，是了，必是藏在旁边，待我回去寻找这厮便了。

（急上晏禄）

晏　　禄：哎呀，可罢了我了，幸喜我跑得快，出了花园转了个弯，他没看见，没有追上。要是追上，是的，一定也糟蹋了。哇咳，可叹我那冬梅姐姐摔得肉煎饼似的。她既死了，我可上哪里藏躲去呢？哦哦哦，有了，我何不上严府，告诉他父隐藏刺客李庆，严太师必然捉拿，奏知当今，参他父子主使刺客，谋害大臣。这个罪恶准是不轻，待我前去便了。咳呀，不妥不妥，我这身上一点伤痕无有，相爷倘不相信呢，那可怎么好？哦哦，有咧，我假揍点伤，再到相府。一定是这个主意，揍伤去便了。

（出太子坐）

太　　子：（诗）蛟龙受困在深渊，今日登云得上天。

（白）小王朱载垕，只因刺客陈春将珍珠塔献与父皇，诬赖小王主使杀君，父皇大怒，立要斩首，多得黄万寿以全家性命保本，免于死罪，贬入寒宫，可怜太傅李万与将军赵永刀下废命。明是严嵩父子毒计谋害，小王含冤无处可诉，多得海瑞以诗感动圣上，我母子才出寒宫。不免到黄学士府里，一则拜谢，二则来告诉与他，以免奸相勾串谋害。冯保。

冯　　保：有。

太　　子：随小王一到黄府。

冯　　保：领旨。

（上严嵩）

严　　嵩：（诗）调和鼎鼐三公府，燮理阴阳宰相家。

（白）本相严嵩。昨日在街回府，偶遇刺客，堪堪被害，多得义子岳贵截杀一阵，方保性命，将刺客赶到黄万寿花园，并无踪迹。大料必是老贼所使，即命我儿前去搜拿，全然不见形影，叫老夫忧闷之至。

（上院子）

院　　子：禀爷，府外来了一人，言有秘事，求见相爷。

严　　嵩：命他进来。

院　　子：是。（下，内白）相爷命你来。

(上晏禄)

晏　禄：来了。相爷在上，小人叩头。

严　嵩：你是何人？却有何事？

晏　禄：相爷容禀。

（唱）俯伏连叩首，相爷听一遍。
　　　　小人住汾州，名禄本姓晏。
　　　　黄府为奴才，至今五年半。
　　　　学士黄万寿，为人多不善。
　　　　安心与相爷，作对结仇怨。
　　　　主使李振吉，行刺动刀剑。
　　　　相爷福命长，幸而未遭难。
　　　　惊动岳老爷，领兵拿二叛。
　　　　二贼难对敌，躲匿黄家院。
　　　　官兵把府围，捉拿真不善。
　　　　黄爷着了急，吓得打答战。
　　　　事急巧计生，要把相爷瞒。
　　　　李庆在绣房，以男把女扮。
　　　　官兵去搜拿，真假不能办。
　　　　故此小人来，禀爷作引线。

严　嵩：（白）哦，你既是黄万寿的家人，为何实言相告与我呢？

晏　禄：（唱）只因黄云龙，秉性最不善。
　　　　小人是这般，如此他碰见。
　　　　摔死小冬梅，立把阎王见。
　　　　就要拿小人，打死不容限。
　　　　因而心怀仇，来把情由现。

严　嵩：（唱）严嵩闻此言，怒气冲满面。
　　　　狠骂黄老儿，屡次把我犯。
　　　　前者在金殿，上本把君谏。
　　　　赦出张娘娘，太子也免难。
　　　　今日主使人，行刺来暗算。

　　　　　　本相福齐天，幸而未遭难。
　　　　　　正好要害他，无计是难办。
　　　　　　天使其奴才，来把机关献。
　　　　　　正好把他拿，同上金銮殿。
　　　　　　主意一定叫晏禄，
　　　　（白）晏禄。
晏　禄：有。
严　嵩：如果拿住李庆，必然重用与你，暂且在府下听用。
晏　禄：是，多谢相爷洪恩。
严　嵩：家将快来。
　　　　（上家将）
家　将：来了，相爷有何吩咐？
严　嵩：将校尉点齐，随爷到黄府搜拿李庆，不得有误。
家　将：小人遵命。
严　嵩：正是：天使其奴起异意，料他插翅也难飞。
　　　　（上黄翠云）
黄翠云：（诗）桃红柳绿艳阳天，寂寞凄凉不耐烦。
　　　　（白）奴家黄翠云。只因李庆公子来到府中惊吓得病，幸而痊愈。咳，人家那个人啦，可是怎长的咃？
　　　　（唱）忽然想起李公子，眉清目秀甚风流。
　　　　　　那个奸贼来搜府，将他隐藏在绣楼。
　　　　　　将他扮作一女子，好似天仙下九州。
　　　　　　拿起菱花照一照，容颜臊倒大丫头。
　　　　　　管着我不叫姐姐不说话，姐姐叫得顺口儿溜。
　　　　　　忽然得病床上倒，奴家含羞把他拥。
　　　　　　吐在奴绣的绣鞋上，臭气难闻不嫌呕。
　　　　　　若得此人成配偶，喝口凉水心也投。
　　　　　　正是佳人思婚事，
黄万寿：（唱）黄爷进房乐悠悠。
　　　　（白）哦，哈哈哈。

黄翠云：爹爹来了，请转上座。
黄万寿：便座可以。哦，女儿心喜李公子病愈，他要回家。又不知夏杰的消息，我曾命人各处寻找，不见踪迹。我看李公子仪表非俗，将来必有卿相之贵。我要他与你结配姻缘，在府内居住，又恐严嵩知晓，前来搜寻，反生祸害。
黄翠云：爹爹言之有理，只可命他归家，乃为上策。
　　　　（上院子）
院　子：禀爷，青宫太子前来拜见。
黄万寿：殿下到来，待我前去接驾。
　　　　（唱）一闻太子青宫到，正冠束带迎出门。（同下）
黄翠云：（唱）翠云小姐且不表，（下）
黄万寿：（唱）黄爷含春接储君。（与太子对上）
　　　　　　　走至近前双膝跪，接驾来迟恕为臣。
太　子：（唱）双手相搀说请起，恩人请起快平身。
黄万寿：（唱）叩头忙把君恩谢，携手同行进府门。
　　　　（白）千岁请上，受为臣参拜。
太　子：恩官平身。
　　　　（唱）慌忙搀起归了座，小王我特来到府拜恩人。
黄万寿：（唱）为臣有何德能处，敢劳千岁贵驾临？
太　子：（唱）小王受罪寒宫内，蒙臣保奏见圣君。
黄万寿：（唱）海瑞万寿把诗作，所以感动圣上心。
太　子：（唱）方才已去谢海瑞，告辞又到贵府门。
黄万寿：（唱）为人臣者当效力，以报皇恩雨露深。
太　子：（唱）小王虽然出继缧，自己思想甚忧心。
黄万寿：（唱）不知有何忧心事？伏乞千岁说与臣。
太　子：（唱）严嵩他今怀旧恨，内外谋串要害人。
黄万寿：（唱）常言说吉人自有天保佑，人要害人枉劳心。
太　子：（唱）父皇素把奸妃宠，言听计从信十分。
黄万寿：（唱）千岁不必言及此，为臣我竭力劝主君。
太　子：（唱）小王年幼才智浅，保护全仗二恩人。

黄万寿：（唱）为人臣者止于敬，鞠躬尽瘁报皇恩。

　　　　　　　正然说话人来报，

　　（上院子）

院　子：（白）禀老爷，不好了。

黄万寿：为何这等惊慌？

院　子：老奴奉命严嵩府外打听消息，只见严嵩家将校尉交头接耳声言，要拿刺客呀。

黄万寿：不好，你疾速快到书房报与李公子得知，快去快去。

院　子：是，遵命。

黄万寿：奸相又来搜府，必是有人走漏风声，真是叫人无法可使。

　　　　　（唱）心着急，自详参。

　　　　　　　奸相到此，必有根源。

　　　　　　　想是李公子，假扮女婵娟。

　　　　　　　如果拿住李庆，必然绑上金銮。

　　　　　　　罪及老夫无可恕，可惜空生巧机关。

太　子：（唱）小裕王，尊恩官。

　　　　　　　有何大事这样为难？

　　　　　　　一一对我讲，大家定机关。

　　　　　　　须得早作准备，可以免祸安然。

　　　　　　　少刻奸相必来到，事到临头起祸端。

黄万寿：（唱）尊千岁，请听言。

　　　　　　　夏杰李庆，乃是英贤。

　　　　　　　御街杀奸相，与父报仇怨。

　　　　　　　怎奈官兵势重，杀败二家魁元？

　　　　　　　夏杰不知往何处，李庆躲在臣花园。

　　　　　　　岳贵贼，来搜翻。

　　　　　　　臣与李万，乃是同年。

　　　　　　　难忍献其子，刀下丧黄泉。

　　　　　　　只得以男扮女，瞒过奸贼一番。

　　　　　　　今又二次来搜府，望千岁与臣做主挡佞奸。

太　　子：（唱）李太傅，是忠贤。

　　　　　　　　因为本御，命染黄泉。

　　　　　　　　其子今如此，断后绝香烟。

　　　　　　　　小御与那李庆，同学念过书篇。

　　　　　　　　吩咐快请李公子，大家商议保安全。

黄万寿：（白）哦，李公子快来。

李　　庆：来了。

　　　　　　（唱）进二堂，跪平川。

　　　　　　　　口呼千岁，李庆问安。

　　　　　　　　家父含冤死，无处可申冤。

　　　　　　　　因此舍命行刺，惹下大祸滔天。

　　　　　　　　臣子一死如蒿草，累及年伯于心何安？

　　　　　　　　望千岁，见可怜。

　　　　　　　　搭救臣子，好回家园。

　　　　　　　　倘若蒙恩护，竭力保江山。

太　　子：（唱）太子想起太傅，心中甚是悲惨。

　　　　　　　　双手相搀说请起。

李　　庆：（白）是，谢过千岁。

太　　子：太傅因小王我已遭陷害，小王常想诛贼与恩官报仇，未得其便，怎奈父皇内宠奸妃，外信奸党？严嵩父女内外勾串，恣意荼毒，真如蛇蝎一般，小王我也无计可使，当此严嵩捉拿李兄，小王我自然有计阻挡。李兄快去隐藏内室，以脱此难。

李　　庆：多蒙千岁护庇，臣子去也。

严　　嵩：（内白）众将官。

众将官：（内白）有。

严　　嵩：（内白）将黄府团团围住，不许放走一人。

　　　　　　（上院子）

院　　子：启禀老爷，严嵩率领人马无数，将府门围个水泄不通。

黄万寿：起过了。

院　　子：是。

黄万寿：哦，千岁不知有何妙策，可挡奸贼？
太　子：恩官不要惊慌，等奸相到来，叫他难免杀身之祸。官兵不来便罢，他要来时，本御我假作惊慌之状，躲在书房。官兵校尉不能认识，将小王疑为李庆必然拿住上绑。那时节我问他个惊君之罪，不但恩官免祸，而且罪及严嵩。快些与小王更衣改换。
黄万寿：好，此计甚妙。院子。
院　子：有。
黄万寿：快些与千岁更衣改换便装。
院　子：是。

　　　　（下，太子更衣上）

太　子：冯保。
冯　保：有。
太　子：闪在一旁，少刻唤你进来。
冯　保：领旨。

　　　　（唱）冯保领旨出堂去，（下）

太　子：（唱）小王书房去躲藏。
黄万寿：（唱）黄万寿转身迎出去，
严　嵩：（唱）严嵩率众进大堂。

　　　　一见仇人红了眼，（对上）无名火起气昂昂。
　　　　大骂老贼包天胆，你竟敢主使李庆把我伤。
　　　　前者我儿来搜府，你竟将贼扮红妆。
　　　　致使漏网未拿住，本相时刻恨心上。
　　　　这也是天网恢恢疏不漏，幸而天使露形藏。
　　　　快快绑来休迟误，一同上朝面君王。

黄万寿：（白）嗻！

　　　　（唱）黄爷闻听冲冲怒，大骂奸贼少猖狂。
　　　　倚仗着你女掌宫院，欺文压武乱朝纲。
　　　　无故生非来寻我，老爷府下来遭殃。
　　　　屡次三番来搜府，欺压大臣礼不当。
　　　　面君哪个还怕你？奸贼呀，咱俩就此上朝堂。

严　嵩：（唱）老贼熊心与豹胆，事露自己还逞强。
　　　　　　　校尉早已围住府，谅你插翅难飞扬。
　　　　　　　怒气冲冲出堂去，叫声校尉听其详：
　　　　　　　到处搜寻贼狗子！（下）

校　尉：（白）哈。
　　　　（唱）众将答应似虎狼。
　　　　　　　各执兵器后堂去，

太　子：（唱）再表太子小裕王。
　　　　　　　见了官兵蜂拥至，故为胆战假惊慌。
　　　　　　　闯出书房欲逃走，

校　尉：（唱）兵丁追赶闹嚷嚷。
　　　　　　　此人正是贼刺客，叫他逃走罪难当。
　　　　　　　一齐动手上了绑，推推拥拥上厅堂。

（上严嵩、黄万寿，严嵩坐）

严　嵩：（唱）严嵩坐在二堂上，

校　尉：（唱）校尉跪倒禀其详。
　　　　（白）启禀相爷，将李庆已拿到。

严　嵩：好，绑上来。

校　尉：哈。（绑太子上）

太　子：严嵩，大胆的奸贼老匹夫，今将本御上绑，其意如何？奸贼呀。

严　嵩：哎呀，（跪）千岁，臣不能认识，以致冒犯殿下。臣我罪该万死，乞千岁开恩。校尉。

校　尉：有。

严　嵩：快快与千岁松绑。

校　尉：是。

太　子：严嵩，我把你这奸贼呀，真正反了。听你之言，明知是本御在此，你这奸贼以拿刺客为由，安心凌辱于我，藐视小王，即是欺君，真正反了。快随本御金殿面君。
　　　　（唱）骂奸贼，太逞凶。
　　　　　　　勾串汝女，谋害孤穷。

太傅刀下死，小王入寒宫。

而今幸蒙恩赦，父子才得相逢。

你这老贼多不善，又来凌辱上绑绳。

严　嵩：（白）哎呀，千岁。

（唱）呼千岁，胆战惊。

口称小王，暂息雷霆。

臣蒙恩拜相，才受圣上封。

沐恩尽忠保国，报答我主恩情。

何敢设计犯殿下，自讨无趣犯罪名？

太　子：（唱）可恨贼，恶奸雄。

生心害我，任意纵横。

孤家皇太子，可称守阙龙。

竟敢无故上绑，实实罪逆难容。

越说越恼叫冯保，

冯　保：（白）伺候。

太　子：快快与我打奸雄。

冯　保：（唱）说遵旨，手不停。

方欲动手，

严　嵩：（唱）吓坏严嵩。

俯伏连叩首，我主有下情。

千岁有何主见？身穿便衣出宫。

故而兵丁难认，因此冒犯望宽容。

太　子：（白）咄！

（唱）本御我，在青宫。

轻衣便帽，是我常形。

你等何主意？令人动无名。

冯保快快动手，与我快打这奸雄。

冯　保：（白）领旨。

（唱）冯保答应说知道，鞭起鞭落下绝情。

严　嵩：（白）咳呀，罢了我了，罢了我了。

（唱）疼难忍，口打哼。

连连叩首，且把臣容。

为臣该万死，我主海宽容。

从今知过必改，不敢冒犯主公。

俯伏在地苦哀告，望乞开恩留残生。

黄万寿：（唱）黄万寿跪倒呼千岁。

（白）哦，千岁，严嵩冒犯殿下，理当打死，怜其拜阁大臣，千岁开恩暂且饶恕于他，面见圣君，凭圣天裁。

太　子：哼哼，罢了。此乃是欺君枉上之逆贼，臣民受其大害，理当将这老贼活活打死。爱卿苦苦与他求情，暂且饶他不死。冯保。

冯　保：有。

太　子：将这逆臣带上金殿面君。

冯　保：领旨。

（严嵩下，又上）

严　嵩：哎呀，罢了我了。

（上黄万寿）

黄万寿：好也呀，好也。只说大祸临身，谁想殿下足智多谋，不但老夫免祸，反倒罪及严嵩？此去面圣，谅他难免辱主之罪。急入后堂告知李公子便了。

（郭力马上）

郭　力：（诗）奉了总爷命，努力破贼兵。

（白）俺郭有勋。咳，只因常家女子，倒惹的云龙山毛寇动起刀兵来了，也不知常广父女逃到何处去了。咳，我想那个美人，时时刻刻的放她不下。昨日晚上黄总镇将我请入帅府，他言其子被毛寇活活拿去咧，请我前去助战，搭救其子。我想此祸是因我而起，怎能袖手旁观呢？只好出城，大战贼兵。黄总兵言说有个闺女也要出马，我倒要见识见识。呀，众将官。

众将官：有。

郭　力：大开城门一齐杀出，擒拿山贼有赏。

（赵金花、赵银花升帐，赵亮、陶力站）

赵金花、赵银花：（诗）闺中独称女英雄，单骑烈马有神通。

疆场速擒二员将，敌人丧胆不出营。

赵金花：（白）奴赵金花是也。
赵银花：奴赵银花。
赵金花：昨日擒来总兵之子与副将吴有仁，绑在后堂。幸喜救回弟弟赵亮，只好起兵转回山寨。

（上探子）

探　子：报寨主得知，郭有勋营外要战呢。
赵金花：再探。
探　子：得令。
赵金花：营外要战，正好杀之，与民除害。喽啰们。
探　子：有。
赵金花：抬刀带马，冲杀上去。

（郭力对赵金花）

郭　力：哦，小姐姐，报上名来，你大爷枪下不死无名之鬼。
赵金花：要问你姑奶奶，赵金花是也。你这厮是谁，竟敢前来送死？
郭　力：小姐姐，是你听了。

（唱）叫声小姑娘，听我细讲究。

　　　　大爷我姓郭，有勋声名有。

　　　　你这小丫头，作耗真难斗。

　　　　聚众云龙山，落草身为寇。

　　　　竟敢把城围，要战把兵斗。

　　　　擒来黄金奎，我来把他救。

　　　　劝你放他回，咱们免争斗。

　　　　大爷在深山，枪法学得够。

　　　　如若杀起来，你死算容易。

　　　　本当把你杀，大爷没看够。

　　　　爱你脸蛋白，柳眉弯又秀。

　　　　小口似樱桃，两眼杏核抠。

　　　　说话似莺声，好听真难受。

　　　　金甲新红袍，金莲外边露。

　　　　不过刚三寸，鞋底一指厚。

　　　　　　　白底是红帮，扎花带着扣。
　　　　　　　可敬你的妈，裹的脚儿瘦。
　　　　　　　如若下马来，走起更风流。
　　　　　　　说罢笑哈哈，

赵金花：（唱）金花双眉皱。
　　　　　　　大刀一摆搂头砍。
　　　　（白）狗子休要胡说，看刀！

郭　力：我望你干上咧，来呀。
　　　　（杀一阵，赵金花败下，又上）

赵金花：狗子枪法骁勇，力战难以擒他。不免祭起金砖，打他便了。（念念有词），金砖起！

郭　力：好一个丫头，祭来金砖伤我。怎得能够？念动真言，金砖收入锦囊，还是杀上去。

赵金花：好一个狗子，将奴宝贝收去，不免再用开天球擒他。（念念有词），开天球起！

郭　力：咳呀，可不好了。
　　　　（唱）见宝贝，放毫光。
　　　　　　　无法可破，必要受伤。
　　　　　　　拨马回里跑，急忙跑他娘。
　　　　　　　看看宝贝赶上，（下）

黄彩云：（唱）来了彩云娥皇。
　　　　　　　急忙掏诀念咒语，将宝收过骂山王。
　　　　　　　大刀一摆迎上去，喝声女寇少逞强。

郭　力：（白）可好了，来了救命的咧。

赵金花：（唱）金花女，细端详。
　　　　　　　这个女子，本领高强。
　　　　　　　彩面桃花色，小口似丁香。
　　　　　　　犹如貂蝉美女，好似昭君娘娘。
　　　　　　　看罢带怒连忙问，快报姓名刀下亡。

黄彩云：（唱）如问我，听其详。

总镇之女，谨守闺房。

只因救胞弟，无奈到疆场。

女寇有何本领？竟敢如此猖狂。

擒我胞弟伤我父，拿你一定刀下亡。

赵金花：（唱）心大怒，把刀扬。

无知女子，太也逞强。

竟敢无情理，训骂女大王。

说着催开战马，二人大战疆场。

四十余合无胜败，佯输作败走慌忙。

黄彩云：（唱）往下赶，气昂昂。

赵金花：（唱）掐诀念咒，祭起金光。

金镯祭了去，丫头必受伤。

黄彩云：（唱）彩云早已看见，心中并不着忙。

捆龙金钗拿在手，祭在空中把她降。

赵金花：（唱）金花女，脸气黄。

这个贱婢，法术高强。

将宝收了去，叫奴气满腔。

只好再使法宝，拿她早回山冈。

七星神珠祭了去，

黄彩云：（唱）咳呀，躲这不及身受伤。

大败而逃回关去，

赵金花：（唱）金花一见喜洋洋。

（白）你看这个丫头大败而逃，不必追赶。喽啰们。

喽　啰：有。

赵金花：就此拔寨起营，将那两员敌将一同绑回山去，不得有误。

（急上黄彩云）

黄彩云：一珠子好打，这女寇法术广大，险些落马被擒，只好回城再思退敌之策。众将官。

众将官：有。

黄彩云：多备灰瓶火炮，小心把守城池，不得有误。

众将官：哈。
黄彩云：（唱）彩云发叹又发愁，蛾眉紧皱频搔头。
　　　　　　　欲想破敌救弟去，劳而无功倒添忧。
　　　　　　　无精打采回府去，
郭　力：（唱）郭力马上乐得像活猴。
　　　　　　　真是救命菩萨到，待我甚是有情分。
　　　　　　　可爱她生得风流美，千娇百媚占上筹。
　　　　　　　方才进城那样光景，两只眼不住往我身上丢。
　　　　　　　一定是看我的脑瓜好，所以才救我把情留。
　　　　　　　正好托人见总镇，与我提媒把亲求。
　　　　　　　黄爷一定必愿意，我与美人鸾凤俦。
　　　　　　　不言有勋心中起邪意，

（上赵金花）

赵金花：（唱）再表金花女姣娥。
　　　　　　　率领兵将到山寨，
　　　　（白）喽啰们。
喽　啰：有。
赵金花：将两员敌将绑入后寨，小心看守。
喽　啰：是。
赵金花：将马带过。
　　　　（唱）笑嘻嘻地下了马，不坐前寨往后行。
　　　　　　　吩咐使女摘盔甲，净面搽粉要正容。
　　　　　　　梳妆一便归了座，低头无语自调停。
　　　　　　　擒来总爷二员将，怎得与奴婚配成？
　　　　　　　既为终身难顾脸，讲不了羞耻自己明。
　　　　　　　主意一定忙吩咐，
　　　　（白）喽啰们。
喽　啰：有。
赵金花：将那小将绑进来。
喽　啰：哈。绑着绑着。（绑上黄枚）

赵金花：（唱）彩袖一摆说回避，脸儿一红吐娇声。
（白）罢了，罢了。
（唱）公子不必心惊惧，虽然拿你不杀生。
　　　爱你豪杰多出众，岂肯割舍害英雄？
　　　奴家今年十八岁，尚然未选婿乘龙。
　　　情愿与你咳呦咳呦难出口，只羞得彩袖遮面脸通红。

黄　枚：（唱）豪杰一见心大怒。
（白）好一女寇休生此念。你将少爷拿来，有死而已，要杀就杀，要砍就砍，何必做这逼迫丑事？

赵金花：咳呦，事已至此，不得不说奴恋你是公子，英烈超群，有意托付奴家我的终身之事，因而屈尊公子来在荒山。你若应了亲事，即当与你松绑。

黄　枚：咦，大丈夫何患无妻？我乃是忠臣之后，岂肯要你这荒山女寇？少要胡说，要杀就杀，何必唠叨？

赵金花：咳呦呦，人家好心留恋与你，你到横起来了。又是杀咧砍的，难道说你是韭菜命，那命不值钱？

黄　枚：你快些杀我吧，不要再唠叨。
（唱）双眉皱，二目圆。
　　　骂声女寇，太也不堪。
　　　我乃忠臣后，岂肯与贼眠？
　　　你若无有女婿，急当叫你回还。
　　　青州广有烟花巷，叫他们接你陪少男。

赵金花：（白）咦！
（唱）心大怒，变容颜。
　　　无知小辈，说话狂颠。
　　　好心恋爱你，反倒不从权。
　　　为甚辱骂与我？真是难以容宽。
　　　喝叫喽啰推出去，疾速快快用刀餐。

喽　啰：（白）哈。
（唱）速答应，绑魁元。（绑下）

赵金花：（唱）低头无语，又觉为难。

　　　　　　　正在为难际，
　　　（上赵银花）

赵银花：（白）刀下留人。
　　　　（唱）银花进房间。
　　　　　　　上前尊声姐姐，暂把小将容宽。
　　　　　　　小将却是何人也？快对小妹说周全。

赵金花：（唱）这小将，不从权。
　　　　　　　同胞姐妹，自可明言。
　　　　　　　他乃黄家子，他父总镇官。
　　　　　　　遇我将他拿住，爱他英雄少年。
　　　　　　　我要招他，咳呦咳呦话到舌尖难瞒你，只得从实对你言。
　　　　（白）我不好说呀。我要招他为郡马，他不从权，反出狂言。
　　　　（唱）因而一怒要将他斩，

赵银花：（唱）就算姐姐太愚顽。
　　　　　　　自古才郎不易遇，姐姐呀，不可任性害英贤。
　　　　　　　小妹我也爱小将，情愿你我与他配凤鸾。
　　　　　　　姐妹同侍一夫主，料他无有不从权。

赵金花：（唱）金花回言说有理。
　　　　（白）我说妹妹，既然愿意你我同侍一夫，愚姐我真喜出望外，怎奈那小将执意不从，你可有个啥方法呵？

赵银花：兄弟赵亮作说客说辞，姐姐叫他相劝，不怕那黄公子不应。

赵金花：快叫兄弟说说去吧。

赵银花：如此，兄弟快来。

赵　亮：来了来了。我说二位姐姐，将弟唤来有何吩咐呢？

赵金花：咱后寨那员小将乃是黄总兵之子，我不忍伤其性命。方才当面提亲，他决意地不允。因此发怒要将他斩首，又觉不忍的杀了英雄。兄弟你素善说辞，烦你与我们做个月家老，快去劝劝他吧。

赵　亮：怎着他？我可不甚明白，你们俩全愿意了？咳，这小子大运亨通，命犯红鸾，咳，是真走桃花运。到哪里找这个便宜事呢？不但得了活命而且得了媳妇，按理可不当给姐姐们说媒。要不与你们办办去吧？又是我不好，姐姐要是有了女婿，好与兄弟我张罗个媳妇啦。

赵金花：是了，你快去说去吧。

赵　亮：这个使得，你们回避了。

赵银花：是，我们等着听你信啦。

赵　亮：喽啰们。

喽　啰：有。

赵　亮：将那位黄公子放回来。

喽　啰：是。（绑黄枚上）

黄　枚：罢了，是罢了。

赵　亮：呦呦呦，你这小子赌气昂昂，并无惧色，只好以大义说之。我望你说两句文化话吧。黄公子不要生气，像你这舍躯为国固然是好，而未免拘了小节。

黄　枚：哼哼，你不是赵亮么？因何出狱得回山寨？何必说长道短？快快地将我斩首。

赵　亮：不忙咧，我还要说两句呢。我姐姐用法术将我救回山寨。我说黄公子，你不可如此轻生，你岂不闻慷慨赴死易，忍死偷生难？况且舍身不能取义，杀身未必成仁。若听我相劝，你与我两姐姐结为朱陈之好，谐伉俪之欢，一则为生，二则得见父母，其不两全其美？

黄　枚：住口！你岂不闻我黄门世代忠良？咱岂肯与你山贼女寇结亲？何况不告父母而娶，更为不孝了。

赵　亮：公子言之差矣。自古至今，大孝莫过于舜，然不告父母而娶，得全孝道。公子何不从权而学大舜呢？

黄　枚：哎呀，听他之言，内有从权二字。我何不假意应允，得便逃回青州？不必一定以死为上。哦，寨主，黄枚乃是忠良之后，该在此招亲，那么既蒙姐弟厚情，只好从权将就是了。

赵　亮：哈哈哈，你一文钱未花，白白的得了两个媳妇，这有多么好呢。既然愿意应了亲事咧，今日这个勾当就成立，马上就办。不用说咧，你就是我的姐夫咧。姐夫，多有受惊了。

黄　枚：好说，还有被擒来的副将吴有仁，也与他松绑。

赵　亮：那是自然，还用你说呀？喽啰们呢？

喽　啰：有。

赵　亮：快与吴副将松绑罢。

喽　啰：是。

赵　亮：大事成就，今天我姐就跟你大拜花堂，入了洞房，吃了子孙饽饽、长寿面，扒啦疙瘩汤，好叫我姐姐们放心哇。

黄　枚：就依小弟。

赵　亮：对对对，使得。梅香！

梅　香：有。

赵　亮：服侍你主梳洗打扮，好拜花堂。

梅　香：是，晓得了。

赵　亮：（诗）洞房花烛亦心甜，

黄　枚：（诗）得配娇娘非偶然。

（完）

第 六 本

【剧情梗概】严嵩因误捉太子而被打入天牢。黄万寿之女黄翠云送走躲藏在黄府的李庆,不料被守候在黄府外面的严世蕃和严桂花捉拿。李庆遭受酷刑,但始终不说躲在黄府之事。严桂花恋爱李庆,在家奴苗云夫妇的劝说下,与李庆定下婚约,助李庆逃走。严世蕃得知苗云放走李庆,怒杀之。四处逃窜的李庆走投无路,只好投奔至舅舅家中,然舅母常氏怕受牵连,拒绝接纳李庆。

(上欧阳氏、严桂花)

欧阳氏:(诗)白发无情催人老,

严桂花:(诗)春梅有意比红妆。

欧阳氏:(白)老身严夫人欧阳氏。

严桂花:奴家严桂花。哦,妈呀,方才丫鬟报道说是我父上黄万寿府中捉拿李庆,此时不见到来,莫非说有什么不测之事了?

欧阳氏:咳,为娘我也是放心不下。

(上严世蕃)

严世蕃:咳呀,母亲、妹妹,不好了。

欧阳氏、严桂花:(白)我儿/哥哥,为何这等惊慌?

严世蕃:咳,方才我同爹爹上黄府捉拿刺客,李庆那厮不见,因此命兵丁校尉急去搜翻,不知怎么将青宫太子上绑?太子大怒,将我父捉去面君去了。

欧阳氏、严桂花:竟有这样事情,可不吓人也?

(唱)母女闻听说不好,心惊胆战发了呆。

举止失措无主意,不由一阵脸吓白。

悲悲切切双流泪,是你自己招祸灾。

老爷/爹爹呀,终朝图谋害良善,以为得志自主裁。

良言相劝总不醒,反说是妇人见识不明白。

而今误将殿下绑,欺君之罪躲不开。

母女二人悲啼起,

严世蕃:(唱)世蕃跺足口打咳。

爹爹已经犯了罪，悲伤无益也是白。

母亲疾速修书字，孩儿我急急把人差。

密送皇宫见表妹，求她讲情免祸灾。

欧阳氏：（唱）夫人回房把书字写，（母女下）

严世蕃：（唱）世蕃复又把口开。

黄府晏禄来送信，言说黄府藏起李庆来。

及至搜寻人不见，前后搜翻竟是白。

爹爹受了他的计，故而惊驾甚可哀。

祸端全因李庆起，拿住李庆减罪灾。

即刻想方捉李庆，

（白）院子。

院　子：有。

严世蕃：（唱）命你去到提督府，快请提督进府来。

（院子下，又上）

院　子：（白）启禀老爷，老奴方到府门，恰巧正遇提督老爷飞马而来。

严世蕃：起过了。正是适逢其会遂人愿，不速之客竟自来。待我迎接他进府。

（同下）

严世蕃：义弟哪里？

岳　贵：义兄哪里？

严世蕃：义弟请。

岳　贵：义兄请。

严世蕃：院子。

院　子：有。

严世蕃：将马带过。

院　子：是。（下）

严世蕃、岳贵：（唱）二人携手把府进，一直来到大堂中。

客套不叙各落座，有事关心要把话明。

严世蕃：（唱）世蕃开言叫义弟，为兄划策拿贼凶。

大料李庆飞不了，一定匿藏黄府中。

岳　贵：（唱）弟来正是为此事，事不宜迟快进行。

　　　　　　四门紧闭去搜索，迅速机密别走风。
　　　　　　李庆纵然多骁勇，不会土遁与腾空。
　　　　　　东西两门挨黄府，重兵把守不放松。
　　　　　　我领兵将西门守，义妹桂花谨守东。
　　　　　　桂花妹妹法术妙，捉拿李庆不费功。
　　　　　　岳贵设计说到此，
严世蕃：（唱）世蕃开口说赞同。
　　　　　　此计太妙无有比，足智多谋赛孔明。
　　　　　　愚兄贤弟摆酒席，准备着酒尚温时斩华雄。
岳　贵：（唱）有事关心不敢领，异日叨扰饮刘伶。
　　　　　　说到此处告辞了，咱们弟兄照计行。（下）
（上欧阳氏、严桂花）
欧阳氏：（诗）昨闻凶信惊人胆，
严桂花：（诗）今照菱花变容颜。
欧阳氏：（白）老身严夫人欧阳氏。
严桂花：奴严桂花。
欧阳氏：只因老爷误绑裕王，裕王捉去面君，大料此去凶多吉少。满朝文武无人保本，着急之下，无法可使，只得修书一封，密送昭阳宫院，着我义女娘娘，恳求圣上开恩赦免。现下我儿去探消息，我只得将家人苗云唤来，前去送信。苗云哪里？快来。
苗　云：来了，太夫人将小人唤来，有何吩咐？
欧阳氏：命你去到昭阳宫院，密送书信，保守秘密，不得泄露，快去。
苗　云：是，小人遵命。
欧阳氏：桂花呀，你兄前者命你把守东门，多加防备，小心注意，不得有误。
严桂花：是，小女去也。（下）
欧阳氏：（诗）满心希望恩赦日，一家处在奈何天。（下）
（摆朝，四官站）
众　臣：（诗）咫尺龙衣衮，整容步玉堂。
　　　　　　鞠躬朝帝阙，染翰侍君王。
黄万寿：（白）俺文华学士黄万寿。

岳　贵：俺九门提督岳贵。

赵文华：俺刑部侍郎赵文华。

海　瑞：俺刑部云南司海瑞。

众　臣：金钟三响，圣驾临朝来也。

　　　　（上天子）

天　子：（唱）和风甘雨升平世，舜日尧天富贵春。

　　　　（白）朕，大明嘉靖天子，自继位以来，抚躬自问，政治多承圣功王道，然伟绩阙如，兴思及此，不觉惭愧人也。

　　　　（唱）叹寡人，性愚鲁。

　　　　　　 三十八岁，位登九五。

　　　　　　 素行多舛错，愧对我先祖。

　　　　　　 进赞言即从信，诉冤枉就暴怒。

　　　　　　 胸无秦人照胆镜，身有汉帝软弱骨。

　　　　　　 想到此处自伤叹。

　　　　（上太子、冯保、严嵩）

冯　保：（唱）小冯保，押严嵩。

天　子：（唱）还有裕王，紧紧跟行。

严　嵩：（唱）严嵩被擒住，心内打调停。

　　　　　　 只得如此而作，保我性命不倾。

众　臣：（唱）一同齐跪金殿下，口尊父皇/万岁，臣有本明。

天　子：（白）朝廷上有尊有卑，有大有小。丞相低头，太子奏来。

太　子：父皇容禀。

　　　　（唱）奸严嵩，性阴险。

　　　　　　 诡计内藏，奸佞外显。

　　　　　　 甥女认义女，沐恩登阁馆。

　　　　　　 昭阳私自出入，勾串谋害非浅。

　　　　　　 离间骨肉如惨伤，血债山河全堆满。

　　　　　　 他竟一手遮了天，父皇头上全要管。

　　　　　　 他比曹操司马奸万分，居心叵测阴谋不轨恨更添。

　　　　　　 对儿怀旧恨，想拿儿一款。

趁儿入黄府，指为刺客反。
绑拿凌辱甚，欺君天大胆。
若不急斩他，王法将谁管？
人人效尤他，江山准危险。
因此揪他来，朝廷论长短。
父皇万万岁，赶快把他斩。

严　嵩：（唱）严嵩闻听忙叩首，不待吩咐急了眼。
此次误绑裕王错，欺君枉上臣不敢。
只因误听晏禄话，二次黄府去查检。
谁想裕王穿便衣，书房惊慌往外赶。
将校不识上了绑，堂上回禀把身转。
为臣一见悔错拿，裕王揪住不容缓。
如此这般是实情，望乞我主多思点。

天　子：（白）寡人知道了。太子且回青宫，严嵩押入天牢。

严　嵩：罢了我了。

黄万寿：（唱）万寿越班来出奏，如臣不敬行为简。
窃为诬赖那件事，容臣分疏说长短。
岳飞冤死三字狱，莫须有是最明显。
为臣侍主多少年，主使窝藏是不敢。
只因冬梅和晏禄，起了如天大色胆。
花园私合行苟且，黄朋赶上十三点。
性情粗鲁忍不住，摔死冬梅一转眼。
用人不当养子不孝，全是为臣罪过揽。
乞我主惩办把恩感，为臣下情全说完。

天　子：（白）爱卿平身。

黄万寿：谢主隆恩，万岁。

天　子：（唱）回身又把内臣宣，
（白）内臣。

内　臣：伺候。

天　子：宣金瓜武士上殿。

（上金瓜武士）

金瓜武士：来了，参见万岁。

天　子：起来，命你速到严府，将晏禄拿来，且押入天牢狱中，不得有误。

金瓜武士：得令。（下）

天　子：黄万寿。

黄万寿：万岁。

天　子：丹朱商均性不肖，尧舜大圣如之何？朕拟将爱卿之子，将来参加武试，自有人说服教育，爱卿自行斟酌吧。爱卿归班。

黄万寿：万岁，谢主隆恩。

天　子：此案批评是否合理？众爱卿，有本早奏啊。

（上赵文华、岳贵）

赵文华：赵文华。

岳　贵：岳贵。

众　臣：（唱）金殿以上，见风不对。

丞相今被参，咱先保己位。

此时不能奏本，唯恐天子怪罪。

随班唱喏说对对，当时奸心暂消退。

海　瑞：（唱）欢喜了，老海瑞。

主上圣明，无有比对。

坚决斩佞奸，信任用善类。

从此江山安稳，万岁万岁万万岁。

天　子：（白）众爱卿。

众　臣：万岁。

天　子：既无本章，卷帘散朝。

（出黄翠云坐，丫鬟站）

黄翠云：（诗）闲情常盼有情日，遂心反生不放心。

（白）奴黄翠云。只因李公子来到府中，我父赏鉴不谬，许下婚姻，真是喜出望外。怎奈公子还在难中？掩藏居住，终非了局。听说严嵩打入天牢，趁此机会，正好叫公子自讨方便，觅一安身之处。盘费、枪马早已备好，我想这个办法，我父谅必同心，不必商议。再说，未过门的媳妇，不便说谈，只可叫丫鬟从花园后门，暗自送出便了。

（唱）叫声丫鬟听嘱咐，你把公子送出府。

非是狠心不恋爱，要学齐姜一辈古。

醉遣重耳成大业，五国朝中称盟主。

苍天倘遂人心愿，夫妻聚首在前途。

说罢又把丫鬟叫，

丫　鬟：（白）有。

黄翠云：（唱）好好注意送出府。（下）

丫　鬟：（白）李公子随我来。

李　庆：来了，诸般齐备，正好从花园后门走出便了。（下，又枪马上）

（唱）出黄府，奔前途。

回想前事，行事粗鲁。

荆轲他被擒，有勇是无谋。

庆忌难防背汉，王僚吃了鱼毒。

弄住近身能行刺，未获人多终含糊。

一边寻思一边走，

（上岳贵与兵将）

岳　贵：（唱）岳贵领兵挡住路途。

（白）大声吆喝哪里走？看枪！

李　庆：（唱）急招架，往前突。

该死奴才，敢来挡路。

对阵两交战，不分胜与负。

贼兵越战越勇，只得往东逃出。

拨马只望东门闯，（下）

（对上严桂花）

严桂花：（唱）来了桂花女丈夫。

迎面细瞅行刺客，仪表武术是不俗。

可心人今日与相见，因有仇恨怎对付？

若非父在天牢内，一定放他出城都。

无及奈何与他战，忍着心而赌胜负。

　　　　　　这回不同往回战，保护他来保护吾。
　　　　　　不用狠毒枪和剑，快去法术来支吾。
　　　　　　虚战一合往下败，法术擒他能保护。
　　　　　　说着假作大声喝，来这刺客别糊涂。
　　　　　　急忙交枪快受绑，谅你今天难逃出。
李　庆：（唱）贱丫头，休吓唬。
　　　　　　吾决死战，不可轻输。
　　　　　　说着拧枪分心刺，
严桂花：（唱）桂花假败往回输。
李　庆：（唱）我李庆，勇粗鲁。
　　　　　　一直追赶，不容功夫。（下）
严桂花：（唱）桂花急忙念咒语，祭起仙锁套勇夫。
　　　　（白）（念念有词），套仙锁起！
李　庆：丫头哪里走？咳呀，不好。（落马）
严桂花：众将官。
众将官：有。
严桂花：将这刺客绑进相府，等吾兄探听消息回来，前堂审问。
众将官：得令。（下）
严桂花：正是：战胜本是得意事，思想反生不乐观。（下）
　　　　（出赵文华坐）
赵文华：（诗）义父入天牢，心中甚牢骚。
　　　　（白）俺赵文华。自从义父打入天牢，心中很是忧闷，等到何时拿住刺客呢？
　　　　（上家将）
家　将：禀爷，严府小姐将刺客拿住，绑进相府。
赵文华：起过了。
家　将：是。（下）
赵文华：（唱）听说刺客拿住了，欢天喜地笑盈盈。
　　　　　　叫声院子快带马，离座上马走如风。
　　　　　　霎时来到严相府，来见世蕃严相公。

甩镫离鞍下坐骑，

（上院子）

院　子：（唱）院子带过马走龙。（下）
严世蕃：（唱）严世蕃听说义兄至，慌忙出堂去接迎。
赵文华：（唱）不用迎接把府进，一直走到大堂中。
　　　　　　　宾主不让各入座，不叙寒暄客套情。
　　　　　　　立刻就把人役叫，
人　役：（白）有。
赵文华：（唱）咱们立时就把堂升。
　　　　　　　快将刺客绑堂上，

（绑李庆上）

人　役：（白）绑上来了。
赵文华：（唱）咱们过堂问口供。
　　　　（白）李庆，你进京行刺，何人主使？你在何家存身？照实说来，免去受刑。
李　庆：大丈夫行事，特立独行，无有主使。森林古庙，随便安身，无有定处。
赵文华：刺客夏杰现藏何处？
李　庆：自经官兵冲散，不知消息。
赵文华：你这恶贼凶狠无比，抄手问案，断不肯招。人来。
家　将：有。
赵文华：点起香火，四面燎烧。
家　将：哈。
李　庆：（唱）骂奸贼，恶恨心。
　　　　　　　惨用非刑，拷打我身。
　　　　　　　火苗烧皮肉，遍体冒血津。
　　　　　　　疼比针扎十倍，痛过刀割万分。
　　　　　　　咬牙秉心犯思想，闯过这关是铁人。
　　　　　　　英雄虽然不怕死，怎挡烈火来烧身？
　　　　　　　有心招承认了供，必然连累黄府门。
　　　　　　　为我李庆遭不测，致使辜负恩义人。

受刑之下拿主意，纵死不能变了心。

咳呀，将心一横高声骂，奸贼生就豺狼心。

你纵用非刑把我来拷，你老爷不能屈招连累人。

想借我口把仇报，一网打尽忠良臣。

国家爵禄把你养，豺狼终究生野心。

赵文华：（唱）骂得文华翻了眼，

严世蕃：（唱）严世蕃座上气攻心。

这贼挺刑骨棒硬，厉害非刑拷他身。

叫声家将添烧酒，酒火炼他血肉身。

家　将：（白）哈。

（唱）家将答应不怠慢，皮肉烧裂血淋淋。

仔细一看绝了气，

（白）禀爷，李庆绝气而亡。

赵文华：无妨。住刑，唤他醒来。

家　将：李庆醒来罢，醒来罢。

李　庆：咳呀，罢了我了。

赵文华：招上来。

李　庆：是你，不招。

家　将：禀爷，他不招。

严世蕃：恶贼不承认。天气不早，将他押下去，明天再审。苗云。

（上苗云）

苗　云：有。唤奴才有何事情？

严世蕃：将李庆交付与你，小心看守。

苗　云：是。

赵文华：天色不早，我就告辞回衙门。

严世蕃：天交三鼓，不必回衙，就在寒舍安歇。

赵文华：既蒙诚意相留，歇息便了。

（诗）人心似铁果似铁，

严世蕃：（诗）官法如炉不如炉。（下）

（出苗云坐）

苗　云：（诗）心怀恩义事，面带忧虑形。
　　　　（白）吾乃苗云，乃是苏州人氏，在原籍时因打抱不平，伤了人命，当地州官判决抵赏，幸亏李庆代述详情，救我一命不死，发配京师，入了相府，当了一名家将，与冯氏配为夫妻，在相府安居。今日恩人李庆不幸，遭了大难，现在审问口供，非刑拷打，我心中实觉惨伤。又命我看守，实欲放他逃走，以报救命之恩，怎奈无法可使，这却如何是好？
　　　　（上冯氏）
冯　氏：哦，官人为何愁眉不展？不知其情为何，有什么事情？
苗　云：娘子你闭了房门，听我道来。
　　　　（唱）低言巧语贤妻叫，听我把话说明白。
　　　　　　上年惹下杀身祸，罪该刀下染祸灾。
　　　　　　救我多亏李公子，才能发配京师来。
　　　　　　救命之恩未得报，时刻难忘记心怀。
　　　　　　不幸李庆今遭难，如此这般真可哀。
　　　　　　有心要救李公子，束手无策是蠢才。
冯　氏：（唱）冯氏听说丈夫话，心中辗转费疑猜。
　　　　　　出神多会尊夫主，知恩报恩理应该。
　　　　　　你今要救李公子，未免自己惹祸灾。
苗　云：（唱）拙夫多得李庆救，不然早已把刀挨。
　　　　　　我今宁可把身舍，要救公子脱祸灾。
冯　氏：（唱）冯氏闻言又相劝，
　　　　（白）官人舍命要报李庆之恩，不忘大德固然是好，势必遭到杀身之祸，又亏太师爷的厚恩，官人要再思再想。
苗　云：娘子，你想太师爷相待我不过是宽厚，怎比李公子救命洪恩？我今不报此恩，忘恩失义，不可为人。必得患难与共，舍身报恩。
冯　氏：官人既然决心舍身报恩，可称为义士，妾身也愿为义士之妇。怎奈李庆身负重伤，不能逃走？想到此事，真乃为难。哦，我想起来了，方才小姐言语之中有怜惜李公子之意，不免我到小姐面前，以善言相劝，让她用圣母如意仙丹给李庆服下，重伤既愈，便可放他逃走。
苗　云：好，趁着小姐尚未安眠，急到绣房悄悄说明此事。

冯　氏：是，妾我遵命。（下）
苗　云：待我一到廊下与李公子说明此事便了。（下）
　　　　（上严桂花）
严桂花：（诗）独坐深闺愁无限，心烦虑乱意不宁。
　　　　（白）奴严桂花。只因爹爹误绑裕王，天子将爹爹押入天牢，拿住刺客李庆好救爹爹，等父亲出狱，再救李公子不死。谁想兄长与赵文华，立即作刑拷审，欲逼口供？倘有不测，使奴难以免除助纣为虐之罪。前蒙神圣指教，说李庆是白虎星宿临凡，今若如此苦害英贤，上天不容。谁人留下柬帖一封？不知是何言，待奴拆开一观，便知分晓。
　　　　（诗）李庆桂花有良缘，注定婚姻在上天。
　　　　　　　不可违天急相救，生前结亲并头莲。
　　　　（白）原来奴的终身归与李庆，这可叫我怎好哇？奴的妈呀！
　　　　（唱）手拿柬帖长叹气，低下粉面发了愁。
　　　　　　　叫声妈呀怎么好？活活难坏你丫头。
　　　　　　　李庆他是英雄将，正好与奴鸾凤俦。
　　　　　　　奈何父兄结仇冤，仇人焉能配好逑？
　　　　　　　奴家不嫁李公子，得罪于天命必休。
　　　　　　　千难万难难死我，青山紧锁闷悠悠。
　　　　　　　桂花正然心内窄，
　　　　（上冯氏）
冯　氏：（唱）冯氏进房问小姐。
　　　　　　　你天交三更未安寝，忧形于色何情由？
　　　　　　　伤心事儿告诉我，自与小姐能分忧。
严桂花：（唱）柬帖之事说一遍，因此奴家甚忧愁。
冯　氏：（唱）咂，喜事临前何忧虑？
　　　　（白）小姐，既是神圣指教，小姐与李公子乃是天定姻缘，应当欢喜，何须忧闷？
严桂花：我父兄与李庆成仇。若结婚姻，违背父命，难免不孝之罪。
冯　氏：小姐，如拘小节而违天命，天将大祸，那时悔之晚矣。莫如与李公子定就姻缘，放他逃走，以成天命。

严桂花：咳，事已至此，说不了违背父母，怎奈李公子有人看守，难以解救？
冯　氏：看守之人乃是奴的丈夫，说明小姐心意，当然会随从小姐的命令，但是李公子身带重伤，难以行走。
严桂花：这却不难，待奴家急取妙药。（下，又上）这是仙丹二粒，一粒用水调开，吞在腹内；一粒搽在伤痕之处，即刻痊愈。你带柬帖去说明来历，令他前来见我，我有话说呀。
冯　氏：是，奴婢遵命。
　　（唱）冯氏领命出房去，（下）
严桂花：（唱）桂花小姐自沉着。
　　　　　李公子少刻来相见，羞羞答答说什么？
　　　　　女孩家当面言亲事，怕他耻笑把我薄。
　　　　　正是家人心中乱，
　　（上冯氏）
冯　氏：（唱）冯氏进房说明白。
　　　　　尊声小姐公子到，
李　庆：（唱）李庆迈步进绣阁。
　　　　　躬身施礼尊小姐，
严桂花：（白）公子免礼，请坐。
李　庆：小生告坐。
　　（唱）李某无能被擒捉。
　　　　　小姐恩德将我放，时刻感激大恩德。
严桂花：（白）好说。
　　（唱）奴父黄府拿公子，误绑裕王犯罪多。
　　　　　而今打入天牢狱，难以脱身出网罗。
　　　　　奴家为救父命擒公子，望其不念奴旧恶。
　　　　　柬帖公子曾见过，咱二人今生造定天作之合。
　　　　　神圣指教难违命，因此才放君把祸脱。
　　　　　愿和公子结秦晋，望留聘礼结丝萝。
李　庆：（唱）李庆闻言说不可，
　　（白）小姐，你父兄与我有不共戴天之仇，岂肯与仇人作了亲眷之好？再说你父兄若是不允，那时小姐岂不误了终身，遗下无穷之恨？

严桂花：我蒙圣母指教，奴家立志归与李公子。我父兄纵然不从奴，不过有死而矣，还望公子留下定亲之物。

李　庆：异日你父兄如愿与我结亲，那时节无不从命。

冯　氏：小姐，李公子所言极是。若老爷不记仇恨，李公子深感救命大恩，焉有不从之礼？天亦交五鼓，急急送公子逃走，倘若老爷知晓，就有不测之祸了。

严桂花：就以此言为定。但愿公子不念旧恶，早完婚姻，不使奴家有化石之愁，余愿足矣。

李　庆：深感小姐放我之恩，岂肯有负大德？

严桂花：但愿公子路途保重。苗云。

苗　云：有。

严桂花：你可与公子鞍马备妥？

苗　云：早已齐备。

严桂花：将公子送出城去。

苗　云：是，遵命。公子随我来。

李　庆：来了。（下）

严桂花：眼见李公子而去，不知何日才得相逢？咳，谁知共枕同床者，却是成仇结冤人？（下）

（上苗云）

苗　云：好也，好也，幸而将恩人送出城去。我今回府，难免杀身之祸，欲待逃走，严相爷待我甚厚，惧罪背主逃脱，更为不义。不免去见相爷，以大义说知，倘若免死，也未可知，只得回府便了。（下）

（苗云又上）

苗　云：启禀老爷，苗云我放李庆逃走，竟奔南门去了，不敢不报。

严世蕃：这个奴才，实实可恨。家将们。

家　将：有。

严世蕃：抬枪带马，随老爷追赶李庆，不得有误。（下）

（李庆马上）

李　庆：（诗）逃出龙潭地，打马跑如飞。

（白）俺李庆。多亏苗云送我出城，大料奸贼知晓，必然率兵追赶，只好投奔舅舅家，那里再思诛贼之策。（内喊声）呀，后边马嘶人叫，必是追兵来也，待我迎接上去便了。（下）

（李庆、严世蕃对上）

严世蕃：李庆狗子，休想逃出，老爷擒你来也！

李　庆：来，来，来。

（杀一阵，严世蕃败下）这个奸贼大败而回，急急逃走要紧。

严世蕃：（内白）众将官。

众将官：有。

严世蕃：将马带过。（上，坐）可恨苗云私自放走李庆，致我大败而回，真叫我怒气难消。如将恶奴拿住，碎尸万段，方消我恨。

（上苗云）

苗　云：奴婢苗云前来领死。

严世蕃：这个狗奴才，竟敢大胆私自放走李庆。

苗　云：老爷，奴婢实实不瞒，奴才昔日受过李庆救命之恩，因而放他逃走。奴婢自知有罪，不敢惧罪而逃，故前来领死。

严世蕃：苗云恶奴，你岂不知李庆他与我父子仇深似海？你今放他逃走，我父怎么出罗网？你为一己之私恩放走李庆，将你碎尸万段，难消吾恨，真正可恼哇。

（唱）双眉皱，气攻心。

用手一指，大骂苗云。

熊心与豹胆，背主报私恩。

你今放他逃走，我父怎出监门？

就是将你千刀万剐，死有余辜恨万分。

苗　云：（唱）尊老爷，听我云。

小人昔日，就该杀身。

李庆救我命，恩情似海深。

他今身遭危难，舍命才救恩人。

小人知罪该万死，望乞老爷开大恩。

严世蕃：（唱）心更怒，咬牙根。

恶奴大胆，太也欺心。

将你千刀剐，剥皮要抽筋。

怒声叫家将，你等绑起苗云。

家　　将：（白）哈。

严世蕃：衣服与他剥去了，老爷使刀剜他心。

苗　　云：慢着，慢着哇。

（唱）尊老爷，听原因。

奴婢豪爽，勇烈超群。

舍命把恩报，义气满乾坤。

今日不得其死，美名传与后人。

万剐千刀何足惧？不用绑我自呈身。

（白）来来来，是你请动手来呀。

严世蕃：（唱）闻听此言心更怒，亮出宝剑恶狠狠。

苗云你作杀身祸，叫你小命去归阴。

（白）苗云惹下杀身之祸，还敢顶碰与我？今日定要将你斩首。

苗　　云：咳呀，老爷，小人救得李庆一命，名传天下，虽死有何惧哉？老爷就请动手将小人斩了吧，就请开刀罢。（死）

严世蕃：将这奴才连砍数剑，绝气而亡，不免去到后堂告知妹妹，再拿李庆，好救天伦才是。家将们。

家　　将：有。

严世蕃：将尸首抬下去。

家　　将：哈，抬着了。（下）

严世蕃：正是：恶奴放走对头人，叫人怒气攻了心。（下）

（上岳强，丑文生）

岳　　强：（诗）口内之乎者也，腹中一字不通。

有势有力有前程，任意任作任豪横。

（白）我大爷岳强，字永刚，山东青州府人氏。爹妈死了三年有余，撒下我兄妹二人，妹妹名唤秀云。家中富豪，广有金银财宝，我堂叔哥哥岳贵，与我捐了个监生。我又认了严嵩个干爹爹，我舅舅孟辉也是一个大官，又有个姑父郭俊臣，封了侯爵咧。我仗着这几门子亲戚，在这寿光县地面上任意地横爬竖滚,哪也无人敢惹,这也不在话下。就是把个烧大的糟蹋啦,缺少一个媳妇。提亲的倒是也不少,我打听着不是无才就是无貌,总也没有遂心如愿的、合合适适的那么一个。咳,这个事儿就可难了。偏偏的昨日个,我舅舅孟辉呀告老还乡,我前去看望,看见了我那表妹,那个人生得真有沉鱼落雁之容、闭月羞花之貌。我心里想着亲上加亲,望我舅妈一说,她也倒应咧,谁想我舅舅他不愿意。咳,叫我无法可使,只好与我舅妈再去商量商量。事要三谋,定把表妹谋到手里才是。小子们。

小　子：有。

岳　强：随大爷我一到彩云山桥便了。

（上孟辉,坐）

孟　辉：（诗）人生在世莫居官,若是居官进退难。

（白）我老爷姓孟名辉,字培德。只因严嵩将妹丈李万害死,我就无心宦途,告老还乡,作见机解组的思想。但是无有儿子,咳,可叹无儿,命里该然,随缘随分地认了一个干儿子,名叫夏杰。他与我外甥李庆送信去咧,到今儿个也未回来。谁想两个孩子进京行刺劫杀严嵩,现在各州府县画影图形捉拿他们,也不知他们两个逃在何处去了,叫我这心中放他不下。昨日又有我小舅子常广与我内侄女,他们爷俩逃在府下躲藏,他还叫我上青州府打听打听他们的祸事。咳,说不得辛苦一趟不咧。小子呢?

（上家丁）

家　丁：有。老太爷有啥勾当呢?

孟　辉：快去备马,随我一道青州府走走。

家　丁：哈。

（上丑、老旦）

常　氏：（诗）中馈我知赏,外事不挂心。

（白）老身我常氏。昨日我的家下兄弟常广一同我侄女儿来我家避难。咳,多年不见,一朝相会,老大的欢喜呀!

常　广：（内白）我说李公子,你在门外等待,我与你通禀。

李　庆：（内白）是。

（上常广）

常　广：姐姐呀，河北冀州你外甥李庆来了。

常　氏：外甥来了？叫他进来。

常　广：这是啥话呢？就是外甥来到咱家，远路风尘来的，也该加一请字才是。

（下）

常　氏：有请李公子。

（上李庆）

李　庆：来了。舅母在上，甥儿拜揖。

常　氏：不用闹这些俗礼，坐下吧。

李　庆：是，甥儿告坐，舅母一向身安？

常　氏：我是好的，甥儿你不用挂心。

李　庆：甥儿只为南北暌违，不能常来问候，多多有罪。

常　氏：云树怀恩，彼此皆然。我也是常惦念你呀，不知外甥从何处到此？

李　庆：舅母听了。

（唱）满面春风呼舅母，细听甥儿把话言。

常　广：（白）你把事由前前后后地对你舅妈都说了。

李　庆：（唱）自从家父身遭难，夏贤弟送信急到我家园。

言及舅父辞官职，退居林下享福田。

望风怀思舅父母，不得前来敬问安。

常　氏：（白）啥亲戚呢？还会不想哪？

（唱）老身也是惦着你，时时刻刻记心间。

听说是你与夏杰在京内，劫杀严嵩落祸端。

夏杰义子在何处？

常　广：（白）可是的我姑爷夏杰哪里去了？

（唱）怎不一同回家园？

李　庆：（唱）从头至尾说一遍，弟兄失散不团圆。

甥儿我如此这般逃在贵府，到此避难住几天。

常　氏：（唱）一听此言心不悦。

（白）当下严嵩权势大，又是朝廷舅丈，你竟敢胆大，刺杀皇亲，惹下大祸。你当初既然敢做，就敢出头认罪，为何东藏西躲，祸及亲朋？是何道理呀？

常　广：姐姐说的都是啥话呀？未听人说过吗，患难相扶好朋友，救困扶危才算好亲戚呢？李公子遭此大难，不往舅舅家躲藏，难道说往那个张三李四家去吗？

李　庆：甥儿到此，非为避剑贪生怕死，原是因父仇未报，暂隐一时，以待后日杀贼明冤，舅母啊。

常　氏：咳呀呀，你为报仇，就该拉扯亲戚朋友吗？

（唱）心不悦，叫外甥。

声言报仇，要杀严嵩。

舍命把仇报，可称是英雄。

理应出头认罪，何必拉扯亲朋？

劝您赶早快快走，怕的是连累我家大祸生。

李　庆：（唱）尊舅妈，请听明。

甥儿不幸，祸及门庭。

我父遭冤枉，大骂贼严嵩。

等到时来运转，与父大报冤横。

伏乞舅母可怜我，想念至今骨肉情。

常　广：（白）是啊，这才是姑舅亲辈辈亲呢。

常　氏：（唱）非是我，不相容。

因你惹祸，犯罪朝廷。

藏在我府下，怕是走漏风。

县官必然秘访，拿你京中献功。

那时罪及舅父母，甥儿心中岂安宁？

常　广：（白）姐姐你是疯了罢？可是外甥轻易不来，今日来了，你怎么撑起来了？姐姐你呀，你呀！

李　庆：（唱）羞又气，面通红。

叫声舅母，太也绝情。

不念至亲义，恰与别人同。

何必无情撑我？刻下就要启程。

男儿自有冲天志，岂肯忍辱赖亲朋？

常　广：（白）李公子不要生气，你舅母不会说话，看你表舅我吧。
常　氏：（唱）你这话，不爱听。
　　　　　　　莫非难舍，你的外甥。
　　　　　　　要走不留恋，与我疾速行。
　　　　　　　快快离我门户，免得受怕担惊。
李　庆：（白）罢了罢了。
　　　　（唱）豪杰闻言说罢了，含羞带怒往外行。
常　广：（唱）老常广，手不松。
　　　　　　　口尊公子，暂且消停。
　　　　　　　你那老舅母，情理是不通。
　　　　　　　说话颠三倒四，好似中了邪风。
　　　　　　　看我姐夫你那舅父面，不可羞怒出门庭。
常　氏：（白）快快让他走开吧。
李　庆：（唱）非是我，绝亲情。
　　　　　　　怎奈舅母，不肯相容。
　　　　　　　老伯快放手，失信要启程。
　　　　　　　甩袖出了房内，
常　广：（唱）老儿随后紧跟行。
　　　　　　　不言二人出房去。（下）

（完）

第 七 本

【剧情梗概】岳强欲娶表姐孟彩霞,而舅父孟辉不允。孟彩霞心向李庆,赠其珍珠塔。岳强闻知,妒火中烧,将李庆诳骗至家中,拟交官府,以置之于死地。郭力贪慕黄彩云美貌,威逼黄万年将女儿许配给他,被黄万年逐出帅府。副将吴有仁因黄枚与赵金花结亲而遭黄万年重罚,郭力与吴有仁合谋,共同进京诬告黄万年勾结山寇,图谋造反。严世蕃乘机诬陷黄万寿与黄万年内外勾结。天子大怒,欲斩黄万寿,幸有海瑞、朱深保本,黄万寿被打入大牢。天子又令郭英为灭寇大将军、吴有仁为先锋,率兵征剿云龙山。

(上岳强)

岳　　强:(唱)岳强进房笑盈盈。

　　　　　　走进房,把礼行。

　　　　　　舅母可好?身体安宁?

　　　　　　孩儿在家下,诸事瞎忙穷。

　　　　　　月余未见舅母,望乞舅母宽容。

常　　氏:(唱)常氏一见心中喜。

　　　　(白)哟,你们瞧我们外甥这个孩子真会说话,怎看怎顺眼哪。好孩子,好孩子。

岳　　强:多蒙舅母抬爱,如今哪有不拿外甥当亲儿子看待的?你舅妈就是我亲妈呀。只是孩儿我有件心事,希望应了才是。舅妈呀。

常　　氏:不知外甥有啥勾当呢?老身无有不应之理。

岳　　强:我的舅妈呀,孩儿望你老人家也曾说过,是我表妹,我们俩的亲事。你老人家若是应了,头一宗亲上做亲,这亲戚便更近了;二宗表姐、表弟若做了两口子更不眼生,你老人家不用再说,又是舅母又是丈母娘,你老看着俺们多欢喜呢。

常　　氏:咳,依着我呀,外甥,你就早成了姑爷爷啦。你舅舅那老天杀的,总是不愿啊。

岳　　强:表姐是你老的闺女,你老若应了,我舅舅也得将就着应了哇。

常　　氏：虽然是我闺女，也得由着他点。等我慢慢地劝他，这门亲是不会黄的啦。

岳　　强：着哇，着哇，全仗舅妈您成全。甥儿告辞，我上后花园游玩游玩去呀。

常　　氏：咳，我这个外甥，又会说话又懂礼法，他合我意。你看那李庆也是外甥，他见我大模大样的，惹了一肚子气。梅香，搀着奶奶歇歇去。

梅　　香：是。

（上孟彩霞，小旦）

孟彩霞：（诗）睢鸠相伴在河洲，淑女从来君子逑。

（白）奴孟彩霞，年方二九，尚未择人。表弟岳强屡次求亲，母亲糊涂，意欲应允。奴想岳强无才无貌，乃是浮华浪荡子弟，怎能与他配偶？多亏爹爹明白，不肯应允。

（上丫鬟）

丫　　鬟：禀小姐，河北冀州李公子如此这般前来探亲，老夫人这般这般不肯相留，李公子羞怒而走，常舅爷拉拉扯扯留他不住。常舅爷命奴婢前来请小姐去将李公子留住，以尽姑表之情。

孟彩霞：咳，母亲，你这就不是了。李公子有难相投，情关至亲，非同邻人，为何撵他出府？如此伤情，不使亲戚伤惨、外人耻笑啊？

（唱）我母糊涂见识浅，不该薄待李振吉。

　　　欲要出房相留住，仔细思想使不得。

　　　我与表弟小年见，如今地久相隔离。

　　　相别数载都长大，也当各自避嫌疑。

丫　　鬟：（白）姑哇。

（唱）李公子乃是小姐亲表弟，今日相见何用疑？

　　　何况替母周全事，全仗着女儿炼石补天机。

　　　而且又是舅爷命，正好相留府中居。

　　　我看公子多威武，仪表不虚甚出奇。

　　　将来终非池中物，得会风云上天梯。

　　　小姐不必把嫌疑避，快快相留莫迟疑。

孟彩霞：（白）哦。

（唱）听她之言似有理，丫鬟随我出房去。

　　　即刻就到花园里，

（上李庆）

李　庆：（唱）再表豪杰李振吉。

常　广：（唱）常广拉住不放手，园门不开难动移。
　　　　　　　一行拉着一行劝，

（上孟彩霞）

孟彩霞：（唱）彩霞上前说端的。
　　　　（白）表弟你可好哇？

李　庆：怎劳姐姐一问？表姐可好？

孟彩霞：好哇。

常　广：外甥女儿，将你表弟请到你的房中，从头至尾替你母亲赔个礼儿，你千万留住你表弟，我到前头劝劝你妈去，两个见面打打合，就算完了么。我这就去了。

李　庆：老人家请回来，快将行李与我，小生我要起程了。

孟彩霞：表弟决意要走，愚姐也不强留，暂且请到绣房稍坐片时，再走不迟。

李　庆：咳，既蒙表姐雅爱，我从命就是了。

孟彩霞：表弟请。

李　庆：表姐请。（同下）

（急上岳强）

岳　强：咳呀咳呀，我姨弟李庆上我表姐房中，不知他两个是啥勾当？待我偷着听听。

（上李庆、孟彩霞）

孟彩霞：表弟请坐。

李　庆：小弟告坐。

孟彩霞：方才丫鬟报道，我与母亲代为陪罪才是。（上岳强，听）
　　　　（唱）尊表弟，请听言。
　　　　　　　莫将怒气，填满胸前。
　　　　　　　家母见识短，一时不周全。
　　　　　　　君子宽洪大量，望乞表弟海涵。
　　　　　　　奴替我母来赔罪，表弟你在此住几天。

岳　强：（白）他们两个真热闹啦。

李　　庆：（唱）非表弟，礼不端。
　　　　　　　是我舅母，亲情不关。
　　　　　　　百般羞辱我，我怎不赧颜？
　　　　　　　宁可刀下做鬼，不在贵府熬煎。
　　　　　　　常说君子受刑又受气，死而何惧，生而何欢？
岳　　强：（白）哈哈哈，这个脾气，真乃是呆子。
孟彩霞：（唱）闻此话，自详参。
　　　　　　　表弟英烈，果是魁元。
　　　　　　　蛟龙虽受困，闻雷必升天。
　　　　　　　深怨我母无礼，不该貌视英贤。
　　　　　　　大料奴家留不住，倒叫奴家为了难。
李　　庆：（唱）说不必，费心田。
　　　　　　　多蒙表姐，美意周全。
　　　　　　　奈我身当此，惹下大祸端？
　　　　　　　倘若连累舅父，小弟心下何安？
　　　　　　　因而即刻告辞走，等我得第到府前。
孟彩霞：（唱）表弟你，休巧言。
　　　　　　　分明恼恨，奴的亲萱。
　　　　　　　家母虽礼错，恕其在高年。
　　　　　　　须念当初姑母，结下百世良缘。
　　　　　　　你今执意告辞走，咳，不是把世代亲戚搁一边？
岳　　强：（白）这个话说得真是生扒接呀。
孟彩霞：咳，这却怎好？哦哦，有了，何不想一万全之计？
　　　　（唱）一则是，解仇冤。
　　　　　　　二则与他，暗定姻缘。
　　　　　　　想罢回身取宝，尊声表弟听言。
　　　　　　　你今决意真要走，留恋却也是枉然。
　　　　　　　愚姐赠弟珍珠塔，
岳　　强：（白）咳呀，赠塔有了隐情了。
孟彩霞：（唱）万望收纳解愁烦。

李　庆：（唱）李庆回言说多谢，

（白）多蒙表姐相赠珍珠塔，小弟遵命敬领。

岳　强：哼。得了得了哇，坏咧。

孟彩霞：表弟，你请收起。

李　庆：莫非是奇珍贵宝？此乃圣上钦赐裕王，裕王失了贵宝，罪归家父，家父因此贵宝丧命，不想今日落于我手。得，我看来。

（诗）珍珠造就塔七层，琥珀结顶耀眼明。

珊瑚高才栏杆借，圆圆角上挂金铃。

李　庆：（白）此乃无价之宝，今幸蒙赐厚赠，小弟真是感激不忘也。

孟彩霞：姐将珍珠塔赠与表弟，一则代母赔情，二则咳呀咳呀……

岳　强：看看咧，话内有拆洗了。

孟彩霞：以尽愚姐我一点私情。

李　庆：小弟日后得第，绝不忘赠塔之恩。等我舅父回来，代为小弟问候。

孟彩霞：表弟此去，不知意欲投奔何处？

李　庆：小弟要上青州我岳父那里，躲藏几日。就此拜别表姐而去。

岳　强：要走啦？

孟彩霞：但愿表弟前程珍重。丫鬟。

（上丫鬟）

丫　鬟：有哇。

孟彩霞：送你大爷出府。

丫　鬟：是。大爷随我来。

李　庆：来了。

孟彩霞：咳，你看表弟风流潇洒，气宇轩昂，将来必主大贵。可恨母亲不认贤愚，薄情慢待，使他羞怒而去，叫人可叹。咳，相逢片刻鸿飞去，远隔云山万里程。

岳　强：咳吔，我姨弟李庆刚来，我表姐就把他请到绣房里去咧，我也在后边跟去听了听。素日表姐见了我藏藏躲躲的，连一句话也不向我说，她怎么和李庆说话那么亲热又投机呢？两眼直瞅他，那好话说了多少，又望他亲热一会子，一回身拿出一件东西来，叫什么珍珠塔，乃是无价之宝，赠与李庆，还说愚姐尽点私情，李庆又说什么赠塔之恩绝不敢忘了，这分明是私定姻缘。可是她妈把她许与我咧，她今和李庆私自定亲，我想这个媳妇到我手，又有点不大妥当咧，这可怎好呢？怎生想个计策弄到我手？但说这个，哦哦有了，我何不骑快马一匹，追赶李庆，诓他到我家？他乃是犯罪之人，将他拿住，献与干爹严嵩，他还能活吗？他要死了，我表姐不愁不到我手，可就是我的媳妇咧。一定是这个主意。小子们。

仆　役：有，不在这站着呢吗？

岳　强：快快与大爷备马。

仆　役：是。

岳　强：（唱）暗想这勾当，叫人真有气。
　　　　　　舅母把亲应，舅父不愿意。
　　　　　　耽误到如今，未望拜天地。
　　　　　　不料李振吉，犯罪来隐匿。
　　　　　　舅母不留他，撵他后堂去。
　　　　　　可恨孟彩霞，偏有爱他意。
　　　　　　请他到绣房，言语情意叙。
　　　　　　赠宝暗定亲，难舍姓李的。
　　　　　　李庆他活着，姻缘不吉利。
　　　　　　纵然强成亲，彩霞不遂意。
　　　　　　因此气难消，怎生想妙计？
　　　　　　疾速追赶他，诓到我家去。
　　　　　　拿他献严嵩，要把功劳立。
　　　　　　刀下丧残生，免得担忧虑。
　　　　　　不言贼岳强，

李　庆：（唱）李庆催坐骑。
　　　　　　心中自叮咛，越想越有气。
　　　　　　可恨我舅妈，不念亲戚意。
　　　　　　言语藐视吾，令人真有气。
　　　　　　一怒出府门，投奔青州去。
　　　　　　岳父郭俊臣，自然相隐匿。

岳父老大人，其不疼女婿？

正然往前行，

岳　强：（唱）岳强追上去。（对上）

下马将路拦，连连尊姨弟。

李　庆：（白）如此称呼，你是何人？

岳　强：（唱）我名叫岳强，小名叫吉利。

幼年姥姥家，一堆常玩戏。

李　庆：（唱）李庆听罢忙施礼。

（白）小弟失认姨兄，面前恕罪。

岳　强：好说好说。我到姥姥家听说姨弟你来了，正想着见面呢。又听说姨弟与舅母拌了嘴咧，姨弟你老人家带怒而走，因此我才急速赶来，请姨弟去到寒舍一叙。

李　庆：多承姨兄厚情，小弟当遵命到府一拜。奈何小弟身带重罪，恐连累姨兄，于心何安哪？

岳　强：姨弟说到哪里去了？你妈与我妈都是娘亲，又是亲姐妹，咱哥俩如同亲兄弟一般，如今你有祸咧，姨兄我怎肯袖手旁观呢？

李　庆：哦，既承姨兄关切之至，小弟不胜之喜，情愿到府一拜。

岳　强：哇，这才像话呢。就此回府。

李　庆：正是：

（诗）情同手足事关心，

岳　强：（诗）患难相扶恩义深。

（上郭力）

郭　力：（诗）狂风有意恋鲜花，鲜花无意恋狂风。

（白）我大爷郭力，字有勋。自从见了黄总兵之女，生得花容月貌咧，引起我的色念，即时回府烦媒人前去求亲。待我亲身前去，看他怎样支吾？只得走走才是。

（黄万年升帐，马有才、贾万义站）

马有才、贾万义：（诗）胆大雄心会用兵，威风凛凛鬼神惊。

腰横宝剑如秋水，手提长枪惯战征。

马有才：（白）俺马有才。

贾万义：俺贾万义。

合：　　元帅升帐，小心伺候。

（上帅黄万年）

黄万年：（诗）女寇邪术力难挡，擒去我儿意更愁。

（白）本帅青州总镇黄万年。我儿与吴有仁竟被女寇擒去，女儿出马又大败而回，只好紧闭城门按兵不动，等女寇撤兵回山，再想平贼之计。

（上卒）

卒：　　报元帅望知，吴将军逃回城来，辕门处候令。

黄万年：命他进来。

卒：　　哈。元帅有令，吴将军进帐。

（上吴友仁）

吴有仁：来了。元帅在上，末将吴有仁来参。

黄万年：哦，将军落马被擒，怎么逃回城来？

吴有仁：元帅在上，细听末将告禀。

（唱）尊声元帅身躬背，细听末将诉情由。
　　　协同公子战女寇，被擒难免把命休。
　　　不料想女寇爱公子，不肯斩首把亲求。
　　　公子大怒不应允，山寇怒恼要割头。
　　　其弟赵亮见公子，再三相劝将亲求。
　　　公子无奈应亲事，我才得便回城游。
　　　因而末将得活命，回城禀报元帅周。
　　　有仁还要望下讲，

黄万年：（白）哇！

（唱）黄爷怒气冲斗牛。
　　　用手一指高声骂，做此逆事理不周。
　　　被掳就该全忠死，忠到英名万古留。
　　　尔等贪生惜性命，恼恨冤家女寇收。
　　　逆子回来定要斩，乱臣贼子丑名留。
　　　你今做下逆天事，本帅岂肯把你留？
　　　逆子回来再正法，先把你的狗头揪。

（白）可恨逆子私收女寇。你这厮，贪生怕死，无耻之徒。尔等意欲偷生，有辱本帅一世英名，定斩不容。刀斧手，将这厮斩首示众。

卒：　　　哈。

吴有仁：我的妈呀。

马有才、贾万义：刀下留人。（跪）元帅，吴有仁与公子临阵被掳，私收女寇，有犯军规，理当斩首。然当此用军之际，山寇势重，若斩一员大将，于军不利呀，元帅。

黄万年：哦，二位将军与他讲情，本帅难以阻情。何况与女寇结亲，罪在逆子身上？只好赦其死罪。起过了。

马有才、贾万义：哈。

黄万年：刀斧手。将吴有仁放回来。

卒：　　　哈。

（上吴有仁）

吴有仁：多谢元帅不斩之恩。

黄万年：唗，非是本帅不斩于你，只因众将苦苦与你讲情，死罪饶过，活罪难免。来人，将吴有仁拉下去重打四十。

卒：　　　哈。

（打完，上吴有仁）

黄万年：吴有仁，本帅命你进京上表搬兵，限你半月日期，如若延误，定斩不容！快快去罢。

吴有仁：是，得令。

（上卒）

卒：　　　报元帅，望知辕门外郭公子求见。

黄万年：如此，众将官退下。

卒：　　　哈。

黄万年：有请郭公子。

卒：　　　哈。（下，内白）有请郭公子。

（上郭力）

郭　力：来了来了。老大人在上，晚生郭有勋拜揖。

黄万年：公子免礼，请坐。

郭　力：是，晚生告坐。

黄万年：公子贵驾来临，有何事故？

郭　力：老大人若问，听我一言告禀。

　　　（唱）尊声老大人，仔细听头尾。
　　　　　　家严郭俊臣，官高为一品。
　　　　　　他与严相爷，结拜是一腿。
　　　　　　顺者就为官，逆者死为鬼。

黄万年：（白）令尊大人官职，老夫早已知道，何必告诉？

郭　力：（唱）提起这勾当，觉着更和美。
　　　　　　我今才十八，
　　　（白）我十八岁咧。
　　　（唱）媳妇还没有。
　　　　　　昨日老大人，有位令闺女。
　　　　　　岁数不小了，也有十好几。
　　　　　　我俩年貌当，正好做夫妻。
　　　　　　晚生武艺强，高官容易得。
　　　　　　异日受皇封，夫人是一品。
　　　　　　前者差人说，你老未应允。
　　　　　　因此我亲来，相看得不得。
　　　　　　相貌与身材，胳膊脚与腿。
　　　　　　脑袋也不秃，又不是瞎子。
　　　　　　管看又管相，从头看到底。
　　　　　　挑出色罕来，我就往外滚。

黄万年：（唱）公子不可往下讲。
　　　（白）哦，公子，老夫亦已说过，小女早已许人，岂有另聘之礼？

郭　力：这另聘又碍着啥了呢？何况咱们两家门当户对，我与令爱又是郎才女貌，真是一双美貌好夫妻！你老应下亲事，可也不是说呀，望我家爹爹这么一说呀，把你一举荐，何愁不是封侯之位？就能息子荫孙。

黄万年：公子言之差矣。男婚女嫁，天下之大伦；三纲五常，人间之大礼。公子乃宦门之子，何礼不知？何礼不晓？竟做些灭礼乱伦之事，岂不可笑啊？

真乃可耻！

郭　力：你给我住口吧！我来求亲乃是抬举于你，应也在你，不应也在你，你何必闹这臭文，扯这些淡话？真乃是酸气带着狂气，可恨哪是可恨哪。

黄万年：郭有勋，我把你这个大胆的狂徒，竟敢在帅府大堂胡言乱道。我女虽未许人，虎女岂肯配你犬子？

（唱）双眉皱，气攻心。

人讲礼仪，富贵不分。

我女已受聘，早年结朱陈。

再无更改之理，贼子乱道胡云。

若不关切汝父面，一定掐出帅府门。

郭　力：（白）呦哟呦哟。

（唱）这些话，太欺人。

一家有女，百家求亲。

不应还罢了，出口就伤人。

我定站在你府，你怎把我开分？

动一根汗毛给我扶起，你打听打听姓郭的自来不屈人。

黄万年：（白）咳！

（唱）早知你，父子们，

专权挡道，欺武压文。

黄某秉忠正，赤胆扶圣君。

早知奸臣当道，我却不与同心。

吩咐左右快动手，掐出狗子帅府门。

卒　：（唱）齐答应，把令遵。

抡拳挽袖，就把人擒。

（白）滚吧滚吧。

（唱）喝声狗子快滚，慢了抽了你的筋。

郭　力：（唱）有勋连声喊，老黄你听真。

咱俩仇深似海，今日你把我寻。

（白）罢了。

黄万年：（唱）黄爷带怒后堂去，再说副将吴有仁。

（上吴有仁，坐）

吴有仁：（唱）坐府下，自沉吟。

可恼总镇，太也欺人。

重打四十棍，两腿血淋淋。

给我半月之限，北京去上表文。

如要误限定有罪，咳，明是要害我有仁。

正然为难——

（上卒）

卒：（唱）人来报。

（白）启禀老爷，郭公子有事求见。

吴有仁： 快快有请。

卒： 是。（下，内白）有请郭公子。

（上郭力）

郭 力： 来了来了。仁兄在上，小弟拜揖。

吴有仁： 愚兄还礼。

郭 力： 兄台可好？

吴有仁： 哦，贤弟，愚兄棒疮疼痛，不能远迎，多多有罪。

郭 力： 好说好说。方才家人报道说是仁兄被责，特来问候，但不知仁兄被女寇擒去，怎么逃回？为何受此责打呢？

吴有仁： 原是如此，这般方得活命，因此挨打。又命我半月日限进京上表，搬兵求救。你说这勾当苦不苦哇？望求贤弟想个法儿救救我才好。

郭 力： 哦哦哦，原是黄万年儿子私收女寇，反倒责打仁兄。你带着重伤，怎能骑马呢？这半月的限期怎能回得来呢？这些明明有害仁兄之意。方才小弟这般如此，被那黄老儿将我掮出府来，我也是实实地恨他。不过你我何不进京去见我父？我爹爹再去见圣上，参他父子私通女寇，叛乱朝廷，其罪必重，难免有剿灭九族之祸，不但报挨打之仇，又可免去误限之罪。

吴有仁： 好，好，好，贤弟主意不错，你我进京便了。黄万年哪黄万年，我叫你金风未动蝉先觉，暗算无常死不知。

（孟辉骑马上，小子跟随）

孟 辉：（诗）只为亲戚事，不辞鞍马劳。

（白）我老爷孟辉，字培德。只因内弟常广的勾当去，上青州打听打听，离家约有五十余里，只得催马走走。

（唱）孟辉催走龙，心中暗打算。
　　　妻弟常进财，家运真有限。
　　　一辈少儿孩，绝户真可叹。
　　　只有一女儿，也当子一半。
　　　谁想因丫头，惹下大祸患？
　　　青州起狼烟，眼看遭大难。
　　　总兵黄万年，发兵到庄院。
　　　捉拿常进财，还要剿家眷。
　　　因此把祸逃，我家来避难。
　　　求我孟培德，青州去打探。
　　　为亲不辞劳，急到黄花院。
　　　听说女大王，发兵好几万。
　　　困了青州城，就地报仇冤。
　　　总兵把阵临，大败回里转。
　　　其子黄金奎，对敌遭了难。
　　　乱子惹大了，令人魂胆战。
　　　只好急回家，躲祸再打算。
　　　催马累加鞭，来在寿光县。
　　　走了四十多，打尖要吃饭。
　　　外甥小岳强，东街路南占。
　　　去找我外甥，那里去用饭。
　　　算盘要打清，何用去下店？
　　　催马进了城，直往东面转。
　　　到了岳家门，下马往里看。

（白）小子们拉马来。

（唱）才要进府门，（来保拉马）

来　保：（唱）来保早看见。
　　　　　口称舅老爷，一向可康健？

　　　　　（白）好老舅爷子。
　　　　　（唱）舅爷进书房，小人把茶献。
孟　辉：（唱）孟辉进了门，穿房又过院。
　　　　　　　 书房且等着，快把茶来献。
来　保：（白）有。
孟　辉：（唱）岳强我外甥，为何不见面？
来　保：（白）我们大爷出府会客去了。
孟　辉：（唱）外甥不在家，谁陪我吃饭？
来　保：（唱）舅爷不用烦，有人陪酒饭。
　　　　　　　 冀州李大叔，现在府中站。
孟　辉：（白）哈哈，外甥来咧。
　　　　　（唱）李庆他到来，老夫称心愿。
来　保：（唱）如此是这般，从头说一遍。
孟　辉：（唱）老夫听罢叫来保。
　　　　　（白）来保，快请我外甥李庆去，我们爷俩会会。
来　保：是，有请李公子。
　　　（上李庆）
李　庆：来了。舅父在上，甥儿拜揖。
孟　辉：外甥免礼，落座叙话。
李　庆：甥儿告坐。
孟　辉：甥儿你怎来到这里了呢？我干儿子夏杰他往哪里去了？
李　庆：咳，舅父容禀。
　　　　（唱）北京叩别天伦父，甥儿回家祭祖先。
　　　　　　　夏杰与我把信送，方知严亲赴九泉。
　　　　　　　我哥两个把京进，行刺不欲惹祸端。
　　　　　　　官兵捉拿被冲散，夏小弟不知在哪边。
　　　　　　　甥儿黄府藏不住，无可奈何奔府前。
　　　　　　　姨兄请我到此地，正遇舅舅到府间。
孟　辉：（白）是呀，来保方才向我讲，你舅母那个老天杀的得罪外甥咧，仍然看舅舅我吧。

李　庆：（唱）甥儿惹下塌天祸，
孟　辉：（白）可你惹了祸，只管在舅舅家里住着啊。
李　庆：（唱）连累舅舅罪责宽。
　　　　　　倘若是脱冤枉洗清白，再来叩拜二位尊年。
　　　　　　当此被难身狼狈，见了舅母面怎么言？
孟　辉：（唱）孟辉闻听心着窄，
　　　　（白）我说外甥，你舅母那个老天杀的，外甥你不必怪她，自有舅舅我呢。你妈呢是我亲妹子，咱爷们是实在亲戚呢，仍然该上舅家去才是。
李　庆：哦，舅父吩咐，应当从命，怎奈舅母辱我太甚，我是决意的不去了。
孟　辉：外甥说此决意的话，叫舅舅我好不难过呀。
　　　　（唱）听此语，自思量。
　　　　　　男儿志气，应当自强。
　　　　　　为人无血性，犹如铁无钢。
　　　　　　不弱李门锐气，可称太傅儿郎。
　　　　　　外甥少年立志气，定是黄家一栋梁。
　　　　　　我爱女，在闺房。
　　　　　　东床贤婿，却是红妆。
　　　　　　不如结秦晋，再去配鸾凰。
　　　　　　想罢叫声李庆，舅舅有事商量。
　　　　　　待字闺中你表姐，情愿赘你挑东床。
李　庆：（唱）尊舅父，听其详。
　　　　　　甥儿憔悴，困苦难当。
　　　　　　大人若轻许，异日误红妆。
　　　　　　舅母岂肯愿意？难免说短道长。
　　　　　　甥儿实实难从命，另与表姐选才郎。
孟　辉：（唱）说此话，不相当。
　　　　　　婚姻大事，我做主张。
　　　　　　何虑你舅母，那个贱婆娘？
　　　　　　甥儿你今从下，回家就拜花堂。
　　　　　　半子之劳我有靠，就在寒舍度时光。

李　　庆：（唱）蒙抬爱，赘东床。

　　　　　　　舅父爱我，却也无妨。

　　　　　　　怎知儿先父，定下女娥皇？

　　　　　　　青州郭英之女，至今未得拜堂。

　　　　　　　前者定亲今再娶，甥儿实实不敢当。

孟　　辉：（唱）孟辉无言说无奈。

　　　　　（白）外甥，其不知娥皇、女英，帝尧之二女，聘与大舜为妻，古之圣贤如此，况且咱爷们呢？外甥你应下也就是了。

李　　庆：舅父既然如此，甥儿从命就是了。

孟　　辉：看看，这不就完了吗？外甥要想着没钱，舅舅我与你几百两银子，你还不愿意吗？

李　　庆：舅父取笑了。

孟　　辉：外甥我告诉你：婚姻本是前生定，不是人缘是天缘。

　　　　　（上丑）

家　　将：有请老舅爷与大叔后房去喝酒去呢。

孟　　辉：是咧，外甥，去喝酒去吧。

李　　庆：是，甥儿遵命。

孟　　辉：（诗）古圣但能学大舜，

李　　庆：（诗）亲上结亲义不疏。

　　　　　（出郭英坐）

郭　　英：（诗）执掌权衡沐恩光，垂绅缙笏侍君王。

　　　　　　　满朝文武皆钦敬，顺者存留逆者亡。

　　　　　（白）老夫英烈侯郭英，字俊臣，乃山东青州府人氏。夫人岳氏所生一儿一女，他母子在原籍居住。女儿许配冀州李庆为妻，亲翁午门斩首，迟至于今，尚未过门。这门亲事实实叫人水流花谢，有些淡兴。现今宰相严嵩各省行文捉拿李庆，大料他也不敢出头露面，误了我女儿青春，也只好另选东床，未为不可呀。

　　　　　（上郭力）

郭　　力：家将们，将马带过。家爹在上，孩儿拜揖。

郭　　英：我儿免礼，一旁坐下。

郭　力：孩儿告坐。

郭　英：我儿不在原籍侍奉你母亲，到京城有何事故？

郭　力：咳，说不得了，我那老子爹呀，

（唱）故意打咳声，说话气而软。

如今儿进京，叫人气破胆。

话长难尽说，抄进不绕远。

男大就当婚，耽误可就晚。

郭　英：（白）为父与你挑选淑女，至今未就。

郭　力：（唱）孩儿竟等着，弄个白瞪眼。

青州黄总兵，他的名声远。

他有一闺女，风流人稀罕。

我曾烦媒人，说亲问长短。

几次他不应，媒人伤了脸。

亲身去见他，求亲语声软。

那个黄万年，皱眉又立眼。

他说老爹爹，你老二五眼。

老爷镇青州，忠名声扬显。

若与他结亲，外人笑破脸。

妄想把高攀，真也不知脸。

孩儿闻此言，怒气礴心坎。

越说话越多，彼此变了脸。

老儿喝兵丁，打骂往外赶。

撵出帅府门，闹个大没脸。

孩儿无方法，只好干瞪眼。

禀知老爹爹，与儿转转脸。

郭　英：（唱）俊臣闻听心中恼。

（白）啊，可恨黄万年，不应亲事还倒罢了，因何毁谤我父子？这还了得？

郭　力：可不是呢？咱爷们在青州府也是头一家子字号，叫他骂了，这还了得？还活得了哇？咱爷们与他试把试把去吧。

郭　　英：咳，我儿且住，听为父告诉。那黄万年忠心耿耿，素无过犯，因何以私废公啊？

郭　　力：老子爹呀，是你不知，孩儿与副将吴有仁一同前来，这般如此，黄万年儿子招了云龙山女寇为妻，求爹爹上朝奏他一本，这一下子就够他受了。

郭　　英：吴有仁现在何处？

郭　　力：现在外书房伺候。

郭　　英：如此，叫他快来。

郭　　英：是，家爹。有请吴有仁前来叙话。

（上吴有仁）

吴有仁：来了。老伯父大人在上，晚生拜揖。

郭　　英：我且问你，那黄万年之子，私收女寇可是真的吗？

吴有仁：千真万确。望乞老伯大人携侄转奏圣上。

郭　　英：来得正好。那黄万年胞兄黄万寿与太师严嵩作对，将严丞相打入天牢，老夫想要保本，无门可入。趁此黄万年有了破绽，正好上本参他弟兄二人。吴将军，跟吾一到严嵩府商议则可。吴将军请。

吴有仁：请。

（出朱深、郭英、严世蕃、海瑞站）

众　　臣：（诗）午夜漏声催晓箭，九重春色醉仙桃。

　　　　　　　旌旗日暖龙蛇动，宫殿风微燕雀高。

朱　　深：（白）下官朱深。

郭　　英：下官郭英。

严世蕃：下官严世蕃。

海　　瑞：下官海瑞。

众　　臣：圣驾监轩，在此伺候。

（上天子，坐）

天　　子：（诗）金阙晓钟开万户，玉阶仙仗拥千官。

（白）朕，大明嘉靖天子在位。咳，只因严嵩误绑皇儿有辱主之罪，已经打入天牢。谁想其女是朕爱妃，向朕哭泣不已，屡次哀求寡人。我今无奈，只好恩赦才是。

郭　　英：（跪）万岁万万岁，臣有本启奏陛下。

天　　子：爱卿有本奏来。

郭　　英：万岁。

（唱）俯伏金阙呼万岁，为臣有本奏君颜。

只因青州黄总镇，背反我主起狼烟。

其子黄枚收女寇，结亲勾串云龙山。

不久还要行人马，要夺龙主锦江山。

副将有仁多忠烈，投在臣府把信传。

臣领外头去等候，现在午门候旨传。

天　　子：（白）竟有此事？宣吴有仁上殿。

（上吴有仁）

吴有仁：来了。

（唱）吴有仁整衣上金銮。

献上表章俯伏地，

天　　子：（唱）天子看表怒冲冠。

可恨万年老奸党，真是欺心胆包天。

寡人未曾亏待你，竟敢通贼乱江山。

一定将你活拿住，碎尸万段皮肉掀。

方欲传旨选良将，

严世蕃：（唱）金殿跪下严世蕃。

为臣有本奏陛下，先拿万寿把法严。

其弟青州作叛逆，勾串其兄里外连。

先杀万寿绝内患，再拿万年狗佞奸。

天　　子：（唱）天子闻奏将头点，

（白）哦，国舅本奏有理，黄万年谋反，大逆难免，罪及其兄。御林军，领朕旨意，宣黄万寿上殿。

（上黄万寿）

黄万寿：万岁，臣黄万寿见驾。

天　　子：哼，黄万寿哇黄万寿，寡人给你弟兄高爵厚禄，你们却不思忠心保国，竟敢私通云龙山的女寇，同谋造反，该当何罪？

黄万寿：哎呀，万岁，臣弟兄受命，从来公而无私，岂敢辜负圣上私通女寇？此事因何而起？

天　　子：你侄黄枚与女寇结亲，你又主张李庆刺杀国丈，你又勾串用谋搅乱寡人的江山。奸贼呀，可说是奸贼呀。

（唱）龙颜怒，皱眉头。
　　　你使刺客，朕知情由。
　　　有仁吴副将，方才奏报由。
　　　黄枚招了女寇，父子反乱青州。
　　　要想蒙哄来瞒朕，不成想副将尽忠奏情由。

黄万寿：（唱）俯伏地，连叩头。
　　　口尊万岁，细听情由。
　　　臣弟为总镇，忠心贯斗牛。
　　　身沐皇恩浩荡，如何敢与人勾？
　　　此事不解其中意，我主三思查情由。

天　　子：（唱）休狡辩，少追究。
　　　谋反大逆，定诛不留。
　　　吩咐御刽手，绑出快割头。

御林军：（白）领旨。

（唱）众人连说领旨，急急绑下龙楼。

海　　瑞：（白）海瑞。

朱　　深：朱深。

海瑞、朱深：（唱）心惊惧，言说刀下把人留。
　　　离班位，（同跪）跪龙楼。
　　　口呼万岁，圣怒可休。
　　　那位黄总镇，美名无得说。
　　　素日忠心耿耿，何能叛反青州？
　　　不言而语非其罪，伏乞我主细查究。

天　　子：（唱）此等事，免查究。
　　　现有副将，细奏情由。
　　　黄枚通山寇，又把女寇收。
　　　现今招军买马，不日围困府州。

如此反臣来与往，推出午门快割头。
朱　深：（唱）吴副将，奏龙楼。
通贼之事，须得细究。
不知真与假，岂能就割头？
不公难服文武，四海怨言不休。
伏乞我皇明圣见，是否属实再讲究。
（白）黄万年久镇青州，忠心保国四海皆知，何况背叛反逆之事未见真假，如何就听吴有仁一面之辞轻杀大臣？唯恐乱刑无辜，有妨国政，万岁。
天　子：哦，卿言甚是。将黄万寿监禁天牢，日后将黄万年拿住一并枭首，不许再奏，退朝。
朱　深：万岁。
天　子：侍儿。
侍　儿：伺候。
天　子：宣郭爱卿上殿。
侍　儿：领旨。圣上有旨，郭俊臣见驾。
郭　英：万岁。
天　子：你既是青州人氏，地理颇熟，封你灭寇大将军，领兵五万，大将十员，疾速赶奔青州捉拿黄万年，扫灭云龙山寇。吴有仁随军，封为前部先锋。钦此，领旨下殿。
郭　英：万岁。
天　子：侍儿，散朝。正是：
（诗）尧阶新雨露，禹甸旧山川。
（急上黄柏）
黄　柏：吓死人也，吓死人也。老汉黄府下人黄柏。可叹我老爷被严世蕃参倒，打入天牢，只好急急回府，禀知公子、小姐便了。
（上黄翠云）
黄翠云：（诗）独坐香闺愁无限，茶饭不食懒下床。
（白）奴黄翠云。自从李公子逃出城去，又闻岳贵领兵捉拿，也不知吉凶，好叫奴放心不下。

黄　　柏：咳呀，小姐不好。
黄翠云：哦，黄柏，你为何这等光景？
黄　　柏：原是这般如此，老爷监禁天牢，圣上钦命郭俊臣率领人马捉拿二老爷去了，还有云龙山女寇，一齐拿进京来。
黄翠云：呀，竟有这等凶事，可不吓死人也。

　　　　（唱）一闻天伦遭囚禁，目瞪神痴发了呆。
　　　　　　　嗟叹一时双流泪，真是平地起祸灾。
　　　　　　　奴父与贼有仇恨，屡次作对解不开。
　　　　　　　本参叔父通山寇，血口喷人是冤灾。
　　　　　　　不容分说就要斩，多亏朱深海瑞保下来。
　　　　　　　可怜奴父天牢内，叫我无法好似心摘。
　　　　　　　越哭越痛情不尽，

　　　　（上黄朋）

黄　　朋：（唱）公子黄朋走进来。
　　　　　　　姐姐为何哭啼起？
黄翠云：（唱）兄弟尚且不明白。
　　　　　　　一往之事说一遍，
黄　　朋：（唱）豪杰闻听气满怀。
　　　　　　　大骂郭英贼老狗，如此害人心太歪。
　　　　　　　叔父平素多忠烈，岂肯通贼自找灾？
　　　　　　　一定是贼上假本，同谋定计巧安排。
　　　　　　　有你祖宗黄朋在，狐群狗党吊不歪。
　　　　　　　捉住严嵩使刀剐，拿住郭英把心摘。
　　　　　　　恶恨恨地往外跑，
黄翠云：（唱）翠云一见脸吓白。
　　　　　　　上前拉住连忙问，
　　　　（白）兄弟你怒气昂昂，意欲何往？
黄　　朋：严嵩父子、郭英老贼与咱爹爹作对，我要找这个囚攮的算账。
黄翠云：兄弟不可造次，那相府人多势众，你独自一人如何能去得？
黄　　朋：咳，姐姐，常言说的好，一人舍命，万人难敌。爹爹现在天牢受罪，为何不找严嵩门上算账，闹他个昏天黑地？何必惧前怕后？

（唱）双足跺，喊连天。

姐姐劝我，实属不端。

严贼狗父子，胆大欺了天。

屡次欺压咱父，率兵硬要搜咱。

李庆幸而未拿住，又设毒计害忠贤。

黄翠云：（唱）天作孽，误遭冤。

不该隐匿，李庆魁元。

他自来搜府，太子巧机关。

拿他一款大罪，打得皮乱肉掀。

因此奸贼结仇恨，今日才起这祸端。

黄　朋：（唱）从前事，不用言。

爹爹受苦，岂肯旁观？

舍命闹一闹，去杀严世蕃。

杀尽狐群狗党，心里才觉舒坦。

纵然杀了贼奸党，死在贼手也心甘。

黄翠云：（唱）兄弟你，见事偏，

一人挡众，必起祸端。

纵然杀奸党，更是把罪添。

朝廷必发人马，一定抄灭家园。

阖家难免刀下死，只落得叛乱之名后来传。

黄　朋：（唱）这个事，不挂牵。

人急作反，古人常言。

任着一身剐，便去杀狗官。

说着往外就走，

（上黄柏）

黄　柏：（唱）黄柏早把门关。

靠门挡住身不动，

黄翠云：（唱）翠云拉住泪涟涟。

黄　朋：（白）唔呀唔呀。

　　　　　（唱）双足跳，二目圆。

　　　　　　　　捶胸搓手，喊叫连天。

　　　　　　　　因气而得病，栽倒地平川。

　　　　　（白）咳呀，罢了我了。

黄翠云：（唱）翠云上前忙扶起，

　　　　　（白）兄弟你是怎么样了？

　　　　　（唱）光景好像被病缠。

　　　　　（白）黄柏。

黄　柏：有。

黄翠云：将你公子搀在书房温存，小心服侍。

黄　柏：是。（搀下，又上）

黄翠云：（唱）翠云着急无法使，只觉惨切心痛酸。

黄　柏：（唱）黄柏带泪尊小姐，

　　　　　（白）小姐不必啼哭，公子的病不过急怒伤神，稍时必然清醒。老爷现在罗网，必须设法搭救才是。

黄翠云：咳，为今之计只好命人去求青宫太子代为保本。命人急上青州与叔父送信，叔父那里好做准备。待奴修书一封，命李义前去方妥。

黄　柏：待老奴前去备马，即刻命他速去便了。

黄翠云：（诗）大祸从天降，奇灾特地生。

　　　　　（出郭英升帐，众将站）

众　将：（诗）头带金盔映日光，身穿锁甲似秋霜。

　　　　　　　　胸中谋略人难测，马上神威谁敢挡？

吴有仁：（白）俺钦命前部左先锋吴有仁。

于步云：俺右先锋于步云。

柳非熊：俺左营柳非熊。

冯广清：俺右营冯广清。

众　将：元帅升帐，小心伺候。

郭　英：（诗）胸藏韬略智谋高，南征北战胆气豪。

　　　　　　　　有犯军规我概斩，声名赫赫属吾曹。

　　　　　（白）本帅钦命灭寇大将军郭英。只因我儿求亲，被黄万年辱骂一场，赶出府来，使我怀恨在心，当殿奏了一本，参他私通山寇，背反朝廷。圣上大怒，即封我为灭寇大将军，率兵扫灭云龙山女寇剿匪，拿黄万年家口。哈哈，此去权归我手，大料黄家父子难免不死。大小三军。

众　将：哈。
郭　英：就此聚将行师，不得有误。
众　将：哈。

（唱）一声令，似山摇。

旗幡招展，乱舞抡刀。

大炮连声响，人马如海潮。（马上）

真是盔明甲亮，马大相称人高。

不言北京发人马，

（李义马上）

李　义：（唱）再表李义把鞭摇。

长叹气，皱眉梢。

可怜家主，打入天牢。

公子多粗鲁，要去杀奸曹。

幸而小姐拦住，不然又把祸招。

而今因气身得病，昏迷不醒似魂飘。

我小姐，心内焦。

无法可使，怎出天牢？

因而故差我，青州走一遭，

主仆今去相见，一一细说根苗。

老爷他多有韬略，自然能搭救同胞。

我老爷，出天牢。

阖家免祸，喜上眉梢。

事急不怠慢，何辞鞍马劳？

暂且不表李义，

（上夏杰）

夏　杰：（唱）再表一家英豪。

夏杰跋涉在路上，哼咳不止心内焦。

　　　　　前日我杀贼奸党，未得报仇把祸招。
　　　　　难寻朋友李兄长，只顾自己把命逃。
　　　　　投奔云龙山寨上，勾兵去找将英豪。
　　　　　再救盟兄小李庆，方显朋友义气高。
　　　　　不觉来到高山下。
　　（白）你看来在云龙山下，只得上山去见赵家姐妹便了。
（上黄枚）
黄　枚：（诗）朝朝羁绊在深山，到此身闲志不闲。
　　　　　虽然朱陈非我志，归心似箭不能还。
　　（白）俺黄金奎。只因临阵被擒，那时我闭目等死，谁想寨主赵金花姐妹爱我是条好汉，烦妻弟赵亮提亲。那时无奈，我只得假意应了亲事，放了吴副将下山回营。我想待机逃回家去，怎奈命人看守太严？咳，这却如何是好？

　　　　　　　　　　　　　　　　　　　　　　　　　　　（完）

第 八 本

【剧情梗概】黄枚在赵亮的帮助下,逃回青州城。黄万年欲将黄枚处死,黄夫人、黄彩云力劝未果,幸得仙人济小堂在法场将其救走。郭英携圣旨到来,把黄万年打入南牢。李庆在岳强家中,熟睡之际遭岳强捆绑,珍珠塔被夺去。岳秀云将李庆放走,自己也被金刀圣母带走。李庆来到郭英府上,却被郭英父子擒拿。

(上赵金花、赵银花)

赵金花、赵银花:(白)咳呦,咳呦,我们最爱听你说话呀,谁还管着你呀?我说郡马呀,你与我们少年夫妇,又是新婚之夜,正当及时行乐吧。你总是愁眉不展的,你倒是愁啥呀?

黄　枚:各人自有心事,何劳你们问我?

赵金花:咳呦,咳呦,问得又不对咧,还望郡马原谅我们不解事啊。

(唱)满面带笑叫郡马,笑你憨直数第一。
　　　男女居屋人间礼,人间恩爱是夫妻。
　　　何况新婚已多日?屈指算来半月余。
　　　郎君总是不如意,哼咧咳咧不言不语气长吁。
　　　莫非嫌我们容颜丑,不愿做成比目鱼?

黄　枚:(唱)絮絮叨叨无情理,我们事儿你岂知?
　　　纵然未伤我的命,心内不愿为夫妻。
　　　将我困在高山上,命人看守总不离。
　　　在此好比监牢狱,黄枚寸步实难移。
　　　我母倚门将儿盼,昼夜思想必愁啼。

赵金花、赵银花:(白)那吴有仁禀知老爷、太太,知道在此招亲,怎还想你呢?

黄　枚:(唱)咳,吾父若知招亲事,必然气忿怒不息。
　　　一生忠正多刚烈,岂容我临阵惜命来收妻?
　　　恨不能立死赎前罪,有何心事追情思?

赵金花、赵银花:(唱)咳呦,原来还是这件事,劝君不必过忧疑。
　　　你我若是无缘分,岂能巧遇成夫妻?

　　　　　　原为夫妻天作合，你就该安心少胡思。
　　　　　　久居高山招人马，我姐妹保你创业得开基。
　　　　　　何必痴心不醒悟？
　　　　（白）哦，郡马呀，而今朝廷昏弱，严嵩父子陷害忠良，以奴姐妹愚见，莫如相助公爹，同守山寨，招军买马，杀尽奸臣，岂不是好？

黄　枚：胡说！我父子屡受皇恩，若作大逆之事，岂不留千古之丑名？你们从今以后，不许再说混话，如若再说，定讨一场无趣。

赵金花：咳呦呦，你怎么那么厉害吔？奴见郡马忧愁不解，恐发生疾病，因而指君一条明路，谁知哪不纳良言罢了，反出恶语。郡马呀，好痴迷之甚哪。

黄　枚：嗐，哪个痴迷之甚？我黄枚与你们世世生死冤孽也。

赵金花：你是哎巴了，急咧。

黄　枚：（唱）双眉皱，二目红。
　　　　　　你们姐妹，不顺人情。
　　　　　　吾父作总镇，世代受皇封。
　　　　　　君恩报答不尽，安敢背反朝廷？
　　　　　　你们快些杀了我，免得我黄枚落臭名。

赵金花：（唱）咳呦呦，劝郡马，息雷霆。
　　　　　　夫妻说话，须要从容。
　　　　　　朝廷多昏弱，信宠贼严嵩。
　　　　　　害死夏言阁老，王贵屈死幽冥。
　　　　　　杨继盛云阳市口刀下死，忠臣哪个得善终？

黄　枚：（白）嗐！
　　　　（唱）你姐妹，太愚蒙。
　　　　　　君臣大义，全然不明。
　　　　　　忠臣不怕死，怕死难尽忠。
　　　　　　我今贪生在此，留下万古丑名。
　　　　　　咳，越思越想无生路，快快杀我莫留情。

赵银花：（白）咳！
　　　　（唱）奴看你，欠聪明。

	从来蝼蚁，尚且贪生。
	况君英勇将，将来必显名。
	倘若轻生而死，何人接续簪缨？
	劝君不必寻死了，死了怎忍奴家守孤灯？

黄　枚：（白）咳！

（唱）你姐妹，莫伤情。

如恋恩爱，须把我从。

放我把山下，急到青州城，

见了我的父母，细说一往之情，

我父若是许你去，接你们青州度平生。

赵银花：（唱）郡马你，露聪明。

哄我姐妹，急下山峰。

必然忘我等，不念好恩情。

绝断夫妻恩爱，再也不得相逢。

劝君休生枉想，放你下山万不能。

黄　枚：（唱）听此话，难心中。

谅我黄枚，难到家中。

父母难见面，不孝罪非轻。

说着无有面目，不如早赴幽冥。

恶恨恨地墙上碰，（赵金花、赵银花拉着）

赵金花：（白）可急咧。

（唱）姐妹拉住不放松。

不必寻死再商议，

黄　枚：（白）商议什么？你姐妹不容我下山，我就这么一碰。

赵金花：咳呦呦，妇人家从夫，为夫唱妇随，你要下山，我们还敢拦你呀？

黄　枚：好，好，好，真是贤德妇人哪。

赵金花：屁老鸭子吧，我们还贤德咧？我们又不叫你下山咧。你要不回来了，我们可怎么办呢？

黄　枚：你们休来取笑。

（上赵亮、夏杰）

赵　亮：二哥随我来。
赵金花：兄弟你是疯了罢？可你这作啥呢？怎把客人领这屋里来了呢？
赵　亮：姐姐，不要怪我，这客也不是外人，乃是宰相夏言之子，叫夏杰，表字文豪，是我的好朋友，也必得让到这里才是。我说二哥呀，这位是我姐夫，乃是青州黄总兵之子叫黄枚，表字金奎，今天你们认识认识。
夏　杰：久慕黄兄大名，今得相见，可喜可贺呀。
黄　枚：好说，不敢。吾兄驾临荒山，有失远迎，罪甚罪甚。
赵　亮：姐夫与二哥，知己之间不必客套，就请二位前寨饮宴，与夏二哥迎风。我说小黄儿啦，跟着老舅们走了吧。
赵金花：哦，黄郎此去再也不回来了吗？
赵　亮：哼，来不来的，听信吧。

（上岳强）

岳　强：成事在天，谋事在人。无毒不丈夫，设计骗佳人。吾大爷岳强，昨日个把李庆诓在府下，想将珍珠塔诓到我手，我再把他绑上送官，但在他行李之内搜了几次不见珍珠塔。我想此宝必是他随身而带，今晚等他睡熟，叫小子们将他绑上，把珍珠塔此宝要到我手里。嘿嘿嘿，我表姐孟彩霞可也就是我的媳妇咧。

（唱）岳强安下不良意，（下）

（出李庆坐）

李　庆：（唱）再表李庆小英豪。
　　　　　　独坐书房思前事，表姐待我情意高。
　　　　　　赠我贵宝珍珠塔，打开包袱细细瞧。
　　　　　　霞光万道冲霄汉，颗颗明珠放光毫。
　　　　　　金丝串就玲珑塔，珊瑚结顶层层高。
　　　　　　看罢多时收藏起，一阵心血上来发困了。
　　　　　　困了扶桌而寝沉沉睡，

（上岳强）

岳　强：（唱）岳强进房仔细瞧。
　　　　　　只见李庆沉沉睡，鼻息如雷正睡着。
　　　　　　心中欢喜叫小子，

（白）小子们。

（上家仆）

岳　强：趁着李庆睡熟，你们悄悄地把他绑上。

家　仆：是。

岳　强：停住，停住，慢慢地把他胳膊背过来，绑上，绑上。

李　庆：哼哼哼，你们这群恶奴，为何将我绑上？是何道理？

岳　强：为何将你绑？你做事儿你还不知道吗？昨日个在咱姥姥家，你和表姐做的啥勾当？可是你办吧？你也该打听打听，咱那表姐，舅母早就许我作媳妇咧，你竟敢给她那个，给你这个，是什么玩意呢？真正可恼可恼，还带着可恨。

（唱）冲冲怒，气昂昂。

　　　　大骂李庆，安心不良。

　　　　调戏亲表姐，越礼是不当。

　　　　作此苟且之事，不念姑表情肠。

　　　　礼义廉耻都不懂，真是人面兽心肠。

李　庆：（唱）心大怒，叫岳强。

　　　　将无作有，言语猖狂。

　　　　何处将人戏？哪个乱纲常？

　　　　你今胡言乱语，令人气满胸膛。

　　　　不念亲戚将我绑，问你却是啥心肠？

岳　强：（唱）你不用，假装腔。

　　　　亲眼见你，去到绣房。

　　　　表姐爱惜你，甚是有情肠。

　　　　赠你珍珠宝塔，临别眼泪汪汪。

　　　　表姐早已许配我，你们俩私会佳期闪我岳强。

李　庆：（唱）休胡讲，少颠狂。

　　　　前拜舅父，来到前堂。

　　　　当面定亲事，李孟配鸳鸯。

　　　　纵有赠塔定亲，相见却也无妨。

　　　　何敢与我上了绑？真是万恶丧天良。

岳　强：（唱）心更怒，脸气黄。
　　　　　　　我爱表姐，容貌端庄。
　　　　　　　至今未合卺，昼夜挂心肠。
　　　　　　　与你定了婚姻，大爷脸上何光？
　　　　　　　幸而今日将你获，夺妻之恨仇报当。
　　　　（白）哈哈哈，幸而将你诓到我府，使计将你拿住，以报夺妻之恨。快将珍珠塔交付与我，免得你皮肉吃苦哇。

李　庆：狗子不念姨兄弟之好，将我上绑，硬要珍珠塔。哼哼，我岂肯与你这狗子？

岳　强：哈哈哈，你骂人，我懂的，我常念学狗者乃犬也。大爷不但硬要，还把你送到当官，献与严嵩，那时你死无葬身之地，还敢在大爷眼前哼儿哈儿的吗？小子们。

家　仆：有。

岳　强：与我搜来。小子无用，该得大爷我亲自动手将宝搜出。好宝贝，绕眼明，霞光万道，直射二目。好宝贝，好宝贝，待我把它装起来。小子们，将这厮暂绑在书房，明天再报官。

家　仆：是。

李　庆：罢了哇，罢了。

岳　强：（诗）今天获得珍珠塔，异日准备谐凤鸾。
　　　　（上岳秀云）

岳秀云：（诗）寒暑循环动我思，孤衾寂寞有谁知？
　　　　　　　深闺无限伤心事，俱在停针不语时。
　　　　（白）奴家岳秀云，年方二八，深闺待字，哥哥岳强在外浮荡，将奴身之事放在肚外。昨日姨兄李庆到来，咳，人家那个人品，长得才可人意呢。
　　　　（上红云）

红　云：咳呦，小姐可了不得咧。

岳秀云：你这小娼妇，又是啥勾当？像鹰抓你似的。

红　云：你老还不知道呢？方才大爷将李公子绑在书房，等到明天押解进京，献与严嵩邀功受赏。小姐呀，要是将李公子餐刀废命，真可惜了那个小模样了。

岳秀云：你别胡说咧，那李公子与你大爷乃是两姨兄弟，怎肯安心害他性命呢？

红　云：姐，你老是不知道，原是这般如此，争亲结仇，现在书房绑着呢。你老不信，你看看了去。

岳秀云：呀，兄长不念姨亲之好，下此毒手，真叫人可恨。

（唱）兄长做事毒又狠，不念亲戚害姨兄。

奴今坐视待其死，心中不忍意不宁。

欲待去救李公子，仔细思量礼不通。

兄长若是知道了，岂不怪罪女花容？

红　云：（白）小姐呀，救人一命，胜造宝塔七级，何况又是亲戚，怎么不救呢？

岳秀云：是，是，也罢。

（唱）奴家宁可舍一命，要救豪杰李姨兄。

开言便把红云叫，你敢前去救英雄？

红　云：（白）救人之命，是阴功之事，舍着一死，我也敢去。

岳秀云：（唱）既然敢去救公子，你我快些把计生。

红　云：（白）这还用什么计呢？公子他在书房里绑着，那里又无人看守，到那里解开绑绳就完咧。只要小姐说话，我就敢去。

岳秀云：（唱）红云你就快些去，救出公子领到奴房中。

红　云：（白）是咧。

岳秀云：（唱）红云答应急忙去，秀云心中自叮咛。

少刻姨兄到绣户，何不当面定婚盟？

若与此人谐连理，情愿吃斋把好行。

佳人正自心里想，

（上李庆、红云）

红　云：（白）李公子随我来。

李　庆：来了。

（唱）李庆随步进房中。

躬身施礼尊小妹，多承美意救姨兄。

（白）亏得小妹搭救姨兄，脱此大难，愚兄感激之至。

岳秀云：你我两姨兄妹，何言感激二字？家兄不仁，陷害姨兄，小妹何忍坐视不救呢？

　　　　　（唱）未从开言腮含笑，悦色和容叫姨兄。
　　　　　　　　至亲不必说客套，请你坐下先压惊。
李　庆：（白）有坐。
岳秀云：（唱）男女有别人间礼，不必嫌疑到我房中。
　　　　　　　　只因是家兄不仁毒又狠，暗设毒计要害姨兄。
　　　　　　　　小妹我不忍坐视令人救，我有一事姨兄应。
　　　　　　　　就是一言难出口，望兄原谅事情应。
李　庆：（白）小妹有何话说？请讲。
岳秀云：（唱）小妹我有话难出口，我情愿哪，咳呦，自见含羞粉面红。
　　　　　　　　低头羞愧无言语，
李　庆：（唱）愚兄心中我自明。
　　　　　　　　方欲开言叫姨妹，

　　（上岳强）

岳　强：（唱）岳强进房怒气生。
　　　　　　　　方才已经将你绑，为啥来在这房中？
　　　　　　　　你死在眼前还找俏，胆大来此私会亲情。
　　　　　　　　多得大爷来到此，你小子倒把我的亲妹耍。
　　　　　　　　说着上前打一掌，
李　庆：（唱）李庆这才用手迎。
　　　　　　　　黄鹰拿兔按在地，按在地下脚蹬胸。
　　　　　　　　攒住拳头朝下打，（打介）
岳　强：（白）哎呦！
　　　　　（唱）岳强疼痛带着哆嗦。
　　　　　　　　好心姨兄饶了我，从今后不敢起邪谋。
　　　　　　　　愿留府下供奉你，一天三遍烧香把头磕。
　　　　　　　　饶了我罢，说罢哀求悲啼起，
李　庆：（唱）豪杰闻听气更多。
　　　　　　　　狗子不念亲戚意，安心害我太可恶。
　　　　　　　　你说我调戏亲表妹，将无作有话胡说。
　　　　　　　　将我诓到你府下，把我绑起现奸恶。

　　　　　　吉人天相天保佑，李庆得把急难脱。
　　　　　　快快与我珍珠塔，不然叫你命难活。（打介）
岳　强：（白）咳呀，咳呀，妹妹快拉着。
李　庆：（唱）豪杰越打心越狠，
岳秀云：（唱）秀云一旁把情说。
　　　　　　含羞带愧把姨兄叫，方抬贵手开恩波。
　　　　　　君子不把小人怪，望乞饶了我哥哥。
　　　　　　说着进前深深拜，
李　庆：（唱）李庆开言把话说。
　　　　（白）岳强，我把你个无法的狂徒，不亏姨妹讲情，我定要把你打死。快将珍珠塔给我，饶了你这条狗命。
岳　强：是，是，是。可你叫我起来，我才好去取珍珠塔呀。
李　庆：快快与我取去。
岳　强：罢了我了。
岳秀云：哦，姨兄，乘此机会急急逃去，不然少时就有大祸。
李　庆：哦，祸从何来？
岳秀云：府下有一教师赵金龙，有万夫不当之勇。常言说一狼难敌众犬哪。
李　庆：哎呀小妹，言之有理。愚兄日后得再报小妹之情，就此去也。
岳秀云：姨兄前去，路途保重。红云。
红　云：有。
岳秀云：将你大爷领着，亲身寻找相当用力的枪马，从后花园送出，急急逃去。
红　云：是，大爷随我来。
李　庆：来了。
岳秀云：姨兄此去，奴那狠心的哥哥岂肯与我干休？趁着红云不在，我也去寻自尽吧。
　　　　（唱）深恨兄长无天理，明仗势力欺压人。
　　　　　　今日私把姨兄救，必说奴家无耻人。
　　　　　　虽然方才不寻我，不如早早去归阴。
　　　　　　罗裙带儿系个套，杏眼之中泪纷纷。
　　　　　　哭了声早去世的父与母，孽障丫头要归阴。
　　　　　　脖头一伸说罢了，

（云照，金刀圣母显）

金刀圣母：（唱）金刀圣母在祥云。

　　　　　　　早知秀云身有难，特来相救归山林。

　　　　　　　云中掐诀使法术，救去徒儿岳秀云。

　　　　　　　不言圣母归山去，

岳　强：（唱）岳强率众快拿人。

　　　　　　　一进上房直了眼，

　　　　（白）李庆哪里去了？必是跑啦，怎么我那不害羞的妹妹也没了？莫非说也跟着那小子跑咧？赵金龙快来。

（上花面）

赵金龙：来了。

岳　强：你快率领打手，将李庆那厮追回。

赵金龙：遵命。

（急上李庆枪马）

李　庆：好也呀，好也，幸而逃出岳府，急奔冀州便了。（内喊）呀，后面呐喊，必是岳强追赶。我现有枪马，杀他几个家奴消解我心头之恨。

（赵金龙马上）

赵金龙：小儿哪里走？

李　庆：你是何人，竟敢前来送死？

赵金龙：我乃岳府教师赵金龙，知我厉害，快快下马受绑。

李　庆：好狂徒，助纣为虐。休走，看枪。

赵金龙：来，来，来。

（杀一阵，李庆败下，又上）

李　庆：这厮果然骁勇，料想难以取胜，趁此月色逃走便了。

赵金龙：这厮英勇过人，竟自逃走，只好回府禀知公子。徒弟们。

卒：　　有。

赵金龙：随我回府便了。

（黄万年升帐，二将站）

黄万年：（诗）龙韬虎略在胸中，威镇三军号英雄。

　　　　　　　临阵收妻把律犯，定然斩首不容情。

（白）本帅黄万年。可恨逆子金奎贪生怕死，收了女寇，老夫业已遣人进京搬兵去了，等人马来到，扫平山寨，捉拿逆子，以正军法。

（上卒）

卒：报元帅得知，京中大爷差人下书，辕门候令。

黄万年：命他进来。

卒：是，（下，内白）命你进见。

（上李义）

李 义：来了。老爷在上，奴婢李义叩头。

黄万年：你不在京中侍奉你老爷，到此何事？

李 义：咳呀，老爷，京中我们大老爷这般如此，现今掐入天牢。小姐命奴婢前来下书，请老爷过目。

黄万年：起过了。

李 义：是。

黄万年：（唱）扯开书信看一遍，惊慌失色魂吓飞。

可叹胞兄天牢入，哥哥呀一旦遭祸起灾危。
可恨有仁贼狗子，参我兄弟通山贼。
串通郭英老奸党，将无作有把心亏。
圣上听信谗言语，监禁吾兄为罪魁。
郭英领旨来拿我，通贼之事他必追。
既然与我作了对，假捏叛乱难辞推。
阖家难免刀下鬼，乱臣之名万古垂。
大祸临身当怎处？束手无策怎能为？
哼，哼，想到此间恨逆子，忠孝不知任性胡为。
若不临阵收女寇，而今能有这祸非？
正然发怒——

（上卒）

卒：（唱）军卒报。

（白）报元帅得知，公子从云龙山逃回，辕门外候令。

黄万年：哼哼，逆子到来，正好正法。刀斧手！

刀斧手：有。

黄万年：将逆子捆进帐来。

刀斧手：哈。

（绑上黄枚）

黄　枚：父帅为何将儿绑上？

黄万年：黄金奎。

黄　枚：老爹爹。

黄万年：呀呀呔，逆子呀逆子，你作灭门之祸，还来问？

黄　枚：呀，父帅，孩儿不知身犯何罪？

黄万年：黄金奎。

黄　枚：儿在。

黄万年：前者业已被擒，就该领死，为何贪生惜命，与女寇成亲？岂不触犯军威，有辱老夫的忠烈？逆子啊。

黄　枚：孩儿也想捐躯报国做忠臣，但是出于无奈，假意从权成亲，希图得便逃回城来，再想平贼之策，并未真实的许亲配婚哪，父帅。

黄万年：呀呀呔，自古男婚女嫁，海誓山盟，你既与女寇换杯交盏，哪有虚配之理？当下吴有仁串通郭英，与严嵩父子本奏圣上，将你伯父打在南牢，郭英率领人马来拿全家。皆因你一人惜命，罪及全家。我把你这个不忠不孝的逆子——

（唱）无名动，皱双眉。

　　　喝骂逆子，万死不亏。

　　　既然遭擒绑，就该把命归。

　　　不该贪生怕死，私收女寇相陪。

　　　既与女寇成亲配，就是乱臣贼子为罪魁。

黄　枚：（唱）羞又怕，战一堆。

　　　口尊父帅，细把情推。

　　　儿虽收女寇，现在把城回。

　　　真心不要女寇，再也不把令违。

　　　咳，这是副将作的孽，不该进京奏是非。

黄万年：（唱）说此话，理更非。

　　　既然配偶，当学于归。

　　　　　　假言搪塞我，要把父母违。
　　　　　　若非杀此逆子，有辱素日英威。
　　　　　　拍案叫声刀斧手，将逆子绑出辕门刀下挥。
黄　　枚：（白）哎呀，爹爹呀！
　　　　　（唱）心惊惧，魂吓飞。
　　　　　　连连叩首，带泪含悲。
　　　　　　父帅暂息怒，须要把情推。
　　　　　　纵然把我斩首，阖家难免祸非。
　　　　　　望父开恩将儿赦，咱父子同心协力挡奸贼。
黄万年：（白）哇！
　　　　（唱）一闻此言心更怒。
　　　　（白）逆子呀逆子，你岂不知天作孽，犹可违，自作孽，不可活？你今作下灭门之祸，焉敢求生？刀斧手。
刀斧手：有。
黄万年：将这逆子推出辕门斩首。
黄　枚：咳呀，老爹爹就不念父子天性之情，忍看自己的儿子餐刀废命么？
黄万年：黄金奎。
黄　枚：儿在。
黄万年：我的儿。
黄　枚：老爹爹。
黄万年：冤家呀冤家，父子情长，为父岂不明白虎毒尚不食子？我怎忍你餐刀废命？只因你做了逆天之事，为父也难念父子之情啊，儿啦。
黄　枚：哦，爹爹既有疼儿之意，父乃青州总镇，要放就放，谁敢多言？为何如此忍心杀儿？
黄万年：哎呀，你说为父为青州总镇，生死自能专权，倘有他人效尤，为父将何以处之？
黄　枚：咳，父子骨肉之情相关，何得比作他人？
黄万年：哇，逆子呀逆子，常言说得好，王子犯法，庶民同罪，我岂因父子之私情，而乱朝廷之公法？为父不忍斩杀与你，朝廷罪及全家，为父也难逃诛戮，何况与你呀？儿啦。

黄　　枚：那时孩儿再死也不惧，暂求爹爹开恩，留一条生路罢。

黄万年：黄金奎。

黄　　枚：老爹爹呀。

黄万年：呸，冤家呀冤家，你既是我儿，就不该收那女寇。你既收了女寇，就该慷慨赴死，为父见了圣上或保全家性命。你还这样贪生怕死，苦苦哀求，小冤家呀，小冤家，为父今不杀你，有何面目见你伯父？刀斧手。

刀斧手：有。

黄万年：绑下去开刀。

黄　　枚：爹爹决意要杀孩儿，孩儿情愿一死，以保父帅一世英名。请缓须臾之生，容孩儿一到后堂，见见我那母亲、姐姐罢，老爹爹。

黄万年：儿啦，你到后堂见着你母亲、姐姐，又是一番摘心之事，难割难舍，为父更觉惨痛咳。

黄　　枚：爹爹呀。

众　　将：（内白）刀下留人。

（上众将）

众　　将：哦，元帅，若论公子临阵收妻，本该有罪，但他被擒之际，出于无奈，也不过一时从权，现今回城，情有可恕。望乞元帅开恩，赦了公子罢。

黄万年：胡说，忠臣不异，方可为忠；孝子喜怒无失，方可为孝。本帅常欲为国讨贼，岂容逆子身入贼伙？吾意已决，尔等不准乞情，起过了。

众　　将：是，遵命。

（唱）众将害怕一旁站，

（上老旦、小旦）

黄夫人、黄彩云：（唱）惊动了后堂小姐与夫人。

母女闻听变颜色，悠悠顶上走三魂。

惊慌失色上大帐，（跪）老爷/爹爹我们把话云。

黄万年：（白）唗，你母女私入大帐，成何体统？还不与我回避了？

黄夫人、黄彩云：（唱）孩儿/兄弟出马被擒去，无可奈何从婚姻。

不过一时从权变，已经逃回算假亲。

　　　　　　老爷/爹爹绑下就要斩，不顾父子与天伦。
　　　　　　一定要斩亲生子，岂不愁惨痛伤心？
　　　　　　老爷/爹爹年过花甲子，接续香烟只一人。
　　　　　　孟子云不孝有三无后大，孤儿无有少孩孙。
　　　　　　上无兄弟来下无弟，从此绝后断了根。
　　　　　　奸人设下狠毒计，这回遂了他们的心。
　　　　　　老爷/爹爹须要三思，赦下孤儿大开恩。
　　　　　　母女二人悲悲切切把情讲，

黄万年：（唱）黄爷座上怒生嗔。
　　　　　　妇人无知少家教，擅入帅府少胡云。
　　　　　　絮絮叨叨保逆子，怎知底里其中因？
　　　　　　方才李义下书信，吴有仁勾串郭英奏当今。
　　　　　　严世蕃本参胞兄入牢狱，朝廷下旨灭满门。
　　　　　　大祸皆因逆子起，恨起来碎尸万段才称心。

黄夫人：（唱）一闻此言更惨切，真正是福不独是祸不单临。
　　　　　　此祸皆因孩儿起，不该临阵降敌人。
　　　　　　出马协同郭有勋，贼子见色起邪心。
　　　　　　求媒不应当面讲，老爷一怒赶出门。
　　　　　　因而怀恨记心里，进京一同吴有仁。
　　　　　　摇唇鼓舌把咱害，奏知其父郭俊臣。
　　　　　　串通严家奏君主，致使全家罪临身。
　　　　　　此事不干黄枚事。

黄彩云：（白）爹爹，郭有勋当面求亲，爹爹一怒，将郭有勋掐出府去，那贼怀恨在心，一同吴有仁进京勾串，唆使其父，又串通严贼父子本奏朝廷，朝廷宠信谗言，因而罪及兄长、伯父，此祸俱因孩儿身上所起，何必要斩黄金奎？黄金奎若死，岂不含冤于地下吗？爹爹呀，你老三思啊！

黄万年：此祸虽因求亲而起，逆子如若不收寇，郭有勋父子纵然怀恨在心，我平生忠正无私，谅他无门可入。你母女帅府大堂，絮絮叨叨，成何体统？快些与我回避了。

黄夫人：老爷，你我二人年过花甲，只有这点相连不断一线关系的骨肉，就忍得斩首吗？

黄万年：咳，你与他有母子之情，难道我与他无有父子之义吗？拙夫纵然把他饶过，朝廷圣旨一到，慢说逆子难保全，就是全家也难逃斧钺了。

黄夫人、黄彩云：老爷/爹爹，那时纵然罪及全家，咱一家就死在一处，何必先教孩儿/兄弟早死呢？

（唱）母女二人双流泪，悲悲切切尊老爷/爹爹。
　　　只顾忍心杀爱子，父子天性一旦绝。
　　　纵然朝廷下旨来问罪，死在一处也熨帖。
　　　怎忍眼看将儿/弟斩？亲人情感难舍别。
　　　只顾一怒杀爱子，黄氏门中香烟歇。
　　　望乞老爷/爹爹三思也，赦了孩儿/兄弟好把宗嗣接。
　　　老爷/爹爹，母女跪哭如酒醉，诰命惨痛悲切切。

黄万年：（唱）夫人难舍亲生子，拙夫岂能将儿抛？
　　　女儿关切同胞义，为父我岂肯把天性绝？
　　　因他犯下灭门祸，怎留强生在世上？
　　　目下朝廷来叫罪，终就难免一命绝。
　　　虽死九泉不英烈，何如为此有名节？
　　　只好狠心将儿斩，见了朝廷有话曰。

（白）哦，夫人、女儿，因他犯了必死之罪，只好忍心将他斩首。我速上京都，见了圣上，细奏情由，或可免全家不死。你母女悲悲切切，在此讨情，是何道理？马有才，上帐听令。

（上马有才）

马有才：在。

黄万年：将逆子黄枚绑赴西郊，用白绫勒死，不得迟误，违令者斩。

马有才：得令。

黄万年：夫人、女儿不必悲伤，速回后宅。梅香。

梅　香：有。

黄万年：将你太太、姑娘搀扶后堂去吧。

梅　香：是。

黄万年：就此掩门。（众下）

（上黄夫人、黄彩云）

黄夫人：女儿。

黄彩云：娘啊。

黄夫人：你父决意要你兄弟一死，你随为娘去到法场见我那娇儿一面，咱就死在一处罢。院子。

院　子：有。

黄夫人：调轿伺候了。

院　子：是，老奴奉命。

黄夫人：咳呀，我那娇儿啦！（同下）

（上马有才）

马有才：（诗）奉了元帅令，监斩犯法人。

（白）俺马有才，奉了元帅将令，押绑公子西郊行刑。来人。

军　卒：有。

马有才：将公子绑上桩橛。将马带过了。

黄　枚：苍天啊苍天，我黄金奎死不足惜，只要死得其所。恨我一遭之错，收了女寇，累及父母，做了不忠不孝之人了。我好恨哉，冤哉。

（唱）自恨当时一遭错，不该苟且去偷生。

临阵而亡为忠烈，万古千秋留美名。

何须苟且收女寇？而今还是不能生。

连累父母为不孝，婚配贼女为不忠。

不忠不孝非人类，死后留下乱臣名。

想到此间频发恨，深恨赵氏女花容。

为什么花言巧语把我哄，一心要把亲事成？

害我黄枚不善死，杀身不能把仁成。

我今一死还小事，连累全家罪非轻。

豪杰正然心痛恨，

（上黄彩云、黄夫人）

黄彩云：（唱）来了彩云女花容。

黄夫人：（唱）康氏夫人也来到，一见娇儿泪直倾。

带痛含悲把儿叫，

(白）我儿，可疼死为娘了。

黄　枚：孩儿不孝，收下女寇，连累父母不安，儿我一心何忍哪？

黄夫人：我母女苦苦与你求情，怎奈你那狠心爹爹决心要你一死？因此我母女急到法场，与儿见上一面，就死在一处罢。

黄　枚：母亲养儿一场，儿不能生养死葬，与儿死在一起，更是罪上加罪，母亲回转府下，珍爱身体，不以不孝的儿为念，早晚由我姐姐侍奉。哦，姐姐呀，为弟死在目前，也无什么嘱咐与你，但愿姐姐在母亲身旁替为弟尽些孝道，弟死九泉之下，也感激不尽了。

黄彩云：母亲自有姐姐侍奉，但姐姐怎忍得眼看弟弟一死？弟弟呀。

黄　枚：姐姐呀，母亲呀。

黄夫人：娇儿哪。

黄　枚：母亲难舍孩儿，姐姐难舍弟弟，难道说孩儿就舍得母亲、姐姐吗？

黄夫人、黄彩云：孩儿／弟弟呀。

黄夫人：（唱）母亲说到伤心语，大放悲声哭儿郎。

　　　　　　　口内只把我儿叫，活活痛死你的娘。

　　　　　　　从小爱惜如珍宝，一时不见心内慌。

　　　　　　　抚养成人非容易，实想着为娘沾儿光。

　　　　　　　谁想郭力惹山寇，倒使大祸起萧墙。

　　　　　　　只说被擒命难保，不成想女寇成亲配鸳鸯。

　　　　　　　只想得命不能死，不料吴有仁上本章。

　　　　　　　圣上昏弱信谗言，想拿老爷进朝堂。

　　　　　　　故此才狠心欲学那石碏，大义灭亲斩儿郎。

　　　　　　　与儿苦把情分讲，你爹执意不赦狠心肠。

　　　　　　　赶进法场母子见一面，母子双双一命亡。

　　　　　　　说到伤心泪如雨，

黄　枚：（白）咳呀，娘哪！

　　　　（唱）黄枚二目泪汪汪。

　　　　　　　带泪含悲把娘叫，老娘不必过悲伤。

　　　　　　　你当儿出花生病死，何须挂肚与牵肠？

　　　　　　　母亲倘有好和歹，那时孩儿罪难当。

何况儿是不孝子，做下了塌天大祸累爹娘？

姐姐搀母回府去，回府解劝叫娘免悲伤。

黄夫人、黄彩云：（白）我们舍不得孩儿/弟弟呀。

黄　枚：（唱）你们与我难割舍，难道我就舍得姐姐和老娘？

也是我命该要死，前生造定不善亡。

黄夫人、黄彩云：（白）咳呀，儿啦/弟弟呀。

（唱）母子/姐弟抱头哭不止，

济小堂：（白）善哉。

（唱）云端来了济小堂。

早知白虎星有难，特来解救到这方。

（云上）收住云头往下看，

（白）小仙济小堂。早知白虎星有难，前来解救。（念念有词），狂风大作，黄金奎随吾仙来也。

（云照，济小堂上云）

卒：好大风，好大风！忽然一阵起了大风，公子杳无踪影，真乃奇怪也。咱们这得禀知老爷才是。

黄彩云：哦，妈呀，狂风大作迷人二目，睁眼一看，我弟不见了。想是命该如此，不该他死，想是神仙救去了。异日必有相逢之日，自能团圆。吉人自有天相，咱母女快些回府去吧。

黄夫人：女儿言之有理。院子。

院　子：有。

黄夫人：调轿回府。

院　子：是。

黄夫人：咳呀，儿啦。（下）

黄彩云：弟弟呀。（下）

马有才：哎呀，不好了。奉老爷命令将公子绑桩橛以上，太太、小姐痛哭多时，忽然狂风四起，将公子刮走咧，只好急急禀知元帅才是。（下）

（黄万年升帐，李义站）

黄万年：（诗）生儿不孝累痴迷，临阵竟敢收贼妻。

大义灭亲学石碏，军威不斩令不齐。

（白）本帅青州总镇黄万年。命参将马有才将逆子绑赴西郊正法。去之已久，为何不见到来？

（上马有才）

马有才：启禀元帅，末将奉令绑押公子西郊正法。忽然狂风大作，待风止天晴，公子杳无踪影。望元帅恕罪。

黄万年：起过了。

马有才：是。

黄万年：哎呀，此乃真是奇怪。哦，哦，是了，想必是云龙山女寇用邪法将逆子救去。只好点齐人马，将逆子夺回。

（上卒）

卒：　　报元帅，朝命下。

黄万年：摆香案伺候了。

（上郭英）

郭　英：圣旨到，跪接。

黄万年：万岁，万岁，万万岁。

郭　英：听宣读。诏曰：兹尔青州府总镇黄万年，朕视尔为股肱之臣，为手足之臣，臣亦当视君为腹心，何得私通山寇，与贼完婚？朕心大怒，钦命郭英绑拿你父子进京正法。旨意读罢。众将官。

众将官：有。

郭　英：快些拿人。

（绑黄万年）

众将官：启禀元帅，前后搜不见黄枚。

郭　英：起过了。

众将官：是。

郭　英：哦，黄万年，汝子私收女寇，圣上大怒，钦命老夫剿灭云龙山寇，绑拿你父子进京请罪，你就该将你儿子献出才是正理。你将他隐匿哪里去了？

黄万年：方才绑赴西郊正法，却被大风刮去。

郭　英：胡说。自古及今，哪有大风刮动人去的道理？明明隐匿府下不肯说。众将官。

众将官：有。

郭　英：将犯人打入南牢。之后拿住山寇，一同绑押进京。

众将官：是。

黄万年：咳，罢了哇，罢了。

郭　英：众将官。

众将官：有。

郭　英：随本帅后堂捉拿贼子，不得有误。

　　　　（唱）郭元帅，令三军。

　　　　　　　直入后堂，齐说拿人。

青州兵：（唱）青州兵与将，个个痛伤心。

　　　　　　　可叹一生英烈，今日被绑遭擒。

　　　　　　　面面相观直发怔，

众家人：（唱）惊动后宅众家人。

　　　　（白）咳呀不好了。

　　　　（上黄彩云、黄夫人）

黄彩云：（唱）吓坏了，黄彩云。

黄夫人：（唱）康氏诰命，吓走三魂。

黄彩云：（唱）听说天伦父，绑拿入牢门。

黄夫人：（唱）真乃萧墙祸起，阖家大罪临身。

黄夫人、黄彩云：（唱）母女吓得嗒嗒颤，

　　　　　　（上郭英）

郭　英：（唱）后堂进来郭俊臣。

　　　　　　　但只见，二妇人。

　　　　　　　一老一少，眼泪纷纷。

　　　　　　　少年多美貌，风流似昭君。

　　　　　　　必是黄家小姐，生得典雅斯文。

　　　　　　　莫怪小儿爱此女，令人见着也动心。

　　　　　　　手一拱，尊夫人。

　　　　　　　不要害怕，且放宽心。

　　　　　　　令夫虽犯罪，不该拿满门。

　　　　　　　母女暂住家下，自有喜事临门。

快将黄枚献与我，立刻出府退三军。

黄夫人：（唱）尊一声，郭大人。

黄枚逆子，绑出西门。

忽然天色变，平地起风云。

小儿被风刮去，现今尸首不存。

大人如若不听信，请问青州众三军。

郭　英：（唱）闻此言，口问心。

黄枚刮去，果然是真。

叫声众军校，不必再搜寻。

率众出了帅府，

黄夫人、黄彩云：（唱）母女只落伤心泪。

咳，老爷/爹爹呀，这里事儿且不表，

（李庆马上）

李　庆：（唱）再表李庆去投亲。

（白）俺李庆。州府画影图形，捉拿甚紧，白天不便走路，只好黑夜行程。来到青州地方，天色已晚，正好进城，只得催马前往。

（上郭夫人、郭玉梅）

郭夫人、郭玉梅：（诗）连理枝头花正开，莫遣纷纷点翠苔。

郭夫人：（白）老身郭夫人岳氏。

郭玉梅：奴郭玉梅。呀妈呀，小哥哥仗势欺人，无所不为，只怕恶贯满盈，祸不远矣。

郭夫人：为娘也是忧及于此。

郭　英：（内白）众将们。

众将官：有。

郭　英：将马带过。

众将官：哈。

（上郭英）

郭夫人、郭玉梅：老爷/爹爹来了，一向万福。

郭　英：好，夫人可好？

郭夫人：老爷，请转上座。

郭　　英：家无常礼，便座可也。

郭夫人：老爷不在朝堂陪伴王驾，不知何事归家？我母女不胜欢喜啊。

郭　　英：夫人听了。

（唱）夫人若问出朝事，细听拙夫讲情由。

只因青州黄总镇，纵子私把女寇收。

爱子进京对我讲，我就一本奏龙楼。

本奏他勾串云龙山贼寇，里应外合反青州。

朝廷闻听心大怒，命我领兵拿贼囚。

已将总镇下监内，再拿女寇把山搜。

故此我才回家下，阖家相会乐悠悠。

郭夫人、郭玉梅：（唱）母女闻听一席话，面色不改心里忧。

郭玉梅：（白）爹爹。

（唱）听言兄长不正话，安心不正为私仇。

郭夫人：（唱）逆子所做事不正，强霸民间女娇流。

遇见云龙山女寇，夺去女子结冤仇。

因而禀之黄总镇，闹起干戈总不休。

现在征讨这乱事，全是因他起祸头。

大公无私黄总镇，国法军规两面周。

昨日西郊斩公子，公子竟被风刮丢。

城内军民多感仰，徒然被斩美名留。

此祸皆由逆子起，老爷呀，枉奏朝廷礼不周。

郭玉梅：（唱）本参总镇遭罗网，怎忍忠良祸临头？

青州百姓皆知晓，怨言载道骂名留。

望请爹爹急修表，搭救总镇出牢囚。

母女相劝言未尽，

郭　　英：（唱）郭英怒气贯斗牛。

妇人家无知见识短，不明情理话胡诌。

爱子求亲见总镇，老贼拒亲事不应把人羞。

说什么龙女配犬子，乌鸦怎与凤凰俦？

喝令军卒赶出府，不把国朝情面留。

　　　　　　　我今奉旨将他绑，押解京都报前仇。
　　　　　　　你母女无知顶撞我，失规少教话胡诌。
郭夫人：（唱）郭氏害怕不言语，
郭玉梅：（唱）玉梅告别回绣楼。
　　　　（上院子）
院　子：（唱）院子进房把事禀，
　　　　（白）禀爷，府外来了一位少年，名叫李庆，前来投亲要见老爷、夫人。
郭　英：起过了。
院　子：是。
郭夫人：呀，老爷，那李庆乃是咱家门婿，不可怠慢。
郭　英：那是自然，夫人回避了。
郭夫人：是。
郭　英：众家将。
家　将：有。
郭　英：李庆乃是朝廷钦犯，少时进府一齐上前，将他拿住。
家　将：遵命。
郭　英：慢着，慢着，久闻这厮有万夫不当之勇，恐怕难以力擒，须要用计才是。
　　　　众将们。
家　将：有。
郭　英：暗带兵器，西厢伺候，看老爷眼色行事。
家　将：是。
郭　英：拿起灯笼，大开仪门，迎接才是。
家　将：是。
郭　英：（唱）正冠束带往外走，（与李庆对上）果然是李庆小畜生。
　　　　（白）贤婿哪里？
李　庆：岳父可好？
郭　英：好。贤婿请进客厅。
李　庆：请。
郭　英：（唱）携手同行进了府，来至二堂把步停。
李　庆：（唱）岳父请上陛台坐，贤婿叩拜把礼行。

郭　英：（白）贤婿请起。
　　　　（唱）虚情假意忙搀起，
　　　　（白）贤婿请坐。
李　庆：小婿告坐。
郭　英：（唱）院子快些献茶茗。
院　子：（白）是。
郭　英：（唱）想问贤婿在京内，大街刺杀贼严嵩。
　　　　　　　画影图形捉拿你，老夫忧虑在心中。
　　　　　　　不知一向在何处？今来舍下幸三生。
李　庆：（唱）从头至尾说一遍，隐匿多得黄恩公。
　　　　　　　特来投亲到贵府，望能隐匿在府中。
　　　　　　　岳父不在朝中内，却为何事在家中？
郭　英：（唱）如此这般说一遍，领旨来拿黄总兵。
　　　　　　　院子快些看酒筵，
院　子：（白）是。
郭　英：（唱）大人斟上酒一盅。
　　　　　　　手抱酒杯说饮酒，
李　庆：（唱）豪杰施礼身打躬。
　　　　　　　小婿不能饮美酒，
　　　　（白）岳父请饮。
郭　英：（唱）心中不悦暗叮咛。
　　　　　　　欲将这厮灌醉了，再将这厮上绑绳。
　　　　　　　谁想冤家不会饮？倒教老夫难心中。
　　　　　　　哼，只好生擒活拿住。
　　　　（白）众将们。
家　将：有。
郭　英：将前后门上锁。
李　庆：哦，将门上锁，是何缘故？
郭　英：将门上锁就要拿你。家将们。
家　将：有。

郭　英：将这厮与我绑了。

李　庆：谁敢呀？是你们谁敢来？郭俊臣老匹夫，你我乃是翁婿至亲，将我上绑，意欲怎样？

郭　英：畜生，畜生，你老爷清白门第，我女岂能配你乱臣贼子？将你这畜生诓进府来，拿你献与圣上，自能雪严丞相不白之冤，是我一大功劳。家将们。

家　将：有。

郭　英：快些绑拿这厮。

家　将：是。

李　庆：你们谁敢？谁敢？

（唱）提宝剑，喊连声。

　　　　谁敢拿我，剑下倾生。

　　　　大骂贼老狗，你心太不忠。

　　　　不念朱陈之好，愿结吴越之盟。

　　　　仰仗严嵩贼狗子，阴谋毒计害贤忠。

（白）看剑。

郭　英：（唱）架住剑，把刀扬。

　　　　大骂李庆，自寻灾殃。

　　　　飞蛾投灯火，自找丧无常。

　　　　今入龙潭虎穴，该你命见阎王。

　　　　一心要拿贼刺客，立功受赏见君王。

李　庆：（唱）李庆气，怒满腔，

　　　　门都上锁，难出此房。

　　　　在此将我困，叫我无主张。

　　　　定要与他决战，难免刀下身伤。

　　　　定要舍命来争战，要把郭府杀个光。

郭　力：（唱）有劝急忙念咒语，飞沙走石打身上。（李庆倒）

家　将：（唱）众将上前急速押。（押介）

郭　英：（白）将李庆押在前府交令。（下）

（完）

第 九 本

【剧情梗概】李庆被未婚妻郭玉梅偷偷放走,郭英发现后率兵追捕,恰巧遇到夏杰和赵亮,三人战败郭英。然郭英之子郭力赶到,他以法术将李庆和夏杰二人捉拿。赵亮逃回山上,向两位姐姐诉说原委。赵氏姐弟发兵青州,欲解救李庆、夏杰。岳强半夜爬入孟彩霞的闺房,欲行不轨,孟彩霞呼救,孟辉命家丁将岳强赶出府门,从此断绝亲戚关系。郝妃劝天子宽恕其义父严嵩,天子将严嵩赦出监狱,让其到云南司过堂三日。海瑞设计,以倨傲违旨罪杖责了严嵩。

(上郭玉梅)

郭玉梅:(诗)无情最是枝头鸟,不管人愁只管啼。

(白)奴郭玉梅。可恨爹爹听哥一面之词,本奏当今,领圣上旨意,将镇台掐入南牢。我母女苦劝多时,谁想爹爹忠言不纳,反被爹爹恶言羞骂一场,思想起来好叫人焦躁。

(唱)方才解劝天伦父,反被羞辱心内焦。

正在房中生烦闷,(内喊)忽听前院闹吵吵。

不知却为何缘故,何不出房去看瞧?

方欲欠身刚离座,

梅 香:(唱)梅香进来把话学。

(白)姑哇,你老可大喜啦。

郭玉梅:呸,死丫头,我一个女孩儿家,可哪里来的喜呢?

梅 香:姑哇,你老来了喜咧。

(唱)李公子投亲来到此,奴婢偷看仔细瞧。

姑爷他在二堂坐,长了个风流标了个标。

奴替小姐你欢喜,那个人儿无处挑。

只想翁婿二人见面,定择嫁期赋桃夭。

谁知老爷他见面变了脸?吩咐家将把他绑了。

公子不服分辩理,老爷不肯把实话学。

他说是姑爷惹了严丞相,画影图形正在找。

　　　　　　　不容分说要将他绑，姑爷大怒动起枪刀。

　　　　　　　战了多时就拿住，绑在廊下人看着。

　　　　　　　奴婢因此来送信，

郭玉梅：（唱）玉梅闻听魂魄消。

　　　　　　　仰望终身来到此，秋波杏眼泪滔滔。

　　　　　　　奴恨爹爹心太狠，做事糊涂欠斟酌。

　　　　　　　你今拿住李公子，不知你可怎开消？

　　　　　　　你把公子要治死，把你这丫头何处抛？

　　　　　　　想到这里无出路，奴何不去见父母问根苗？

　　　　　　　欠身离座往外走，（下）

梅　香：（唱）丫鬟随后也跟着。（下）

　　　　（上郭英夫妇）

郭英夫妇：（唱）夫妻对坐正讲方才事，彼此问答言语交。

郭夫人：（唱）郭氏相劝说不可，

郭　英：（唱）俊臣不应把头摇。

郭玉梅：（唱）玉梅带怒把房进。

　　　　（白）爹爹万福。

郭　英：女儿一旁坐下。

郭玉梅：女儿告坐。

郭　英：吾女半夜三更不在绣房安眠，来见父母有何事故？

郭玉梅：女儿我特来与二老叩喜。

郭　英：不知为父喜从何来？

郭玉梅：爹爹拿住李万之子，进京献与朝廷，擎功受赏，高升三级，其事不是天大之喜吗？

郭　英：这个事你怎知晓？

郭玉梅：前堂吵闹多时，阖府人等尽知，儿怎么不晓呢？爹爹，儿还有一事不明，特来领教。

郭　英：为儿哪一件不明？

郭玉梅：爹爹你将李公子害死，不知将你女儿搁在何处？

　　　　（唱）带怒含嗔把话讲，爹爹做事太狠心。

郭　英：（唱）为父爱你如珠宝，为何出口胡乱云？
郭玉梅：（唱）李家公子身遭难，为什么不辞跋涉投咱们？
郭　英：（唱）你是明知是故问，咱与李家结朱陈。
郭玉梅：（唱）当时为何结秦晋？为何今日不认亲？
郭　英：（唱）因他劫杀严丞相，各省捉拿行公文。
郭玉梅：（唱）爹爹当朝为一品，难道说不能隐匿一个人？
郭　英：（唱）阖府兵将耳目众，谁敢藏他在家门？
郭玉梅：（唱）不敢收留也罢了，为何率众将他擒？
郭　英：（唱）他是朝廷大钦犯，放他逃走罪孽深。
郭玉梅：（唱）天子哪里知此事？全是一党同谋老奸臣。
郭　英：（白）住了！
　　　　（唱）凡事皆由我做主，丫头信口乱胡云。
郭玉梅：（唱）并非我今胡乱讲，此事关系奴终身。
郭　英：（唱）终身之事由父母，
郭玉梅：（唱）由你不该断了亲。
郭　英：（唱）断亲因为身犯罪，
郭玉梅：（唱）犯罪得罪什么人？
郭　英：（唱）得罪当朝严国丈，
郭玉梅：（唱）得罪奸贼更遂心。
郭　英：（唱）丫头竟敢冲撞我？
郭玉梅：（唱）老子做事太心昏。
郭　英：（唱）自思并无心昏事，
郭玉梅：（唱）不昏怎么害李门？
郭　英：（唱）断亲你该怎么样？
郭玉梅：（唱）何处搁放我钗裙？
郭　英：（唱）并无过门可更改，
郭玉梅：（唱）咳，烈女岂嫁二夫君？
郭　英：（唱）大开东阁重挑婿，
郭玉梅：（唱）名分一定无二心。
郭　英：（唱）难道你还从李姓？

郭玉梅：（唱）不死定是李家人。
郭　英：（唱）李庆他今难逃命，
郭玉梅：（唱）他死了奴我老死你家门。
郭　英：（唱）这话先说不能够，
郭玉梅：（唱）百计难夺我的心。
郭　英：（唱）铁心一定谁怎样？
郭玉梅：（唱）将来一定远在儿女近在身。
郭　英：（白）哎呀！
　　　　（唱）气得俊臣直了眼，
郭玉梅：（唱）小姐玉梅咬牙根。
郭　英：（唱）咳呀一声倒在地，
郭夫人：（唱）郭氏解劝把话云。
　　　　（白）女儿你爹爹昏倒在地，你也不必分辩了。等他苏醒过来，为娘劝他回心，将李郎放了就是了。
郭玉梅：咳，全仗母亲与孩儿做主了。
郭夫人：春香。
春　香：有。
郭夫人：将老爷搀在床上苏醒。
春　香：搀下。

　　　　（上郭玉梅）

郭玉梅：苦哇，可叹我郭玉梅，遇见这样狠心的爹爹，他定将李郎献与严嵩，焉有他的性命？奴虽未与李郎成亲，名分已定，他若是一死，奴也只好寻个自尽。咳，郭玉梅呀，郭玉梅呀，你丈夫今日被绑，你不设法搭救，还寻什么自尽？哦哦，有了，趁此机会，爹爹昏迷不省，我到前堂放他逃走，岂不是好？纵然爹爹怪罪，不过一死而已。梅香哪里？快来了。
梅　香：来了，小姐有何吩咐？
郭玉梅：你领我急到前堂，放你姑爷逃走，你可敢去吗？
梅　香：救人一命胜造七级宝塔，只要小姐做主，奴婢有何不敢？
郭玉梅：敢去？好，急急领我前去。
梅　香：是，小姐，随奴婢来。

郭玉梅：来了。

（上二丑）

合：　（诗）为人生在世，千万别当奴。

　　　　　　惹得主人恼，打骂受凌辱。

身来困：（白）我郭府家人，我叫身来困。

爱睡觉：我叫爱睡觉。

身来困：你我奉了老爷之命，小心看守李庆。咳，一夜不叫我合眼，比做啥都难。也就是一宿，明天可就不用咱们啦。

（唱）可笑李庆他，是个小傻子。

心里想着成亲，娶媳妇娶媳妇娶媳妇。

谁想老丈人，心里毒又狠？

将门婿立刻拿，绳子捆绳子捆绳子捆。

明日上囚车，押解北京去。

难免刀下丧残生，做了鬼做了鬼做了鬼。

咱们小姐她，早晚必晓得。

其忍女婿丧九泉，疼汉子疼汉子疼汉子。

那个小女婿，真是好人品。

云盘大脸白又亮，无麻子无麻子无麻子。

咱们小姐她，更是好人品。

一对好夫妻，多和美多和美多和美。

定然恩爱亲，犹如鱼得水。

游遍巫山十二峰，不打盹不打盹不打盹。

（白）咱弟兄把他绑在内面，谅他也逃走不了。咱们哥俩不用看着咧，上屋里过过瘾去。

李　庆：可怜哪可怜，我李庆投亲来到此地，又入火坑。我好悔也。

（唱）悔我当初一朝错，不该此处投亲戚。

自恨无才入了罗网，料想难把虎穴离。

郭奸贼不念亲戚心改变，拿住我捆绑解京里。

献与严嵩那狗子，我命一定要归西。

纵然怀恨于地下，何人诛贼申我屈？

豪杰自思心伤感，

（上郭玉梅）

郭玉梅：（唱）玉梅小姐来得疾。

李　庆：（白）咳，罢了罢了，我好苦也。

郭玉梅：呀。

（唱）忽听公子长叹气，他在此处身受屈。

如此罪过是难受，见此光景心惨凄。

李　庆：（唱）李庆睁开愁眉眼，忽见二女心犯疑。

你等都是何人也？却因何事到这里？

郭玉梅：（唱）奴我并非淫奔女，郭氏玉梅你的妻。

说着上前解绑扣，快随我走莫要迟。

（同下，又同上）霎时来在绣房内，

（白）公子请坐讲话。

李　庆：小生告坐。

郭玉梅：家父不仁不义，不念秦晋之好，攀附权臣，以图富贵荣显。奴与公子夫妻名分已定，岂忍袖手旁观？昨晚我与那狠心的爹爹吵闹多时，气得他昏迷不醒，趁机会放了公子。奴家含羞，将公子领到绣房，奴意公子快快逃走，离此是非之地，不知你意下如何？

李　庆：小姐美意，生领厚情。相救不死，我李庆碎骨难报。

郭玉梅：你我夫妻，虽未齐行大礼，但名分已定。妾虽赴汤蹈火，解救公子，理所当然，但我父此为，是让奴家有愧了。

（唱）满面羞愧头低下，脸儿一憨呼郎君。

家父并无翁婿义，要将公子献给奸臣。

奴听此信气又恨，找父母前堂闹个乱纷纷。

气得我父昏迷不知事，奴家回房把死寻。

忽然想起郎君你，现在前堂捆着身。

奴要不救谁人救？难免遇害见阎君。

因此含羞请公子，放你逃走是非门。

李　庆：（唱）你父知道岂容你？

郭玉梅：（唱）不过自己把死寻。

李　庆：（唱）小姐贤德人间少，深明闺训知五伦。
　　　　　　　可恨你父心变了，悔却前盟把我擒。
　　　　　　　可敬小姐真节烈，背父救夫果淑贞。
　　　　　　　解救之恩无可报，无非说说尽其心。

郭玉梅：（唱）你我夫妻虽未行大礼，结发夫妻恩义深。
　　　　　　　终身仰望靠公子，夫妻之情何言恩？
　　　　　　　何况我父将你害，致使奴家愧其心？

李　庆：（唱）小可劫杀严国丈，各省严拿行了文。
　　　　　　　谅吾无有出头日，只好隐遁在山林。
　　　　　　　小姐保护全节烈，岂不误了你终身？
　　　　　　　你的父定开东阁重挑婿，那时郎才女貌鸾凤新。

郭玉梅：（唱）公子你多心言念此，妾身我不过一死见阎君。
　　　　　　　就死也是李家鬼，方知奴家是冰雪的人。
　　　　　　　公子你文武双全才学广，异日何愁步青云？
　　　　　　　拨开浮云见天日，诛尽了仇人把冤申。
　　　　　　　后会有期夫妻团圆日，满斗焚香谢灵神。
　　　　　　　郭玉梅伤心泪如雨，

李　庆：（唱）豪杰又把小姐尊。
　　　　（白）小姐待我恩德太重，只是我无有出头之日。误了你的青春，小生我心中不忍啊。

郭玉梅：咳，公子啊，夫妻团圆，何愁甚远？但愿后会有期，不使奴家有化石之悲，于愿足矣。这是金钗一支，是奴心爱之物，请公子收起，日后见面以为表记。还望相公与奴一物，以作纪念。

李　庆：小姐真乃贤德之人，实实可敬。小生我也无物可赠，这是紫金镯一只，请小姐收过。疾速送我出府，逃走要紧。

郭玉梅：公子出去，何处安身？

李　庆：小可我上山海关，投奔我姑夫那里。

郭玉梅：但愿公子路途保重。梅香。

梅　香：有。

郭玉梅：快取银子几百两与你姑爷，路上好作盘费。

梅　香：是。(下，又上)请姑爷收起。

郭玉梅：春香。

梅　香：有。

郭玉梅：领你姑爷到马棚，备上一匹好马，开了花园后门，送你姑爷快走。

梅　香：是，姑爷随我来。

李　庆：来了。(下)

郭玉梅：眼看李郎去了，不知何日相逢？

　　　　　正是：狂风打散鸳鸯伴，波浪冲开水中鱼。(下)

　　　　(上身来困、爱睡觉)

身来困：兄弟醒醒罢，天亮了。

爱睡觉：咳，好睡好睡。咱们看看犯人去罢，把他绑出来。

身来困：好，等着咱老爷发落。

爱睡觉：走，瞧瞧去。

身来困：可了不得咧，李庆怎么没了？

爱睡觉：必是有人放他逃走，这可怎好呢？咱见老爷去，定是一场好打。

身来困：打也说不了，禀知老爷，这一下子可苦了你我了。(下)

　　　　(赵亮、夏杰马上)

赵亮、夏杰：(诗)只为朋友义，不辞鞍马劳。

赵　亮：(白)吾赵亮。

夏　杰：吾夏杰。小弟你我下得山来，想上京都城里寻找大哥李庆。只得马上加鞭走吧。

　　　　(唱)夏杰马上呼小弟，愚兄有话向你言。

　　　　　　大哥要杀严嵩贼奸党，与国除害把民安。

　　　　　　咳，行刺未成反而惹大祸，我只怕他被擒入了监。

　　　　　　因而上山请小弟，寻找大哥把朋友义气全。

　　　　　　你我急上北京去，慢慢地寻找问根源。

　　　　　　不言二人路上走，(下)

　　　　(郭力云上)

郭　力：(唱)再表郭力在云端。

　　　　　　只为总兵亲未允，惹得我北京走一番。

爹爹他率领人马拿总镇，我在北京逛几天。
老儿他被拿家无主，再命人去促婚姻。
黄家美人定愿意，我俩成就并蒂莲。
不言有勋云中走，

（上郭英）

郭　英：（唱）再表俊臣要出关。
（白）本帅郭俊臣。只因逆女玉梅顶撞于我，气得昏迷半死。不知何人将李庆放走，点齐人马急急追赶便了。众将官。

众将官：哈。

郭　英：大料李庆逃走不远，急追拿回，重重有赏。倘有见他不拿，枭首示众，违令者斩。

众将官：得令。（下）

（李庆马上）

李　庆：（诗）双手挑开生死路，单身跳出是非门。
（白）俺李庆。幸喜我逃出关来，离了是非之地，急急逃走往山海关投姑夫那里便了。（内喊声）呀，后面有人马喊声，定是追兵，料我不能逃走，只得冲杀上去。

（郭英、李庆对上）

李　庆：郭俊臣，我把你这个老匹夫，少爷我逃走你的巢穴，竟敢前来追赶？将你碎尸万段，方解我心头之恨也。

郭　英：咹，住口，休得胡言。是你，着枪。

李　庆：来，来，来。（杀一阵）
（唱）纯钢剑，双手抡。
　　　大骂老狗，大也欺心。
　　　你女另转聘，不怕辱家门。
　　　三纲五常不论，真是人面兽心。
　　　我今将你活拿住，千刀万剐才称心。

郭　英：（唱）咹，我爱女，守闺门。
　　　千金之体，真是贵人。
　　　当配官宦后，公子与王孙。

如若将你许配，岂不玷辱家门？

说着传令叫众将，努力快把这厮擒。

李　庆：（唱）抢宝剑，抖精神。

兵多将广，战我一人。

方出龙潭地，又入虎穴门。

何况手无战具，只有一剑护身？

杀罢一时气力尽，使得浑身汗淋淋。

郭　英：（唱）郭俊臣，喜在心。

这个狗子，汗流浑身。

努力精神去，便把门路分。

枪动活似蛇蟒，马跑快如风云。

李　庆：（唱）正是豪杰遭危困，

（上赵亮、夏杰）

赵亮、夏杰：（唱）来了赵亮夏杰二人。

高冈之地早瞧见，正是大哥要被擒。

你我赶快迎上去，

赵　亮：（白）大哥被官兵围住就要被擒，你我冲杀上去。

夏　杰：有理。

（乱杀一阵，郭英败下。李庆、夏杰、赵亮三人上）

赵亮、夏杰：哦，大哥，我弟兄前来找你，这等凑巧，可就碰见了。你怎到了青州？

李　庆：二位小弟是你不知，听我告诉与你呀。

（唱）小弟若问一往事，细听愚兄说从头。

官兵追在花园内，幸亏了学士黄爷把我收。

严嵩屡次去搜府，无奈投奔到青州。

郭俊臣毁去前盟将我绑，奸贼见我如寇仇。

诓进府去上了绑，救我幸亏女娇流。

（白）原是这般如此。今日幸遇二位小弟把贼兵杀退，救兄脱苦出难。二位小弟不来，我命休矣。

夏　杰：（唱）好个俊臣贼狗子，如此欺人太可恶。

　　　　　趁他兵败赶下去，拿住奸贼把筋抽。
　　　　　说着催马赶下去，
赵　亮：（唱）赵亮一见喜心头。
　　　　　二哥真是真心友，见此不平怒不休。
　　　　　你我只得闯上去，帮助二哥拿贼囚。
　　　　　弟兄二人催马赶下去，（下）
郭　英：（唱）郭俊臣一见发了愁。
　　　　　看看拿住小李庆，来了两个小贼囚。
　　　　　黑脸那厮多英勇，杀得我弃甲曳兵把盔丢。（下）
夏　杰：（白）老贼，你往哪里走？
郭　英：哎呀。
　　　　（唱）这厮又来将我赶，今朝难免一命休。
夏　杰：（白）哪里走？（不）
郭　英：（唱）不敢交兵催马走，（下）
　　　　（郭力云上）
郭　力：（唱）郭力驾云上青州。
　　　　　云中闪目望下看，
　　　　（白）原来爹爹大战云龙山贼寇。爹爹大败而走，那黑小子紧紧追赶，不免祭起红绒绳擒他便了。（念念有词），宝剑起，呀呸。
　　　　（上夏杰）
夏　杰：呀，不好。
郭　力：众将官。
众将官：有。
郭　力：绑了。
众将官：是。
　　　　（李庆对郭力上）
李　庆：这狗子是谁？竟敢帮奸贼擒我小弟。快快放开我弟，饶你不死。
郭　力：郭老爷是我家父，你少爷前来相救。
李　庆：原来你就是郭英之子。大爷正要拿你，将你父子碎尸万段，方解我心头之恨。是你，看剑。

郭　力：来吧。（大杀一阵，郭力败）咳呀，这厮骁勇，真有本领，还是用红绒绳擒他。念动真言，起呀，呸！哪里走？

李　庆：呀，不好。

郭　力：众将官。

众将官：有。

郭　力：与我绑了。

（上郭英）

郭　力：不知老爹爹兵败，孩儿接救来迟，面前恕罪。

郭　英：多得吾儿来救，要来迟一步，吾命休矣，何罪之有？

郭　力：哦，那云龙山大兵因何又起来了？

郭　英：这般如此。为父领兵追拿李庆，因此动起杀伐。

郭　力：原来李庆是我妹妹的夫婿。他与山寇入伙，老爹你打断了亲事，乃为正理。

郭　英：你我进城。众将官。

众将官：有。

郭　英：将两个小子绑进城去，不得有误。

众将官：得令。（下）

（急上赵亮）

赵　亮：咳呀，好厉害，好厉害。看看要将那贼拿住，又来了郭家狗子，将二位哥哥拿进城去。我早知道这厮厉害，吓得我好跑，方得无事。听说我姐夫黄枚也死咧，他的爹妈也都拿了去咧。我也不能搭救二位兄弟，只好回山禀知姐姐，好来搭救，快走。（下）

（上赵金花、赵银花）

赵金花、赵银花：（诗）闺中都称女英豪，异性风流别美标。
　　　　　　　　　　　淡扫蛾眉无脂粉，桃红马上舞花刀。

赵金花：（白）奴赵金花。

赵银花：奴赵银花。姐姐，黄郎下山已久不见面，还叫奴放心不下。

（上赵亮）

赵　亮：喽啰们。

喽　啰：有。

赵　　亮：将马带过。

喽　　啰：是。

赵　　亮：姐姐在上，小弟参见。

赵金花：兄弟免礼。是你和夏公子下山，为何去而返还？

赵　　亮：不消问了。

　　　　（唱）尊声姐姐们，听我讲一讲。
　　　　　　　前日下高山，去把朋友访。
　　　　　　　路过青州城，城外有营房。
　　　　　　　来了队兵马，马叫人又嚷。
　　　　　　　声言要拿人，追赶凶又莽。
　　　　　　　小弟与夏杰，随后跟着访。
　　　　　　　忽见困一人，刀枪齐乱晃。
　　　　　　　受困非别人，就是李兄长。
　　　　　　　我俩将他救，大战贼狗党。
　　　　　　　杀败众官兵，才救李兄长。

赵金花：（白）哦，怎么到在青州？

赵　　亮：（唱）如此是这般，一往从头讲。
　　　　　　　夏杰我二哥，听说骂又嚷。
　　　　　　　心中气不平，又去追奸党。
　　　　　　　兄弟三个人，努力精神长。
　　　　　　　要拿郭俊臣，报仇气才爽。
　　　　　　　统统要拿住，一人把横挡。
　　　　　　　郭力那狂徒，邪术神通广。
　　　　　　　不知啥东西，就把他俩绑。
　　　　　　　小弟看得真，岂肯入罗网？
　　　　　　　打马跑如飞，故尔回山冈。
　　　　　　　禀知姐姐们，下山拿奸党。
　　　　　　　破了青州城，搭救二兄去。
　　　　　　　说着还要哭，

赵金花、赵银花：（唱）姐妹二人把话讲。

（白）听你之言，二位公子莫非叫郭英老贼拿去了么？

赵　　亮：可不是拿去咧。

赵金花：那老贼兵存青州，是何缘故？

赵　　亮：咳，这事情若告诉姐姐们，你们又该哭咧，我不说咧。

赵金花：无论什么事情，哪有不说之理？你说说罢，我们不哭啊。

赵　　亮：你们要不哭，就向你们说说。

赵金花：是，你说说吧，我们不哭。

赵　　亮：自从姐夫下山时节，那副将吴有仁和贼子郭有勋进了北京，勾串郭俊臣本奏圣上，说我姐夫私自收了女寇两个，叛乱青州。朝廷大怒，钦命郭俊臣捉拿我姐夫全家。我姐夫听此凶信，意想逃跑，叫他爹拿住了。

赵金花：哦，怎么样？

赵　　亮：咳，就杀咧。

赵金花：此事当真？

赵　　亮：那还撒谎。

赵金花、赵银花：可倾死人也。（倒）

赵　　亮：二位姐姐醒来，姐姐们苏醒。我说不说，偏叫我说，说了就得哭，光哭不算，还昏过去咧。姐姐醒醒，醒来，醒来。

赵金花：咳呦了。

（唱）听说凶信魂不在，忽忽悠悠魂飞天。
　　　苏醒多时睁二目，只见兄弟在旁边。
　　　大放悲声呼郡马，可叹你命短死可怜。
　　　我与你如鼓琴瑟无反目，相敬如宾两投缘。
　　　自从那日将山下，屈指算来十数天。
　　　梦寐之中如会见，痴心相望梦同欢。
　　　谁知一去遭陷害？再想相逢万万难。
　　　细想是奴将你害，不该强迫配姻缘。
　　　你死九泉之下心怀恨，我姐妹心下何忍意何安？
　　　可叹公爹心太狠，不把父子天性管。
　　　只顾斩了亲生子，少嗣断后绝香烟。

赵　　亮：（白）杀了他儿子，见了朝廷，好救他全家性命。

赵金花：（唱）虽然救了全家命，断子绝孙也惨然。
咳哼，咬牙大骂吴副将，狗子安心太不堪。
前者被擒饶他命，有恩不报反结冤。
他要不勾串上参本，公爹岂能斩儿男？
既是你把夫君害，仇怨深重如海山。
此仇不报非人也，即刻点兵下高山。
大展神通将城破，搭救公爹出南监。
拿住有仁千刀剐，拿住郭英把眼挖。
就算杀刚他们将仇报，怎得黄郎把阳还？
哭哭啼啼悲难止，

赵　亮：（唱）赵亮一旁把话言。
（白）姐姐呀，我姐夫已经死了，你哭也哭不活咧，倒不如点齐人马，急急下山与我姐夫报仇，乃为正理。

赵金花：兄弟言之有理。喽啰们。

喽　啰：有。

赵金花：就此起兵，杀奔青州。不得有误。（下）

（上孟辉）

孟　辉：（诗）怕婆之人无好汉，好汉无不怕老婆。
（白）我老爷子孟辉，字培德。昨日个在岳府外甥那里，巧遇我外甥李庆。我看着他将来有点出奇，就将我的闺女许了他为妻。老汉再三地请他回府，他总是不回，执意不从，叫我也无啥说的。咳，这件勾当要是老婆知道了，定是一场吵闹。我不敢告诉她，我并非是怕她，我想过日子。今日吵，明日闹，怕人家笑话呀，因此这就一回一回地把她惯成性了。

（上孟夫人）

孟夫人：咳，老天杀的，可杀了老身了。

孟　辉：你又是啥勾当？活像鹰抓似的，这们叫唤哪。

孟夫人：哼哼，是你老天杀的做的好事啊。
（唱）老天杀的做好事，活活气死我老身。

孟　辉：（唱）为何无故将我骂？就该撕破你的嘴。

孟夫人：（唱）外甥岳强才到府，后堂一一向我云。

孟　辉：（唱）岳强他与你说啥话？这也值得怒生嗔？
孟夫人：（唱）你为何苦害彩霞女，与他姓李的结了亲？
孟　辉：（唱）文武双全令人爱，做个亲上又加亲。
孟夫人：（唱）那厮闯祸身犯罪，不久的被擒命归阴。
孟　辉：（唱）目下纵然身犯罪，看他未必活遭擒。
孟夫人：（唱）他纵不死难露面，岂不误女儿她终身？
孟　辉：（唱）当下虽然难露面，将来一定状元及第人。
孟夫人：（唱）李庆若有发达日，除非黄犬变麒麟。
孟　辉：（唱）你说他没有发达日，偏将女儿我许亲。
孟夫人：（唱）爱女我把岳强许，择个日子要成亲。
孟　辉：（白）咳。
　　　　（唱）岳强本是浪荡子，我女岂肯配非人？
孟夫人：（唱）老天杀的不愿我愿意，定将爱女配岳门。
孟　辉：（唱）大骂乞婆真欠打，竟敢胡言抗夫君。
孟夫人：（唱）我看谁大胆敢打我？就死要罢李家亲。
孟　辉：（唱）我就狠狠打几掌，（打介）要立家法管女人。
孟夫人：（白）咳呀。
　　　　（唱）疼痛难忍连声嚷，
　　　　（白）老天杀的打死我吧。
常香元：（唱）惊动后房女钗裙。
　　　　（上常香元、孟彩霞）
常香元、孟彩霞：（唱）孟氏女姐妹一齐进房门，慌忙拉住连声劝。
孟　辉：（白）说不得了。这个老乞婆万恶滔天，常常找我晦气，一遭一遭，就惯坏了她啦，我今日要立家法。闺女们不用拉着，我今天着着实实地将她打一顿，她就好了。
孟夫人：老天杀的，你打死我吧，我也不活着啦。
常香元、孟彩霞：姑母/母亲息怒，老夫妻争吵几句也算不了什么事情，你老消消气吧。
孟夫人：老天杀的，把我打得不亦乐乎，我不活着啦，把我打杀吧，姓孟的孟辉头哇。

孟彩霞： 二老不知所为何事这样吵闹？

孟　辉： 事到此间，我也不瞒着了。闺女们听了。

（唱）小李庆，是英贤。

为父雪恨，劫杀贼奸。

惹下杀身祸，避难到此间。

乞婆不念亲好，立刻推出家园。

幸在岳府我遇见，外甥他从头至尾向我谈。

我见他，美少年。

骨格清秀，品貌不凡。

目下虽受困，时来定作官。

将你许配李庆，姑表结下良缘。

乞婆不愿把亲作，与我吵闹话胡言。

孟彩霞：（唱）彩霞女，细详参。

足见爹爹，善知愚贤。

遂了奴心愿，雅郎赠塔圆。

开言尊声父母，为亲何必发烦？

女子在家当从父，妈呀，何须闹气把脸翻？

常　氏：（唱）儿啦，岳强他，向娘言。

他说李庆，太也不端。

岳强是好意，请到他家园。

拐去秀云甥女，偷了无数银钱。

我女你若嫁狂匪，贼女名儿人笑谈。

孟　辉：（唱）老乞婆，少胡言。

外甥李庆，品行正端。

素日多仁义，见人礼貌全。

你与岳强小子，顺口捏造非言。

我儿不可信此话，你表弟虽是人小品正端。

常　氏：（唱）老狗你，太愚顽。

偏向李庆，巧语花言。

我看岳强好，明天把婚完。

谁敢大胆拦我？放火烧了家园。

孟彩霞：（唱）彩霞闻听心着窄，

（上常广）

常　广：（唱）常广进房把话言。

（上岳强，听声）

岳　强：（白）他们打个热闹我偷着听了。

常　广：我姐夫把外甥女许与李庆作媳妇，真是郎才女貌，一对好夫妻。当下李庆虽然受困，将来必有大富大贵，姐姐你怎么不愿意呢？你想将外甥女硬要给岳强。岳强那个小子，我不是贬他，长了个破灯台似的，连个灯碗也放不下。单说他那个毛片长了一脸，将水球蒜子捎带着斜愣眼子，他说话还是咬舌子。倒有一比，蹦蹦哒哒，好像兔子似的，连分人像也没有长成，真是个下贱货呀。我那外甥女儿，不是我夸，真是板门光畅。要是与岳强那小子结婚，真是美玉配了顽石啦。你还望我姐夫吵呢？你就快拉倒吧。

常　氏：老杀才，这事情用不着你管。我说常头，你来到我家，吃、穿、花，你靠着谁呀？要不是老娘我，别说吃饭穿衣花钱，孟家的凉水你也喝不着。常头，我白养活你啦？连一句公道话，你也不给我说，就会打顺风旗。你给我快滚吧。

孟彩霞、常香元：母亲/姑母不必烦恼，孩儿扶着你到后堂休息去罢。

常　氏：咳呀，可气死老身了。

（三人同下）

孟　辉：这个乞婆，他说李庆偷了岳家金银，又拐去秀云甥女，这事真叫人犯疑。

常　广：这是哪里话呢？李公子乃是正人君子，岂作那下贱勾当？断无此理。定是岳强那王八羔子办的顺口，捏造非言，不要听他话。

孟　辉：我料他不会无中生有，定有缘故，得慢慢访听访听。

正是：人之邪心全凭素，无有贤愚都在行。（下）

岳　强：咳呀，可气死我了。方才舅妈和舅父吵闹多时，我舅妈定要把表姐许给我为妻，谁知常广这个老杂毛，他挑唆舅舅不允，把李庆夸了个天花乱坠，他把我贬得不像人样。叫他们这一闹，我的那媳妇黄咧，这可怎好？哦哦哦，有了，天也黑咧，我不免暗暗地藏在我表姐绣房，与她私会苟合。我给她个硬下，若从了便好，她若不从，我也没亏。我要这么一闹，舅舅怕磕碜，屈着心，也得与我结了亲。定是这个主意，待我前去便了。（下，又上）哈哈哈，幸而无人看见，来到绣房，可在何处隐藏呢？有了，就在这床下猫着吧，待我爬进去。

孟彩霞：（内白）梅香，掌上灯来。

（上梅香，孟彩霞）

梅　香：晓得了。

孟彩霞：咳，可恼可恨。我母亲糊涂，将我硬许给岳强为妻，多得爹爹不从，将奴许与李庆。两个老人家吵闹多时，岳强现在府下，这厮他若知晓，只怕惹起是非，那便怎好啊？

（唱）独坐香闺长叹气，心中忧虑犯颠夺。

岳强为人多奸狡，仗势欺人行万恶。

求亲不允羞变怒，只怕生事起邪谋。

但愿苍天多保佑，我与李庆早配合。

忽听谯楼起更鼓，

（白）梅香。

梅　香：有。

孟彩霞：（唱）闭上房门撂暖阁。

摘去簪环把灯止，回身又把花衫脱。

梅　香：（白）姑哇，咱们安眠吧。

孟彩霞：（唱）上床斜靠绣花枕，和衣而卧杏眼合。

岳　强：（唱）岳强偷爬床底下，不敢吱声往里缩。

方才表姐她倒鬼，自言自语把话说。

口口声声想李庆，不想我岳强为什么？

听她宽衣床上卧，不见动静必睡着。

悄手蹑脚慢爬起，趁着月色看明白。

呀，表姐斜靠绣花枕，小小金莲斜摆着。

身穿中衣扎花带，手托香腮杏眼合。

看罢多时春心动，走上前来把衣摸。

表姐我今来陪你，

孟彩霞：（唱）彩霞惊醒看明白。

　　　　　　　只见一人床前站，心惊胆战嚷有贼。
　　　　　（白）梅香，快来！快来！快来！
岳　强：（唱）岳强施礼呼表姐，
　　　　　（白）表姐你不要嚷，并非别人，是你亲亲的表弟岳强来了，不要害怕。我那小表姐呀，小表姐呀……
孟彩霞：狗子，狂徒贼呀，你贪夜私入幼女绣房，是何道理？奸贼呀！
岳　强：我早知表姐你孤孤单单的，枕冷衾寒，特意前来陪你作伴。今夜咱俩成就好事，明日禀知舅舅、舅母，咱们闹个先嫁后娶，过门之后，你是一品夫人，有多么好啊！来来来，咱俩上床睡了吧。美人啦，美人啦，来，来，来，睡了吧。
孟彩霞：哇，岳强啊岳强啊，你进前来。
　　　（岳强进前，孟彩霞打岳强嘴巴）
孟彩霞：呀呀，呸！好个万恶狂贼，没脸的奴才。你不念姑表至亲之义，私入黄花幼女绣房，要行苟且之事，败坏人伦，连那禽兽不如。贼子，呸呸呸！
　　　　　（唱）杏眼圆睁双眉立，咬牙切齿骂岳强。
　　　　　　　不念至亲行苟且，败坏人伦乱纲常。
　　　　　　　我是闺门节烈女，并非是水性杨花齐文姜。
　　　　　　　净如冰霜坚入铁，岂肯与你行淫狂？
　　　　　　　打消邪念快出去，看情忍气不生嚷。
　　　　　　　你若是执迷不醒悟，立刻堂前禀爹娘。
　　　　　　　把你送在官府去，强奸幼女罪难当。
岳　强：（唱）休说大话吓唬我，怎知我有大主张？
　　　　　　　你既闺门节烈女，绝不该私与李庆结鸳鸯。
　　　　　　　暗赠宝塔为表记，眉来眼去露轻狂。
　　　　　　　我舅妈将你许配我，始终得嫁我岳强。
　　　　　　　为你设计诱李庆，拐去妹妹女红妆。
　　　　　　　谅他今生不能回转，何必恋他挂心肠？
　　　　　　　今夜你我成美事，再禀二老拜花堂。
　　　　　　　你若扭性不应允，今夜难免一命亡。
　　　　　　　嬉皮笑脸往前凑，

孟彩霞：（白）哇！

（唱）彩霞横心气昂昂。

用手一指高声骂，狗子行事不思量。

只顾淫邪行恶事，不怕老天有昭彰。

我今一定全节烈，狗子快些杀姑娘。

心中着急连声喊，

（白）有贼啦！救人哪，救人哪，救人哪！

（上孟辉）

孟　辉：（唱）孟辉起夜在茅房。

呀，忽听女儿声嚷起，不顾走动跑慌忙。

赶快开门为父到，

岳　强：（白）咳呀！

（唱）岳强害怕闪一旁。

孟彩霞：（唱）彩霞开门悲啼起，

（白）爹爹呀！

孟　辉：（唱）孟培德一见气昂昂。

（白）岳强，我把你这个小畜生，你往这屋里作啥来咧？

岳　强：舅父呀，我到此成其美事。望舅舅宽恩，将表姐许我为妻，一俊遮百丑，岂不妙哉？哈哈哈！

孟　辉：好狂徒，满口胡说，活活地气死我也。

（唱）双眉皱，咬牙根。

大骂狂徒，太也欺心。

不念表亲义，败坏我家门。

竟敢胡言乱道，就该剥皮抽筋。

我女端庄多节烈，岂引浪子入闺门？

岳　强：（唱）尊舅父，免生嗔。

甥儿不该，起了邪心。

只因我表姐，待我情意深。

我俩早有私会，来在绣房成亲。

因而做了不才事，望乞舅父大开恩。

孟彩霞：（唱）羞又愧，呼天伦。
　　　　　　　岳强狗子，乱道胡云。
　　　　　　　不知何时刻，私入绣房门。
　　　　　　　孩儿心惊胆战，声言直说有人。
　　　　　　　惊动爹爹来到此，才保孩儿未失身。

孟　辉：（唱）这狂匪，太奸淫。
　　　　　　　将无作有，望我求亲。
　　　　　　　不念甥舅义，猖狂禽兽心。
　　　　　　　重重打他一顿，从今就要断亲。
　　　　　　　说着大声叫小子，快快起来拿匪人。

家　仆：（白）哈。
　　　　　（唱）惊动了，众家人。
　　　　　　　一齐来到，绣户房门。
　　　　　　　员外有何事，半夜唤小人？

孟　辉：（唱）原是这般如此，私来到此胡云。
　　　　　　　你等与我着实打，定要送官见县尊。
　　　　　（白）咳呀，着打！

岳　强：（唱）冲冲怒，气攻心。
　　　　　　　尔等何敢，无故打人？
　　　　　　　大爷有字号，哪个不知闻？
　　　　　　　立刻送到县里，难免大祸临身。
　　　　　　　你们岂不知我厉害，打听打听，岳强自来不让人。

孟　辉：（唱）早知你，太邪淫。
　　　　　　　谋害良善，仗势欺人。
　　　　　　　硬占良门女，苦害善德人。
　　　　　　　老夫一生英烈，不惧势力豪门。
　　　　　　　家将快打这浪子，爷爷我不怕大罪临身。

岳　强：（唱）连叩头，把话云。
　　　　　　　直叫舅父，快饶我身。
　　　　　　　以后再不敢，饶命大开恩。

甥儿不知好事，打死心也不嗔。

看我母亲饶了我，再也不敢起邪心。

孟 辉：（白）岳强小畜生做此不才之事，理当送官治罪，今天看你母亲面上饶恕放你。从今以后，再不许登我的门，如若再来，将你狗腿打断了。小子们。

家 仆：有。

孟 辉：将这小子与我赶出去。

岳 强：我走就是咧，不用赶。咳，罢了我了。（下）

孟彩霞：哦，爹爹，孩儿丢尽闺门之丑，活在世上何以为人？不如一死，倒也干净。

孟 辉：女儿不可如此。那狂徒纵然偷入绣房，我儿保住贞节，无什么妨碍。不必啼哭，跟爹爹我一到前堂，告诉你妈知晓。走罢，闺女呀。（下）

孟彩霞：是。

（急上岳强）

岳 强：咳呀，可罢了我了。实指望与美人成亲欢乐，谁想挨了一顿好打，我这一口冤气怎出呢？哦，哦，有了，这珍珠塔现在我手，就说成亲时节有珍珠塔为凭证，那知县易德才又与我是相交好友，何愁不把这好头断在我手？不但出了这口气，而且又得美人。小子们。

小 子：有。为啥半夜三更叫我们？有啥勾当？

岳 强：你还不知道吗？

小 子：小人知道，大爷是隔房子鸡叫，人家轰出来咧。

岳 强：少说闲话，快与大爷备马。

正是：痴心妄想襄王梦，神女无情上巫山。（下）

（上郝妃）

郝 妃：（诗）头戴翠珠遮乌云，身穿彩凤衣衫新。

（白）哀家郝香莲。日前与舅家略施小计，将皇后打入寒宫冷院，只说是永绝后患，谁想海瑞用诗词感动圣上心意，圣上将她母子赦回，如今更加宠爱。不意舅父误绑青宫太子，圣上大怒，将舅父掐入天牢受罪去了，真是叫哀家无法可救。

公 公：（内白）圣驾回宫。

（上天子）

郝　　妃：待奴接驾。（下，又上）万岁万万岁，小妃接驾。

天　　子：爱妃平身。

郝　　妃：谢过万岁。哦，我主万岁今日登殿为何散朝甚早？

天　　子：爱妃不知，只因国丈误绑皇儿，拿入天牢，赵文华、张芝柏上殿保本，奈何欺君罪重，难明准奏。

郝　　妃：万岁。（跪）小妃之父是殿下设计谋害的呀！万岁。

（唱）俯伏跪倒呼万岁，不可受人蒙哄屈良贤。

妾父蒙恩委重任，忠心耿耿保江山。

朝堂之臣有过犯，秉公治罪法度严。

不得众心皆成怨，因而有此祸一端。

殿下他私入学士府，身穿便衣是何缘？

而且太子与妾父，向有旧怨记心间。

又与学士设毒计，蒙君作弊献谗言。

最可叹忠心保国一宰相，至今天牢受罪冤。

伏乞万岁垂怜悯，赦宥妾父出牢监。

奏罢不住悲啼痛，

天　　子：（唱）天子心软意不安。

叫一声爱妃平身起，

（白）爱妃平身。

郝　　妃：谢过万岁。

天　　子：爱妃不必过伤，严嵩有功，又是国戚，寡人自当宽宥。王惇，领朕旨意，急到天牢，宣严嵩进宫。

公　　公：领旨。

（严嵩便衣上，跪）

严　　嵩：万岁万万岁，罪臣严嵩见驾。

天　　子：爱卿纵然误绑太子，有欺君之罪，应充军三年，但念情关国丈，特加恩典，官复原职，罚俸三年。急往青宫负荆，与太子面前请罪，发往云南司，过堂三日，明赎其罪。

严　　嵩：领旨。（下）

天　　子：后宫排宴。

公　公：领旨。

（上海瑞，升堂）

海　瑞：（诗）两条眉锁江山恨，一片心怀社稷忧。

（白）下官海瑞，字刚峰，广东琼州琼南县人氏。圣旨到来，严嵩误绑青宫太子，奸贼他犯惊君欺主之罪，按例，罪该发云南充军三载，圣上特加恩典，罚他云南司过堂三日，权作三年之数。咳，按律来断，奸相欺君辱主，应该斩首，圣上竟将他赦宥，看起来定是奸妃乞情保本，致使奸贼漏网，叫下官实实恨他不过。

（上卒）

卒：　　禀爷，严太师奉旨到来听审。

海　瑞：起过了。

卒：　　哎。

海　瑞：海雄。

海　雄：有。

海　瑞：传，老爷恭请太师爷。

海　雄：哈。（下，内白）我家老爷恭请太师爷。

（上严嵩便衣）

严　嵩：来了。

海　瑞：太师爷一向金安？

严　嵩：承问。刚峰可好？

海　瑞：岂敢岂敢？太师爷，光临敝衙，幸甚幸甚。请转上座，卑职参拜。

严　嵩：惭愧，惭愧。今日奉旨过堂，正该刚峰端坐，老夫听点就是了，何敢上座？

海　瑞：岂敢哪？岂敢哪？哎，太师爷位列人臣之首，又是国戚，今因小小过失，圣上不过聊塞青宫而已。太师今既幸临，理宜上座，下官少尽杯水之敬。

严　嵩：哈哈哈，刚峰如此抬举，老夫有礼了。

海　瑞：（唱）海爷身回后堂去，

严　嵩：（唱）严嵩座上自裁夺。

　　　　　海瑞他本与我不和睦，屡屡作对仇恨多。
　　　　　我今是奉旨来听点，不作声色甚相合。
　　　　　并未有点名把堂过，谦恭敬我却为何？

     既然卑躬礼敬我，为什么又命人役把堂喝？

     莫非他有甚别缘故，设计拿错巧图谋？

     方欲欠身离公座，

海 瑞：（唱）海爷突出气不和。

     哼哼哈哈，堂上坐着何人也，你竟敢把老爷公案夺？

     喝令人役快动手，快将这厮与我捉。

人 役：（唱）人役答应齐动手，

严 嵩：（白）你们慢着，你们慢着。严嵩勉强笑哈哈，刚峰你且慢动手。刚峰先生，暂且息怒，原是老夫在此，莫非你眼花了不成么？

海 瑞：你今到此作甚？

严 嵩：老夫奉旨到此，听点过堂。刚峰，你是明知是故问？

海 瑞：你既奉旨过堂，就该报名听点，为何占了老爷公案？是何道理？

严 嵩：海瑞呀，海瑞呀，你岂不知偏宫私殿，老夫不时而坐？何况你这小小公堂，竟不容老夫一坐么？

海 瑞：严嵩呀严嵩，你今奉旨过堂，竟敢如此傲慢视王章，你岂不知王子犯法与庶民同罪？何况你这奸贼？不遵王章，竟敢知法犯法。海安、海雄！

海安、海雄：有。

海 瑞：将这奸贼与我赶下去。

严 嵩：哈，谁敢？你们谁敢？海瑞呀，我把你这狗官，如此冒犯老夫，你是真正反了！

海 瑞：哇，你这个奸贼，欺君辱主，藐视王章，擅坐你老爷公堂，你真正反了。好好好，我今打你个欺君抗旨不尊堂的奸贼呀。

   （唱）骂奸贼，太不良。

     欺君抗旨，大乱朝纲。

     而今身犯罪，奉旨到这乡。

     却不报名听点，竟敢擅坐公堂。

     万岁爷差你来问事，擅坐公堂罪难当。

严 嵩：（白）哇！

   （唱）冲冲怒，气昂昂。

     唱声海瑞，休要逞强。

老夫为宰相，威仪镇朝纲。

位列人臣之首，朝夕陪伴君王。

偏宫私殿我常坐，何况你这小小的主事堂？

海 瑞：（唱）仗权势，乱朝纲。

欺文压武，苦害忠良。

海某心忠正，何惧当道狼？

先打冒法抗旨，然后启奏吾皇。

吩咐左右按下去，重打四十往下详。

严 嵩：（唱）你们谁敢？叫儿等，少发狂。

擅打宰相，罪逆难当。

我今上金殿，一本奏君王。

即刻将你拿去，难免刀下身亡。

人 役：（唱）人役闻听往后退，

海 瑞：（唱）海爷气得面目黄。

冲冲怒，拍桌张。

喝叫人役，快听端详。

快打这老狗，莫要惧怕狼。

纵然犯了大罪，自有我来承当。

说着带怒叫左右。

（白）海安、海雄。

海安、海雄：有。

海 瑞：将这奸贼匹夫拉下去重打四十，快打快打。

（使刑介）

严 嵩：咳呀，罢了我了！

（行刑后严嵩上）

海 瑞：奸贼呀奸贼，此乃初犯，明日要你早早过堂，

倘再傲慢，定打八十大板。人役。

人 役：有。

海 瑞：将这奸贼与我掐下堂去。

严 嵩：海瑞呀海瑞呀，我与你势不两立。咳呀，罢了我了。（下）

海　瑞：正是：只要存心无愧怍，何惧当道有豺狼？（下）
　　　　（上丑搀严嵩）
家　丁：搀着搀着。
严　嵩：咳呀。
家　丁：相爷被海瑞打了个皮开肉绽，鲜血直流，问着不言不语，只得搀着回府要紧。（下）

（完）

第 十 本

【剧情梗概】严嵩向天子状告海瑞私自动刑,凌辱国丈,天子下令将海瑞斩首。冯保立即将这一消息告诉了张娘娘和太子。太子亲赴法场与海瑞攀谈,使得严世蕃错过了午时三刻这一动刑的时间,再向天子求情,天子感动,赦免海瑞死罪,将其贬为青州知府。郭力一心要娶黄万年女黄彩云,于是和吴有仁一同前往黄府逼亲,康氏再三推辞,郭力却蛮横威胁,黄彩云只得使出法术,痛打郭力,并将其赶出府门。云龙山赵氏姐弟率兵攻城,郭英父子先后败阵,郭力前往胡洋山清水洞请师父洪洋大仙相助。

(上欧阳氏、严桂花)

欧阳氏、严桂花:(诗)人生几度春光好,春色春情催白头。

欧阳氏:(白)老身严夫人欧阳氏。

严桂花:奴严桂花。哦,妈呀,幸喜表姐求情,圣上恩赦,将奴父宽宥出了天牢。今早刑部过堂去了,天已过午,怎么不见回来?

欧阳氏:咳,为娘也是放心不下。

(众搀严嵩上)

严世蕃:抬着抬着。

欧阳氏、严桂花:老爷/爹爹,这是怎么啦?如何这样狼狈而归?

严世蕃:母亲、妹妹有所不知,原是这般如此,被海瑞杖责,打得昏迷不醒。

欧阳氏、严桂花:呀,竟有这等奇祸?只怕有些不好。老爷/爹爹醒来,老爷/爹爹苏醒!

  (唱)母女二人连声唤,叫他不应发昏迷。
    二目难睁微有气,口内不住喘吁吁。
    面目发黄无血色,打得浑身血染衣。
    只怕老爷/爹爹辞阳世,抛弃母女命归西。
    可恼海瑞心太狠,做事不知高与低。
    朝廷尚且加恩典,你今敢把宰相欺。
    不知与你何仇恨,屡次欺压作仇敌?

悲悲切切连声唤，

（白）老爷/爹爹醒来。

严　嵩：咳呀，罢了我了。

（唱）严嵩痛极气长吁。

咳，苏醒多时睁开眼，瞧见儿女与老妻。

夫人啊，可恨刑部贼海瑞，擅作威福把我欺。

使诡计故意让我堂上坐，立时他又翻脸皮。

他说我欺君藐圣上，四十板打得皮开肉绽血淋漓。

明日上朝参奸党，见个长短死活方结局。

欧阳氏、严桂花：（唱）母女二人忙解劝，老爷/爹爹呀，事要三思不可急。

只因老爷权势大，害得人多作仇敌。

常言说官事必有险，何必上朝参本费心机？

伴君犹如羊伴虎，虎要发威羊被欺。

倒不如趁此机会归林下，辞官不做回转原籍。

带痛含愁只是劝，

严　嵩：（白）咳！

（唱）一闻此言怒不息。

夫人无知见识短，信口胡言少规矩。

我今告老归林下，害我要死了更容易。

何况享受宰相府，威威皇亲又是国戚？

回头便把世蕃叫，

（白）我儿急到内书房，写成表章，明日上朝定与海瑞见个高低，方消吾心头之恨。

严世蕃：是，孩儿遵命。

严　嵩：正是：量小非君子，无毒不丈夫。（下）

家　仆：（内白）请爷下轿。

严　嵩：（内白）你等朝房伺候。

（上朱深、岳贵、郭英、严嵩）

众　臣：（诗）淡月疏星绕建章，仙风吹下御炉香。

侍臣鹄立通明殿，一朵红云捧玉皇。

朱　深：（白）下官朱深。

岳　贵：下官岳贵。

郭　英：下官郭英。

严　嵩：吾严嵩。

众　臣：圣驾临殿，大家在此伺候。

天　子：（诗）梅花岭上千层雪，仅看深山一朵云。

（白）朕，大明嘉靖天子在位。只因国丈严嵩冒犯太子，罪重难赦，其女苦苦哀求，我也无可奈何，只得开恩赦免，但罚俸三年，在云南司过堂三日，以消顺皇儿之意。内臣。

内　臣：伺候。

天　子：传朕口旨，文武有事早奏，无本散朝。

内　臣：是。殿下众文武听真，圣上有旨，有本出班早奏，无本卷帘散朝。

严　嵩：慢散朝纲。

内　臣：何人有本？

严　嵩：臣严嵩有本。

内　臣：随旨上殿。

严　嵩：万岁万万岁。陛下与臣做主吧！

天　子：哦，国丈为何这等狼狈？

严　嵩：咳，万岁呀。

（唱）俯伏跪在金阙下，带泪含悲呼圣君。

臣只因冒犯皇殿下，致使为臣罪过深。

按律当斩为臣罪，多蒙圣上法外施恩。

发罪臣云南司把堂过，不料海瑞苦苦欺压臣。

无端寻事把臣打，打得我皮开肉绽血淋淋。

痛极昏迷不知事，喝令人役抬出门。

臣纵有罪蒙恩赦，海瑞他为何欺压臣？

他说臣不遵圣旨抗国法，擅打大臣是欺君。

如此悖逆难宽宥，乞我主早正国法斩佞臣。

奏罢本章献龙案，

天　子：（唱）天子观本大动嗔。

　　　　　　怒冲冲地传圣旨，
　　　　（白）御林军。

御　林　军：万岁。

天　　　子：领朕旨意，急往云南司拿海瑞当殿问话。

御　林　军：领旨。

　　　　（上海瑞）

海　　　瑞：万岁万万岁，臣海瑞见驾。

天　　　子：哦，海瑞，严相国偶有过犯，发在你的衙门过堂三日，你却目中无君，竟敢毒打大臣。你可知罪？

海　　　瑞：我主万岁，臣虽有罪，乞陛下纳臣一言，死也瞑目哇，万岁。

天　　　子：你这佞臣，罪不容诛，尚有何言？

海　　　瑞：万岁，严嵩奉旨过堂。公堂乃是公位，严嵩他喝令命臣，只好迎接。他又竟敢擅坐臣的公位，如同问官一般。臣想公堂乃是圣上设立，所以我宁犯擅打大臣之罪，不忍叫人抗旨。万岁。

　　　　（唱）俯伏地，呼圣君。
　　　　　　　严嵩犯法，圣旨当遵。
　　　　　　　依然作威福，违法欺圣君。
　　　　　　　冒犯毒害太子，我主不斩宽恩。
　　　　　　　圣上格外施恩典，严嵩他因而欺压臣。
　　　　　　　到臣府，法不遵。
　　　　　　　占了公案，反目生嗔。
　　　　　　　虽然官职小，食禄受皇恩。
　　　　　　　不忍奸臣枉法，令人杖责佞臣。
　　　　　　　彼时打的非宰相，乃是欺君抗旨的人。

严　　　嵩：（白）万岁。

　　　　（唱）严嵩怒，气纷纷。
　　　　　　　口呼万岁，细听臣云。
　　　　　　　罪臣过堂去，焉敢法不遵。
　　　　　　　岂肯擅坐公位，自取大罪临身？
　　　　　　　海瑞枉奏欺圣上，伏乞降旨斩佞臣。

天　子：（唱）拍龙案，大动嗔。

　　　　　　无端枉奏，太也欺心。

　　　　　　竟敢使杖禁，乱刑打皇亲。

　　　　　　如此目无法律，即是抗旨欺君。

　　　　　　喝叫武士快拿下。

海　瑞：（白）万岁。

天　子：快快绑下，刀下分身。

海　瑞：（唱）哎呀，呼万岁，暂容臣。

　　　　　　临死有本，愿报余恩。

　　　　　　严嵩权朝政，欺武又压文。

　　　　　　如念先君社稷，纳臣言斩佞臣。

　　　　　　国家幸而万民庆，天下大悦四海皆春。

严　嵩：（白）万岁。

　　　　（唱）老严嵩，怒生嗔。

　　　　　　俯伏金阙，口内呼君。

　　　　　　海瑞是惧罪，上本是蒙君。

　　　　　　臣不才沐皇恩，拜相又系皇亲。

　　　　　　忠心赤胆扶社稷，焉敢辜负圣主恩？

天　子：（唱）手一指，骂奸臣。

　　　　　　自己有罪，误参大臣。

　　　　　　喝令御刽手，急绑出午门。

　　　　　　但等午时三刻，刀下命见阎君。

　　　　（白）武士们。

武　士：有。说声遵旨往外绑，

海　瑞：哈哈哈，海爷大笑出午门。

朱　深：刀下留人。

　　　　（唱）慌张了，老朱深。

　　　　　　上殿跪倒，口呼圣君。

　　　　　　海瑞身犯罪，理应刀下分。

　　　　　　念其忠心保国，临死不惧毫分。

可称千古一杰士，俯伏阶下格外施恩。

天　　子：（唱）天子闻听心不悦，

（白）海瑞目无法律，擅打大臣，今要赦宥重罪，深恐将来皆成尤而效之。

朱　　深：万岁，严嵩虽是国戚，乃是犯法有罪之人，奉旨过堂，不该擅坐公位。海瑞动刑杖责，并非杖责丞相，乃是杖责犯法之人。我主万岁，岂不闻孟子桃应问答之言乎？"舜为天子，皋陶为士，瞽瞍杀人，则如之何？"孟子曰：执之而已矣。如此看来，天子犯法，为士者当能执法，何况严嵩，虽是国戚，乃是一臣子，犯法抗旨，海瑞敢循私而不杖责吗？乞陛下三思而行，万岁呀。

天　　子：海瑞罪重难容，寡人我心明决，爱卿不许再奏。退下。

朱　　深：万岁。

天　　子：严世蕃上殿。

严世蕃：万岁。

天　　子：领朕旨意，云阳市口监斩海瑞。

严世蕃：万岁万万岁。

天　　子：正是：袍袖一掸群臣散，水晶帘卷驾回宫。

（急上冯保）

冯　　保：吓死人也，吓死人也。咱家青宫太监冯保。只因海老爷怒打严嵩，圣上大怒，急将他绑去云阳市口，午时三刻餐刀废命，不免急去禀与娘娘、太子，搭救海老爷要紧。

（上张元英）

张元英：（诗）蒙恩已脱重重禁，复掌三宫六院权。

（白）哀家张元英。上年被奸妃谋害，贬入寒宫受罪，多亏海瑞明诗感动圣上，将我母子赦宥出了寒宫，方得重见天日啊。

冯　　保：乞奏国母，可不好了。

张元英：冯保为何这等惊慌失色？

冯　　保：娘娘千岁，只因海瑞这般如此杖责严嵩，严嵩上本，圣上大怒，令人绑赴云阳市口，午时三刻就要斩首了。

张元英：呀，冯保。

冯　保：千岁。

张元英：你到青宫去请太子，好作商议。

冯　保：领旨。（下，内白）殿下随我来。

太　子：（内白）来了。（上）皇娘在上，儿臣载垕参拜国母娘娘。

张元英：（白）皇儿平身。

太　子：谢过皇娘千岁。皇娘将儿宣进宫来有何教训？

张元英：皇儿非知，今海瑞身犯重罪，已至将死，无人搭救，皇儿你仔细听了。

　　　　（唱）皇儿一旁且落座，细听为娘讲明白。

　　　　　　 如今恩官身犯罪，因咱母子起风波。

　　　　　　 严嵩误把皇儿绑，按律就该把头割。

　　　　　　 严妃保本加赦宥，罚俸三年罪轻挪。

　　　　　　 云南司罚他三天为罪犯，奸贼骄傲更凶恶。

　　　　　　 法堂之上不听点，反把海瑞公案夺。

　　　　　　 如此冒犯不遵旨，海瑞不忍枉法打奸贼。

　　　　　　 因而圣上心中大怒，擅打大臣问罪责。

　　　　　　 云阳市口正国法，午时三刻命难活。

　　　　　　 国母说罢一往事，

太　子：（白）呀。

　　　　（唱）乍闻此言气勃勃。

　　　　　　 大骂严嵩狗奸党，如此专权甚凶恶。

　　　　　　 瞒君作弊欺文武，谋害小王仇更多。

　　　　　　 前者本参黄学士，诬赖通贼把江山夺。

　　　　　　 害得黄万寿入牢狱，发兵便把他弟捉。

　　　　　　 他弟兄全是保国忠良将，反被受害又折磨。

　　　　　　 咳，有心保本又无计，谋叛事重难以说。

　　　　　　 迟延而今未保本，奸贼使计起风波。

　　　　　　 而今与你势不两立，见父上本参奸贼。

　　　　　　 而今恩人身有难，袖手旁观使不得。

　　　　　　 海瑞与小王恩义重，小王我岂肯忘恩德？

　　　　　　 说罢回身叫冯保，大家想些良计谋。

云阳市口去把恩官救，如要迟延命难活。

冯　　保：（唱）冯保回言呼千岁，

（白）呀，千岁当此之下，无有什么计策，况且时刻太紧，纵然与圣上保本也是晚啦。莫如千岁亲到法场以祭奠为由，那时节监斩官不敢施刑，等到误了时刻，千岁见机而作，或者可以搭救也未可定。

张元英：就依冯保之言，我儿急乘快马一匹，一到法场救回恩人。等候圣上息怒，你我母子上殿保本，奏闻圣上，或许赦免。

太　　子：儿臣遵命。

（上严世蕃）

严世蕃：（诗）朝廷命我为监斩，正好因公而报私。

（白）下官严世蕃。圣上命我监斩海瑞，正好借此公报私仇。刀斧手。

刀斧手：有。

严世蕃：将海瑞绑上来。

刀斧手：哈。

（绑海瑞上）

海　　瑞：苍天哪，苍天哪，我海瑞居官以来，深恶奸邪，痛绝奸佞，见严嵩欺君枉上，便使杖责，以致触怒圣上，故有杀身之祸。但愿我死之后，上天保佑，早除奸党，任用忠良，予愿亦足了。

严世蕃：海瑞，我把你个狗官，竟敢凌辱吾父，你也有了今日了。

海　　瑞：住了！严世蕃，小孺子，奸贼呀，你海爷为奸贼而亡，亡得其所；为打乱臣而死，死得有名。怕你们父子恶贯满盈，死无葬身之地呀，奸贼。

（唱）怒发冲冠双眉立，咬牙切齿骂奸贼。

你父子蒙君专朝政，最不该谋害忠良把心亏。

只顾蒙君不行政，却不知神目如电闻若雷。

善恶到头终有报，运败一定遭是非。

祸到临头九族灭，你父子碎尸万段骨化灰。

死有余辜人人恨，百世骂名你心内愧。

海爷越骂越有气，

严世蕃：（唱）世蕃座上皱双眉。

喝叫狗官无道理，死到头上敢发威？

吩咐左右绑下去，时刻到了把命追。

卒： （白）有。

严世蕃： 时刻到了，给我斩首。

卒： （唱）拥拥挤挤往下绑，

太　子： （唱）再表那青宫太子把马催。

急到法场下了马，

冯　保： （唱）冯保引路喊声威。

连说青宫千岁到，

严世蕃： （唱）世蕃闻听魂吓飞。（对上）

忙忙离座接出去，双膝跪倒把罪赔。

为臣接驾多迟误，望乞千岁开恩德。（跪）

（白）臣严世蕃不知千岁驾到，有失远迎，面前恕罪。

太　子： 爱卿圣旨在身，迎接虽晚，何罪之有？爱卿平身。

严世蕃： 谢过千岁。

太　子： 严世蕃。

严世蕃： 臣在。

太　子： 海瑞有恩于小王，小王亲身前来祭奠。快些放下桩橛，领他来见小王，表示君臣之情，快去。

严世蕃： 领旨。刀斧手。

刀斧手： 有。

严世蕃： 将犯人放下桩橛，领他来见千岁。

刀斧手： 哈。

（上海瑞）

海　瑞： 千岁，罪臣海瑞见驾。

太　子： 恩官请起。小王闻凶信，急急到此，前来祭奠，以表谢爱卿之恩。冯保。

冯　保： 有。

太　子： 你与恩官看座来。

海　瑞： 千岁不可，此乃正法之地，我犯罪之人，臣受千岁之恩很多，焉敢与千岁并坐呀？

太　子： 不妨，小王我今有事领教，以全师生之礼。赐座，不必推辞。

海　瑞：咳，千岁啊。
　　　（唱）口称千岁忙谢坐，连尊千岁黯然凄。
　　　　　　为臣有何德能处，蒙殿下亲身驾临到这里？
　　　　　　该我今生不能把恩报，结草图报在来世。
　　　　　　今日臣见君一面，纵死九泉不委屈。
　　　　　　但愿殿下禀知我主，唯有那忠孝节义保社稷。
　　　　　　亲近忠良远奸佞，黄某多谋勇无敌。
　　　　　　而今含冤又在牢狱，乞殿下保他弟兄把祸离。
　　　　　　为臣我临死见殿下，伏乞谨记在心里。
　　　　　　说着复又双膝跪，请驾回宫莫犹疑。
　　　　　　少刻就是午时到，为臣我永别千岁命归西。

太　子：（唱）尊声恩官你请起，小王紧有话说端的。
　　　　　　自从被贬寒宫进，屈指算来三载余。
　　　　　　爱卿作诗展才略，母子才把寒宫离。
　　　　　　夫妇父子重相会，多得恩官费心机。
　　　　　　叫声冯保快斟酒，伺候小王饯行尽意思。
　　　　　　满满斟上三杯酒，恩官痛饮莫推辞。

海　瑞：（唱）速饮三杯说有罪，如此待臣礼过矣。
　　　（白）为臣大大有罪了。

太　子：（唱）青宫故意耐时候，

刽子手：（唱）刽子手跪倒报事急。
　　　　　　启禀老爷午时到，

严世蕃：（唱）严世蕃闻听心着急。
　　　　　　顷刻之间时辰到，奸王相伴他不离。
　　　　　　欲要吩咐斩海瑞，惊吓王驾了不得。
　　　　　　无法可使干搓手，急得焦躁汗珠滴。
　　　　　　午时过了未时到，

太　子：（唱）青宫座上把话提。
　　　（白）严世蕃。

严世蕃：臣在。

太　　子：天交什么时辰了？

严世蕃：已到未时。

太　　子：圣上命你监斩海瑞，可是什么时刻？

严世蕃：午时三刻。

太　　子：咦。（严世蕃跪）大胆奸贼，天已过午，监斩犯官误了时刻，是你该当何罪？

严世蕃：殿下在此，若斩犯官，恐惊了御驾，故而未敢施刑，千岁。

太　　子：咦，你就奏小王，小王我自然回避。明明的你是藐视圣上，你竟误了时刻，反赖小王，真是个万恶奸贼呀。

（唱）龙心怒，气昂昂。

喝声贼子，太也猖狂。

藐法抗圣旨，即是欺君王。

自己误了时候，反倒诬赖小王。

（白）冯保。

冯　　保：伺候。

太　　子：（唱）快快与我抓袍带，与你上殿见父皇。

严世蕃：（白）哎呀千岁。

（唱）俯伏地，甚惊慌。

口呼千岁，细听其详。

御驾与海瑞，谈论话更长。

为臣命人开斩，惊驾之罪难当。

伏乞千岁开恩也，得与微臣做主张。

太　　子：（唱）你既知，罪难当。

小王岂肯，将你惨伤？

只可恕其罪，不要你惊慌。

本御我回朝去，进宫去奏父王。

我自保你身无罪，暂且平身作商量。

（白）爱卿平身。

严世蕃：多谢千岁。

太　　子：呀，严爱卿你既知罪，小王岂忍上本参你？小王我将事奏圣上，保你无罪就是了。今将海瑞交付与你，不要惊吓与他，等候圣上发落。

严世蕃：是，微臣遵旨。

太　子：冯保。

冯　保：有。

太　子：带马随小王进宫。

　　　　（上天子、张元英）

天子、张元英：（诗）巍巍地德乾坤大，悠悠皇图日月长。

天　子：（白）朕，大明嘉靖天子。

张元英：哀家张元英。

　　　　（上宫人）

宫　人：乞奏万岁，青宫太子有事见万岁。

天　子：宣他进宫。

宫　人：（下，内白）有宣太子进宫。

　　　　（上太子）

太　子：来了。父皇万岁，儿臣朱载垕参见皇后娘娘。

天　子：皇儿平身。

太　子：父皇万岁。

天　子：哦，皇儿不在青宫，到此何事？

太　子：父皇万岁。

　　　　（唱）俯伏躬身呼万岁，细听儿臣奏一番。
　　　　　　　海瑞他有恩儿和母，真是恩重如泰山。

天　子：（白）他乃是小小的官员。

太　子：咳，父皇哪，

　　　　（唱）当年母子被陷害，遭贬寒宫整三年。
　　　　　　　海刚峰他借作诗谏陛下，夫妻父子才得团圆。
　　　　　　　如此大德难答报，孩儿时刻挂心间。
　　　　　　　今日恩人受诛戮，岂忍坐视袖手观？
　　　　　　　何况是严嵩国舅身犯罪，充军点卯到堂前？
　　　　　　　严嵩不该擅自坐公案，藐视国法罪逆天。
　　　　　　　言语激怒海主事，因而动怒打权奸。

　　　　　海瑞与国守法律，不惧权臣是英贤。
　　　　　并非是杖责丞相，原是打的犯法官。
　　　　　此乃皇父忠臣也，反叫刀下丧黄泉。
　　　　　怕后来忠正之人皆心寒，望风学为狗佞奸。
　　　　　伏乞皇父三思也，开恩赦宥保国贤。
　　　　　奏罢俯伏连叩首，

天　子：（唱）天子闻奏长笑颜。
　　　　　却知道以德报德圣人语，此奏条条理满盘。
　　　　　双手搀起皇太子，寡人我有此佳儿万古传。
　　　　（白）皇儿苦苦地保留海瑞，赦宥以报其德，怎奈天已过午，唯恐施刑？咳，纵赦也是赦晚啦。

太　子：望乞父皇速降恩旨，命冯保宣读或者可免。

天　子：罢了。冯保。

冯　保：有。

天　子：领朕旨意，速往云阳市口召海瑞上殿见驾。皇儿既知恩义重，朕岂不念忠义臣？

冯　保：领旨。（下）

　　　　（上海瑞、冯保）

冯　保：朝命下。

海　瑞：香案接旨。

冯　保：圣旨到，跪。

海　瑞：万岁万万岁。

冯　保：听宣读，诏曰：兹尔海瑞，擅打国戚，本当斩首，但严嵩身已犯罪，已非现任职员，奉旨过堂，却擅坐公位，海瑞是以动刑杖责。那时知有法制，不知有丞相，严嵩藐视国法，海瑞擅打国戚，皆有自负之罪。朕念海瑞忠正可嘉，又有青宫太子苦苦保奏，格外施恩，特加赦宥，应旨上殿，朕当面问话。钦此，谢恩。

海　瑞：万岁万万岁。

冯　保：海大人可喜可贺。

海　瑞：全仗公公护庇。

冯　　保：恩官就该上殿。

海　　瑞：下官随公公上殿谢恩。

冯　　保：随我来。

海　　瑞：来了。（众下）

（出天子坐，上冯保、海瑞）

海　　瑞：万岁万万岁，罪臣海瑞谢陛下不斩之恩。

天　　子：爱卿正直无私，特加恩赦，并非无罪，贬你任青州知府，即日赴任起程。

海　　瑞：万岁万万岁。

（众下，上郭力）

郭　　力：（诗）只为黄家小姐，昼夜常挂心怀。

几时我俩得和谐，叫我心中好畅快。

（白）我大爷郭有勋。只因那个美人，我进京去禀知我家爹爹，遂就转奏圣上。圣上钦命我父率领人马，将黄万年老儿一会子就捉拿，即刻入监。我想将这老儿拿下，剩下娘们，她还有什么主见？差人去提亲事，还会不成了么？不想连连提了几次，她总是不愿意，真乃叫人无法可使。心中惦念美人，茶饭不思，我今去请吴有仁，大家商议想法，将那美人谋到我手才好呢。去了多时，怎不见到来？

（上家仆）

家　　仆：启禀公子，将吴爷请到。

郭　　力：如此，随大爷迎客。

（唱）郭有勋，忙离座。

走出书房，前去迎客。

副将驾光临，礼貌不可错。

哈哼叫王策，快随大爷，去迎客去迎客去迎客。

（上王策）

王　　策：（唱）喜坏了，小王策。

摇摇摆摆，抖抖落落。

开了大仪门，又把角门过。

（郭力、吴有仁对上）

郭　　力：（唱）恭喜仁兄吴大哥，

吴有仁：（唱）贤弟礼太过礼太过礼太过。
郭力、吴有仁：（唱）进二门，到书舍。
　　　　　　　　　彼此作揖，各自归座。
　　　　　　　　　三天未谈心，念想是难过是难过是难过。
吴有仁：（唱）尊老弟，讲什么？
　　　　　　　今日相召，有何计策？
　　　　　　　为的哪一个哪一个哪一个？
郭　力：（唱）仁兄听我言，你我本不错。
　　　　　　　弟有事一桩，心中甚不乐。
　　　　　　　茶饭不想吃，度日如年过。
　　　　　　　请老哥，与我解闷想计策。
吴有仁：（唱）贤弟快说破快说破快说破。
　　　　　　　都不知，为什么。
　　　　　　　贤弟惆怅，这样难过。
　　　　　　　说明底里情，你我商量作。
　　　　　　　想妙策，事要三思办不错。
　　　　　　　此事要晓得要晓得要晓得。
郭　力：（唱）因前者，把贼破。
　　　　　　　这般如此，定下计策。
　　　　　　　拿下黄万年，而今把监坐。
　　　　　　　娶他闺女，把媳妇做。
吴有仁：（唱）此事愁什么愁什么愁什么？
　　　　　　　央媒人，烦说客。
　　　　　　　急到黄府，说个明白。
　　　　　　　想那黄夫人，慨然必应诺。
　　　　　　　把亲作，即娶美人把门过。
郭　力：（白）咳。
　　　　（唱）叫我好心热好心热好心热。
　　　　　　　她母女，更可恶。
　　　　　　　屡次哀求，不把亲作。

　　　　　因此请兄台，商议想良策。

　　　　　莫推辞，与我说媒把亲作。

吴有仁：（唱）吴有仁答应说晓得。

　　　　（白）这个，贤弟也不必愁烦忧闷，那黄老儿掐入监中，正在生死之际，她一个娘们家和一个女孩儿也无什么主见，那么贤弟你亲身去见黄老夫人，硬说大话吓唬与她，她若应了亲事呢，自然想法让总兵出狱；她若不顺顺当当的，要硬霸成亲，这么一下子管保必应亲事。

郭　力：如此甚好，还望仁兄帮助我一到黄府走走。

吴有仁：贤弟一件美事，愚兄情愿效劳，你我就此前去。

郭　力：后堂即刻排宴，兄弟畅饮一会，再去不迟。

吴有仁：等贤弟亲事妥了，再喝喜酒吧。

郭　力：如此空着口，就出去咧？小子呢？

家　仆：有。

郭　力：带马一到总兵府。

　　　　（上黄夫人、黄彩云）

黄夫人：（诗）悲夫想子昼夜愁，紧皱双眉泪交流。

　　　　（白）老身康氏。

黄彩云：奴黄彩云。

黄夫人：女儿，你父被害入狱，无法搭救；你弟被风刮去，不知存亡。咳，黄氏一门，忠厚传家，遭此冤屈。郭力屡次求亲，为娘俱以善言推辞。咳，如此触怒奸党，你我母女可难避其害了。

黄彩云：母亲不必忧及于此，谅他不敢把你我母女怎样。

　　　　（上院子）

院　子：启禀老夫人，吴有仁与郭有勋硬入帅府，来见夫人。

黄夫人：咳，狗子亲身到此，定为求亲之事。咳，叫人心中好怕。

黄彩云：两个狗子屡次欺人，真乃可恶之甚。

　　　　（唱）一听此言冲冲怒，大骂郭力吴有仁。

　　　　　两个狂贼真可恶，三番两次来欺人。

　　　　　求亲不应生奸计，害得我父入监门。

　　　　　罪及伯父遭罗网，致使兄弟命归阴。

　　　　　　　硬入帅府强逼迫，依仗势力硬求亲。
　　　　　　　你今既然来作孽，正好杀你把冤申。
　　　　　　　待奴回身取宝剑，
黄夫人：（唱）夫人慌忙拉衣襟。
　　　　　　　你今杀个郭有勣，其父怎舍善甘心？
　　　　　　　定要带兵拿咱府，灾及其身祸临门。
　　　　　　　儿啦，连累为娘受诛戮，不孝之名天下闻。
　　　　　　　带痛含悲来解劝，
黄彩云：（唱）彩云闻听泪纷纷。
　　　　　　　母亲怕儿惹了祸，孩儿也怕祸临身。
　　　　　　　狂徒逼迫无可奈，只好与他把命拼。
黄夫人：（白）女儿千万不可呀。
黄彩云：（唱）母亲既然拦挡我，慈命孩儿敢不遵？
黄夫人：（白）这个才是。
　　　　（唱）正是母女为难处，
郭力、吴有仁：（唱）来了有勣吴有仁。
郭　力：（白）有仁兄，你看咱们已经等这半会了，并无动静，咱们硬入后堂。
吴有仁：使得使得。
　　　　（唱）二人齐把内堂进，
黄彩云：（唱）彩云忍气出房门。
郭　力：（唱）郭力看见美貌女，目瞪神痴发了晕。
　　　　　　　发怔一回把夫人叫，
郭力、吴有仁：（白）黄老夫人在上，晚生郭有勣/吴有仁一同拜揖。
黄夫人：二位少礼，请坐。
郭　力：有坐。
吴有仁：有坐。
黄夫人：不知二位见我老身，有何事故？
吴有仁：郭公子到此并无别事，还是为那件亲事。你们两家门当户对，令爱与公子，女貌郎才正是一对圆满夫妻，为何再三不允？
黄夫人：将军非知，小女早已许人，哪有再聘之礼？

吴有仁：小姐纵然许人，并未过门，当可更改。夫人从下亲事，不但免祸，而且得福，为何执迷不悟？

黄夫人：吴将军言之差矣。男婚女嫁，天下之大伦也。三纲五常，国家之大典也。妇人从一而终，哪有一女再聘之礼？做此乱伦之事，断不能从命。

郭　力：那可说不的！说什么从一而终的乱伦礼分，明是你们不愿意。今天照直和你们说了罢，要是从下亲事，咱们就是亲戚了，我父还会不把老丈人救出监来？你要不允亲事，你的老头子不但难逃不死，贤婿还要霸占你闺女成亲哪。

（唱）叫岳母，请听言。

家父奉旨，执掌兵权。

辖管众兵将，赏罚得自专。

你要应了亲事，就放岳父出监。

再要执迷不省悟，杀了汝夫霸婵娟。

黄夫人：（唱）老诰命，默无言。

黄彩云：（唱）彩云门外，怒发冲冠。

开言骂郭力，狗子太不端。

结亲二家情愿，为何苦苦纠缠？

若无他事速速走，

郭　力：（白）要不，如何？

黄彩云：（唱）再要胡说把眼剜。

郭　力：（唱）尊小姐，少发癫。

暂且息怒，请听我言。

只因那一日，救我会尊颜。

深感小姐情意，想你坐卧不安。

自古道你有情来我有意，风流佳人爱少年。

请小姐，将婚连。

既然心愿，把我可怜。

说着往前凑，

黄彩云：（唱）彩云变朱颜。

骂声郭力狗子，真乃胆大包天。

擅闯后堂胡乱讲，竟敢戏弄女婵娟。

郭　力：（白）小姐不必生气，总把你父救出监来。

黄彩云：（唱）羞又气，火直蹿。

你这狗子，万恶滔天。

该你恶贯满，今日染黄泉。

回身急取宝剑，杀你再把眼剜。

黄夫人：（唱）夫人一见忙拉住，女儿不可惹祸端。

郭　力：（唱）咳哎呦呦，你真是，反了天。

拿刀弄剑，吓唬魁元。

大爷我不怕，会你玩一玩。

说着就要动手，

黄彩云：（唱）彩云急念真言。

施展仙家定身法，

（白）呀，呔。

郭　力：咳呀，罢了我了。

（唱）郭力浑身难动弹。

（白）咳呀，可苦了我了。

黄彩云：（唱）骂贼子，太狂癫。

暗使诡计，谋害忠良。

今日遭我手，剥皮把眼剜。

叫声家奴院子，重打不可容宽。

院　子：（唱）连说遵命齐动手，

郭　力：（白）妈呀。

（唱）疼痛难忍苦哀怜。

望乞小姐饶了我，再也不敢犯尊颜。

（白）饶了我罢，大姑姑呀。

吴有仁：（唱）有仁跪倒把情讲，

黄夫人：（唱）夫人相劝把话言。

（白）尔等不要造次惹祸，快些起过了。吴将军与郭公子起去。

郭　力：黄小姐用法术把我定住了，起不去了。

黄夫人： 女儿收了法术，放了郭公子。
黄彩云： 便宜了这个狂匪。呀呸。
郭　力： 咳呀，可罢了我了。吴仁兄，咱们快走吧。
吴有仁： 快走吧，再不走，了不得。
郭　力： 咳呀，好疼哪，改日再说罢。
黄夫人： 狗子带怒而去，一定禀知其父，此祸惹得不小。
黄彩云： 若依孩儿，将狗子一刀两段，方消我心中之恨。母亲相从劝，放他得逃狗命去了。
黄夫人： 你欲杀狗子，咱一家难逃不死了。
黄彩云： 女儿全凭我的法术杀了郭家狗子，监中救了父帅，杀奔京城，扫灭奸党，乃为上策。母亲执意不肯，叫孩儿不知如何了。
黄夫人： 你父他弟兄居官一生，忠正无私，为国为民，焉肯背叛朝廷，留下乱臣贼子恶名？从今以后，休生此念。当下虽受陷害，只好一命由天。不许胡言，随娘来罢。
黄彩云： 来了。

（急上吴有仁、郭力）

郭　力： 咳呀，罢了我了，可恨黄彩云丫头用法术将我打了一顿。我与你不会罢休。急急回府，再想报仇之策。
吴有仁： 贤弟言之有理，急急回府，将此事禀知老伯伯，自然拿她母女，以治其罪。她母女畏罪怕死，必然应了亲事，不但挨打之仇得报，还会得了窈窕淑女，燕尔新婚，不亦乐乎？

（上卒）

卒： 启禀老爷，元帅有令，调回老爷大营议事。
吴有仁： 起过了。
卒： 是。
吴有仁： 贤弟，老伯有令调我进营，必有军机大事，只得急去伺候。
郭　力： 小弟我也一同前去。家将们。
家　将： 有。
郭　力： 带马一到大营，不得有误了。

（上四将，站）

众　　将：（诗）旌旗映日月，甲胄显光辉。
　　　　　　　　盖世英雄将，声名赫赫威。
吴有仁：（白）俺吴有仁。
柳飞熊：俺左先锋柳飞熊。
于步云：俺右先锋于步云。
郭　力：我郭有勋。
众　　将：元帅升帐，在此伺候。
　　　　（上郭英）
郭　　英：（诗）胆壮心雄镇帝都，要把庸人李庆诛。
　　　　（白）本帅郭俊臣是也。前者捉拿李庆、夏杰，看看老夫我被贼获住，多得我儿来得凑巧，方救我命，又将他二人捉住。单等平了云龙山匪寇，拿住贼首一同押解进京。可喜我儿神通广大，捉拿山贼易如反掌。
　　　　（上卒）
卒：　　报元帅得知，今有云龙山女寇，率领无数人马扎下大营，请令定夺。
郭　英：再探。
卒：　　得令。
郭　英：正想发兵捉拿女寇，不料他们自来送死，天赐我成功。吴有仁、于步云上帐听令。
吴有仁、于步云：在。
郭　英：命你二人把守大营，多加小心，不得有误。
吴有仁、于步云：得令。
郭　英：众将官。
众将官：有。
郭　英：抬刀备马，冲杀上去。
赵　亮：（内白）喽啰们。
喽　啰：（内白）有。
赵　亮：（内白）一齐拥出，冲杀上去。
　　　　（赵亮与郭英对上）
郭　英：来者山贼，不是赵亮么？
赵　亮：正是你大王爷。

郭　力：你前者逃了狗命，今敢前来送死？看枪罢。
赵　亮：狗子，你且慢动手，你大王爷我有一片好话，和你说说，要你勒马，听爷道来。

　　（唱）长枪手中拿，连说带着笑。
　　　　　狗子坐鞍桥，听我说一套。
　　　　　可笑你爹爹，混账瞎胡闹。
　　　　　李庆我盟兄，有才又有貌。
　　　　　一夫勇难敌，真把响儿叫。
　　　　　投亲到你家，你爹弄圈套。
　　　　　诓进我盟兄，绳绑锁又套。
　　　　　当时要断亲，真是不害臊。
　　　　　那样俏姑爷，憎嫌你不要。
　　　　　留着大闺女，是往何处撂？
　　　　　如若再嫁人，只怕无人要。
　　　　　改嫁二夫君，悔婚招人笑。
　　　　　低门你不嫁，高门人不要。
　　　　　老死在家中，闹个老来少。
　　　　　实在无婆家，另有法儿妙。
　　　　　解劝你爹爹，勾栏院里撂。
　　　　　开了明门娼，四外人来到。
　　　　　挑选美才郎，云雨巫山妙。
　　　　　又得卖风流，又得挣钱钞。
　　　　　四外扬大名，无人不知道。
　　　　　你爹名头高，从此挂了号。
　　　　　老狗沾点光，帮着闹一闹。
　　　　　说着哈哈笑，

郭　力：（唱）有舢一声叫。
　　　　　高声骂山贼，竟敢胡言道。
　　　　　今日遇见爷，该你倒了灶。
　　　　　说罢拧枪分心刺，

（白）好山贼，竟敢羞辱与我，不要饶舌，看枪。

赵　亮：来，来，来。（杀，郭力败下）哈哈，这狗子大败而走，又弄什么鬼吹灯？我不赶你，你把大爷我怎样？

（上赵金花）

赵金花：兄弟闪过，待姐姐我擒拿这厮。

赵　亮：好罢。

（赵金花、郭力对上）

郭　力：我说那一美人，你且慢动手，我有一言相劝。美人呀。

（唱）心内跳，眼也斜。

嬉皮笑脸，叫声姐姐。

你且慢动手，有话向你曰。

黄枚早已死去，何必苦守贞节？

劝你归降把我嫁，咱们两个早早和谐。

赵金花：（唱）双眉皱，气倒噎。

万恶狗子，竟敢胡曰。

羞辱我寨主，就该把皮揭。

你父子心太绝，安心陷害公爹。

勾串上朝中人马，昏君传旨拿总爷。

你父亲，太猖獗。

剿拿总兵，公爹黄爷。

公爹杀其子，使吾夫命绝。

为报仇救公爹，拿你活把皮揭。

只想前日杀你，不想狗命未绝。

救你多亏黄氏女，为得杀你恨方歇。

郭　力：（唱）山寇女，少胡曰。

你今到此，一定命绝。

有劢心大怒，女寇少猖獗。

今日大兵一到，平山灭贼剿穴。

说着拧枪分刺心，

赵金花：（唱）金花大怒把马催。

　　　　　　　　战一处，兵器接。

　　　　　　　　一来一往，如兽争穴。

郭　　力：（唱）未战三十趟，有勌力喘些。

　　　　　　　　与她实杀实砍，觉着有些不贴。

　　　　　　　　虚点一枪往下败，弄个戏法哄呆乜。

赵金花：（唱）这狗子，太猖獗。

　　　　　　　　佯输诈败，又要弄邪。

　　　　　　　　前者也闻宝，法术破好些。

　　　　　　　　竟自班门弄斧，笑你法术休邪。

　　　　　　　　今日又来使法术，我今不杀狗子心不歇。

　　　　　　　　马如云烟赶下去，

郭　　力：（唱）郭力祭宝忙掐诀。

　　　　　　　　（念念有词）甘枝剑起，

赵金花：（唱）好狗子祭来甘枝剑。

　　　　　　　　（白）念动真言将剑收入锦囊。哪里走？

郭　　力：咳呀，好生厉害，丫头将宝收去，只好与她决一死战。

　　　　　（唱）方才搭了甘枝剑，目瞪口痴发了呆。

　　　　　　　　前者也曾把宝斗，我的法术比她弱。

　　　　　　　　幸有助战黄小姐，救我未把宝贝摔。

　　　　　　　　今日须得加仔细，一定见个胜与衰。

　　　　　　　　催马拧枪闯上去，

赵金花：（唱）金花早就有安排。

　　　　　　　　紫金宝砖忙祭起，

郭　　力：（唱）躲之不及叫苦哉。

　　　　　　　　打落鞍桥腾空起，

郭　　英：（唱）俊臣率众杀上来。（对上）

　　　　　　　　喝声女寇休使勇，老夫与你把阵排。

赵金花：（唱）叫声敌将何人也？快通姓名把刀挨。

郭　　英：（唱）老爷俊臣本姓郭，领兵平寇把你获。

赵金花：（唱）原来俊臣就是你，奸贼安心太也歪。

将无作有上参本，昏君却也不明白。

罪及黄爷杀其子，致使奴夫赴泉台。

杀夫之仇今要报，将你拿住把膛开。

说着举刀搂头砍，

郭　英：（唱）俊臣大怒气满怀。

急架相迎战一处，大展精神杀起来。

二十多回合无胜败，

赵金花：（唱）金花心中犯思猜。

何不施展仙家术？管叫老贼命就衰。

虚砍一刀败下去，

郭　英：（白）女寇哪里走？

赵金花：（唱）紫金宝砖祭起来。

郭　英：（唱）咳呀一声说不好，身子着重受了灾。

打马如脱逃了命，

赵金花：（唱）金花一见气满怀。

催马抡刀赶下去，

柳飞熊：（内唱）柳飞熊拧枪闯上来。（上）

（白）女寇休得逞强，你柳老爷擒你来也。

赵金花：来，来，来。

（杀一阵，柳飞熊死）

赵金花：将这厮一刀劈于马下，余兵大败而走。趁他进营机会，追杀前进。众喽兵。

喽　啰：有。

赵金花：努力冲杀，违令者斩首。

喽　啰：得令。

赵金花：（唱）催战马，手抡刀。

官兵怕死，四处奔逃。

如有敢拦者，碰着命难逃。

杀得尸横遍野，鲜血染湿战袍。

（上赵亮）

赵　亮：（唱）赵亮一见精神长，急催坐骑把枪摇。
郭　英：（唱）干搓手，皱眉梢。
郭　力：（唱）郭力进前，又把腰猫。
　　　　　　　尊声老帅父，何必过心焦？
　　　　　　　兵家胜败常事，须要再把兵挑。
　　　　　　　以多为胜贼可破。
　　　　（白）父帅何须烦恼？就该修表，急进京求救，可破贼寇。
郭　英：纵然搬兵，怎奈女寇邪法厉害？
郭　力：无妨，孩儿我急到胡洋山清水洞中请我师父洪洋大仙，何愁女寇不灭？
郭　英：好，我儿既然愿去请你师父，现今山贼困城甚紧，众将难以出城，如何是好？
郭　力：这却不难，孩儿驾云出城，二件事情一齐全办了，三二天工夫即可回来。爹爹身带重伤，现有我师灵丹妙药擦上一粒，立时就好。你老还须指挥兵将，把守城池。
郭　英：待我急急修表，明日我儿急急前去。我儿上了灵丹，伤即痊愈。但女寇攻城，须格外防范。众将官。
众将官：有。
郭　英：谨慎把守城池，不得有误。
众将官：得令。

　　　　　　　　　　　　　　　　　　　　　　　　　　　　（完）

第十一本

【剧情梗概】寿光县知县易德才收了岳强的钱财，硬是以岳强偷来的珍珠塔为联姻的凭据，将孟彩云断给了岳强。气愤至极的孟辉回到家中质问女儿，女儿带泪诉说原委。孟辉大怒，要到京中告御状，路遇前来青州赴任的海瑞，海瑞允诺为孟家讨回公道。赵文华和严嵩欲以断水断粮的方式饿死被关入监狱的黄万寿，万寿子黄朋进狱探访父亲，因赵文华阻碍，痛打赵文华等人，然亦被赵文华关入狱中。黄翠云派人求助太子，太子入狱，救出黄朋，但黄万寿因饿久而亡。郭力请来师兄混横和尚助阵，又至京中求取救兵。严嵩颇喜欢郭力，将女儿许配给他为妻。天子以严世蕃为帅，郭力为指挥，发兵青州。严嵩让郭英斩杀李庆、夏杰，郭玉梅与母亲苦劝郭英不成，便决定亲赴法场见李庆最后一面。

（出丑官，升堂）

易德才：（诗）位任寿光正堂，银钱总搂不够。

有钱无理不冤，无钱有理打肉。

（白）本县寿光县正堂易德才，加一等记录。我乃山西平阳府人氏。昨日岳强呈控孟培德替女嫌夫、拒亲另聘一案，暗暗送与本县五百两银子。这件事岳公子屡次重托人情，叫我心下不安。常言说得好，得人钱财，与人消灾，最好我与他办吧？我的肉呢？

人　役：人么，怎么是肉呢？

易德才：人不是肉长的么？

人　役：伺候老爷。

易德才：将孟培德带上堂来听审。

人　役：是。

（上孟辉）

孟　辉：父台在上，孟培德拜揖。

易德才：呦呦呦，见县不跪，你是什么前程？

孟　辉：不才曾会两榜。

易德才：咱着两榜，想是个进士，自然晓得三纲五常。你女儿许与岳强，为何拒亲另聘？

孟　辉：进士有一女聘与李庆，并未许与岳强呀，父台。

易德才：岳强家豪势大，何患无妻？他也不赖亲，想来早年结亲，而今看其丑陋，依仗你是进士，欲想辞亲，当堂巧言遮盖。

孟　辉：哦，父台，男婚女嫁，婚姻大事一定须有人作凭作证。与岳强结亲，可有聘礼么？

易德才：是呀，两家结亲无有媒人，定有聘礼。我的人呢？

人　役：有。

易德才：带岳强上堂。

　　（上岳强）

岳　强：老爷在上，岳强叩头。

易德才：我且问你，与孟培德结亲，有何凭据呢？

岳　强：孟培德与监生我乃是实在至亲。我舅舅当面许亲，并无媒人，监生我乃是给了两只夜明珠，我舅舅他则赠与我珍珠塔以为媒证，请老爷过目。

易德才：哈哈，真乃奇珍异宝。下去候审。

岳　强：是。

易德才：孟培德，这珍珠塔可是你家之物吗？

孟　辉：待我看来呀。果是珍珠塔，好叫我心中疑闷呐。

　　（唱）一见宝贝珍珠塔，心中暗暗好怪哉。
　　　　此宝交与彩霞女，岳强他怎得了来？
　　　　哦哦，是了，定是乞婆将宝盗，叫我无言对答来。

易德才：（白）孟培德，此宝可是你家之物吗？

孟　辉：父台。

　　（唱）思想一会尊公祖，细听进士禀明白。
　　　　珍珠塔本是我家物，交与拙荆藏起来。
　　　　而今此宝盗在岳强手，偷宝赖亲心太歪。
　　　　培德有语还未尽，

易德才：（唱）易德才座上气满怀。
　　　　手拍惊堂声断喝，强词夺理口角歪。
　　　　珍珠塔斗金不换无价宝，你何不小心锁起来？

岳强他纵有偷宝意，难以去偷奇宝财。

分明是甥舅结秦晋，相赠岳强作聘财。

本县我今从公断，你女仍然归岳宅。

一则免去人耻笑，二则甥舅怨结开。

孟　辉：（唱）培德闻听心不悦，后又施礼尊公台。

小女昔年曾受聘，许与冀州李秀才。

分明是岳强盗宝谋亲事，父台明鉴是天才。

小女若要归岳姓，毁弃前盟把婚拆。

易德才：（唱）易德才闻言心大怒。

（白）孟培德，你女既然配与李庆，为什么又将宝塔赠与岳强？岳强他乃是寿光县首富，谁不想与他做媳妇？他也不能硬讹媳妇。分明是你嫌他貌丑，故想拒亲。本县念你是个乡宦，格外宽恩，下去具结了案吧。

孟　辉：易父台，易官长呀，你断案偏向原告，不问岳强一言，将我女前婚拆断，孟老爷实实不服啊，易知县呀哈！

易德才：哇！孟培德呀孟培德，你依仗自己是乡宦，不遵堂断。你老爷乃是朝廷命官，代朝廷执法，不管你乡宦不乡宦的，本县将你女儿断与岳强，他有珍珠塔为凭，你纵不服，其奈我何？你其奈我何？

孟　辉：易德才呀易知县，你既是一县之主，百姓仰如父母，你该追情问理。岳强他盗宝赖亲，一言不问，硬将我女断与狂徒，我孟老爷怎肯具结遵断呢？

（唱）双眉皱，二目圆。

心中大怒，高叫易官。

你作寿光县，奉旨把民安。

百姓仰如父母，断案就该公然。

岳强一言并未问，易德才呀，你为何硬将我女配狂男？

易德才：（白）哎哟哟！

（唱）闻此言，怒冲冠。

叫声孟辉，太也狂癫。

竟敢大堂上，顶碰父母官。

不看你是乡宦，杖责定不容宽。

　　　　　　　本县位任寿光县，审案公断法无偏。
孟　辉：（唱）你既是，清廉官。
　　　　　　　赏善罚恶，判断公然。
　　　　　　　岳强素不正，仗势作不端。
　　　　　　　不该结交狂匪，纵性霸占田园。
　　　　　　　满城百姓受其害，老夫不平恼心间。
易德才：（唱）此言语，讨人嫌。
　　　　　　　你说岳强，霸占田园。
　　　　　　　何人将他告？你是造谣言。
　　　　　　　本县不管闲事，单说这段姻缘。
　　　　　　　现有宝塔为凭证，将你女断与岳强把婚完。
　　　　（白）岳强虽然仗势欺人，可是无人控告他。常言道，民不举，官不究。太爷凭空不管闲事。本县将你女儿断与岳强为妻。我的人呢？
人　役：有。
易德才：搀下孟培德，给老爷具结。
孟　辉：咳，罢了罢了。
易德才：传岳强。
人　役：是，（下，内白）岳强上堂。
　　　　（上岳强）
岳　强：来了，与太爷叩头。
易德才：我说岳强呀，你疾速回家，选择吉日，硬娶孟培德之女，自有你老爷与你做主。将宝塔好好装起来，下去吧。
岳　强：是，多谢老爷恩典。
易德才：为官不与民做主，枉吃香油拌豆腐。
　　　　（上孟彩霞、常香元）
孟彩霞：（诗）憔悴不堪羞对镜，关山更忆远游人。
　　　　（白）奴孟彩霞。
常香元：奴常香元。哦，小妹，可恨岳强暗入绣户，幸而小妹知晓，方保贞节。
孟彩霞：岳强虽然夜暗入室，并未失身，何须以此轻生而死？
　　　　（上孟辉）

孟　辉：女儿在房么？

孟彩霞：爹爹来了，请转上座。

孟　辉：自家爷们，不用常理，便座罢了。

孟彩霞：哦，爹爹呀，不知此次官司怎样结案？

孟　辉：咳，狗官糊里糊涂就叫完了，我也不细说咧。我且问你，咱家那珍珠塔，为父交与你手，快些拿来我看。

孟彩霞：咳。

　　　　（背唱）爹爹要那珍珠塔，其中心里有疑猜。

　　　　　　　此物赠与李郎手，忽然问起怎安排？

孟　辉：（白）快快拿来我看看。

孟彩霞：（唱）心无主意何言对？

孟　辉：（唱）见此形容怒满怀。

　　　　　　　用手一指叫逆女，玷辱家门太不该。

　　　　　　　前者岳强入绣户，我心并不起疑猜。

　　　　　　　只当你是贞洁女，不是下贱女婴孩。

　　　　　　　谁当你勾引那狗子，私赠宝塔作不才。

　　　　　　　因此呈控将我告，宝塔当堂献出来。

　　　　　　　他言说此宝结亲为定礼，狗官他又不明白。

　　　　　　　将你断与岳家子，害我羞臊头难抬。

　　　　　　　奴才快些与我死，免得丑名不断来。

　　　　　　　越说越气吵吵起，

孟彩霞：（唱）彩霞闻言把心摘。

　　　　　　　羞愧无地难出口，一阵昏迷倒尘埃。

常香元：（唱）香元扶住连声唤，

　　　　（白）小妹苏醒，小妹醒来。

孟　辉：侄女不用叫他，死了这个无耻的丫头，免得后来出丑。

常香元：姑父不必恼怒。我的小妹不是无耻之人，万不能将宝塔赠与岳强，其中必有隐情。

孟　辉：这个无耻的丫头，望与岳家狗子一定有了丑事了。

常香元：姑夫不必着急犯疑，待我唤醒表妹，一问便知真假虚实。妹妹醒来，妹妹苏醒。

孟彩霞：（唱）苏醒多时还过气，心中辗转犯思忖。
常香元：（白）表妹有何心腹之话，快些告诉爹爹。事到其间，难以隐匿。
孟彩霞：（唱）事到其间不隐匿，只得实言禀严亲。

　　　　满面含羞双膝跪，
孟　辉：（白）你与我快死了罢！
孟彩霞：（唱）爹爹息怒听儿云。
孟　辉：（白）我不是你爹，当兔子才是你爹呢。
孟彩霞：咳，爹呀。

（唱）仲冬李庆投亲到，我母慢待不认亲。
　　　舅舅不忍相留恋，领到孩儿绣房门。
　　　儿我恐失朱陈好，代母周全费尽心。
　　　再三款留他不住，故而宝塔赠他身。
　　　一则替母周全事，二则解劝不记恨。
　　　此宝不知怎到贼人手，致使今朝大祸临？
　　　纵是孩儿该万死，不当赠宝瞒严亲。
　　　说着羞愧泪如雨，

孟　辉：（唱）培德闻言暗沉吟。
　　　女儿说的是实话，定是那李庆失宝在岳门。
　　　此宝落在狗子手，凭宝赖亲起邪心。
　　　想到此上前搀起我的女。

（白）咳，女儿起来，为父只当你把珍珠塔与了狗子岳强咧。如今我也明白了，我也不疑心咧，女儿替你妈周全固是好事，但女孩儿家究竟不该把宝塔赠与李庆。他竟自不小心把宝塔被岳强狗子盗去，当堂以此为凭，就将我女断与狂匪了。这个事情也不必发愁了，何不上告明冤？把案子翻过来才是正理。

正是：奇冤总得清官断，污吏焉能洗是非？

（海瑞马上，跟卒）

海　瑞：（诗）为国尽忠不欺主，做事爱民方为官。

（白）下官海瑞，字刚峰。只因杖责严嵩犯罪，多得青宫太子与国母娘娘保奏，不但免去罪名，又蒙皇恩，位任青州府正堂。一路上判断数案奇冤，今天来到寿光县交界，正可催马走走便了。

（唱）那日金殿领了王命，一路上判断奇冤事明白。

　　迟滞日久未到任，今天方到白草坡。
　　前面便是寿光县，相离青州百里多。
　　不言海瑞路上走，

孟　辉：（唱）再表告状孟培德。

　　马上长吁又短叹，深恨常氏老乞婆。
　　无知竟把亲事许，惹得岳强起邪谋。
　　畜生仗势把我告，珠塔为凭把亲夺。
　　无奈上京告御状，定将狗官浪子捉。
　　思思想想往前走，哈，老远的看见人马车。
　　马上官员多威武，白面长髯好品格。
　　仔细一看认得了，海刚峰出朝为什么？
　　海爷爱民多仁义，何不告状冤事说？
　　未到近前先下马，跪在马前把头磕。

（白）大老爷冤枉，冤哉！

海　瑞：（唱）海爷闪目细观看，原来是进士孟培德。

（白）随从们。

随　从：有。

海　瑞：将马带过。

（唱）慌忙抢路忙搀起，

孟　辉：（唱）连连施礼笑哈哈。

　　何幸今将大人遇，如此谦恭礼太多。

海　瑞：（唱）方才声言有冤枉，却有何事快快说。

孟　辉：（唱）底里情由说一遍，巧遇大人喜幸多。

　　望乞做主拿狂匪，一生不忘大恩德。
　　说罢复又施下礼，

海　瑞：（唱）海爷陪礼把话说。

（白）听年兄之言，寿光县知县硬将你女儿断与岳强了？下官我自然与年兄做主就是了。

孟　辉：不知大人出朝，有何贵干？

海　瑞：这般如此，杖责严嵩，圣上大怒，贬为青州知府，前来赴任。

孟　辉：好，好，好，大人荣任青州府，就是我们百姓的父母了，望乞大人做主吧。

海　瑞：那是自然，年兄暂且回府。

孟　辉：是，是，是，就此告辞。

海　瑞：听其所言，岳强仗势无所不为，不免打扮一测字先生，暗暗秘访。海安！

海　安：有。

海　瑞：就此投店便了。

（上恶和尚）

红横僧：（诗）从小生来命儿硬，大了就往庙里送。

胡作非为懒念经，心想与人来挡横。

（白）出家人红横僧，乃是杭州人氏，自幼不行正道，只因好贪美色，打伤人命，来在净真观出家，学会十八般武艺和各种暗器，这也不在话下。当日收了个徒弟，名叫郭有朌，教与他闪展腾挪、蹿房越脊，各样武艺虽不能样样精通，倒也有两下子。闲话少说，还是闭目养神。

（上郭力）

郭　力：师父在上，弟子叩头。

红横僧：起来，起来，徒儿不在家下享受清福，来在我这庙里，有何事故哇？

郭　力：说不来了，恩师容禀。

（唱）那年辞师父，回家把父找。

父母心喜欢，深感你老好。

在家享荣华，忽然祸来了。

青州云龙山，招聚人不少。

不时下庄村，抢夺胡乱搅。

弟子气不平，要把山寇扫。

女寇赵金花，英勇武艺好。

能耐实在强，更有暗器宝。

弟子落下风，报与总兵晓。

总兵把阵临，未能把贼讨。

　　　　　其子黄金奎，被擒结婚好。
　　　　　弟子我进京，禀知父帅晓。
　　　　　我父奏当朝，当今龙心恼。
　　　　　本参黄万年，发兵把贼讨。
　　　　　家父作元戎，杀败众军校。
　　　　　父子齐受伤，妙药才治好。
　　　　　弟子无奈何，来把师父找。
　　　　　望乞出庙中，去把山寇扫。
红横僧：（唱）听罢前后话，心中好烦恼。
　　　　　好个女花姑，胆大真不小。
　　　　　打伤我徒儿，何不心烦恼？
　　　　　为师与你将仇报。

　　　　（白）徒儿不必烦恼。你师兄混横和尚往永廷观访友去了，三五天就回来，我命你师兄前去帮助徒儿，捉拿女寇以立功勋。

郭　力：好，好，好，若得我师兄帮助徒儿，何愁山贼不灭？
　　　　正是：弟子拜别恩师去，但愿师兄早下山。
　　　　（上黄朋，净）

黄　朋：（诗）忿恨填胸气如云，心中芒刺意如焚。

　　　　（白）俺黄朋，字云飞。可恨严嵩父子，无端作孽，本参我父私通山寇。朝廷昏庸，崇信谗言，将我父掐入天牢受罪。依我之见，便要舍死忘生杀贼，姐姐胆小拦阻，不容我出府，那时我气恨难消，昏绝于地。及至数天病好，原来全家离了学士府了，搬在这铁匠街居住。姐姐她怕我惹事，又命人看守，不让我出门。咳，又差李义上青州府去见我叔父，自有解救之策。我想黄柏不在家，我要进监去探吾父，就此前去便了。

　　　　（上赵文华）

赵文华：（诗）位列三品立朝堂，垂绅正笏侍君王。

　　　　（白）下官赵文华，多蒙相爷提拔，现居兵部侍郎之职。昨日相爷将我请进府去，暗暗托我一件密事，叫我断了黄万寿饮食，结果他的性命。我便吩咐禁子，上了手铐脚镣，不准其奴进监送饭，谅他三五天内难逃必死。

（急上人役）

人　役：启禀老爷，黄朋小子硬要进监探望他父亲，小人不与他开门，他开口就骂，举拳就打，一直地闯入二堂来了。

（上黄朋）

赵文华：你这厮是谁？擅闯你老爷大堂，真该万死。

黄　朋：我乃大学士黄老爷之子，特来探父，狱卒不开牢门，因此来见你这狗官。快快开了监门，万事皆休。

赵文华：要不开监门，你敢怎样？

黄　朋：叫你拳下作鬼。

赵文华：咳呦，你可真反了。你这小子胆大包天，竟敢打你老爷。大闹公堂，罪不容缓。我的人呢？

人　役：有。

赵文华：将这小子与我绑了，快快与我绑上。

黄　朋：哎呀，哎呀呀，是你们谁敢动手？是谁敢来？你这狗官，如此大胆，敢绑你的祖宗。

赵文华：哦？你老爷我赵文华。你这小子满口胡说，就该即刻拿下，割舌挖眼。人呢？

人　役：有。

赵文华：快与我绑了！

黄　朋：哇呀，哇呀，赵文华，你这狗官，装腔威胁，你与严嵩乃是一党，今日不容你祖宗进监探父，我岂肯与你善罢？

赵文华：不容你进监，敢把老爷怎样？

黄　朋：狗官你不容祖宗进监探父，叫你死无葬身之地。

（唱）瞪目皱双眉，怒气填胸膛。

　　　大骂赵文华，杂种狗娘养。

　　　趋奉严嵩贼，狐群与狗党。

　　　图谋害忠贤，常把奸计想。

　　　害得我爹爹，无故陷罗网。

　　　受罪在监中，儿女谁不想？

　　　因此来探监，狗官竟阻挡。

　　　　　　定是与严嵩，又把诡计想。
　　　　　　我父断饮食，饿死你领赏。
　　　　　　祖宗今日个，定要进监厂。
　　　　　　若不开牢门，打死你囚攮。

赵文华：（白）咳呦，咳呦呦。
　　　　（唱）气坏赵文华，不住连声嚷。
　　　　　　大喝小黄朋，无知太粗莽。
　　　　　　硬闯刑部堂，竟敢骂官长。
　　　　　　飞蛾投火来，自己入罗网。
　　　　　　正拿贼狗子，相府去领赏。
　　　　　　叫声人役们，快快与我绑。

人　役：（唱）人役连声应，一齐往上闯。

黄　朋：（唱）豪杰怒满怀，伸手把袖挽。
　　　　　　努力抖精神，扬拳往上闯。（乱打一阵）

人　役：（唱）人役俱受伤，疼得叫又嚷。
　　　　　　不敢到近前，全在一旁晃。

黄　朋：（唱）云飞喊连天，大骂恶奸党。
　　　　　　尔等谁敢来，把你祖宗绑？

赵文华：（白）你这小子真乃反了。

黄　朋：狗官着打。
　　　　（唱）抓住赵文华，按在地下仰。
　　　　　　拳头使劲扔，打得乒乓响。
　　　　　　骂声囚攮的，祖宗有话讲。
　　　　　　不容我进监，打死你狗娘养。

赵文华：（白）哎呀，我是狗娘养的。祖宗爷，老祖宗爷，你是我的活祖宗，饶了我罢。
　　　　（唱）疼得战哆嗦，难以把话讲。
　　　　　　祖宗把我饶，积德把命赏。
　　　　　　祖宗探监我不拦，祖宗出入无人挡。
　　　　（白）哎呀，祖宗你饶了吧。你是我的活祖宗，留我命吧。自当我是你的小孙孙，是我一时之错，不该拦挡祖宗，你快饶了我吧。

黄　　朋：赵文华。

赵文华：有哇，在这呢。我的祖宗，你怎说我怎应承？

黄　　朋：你容我进监探父，饶了你这囚攮的狗命就是了。

赵文华：望乞松手，就送你进监。

黄　　朋：我要撒手，你这狗官必跑了。

赵文华：祖宗呀，我不跑。

黄　　朋：好，随我一同进监我才放你，不然我活活掐死你。

赵文华：是，是，祖宗爷爷。别掐我，随你进监就是了。

黄　　朋：你跟我来吧。

赵文华：哎呀，是，是，我来了。哎呀，罢了我了。禁子快快开门，祖宗您请进吧。

黄　　朋：这回便宜你囚攮的。

赵文华：咳呀，可了不得了，把我浑身上下打得稀烂，差一点被那小子活活掐死。即刻快入相府，禀知严太师爷，将这小子拿住，一刀一刀地剐了，才解我心头之恨呢。禁子呢？

人　　役：有，将军。

赵文华：门上锁，不要放黄朋出监。

（上黄万寿，罪犯穿戴）

黄万寿：（诗）身受刑来腹受饿，目无见面耳无闻。

（白）老夫黄万寿。咳，误被严嵩父子陷害，掐入天牢受罪，赵文华暗使狱卒断了我的饮食，可怜老夫三日未曾用饭，饿得头迷眼黑，心如火烧，死在旦夕。咳，苍天哪苍天，我黄万寿上不亏君，下不负民，忠诚当朝，以道侍君，常欲除暴安良，然奸佞未去，反受其害。但愿我死之后，上天保佑，早除奸党，国家安静，廊庙清宁，我死在九泉之下，心愿足矣。

（上黄朋）

黄　　朋：爹爹哪里？爹爹呀！（跪）

黄万寿：哦，你不是我儿黄朋么？

黄　　朋：正是，孩儿前来探望爹爹。爹爹。

黄万寿：（唱）一见爱子面前跪，忍不住二目泪滢滢。

只说父子难相见，谁想临危得相逢？
赵文华暗使狱卒断水米，要害为父命残生。
严嵩贼命人看守牢门外，不容送饮到监中。
饿得我头也迷来心又乱，阵阵发昏眼难睁。
儿啦，快快拿饮为父用，想不到儿你送饭献茶羹。
吾儿你怎么来牢内？方可保命父把饥充。

黄　朋：（白）爹呀！

（唱）一听此言心惨痛，父亲听我禀分明。
我姐恐怕我惹祸，命人看守在府中。

黄万寿：（白）你姐姐不容你出来，你怎么到此？

黄　朋：（唱）如此这般偷出府，这般如此到牢中。

黄万寿：（唱）一闻此言心大怒，逆子无知太昏蒙。
奸贼不容将监探，你应请太子奏朝廷。
殿下自然救为父，才可脱难出监中。
为什么大闹公堂打奸党，奸贼岂肯把你容？
擅打大臣该何罪？必要拿你问典刑。
怒气上攻心中乱，头迷眼黑发蒙眬。

（白）咳呀，罢了我了。

（唱）咳呀一声昏过去。

黄　朋：（白）爹爹醒来。

黄万寿：（唱）苏醒多时又还生。

黄　朋：（白）爹爹醒来！

黄万寿：（唱）耳旁又听人呼唤，睁眼瞧见小黄朋。
儿啦，为父心中如刀剜，只怕刻下赴幽冥。

黄　朋：（唱）黄朋含泪尊声父，

（白）孩儿得见爹爹一面，死何足惜？料想孩儿我不能出狱，情愿与爹爹死在一处罢。

黄万寿：儿不可如此。为父被屈满腔，还要儿与为父报仇鸣冤。万一上天有眼保佑，有人救你出狱，异日好与父报仇。快些搀父起来。

黄　朋：是。

(急上黄柏)

黄　　柏：咳呀，不好了。我乃黄府家人黄柏。因我一时不在府中，公子私自出府探监看父，竟将赵文华怒打一顿，叫他开了监门。眼见我家公子入监，只见赵文华他急进相府去了，少刻必有官兵捉拿公子，只好急急回府禀知我家小姐便了。（下）

（上黄翠云）

黄翠云：（诗）心烦懒对菱花镜，意乱不描柳叶眉。

（白）奴黄翠云。爹爹天牢受罪，严嵩父子又起暗害之心。托赵文华暗使狱卒，断了水米，要谋害爹爹一死。我让黄柏哀求青宫太子保本，好搭救爹爹不死，连去两次，不得相见。昨日又命他前去，去之已久，怎么不见回来？

（上黄柏）

黄　　柏：启禀小姐，可不好了。

黄翠云：哦，老院公这等惊慌，又有什么祸事了？

黄　　柏：咳，小姐容禀。

（唱）尊小姐，听原因。

　　　　老奴奉命，去请储君。

　　　　因我不在府，公子偷出门。

　　　　刑部天牢之内，硬要去见严亲。

　　　　看监狱卒不让进，公子生气怒生嗔。

　　　　打坏了，看狱人。

　　　　无人敢挡，闯入衙门。

　　　　刑部公堂上，暴怒气纷纷。

　　　　抓住文华奸党，打得鲜血淋淋。

　　　　不让进监定打死，赵文华他才领进门。

黄翠云：（白）呀！

（唱）闻此言，好惊人。

　　　　抖衣而站，吓走三魂。

　　　　深恨同胞弟，无知太粗心。

　　　　纵然不容探父，也该仔细思忖。

擅打大臣该何罪？难免刻下祸临身。

黄　　柏：（白）咳！

（唱）赵文华，狗奸臣。

严嵩父子，共谋同心。

公子入监去，立刻封牢门。

眼见急奔相府，少刻定要拿人。

小姐呀，须要想法救公子，不然难免命归阴。

黄翠云：（白）苦哇！

（唱）最可叹，我黄门。

福无双至，祸不单临。

爹爹在罗网，只恐命难存。

兄弟无知惹祸，难免命见阎君。

无法解救干搓手，只落悲啼泪纷纷。

可怜兄弟无人救，哭声受罪父天伦。

父女姐弟不相见，剩奴孤苦靠何人？

李义下书不回转，奴父吉凶也不闻。

兄弟如若遭不测，只好自尽把死寻。

翠云哭得如酒醉，

黄　　柏：（白）咳！

（唱）黄柏一旁也伤心。

带泪含悲尊小姐，

（白）小姐不可悲伤，总是想法搭救公子才是正理。

黄翠云：咳，当此之时，也无有什么计策，只好还是求青宫。太子如若做主，救出奴的兄弟，也未可定。

黄　　柏：前者老奴求情于太子，太子言及亲到刑部解救老爷。今天老奴再急急前去哀求青宫解救公子，好脱大难。

黄翠云：如此前去甚好。

黄　　柏：是，老奴遵命。

黄翠云：（唱）心忙乱，无主张。

翠云小姐，眼泪汪汪。

　　　　　　　但愿天保佑，逢凶化吉祥。
　　　　　　　父子出了罗网，阖家转回故乡。
　　　　　　　不言翠云暗祷告，
　　　（上冯保、太子）
太　子：（唱）再表太子小裕王。
　　　　　　　在马上，自思量。
　　　　　　　方才黄柏，来见小王。
　　　　　　　言及黄万寿，天牢苦难当。
　　　　　　　身带手铐脚镣，孤家实实惨伤。
　　　　　　　严嵩暗托贼刑部，狱卒断尽他口粮。
　　　　　　　三天来未见饭和水，眼见忠良一命亡。
　　　　　　　小王正自催马走，
黄　柏：（唱）黄柏跪拦马丝缰。
　　　　　　　这般如此说一遍，黄朋惹起事一桩。
　　　　　　　而今被锁牢门内，还求殿下做主张。
　　　　　　　如若无人去搭救，父子难免一齐亡。
太　子：（唱）小王闻听说知道，马上思量拿主张。
　　　　　　　只得先到刑部府，查监细问知其详。
　　　　　　　定救恩官他父子，对得起忠肝义胆好情肠。
　　　　　　　说话中间到刑部，
人　役：（唱）人役接驾跪一旁。
太　子：（唱）侍郎怎不在府内？
人　役：（唱）去上严府未回乡。
太　子：（唱）传孤旨意叫禁子，
禁　子：（白）领旨。
太　子：（唱）孤要进监查事忙。
　　　　　　　叫他把牢门快开放，学士刑具全去光。
禁　子：（唱）禁子接旨不怠慢，急忙开锁不住忙。
　　　　　　　回手又将刑具去，请王进监看其详。
太　子：（唱）小王用目看万寿，气息奄奄面瘦黄。

心中暗叹说不好,看此光景要命亡。

黄万寿:(唱)万寿闻听裕王到,强睁倦眼泪汪汪。

罪臣理应参圣驾,身带刑伤无能量。

望乞恕罪大不敬,小臣心里甚恐慌。

咳,千岁呀,

为臣有何德能处,敢劳圣驾走一场?

又惨又痛气哽塞,眼看千岁口难张。(死)

黄　朋:(唱)黄朋哭唤声不从,霎时永绝一命亡。

太　子:(唱)裕王亲见忠良死,惨痛忿恨把心伤。

（白）叫声黄朋。

黄　朋:有。

太　子:随王走。

黄　朋:是。

太　子:(唱)在王前后紧随将。

唤你就从看眼色,见机而作把事装。

黄　朋:(白)领旨。

太　子:(唱)大骂文华狗奸党,又恨严嵩老奸相。

设计断了万寿饮食水,害得那恩官一命亡。

孤今若不除奸党,怎把皇王帝主扬?

怒气冲冲忙传旨,

（白）冯保。

冯　保:伺候,千岁。

太　子:急宣赵文华见我。

冯　保:有。

太　子:赵文华。

赵文华:臣在。

太　子:奸贼,我把你这狗官哪,黄学士与你有何仇恨,竟敢断绝饮食,谋害他一死?是你该当何罪?

赵文华:咳呀,千岁,谋害之事,俱乃他人所为,不与为臣相干。

太　子:哇!赵文华,狗官逆臣哪,执掌南监是你一人而已,反说不与汝相干?

　　　　　　如此蒙哄小王，罪上加罪，该当万死。
　　　　　（唱）双眉皱，二目圆。
　　　　　　　　大骂恶党，狼狈为奸。
　　　　　　　　万寿黄学士，辈辈是忠贤。
　　　　　　　　与你有何仇恨，害他命染黄泉？
　　　　　　　　暗使诡计将人害，何敢巧办把孤瞒？
　　　　　（白）冯保。

冯　保：有。

太　子：你与我打这狗奸党。

赵文华：千岁，我说呀，我说呀。
　　　　（唱）呼千岁，请听言。
　　　　　　　臣与学士，无恨无怨。
　　　　　　　只因拿刺客，惹了严世蕃。
　　　　　　　父子心中怀恨，暗暗巧设机关。
　　　　　　　丞相发命断水米，哪个胆大不听言？

太　子：（唱）你奉旨，为命官。
　　　　　　　不思报国，暗使奸权。
　　　　　　　可恨奸党你，同谋害忠贤。
　　　　　　　说着心中大怒，
　　　　　（白）黄朋，

黄　朋：（白）有。

太　子：你去打这佞奸。

黄　朋：（唱）说声遵旨往上闯，抓住袍带按平川。
　　　　　　　冲冲怒，喊连天。
　　　　　　　连喊带喝，大骂狗官。
　　　　　　　冤家两相遇，定要报仇冤。
　　　　　　　使尽平生之力，着打，

赵文华：（白）咳呀，大爷饶命吧。

黄　朋：（唱）打你肉绽皮掀。（打介）

赵文华：（白）咳呀，我的妈呀。饶命，千岁爷饶命吧！

（上严世蕃）

严世蕃：（唱）大堂来了严世蕃。

慌忙跪倒大堂上，口呼千岁把恩宽。

文华现任侍郎职，不该挨打刑部官。

犯法应当朝廷治罪，私打就不是该然。

黄朋打官犹如欺圣上，伏乞三思把恩宽。

太　子：（白）哇！

（唱）连声喝，严世蕃。

狐群狗党，谋害英贤。

设计害学士，万恶罪滔天。

黄万寿犯了何罪，竟敢私杀魁元？

小王若不来搭救，黄朋早已被刀餐。

设毒计，害忠贤。

冒犯本御，更把罪添。

叫声黄公子，

黄　朋：（白）有。

太　子：（唱）打这狗佞奸。

黄　朋：（唱）黄朋说是领旨，上前按住世蕃。

心恨努力直是打，

严世蕃：（白）咳呀！

（唱）世蕃疼得战一团。

口呼千岁饶性命，再也不敢犯龙颜。

正在危急——

严　嵩：（内唱）严嵩到。（上）

（白）千岁千千岁，臣严嵩参见千岁。

太　子：奸贼呀奸贼，你父子蒙君作弊，陷害大臣。今又藐视小王，罪不容缓。随孤上朝面君。

严　嵩：千岁，千千岁，臣子冒犯龙颜，罪该万死，伏乞千岁开恩赦罪。

太　子：奸贼呀奸贼，是你欺君害臣，罪该万死不屈，又经小王这案，怎肯将你父子赦罪？韩岳云。

韩岳云：伺候千岁。

太　子：将黄学士尸首成殓起来，送回黄府。

韩岳云：领旨。（下，内白）人来。

卒　：（白）有。

韩岳云：将黄学士尸首成殓起来，抬下去。

卒　：是。

太　子：黄朋即刻回府，以办父丧。严嵩父子如若陷害于你，有本御做主，你回府去吧。

黄　朋：谢过千岁。

太　子：冯保。

冯　保：有。

太　子：如此带马回宫。

严世蕃：咳呀，爹爹，奸王与咱父子作对，难免受害，只好上本与奸王辩明曲直。

严　嵩：我儿不可。当此朝廷溺爱太子，言听计从，不可与他争辩，只好哀求圣上保住无罪，乃是万幸，何敢望与储君抗衡，自讨其罪呀？方才郭英之子郭力献表搬兵，为父奏明圣上，圣上封郭力为随军指挥，举我儿为帅，领大军五万，扫灭云龙山寇。为父领旨，监斩黄万寿，黄万寿一死，正好上朝交旨。贤契，随我儿，咱父子同上朝。

赵文华：卑职遵命，希望老丞相保卑职性命。

严　嵩：那是自然。家将们。

家　将：有。

严　嵩：带马上朝。

黄翠云：（诗）香闺独坐愁无限，朝夕相思暗自伤。

　　　　　（白）奴黄翠云。深怨兄弟惹了杀身之祸，黄柏哀求太子，救我兄弟性命，去了许久不见回来，奴如坐针毡一般。

　　　　　（上黄朋）

黄　朋：姐姐呀，兄弟脱难回来。

黄翠云：兄弟回来，乃是逢凶化吉。

黄　朋：姐姐不要欢喜呀。

黄翠云：兄弟为何满眼垂泪？

黄　　朋：咱爹爹死在刑部监内了。

黄翠云：咳呀，竟有这样祸事？可倾死人了。（昏倒）

黄　　朋：姐姐醒来，姐姐醒来。

黄翠云：咳呀。

　　（唱）一闻此言昏过去，苏醒多时转还阳。
　　　　　猛然睁开愁眉眼，只见兄弟泪汪汪。
　　　　　最可叹忠心为国大学士，乏食而亡苦难当。
　　　　　爹爹呀，哭声屈死天伦父，被人谋害不善亡。
　　　　　朝夕思想除奸党，不料反被奸党伤。
　　　　　爹爹呀，你今只顾升天去，抛下儿女无主张。
　　　　　兄弟愚鲁秉性烈，任性闯祸惹灾殃。
　　　　　苦哇，奴是闺门一幼女，途长路远怎回乡？
　　　　　哭得翠云如酒醉，

黄　　朋：（唱）黄朋也是泪汪汪。
　　　　　带痛含悲呼姐姐，劝你不必过悲伤。
　　　　　该咱姐弟命如此，造定幼年无爹娘。
　　　　　姐姐如有好共歹，闪下小弟更孽障。
　　　　　少刻爹爹灵棺到，只好安排办父丧。
　　　　　父母之恩昊天罔极，祭奠少尽儿女情肠。
　　　　　苦哇，不言姐弟治丧事，

众　　将：（唱）再表出征众儿郎，三通鼓响升大帐。

　　（上两将）

孟岐、娄高：（诗）银盔金甲放光毫，英雄盖世气焰高。
　　　　　　　交锋全凭乌骓马，上阵杀敌偃月刀。

孟　　岐：（白）俺左先锋孟岐。

娄　　高：俺右先锋娄高。

孟岐、娄高：元帅升帐，在此伺候。

　　（上严世蕃）

严世蕃：（诗）爵高不与众官同，谊属皇亲宠信隆。
　　　　　　行兵用人成在我，蒙君信任做元戎。

(白）本帅严世蕃。因郭元帅献表进京，圣上命我为帅，扫灭云龙山寇，妹夫郭有勋早已先行，大兵随后尽发。众将们。

众将官：有。

严世蕃：就此祭旗行兵，不得有误。

众将官：得令。

严世蕃：（唱）三声炮，起了兵。

旌旗闪闪，剑戟层层。

金盔映日月，银甲艳霜冰。

先锋头前开路，本帅押队催兵。

不言京内发人马，

郭　力：（唱）再表有勋在先行。

自思想，喜气生。

严嵩丞相，待我有情。

看我人品好，又喜武艺精。

其女千金之体，情愿许配小生。

现任太师门前客，又尊又贵又有名。

平反寇，回北京。

再与小姐，鸾凤婚盟。

越想越有劲，催马急急行。

青州离此不远，霎时就要进城。

不言有勋城中奔，

（上郭英）

郭　英：（唱）再表俊臣郭元戎。（坐）

坐府下，问心中。

可恨妇寇，连日攻城。

吾儿把京进，上表去搬兵。

单等大兵来到，山寇一扫而平。

正自思想——

郭　力：（唱）郭力到。

（白）家爹在上，儿子拜揖。

郭　英：罢了，你师父何时前来帮助？
郭　力：师父命我师兄混横前来帮助，两三天便到青州。
郭　英：好，你师兄前来助战，何愁不指日平贼？吾儿北京搬兵，未发来救兵么？
（丫鬟暗上偷听）
郭　力：孩儿奉旨，急到相府。严相爷看我甚好，将他的闺女与儿我做了媳妇，即刻带我上朝见了圣上，封我随军指挥；还命我大舅子严世蕃，领兵为帅，前来平贼；又吩咐我将李庆、夏杰两个狗子斩首，以绝后患。
郭　英：如此，明日将犯人斩首。可喜吾儿封官不小，又接严嵩这门亲事，招你为婿，为父不胜欢喜。吾儿，随父到后堂，拜见你母亲去吧。随父来。
郭　力：是，来了。
（上郭玉梅）
郭玉梅：（诗）我父性情多暴虐，李庆逃走又追回。
（白）奴郭玉梅。是我暗放李郎逃走，谁想爹爹心狠，又将李郎拿回掐入南监。只因山贼攻打城池，不便押解进京。咳，料想李郎无救，只好自尽一死。
（上春香）
春　香：小姐呀，可不好咧。
郭玉梅：为何这样惊慌？
春　香：明日我姑爷要死咧。
郭玉梅：莫非你姑夫出斩，你怎知道？
春　香：小姐听了。
（唱）奴婢才到前堂去，是与老爷去送茶。
　　　只见大叔前堂坐，
郭玉梅：（白）你大叔上京搬兵，怎么回来了？
春　香：（唱）原是今日转回家。
　　　　奴婢窗外听得准，父子屋内把话发。
　　　　言说领了丞相命，明日要把姑爷杀。
郭玉梅：（唱）玉梅闻言只发怔，痴呆多会泪如麻。
　　　　父子心狠真无对，只图害人把官加。
　　　　伦理纲常全不顾，翁婿情谊一概压。

奴家急到前堂去，叫他父子先把我来杀。
带怒含悲前堂去，（下）

（上郭夫人，坐）

郭夫人：（唱）岳氏夫人把话发。
（白）老身郭门岳氏。可恨老爷将李公子掐入南牢，任我怎样解劝，怎奈良言不纳？

（上郭玉梅）

郭玉梅：哦，母亲可知我哥哥已由京中回来了么？是什么勾当？
郭夫人：为娘早知你兄搬兵而回，也无别事。
郭玉梅：咳，妈呀。
（唱）玉梅小姐气又恨，杏眼秋波泪扑簌。
叹我前世造冤孽，今遇父子恨又毒。
父子贪功去受赏，不顾伦理把婚图。
母亲并无一言劝，反倒加倍瞒哄奴。
明是逼奴早早死，你们心里才舒服。
郭夫人：（白）我儿有话，何不照言实说？
郭玉梅：（唱）哥哥领了奸相命，明日个要斩李郎命呜呼。
郭夫人：（白）我儿，此话可是真吗？
郭玉梅：（唱）父兄前堂言及此，春香听来告诉奴。
正是母女来讲话，

（上郭英父子）

郭　英：（唱）郭俊臣父子进房屋。
郭夫人：（白）老爷来了请转上座。
郭　英：家无常礼，便座可矣。
郭　力：（唱）妹妹在此来作甚？
郭　英：（唱）就该回转绣房屋。
郭玉梅：（唱）你父兄不愿我在此，起意安心就阴毒。
你父子说的什么话？
郭　英：（唱）问你在此是何如？
郭玉梅：（唱）前来领教你父子，做些个损人利己巧谋图。

郭　英：（唱）圣人言修身，自为人根本。

郭　力：（唱）哪一条儿情理无？

郭玉梅：（唱）孔夫子周游列国到陈蔡，为了什么讲清楚？

郭　力：（唱）周游列国为求仕，

郭　英：（唱）治国除灭奸党徒。

郭玉梅：（唱）闵子骞为何不赴季氏召？

郭　力：（唱）难道不愿把君扶？

　　　　　　　季氏无君专朝政，

郭　英：（唱）可敬他不侍权门是位儒。

郭玉梅：（唱）奸相严嵩比季氏，你父兄不该门下去阿附。

郭　力：（白）这个？

郭玉梅：（唱）那个父与严嵩是契友，

郭　英：（唱）当下结亲情义熟。

郭玉梅：（唱）你与小人结朋党，反负圣上礼义无。

郭　力：（唱）若无丞相他保奏，

郭　英：（唱）你哥哥焉能做官这等速？

郭玉梅：（唱）忍心害人良心丧，助纣为虐把人图。

郭　力：（白）胡说！

　　　　　（唱）我们图害哪一个？

郭　英：（唱）丫头胡说太愚鲁。

郭玉梅：（唱）趋奉奸相害门婿，欲学奸党老祭足。

郭　力：（唱）郑国雍姬是孝女，

郭　英：（唱）为父行孝害过夫。

郭玉梅：（唱）雍姬不贤害夫雍纠死，多被后世人骂污。

郭　力：（唱）咒骂不疼由他骂，

郭　英：（唱）欲害雍纠学祭足。

郭玉梅：（唱）父子你自行残暴，恶贯满盈定遭诛。

郭　力：（唱）妹妹真是太无礼，

郭　英：（唱）竟敢胡言打消吾。

郭夫人：（唱）休怨女儿顶撞你，你父子做事礼义无。

郭　英：（唱）夫人你也来评理，你说我哪一条儿礼义无？
郭夫人：（唱）听说明日把姑爷斩，谋害门婿太狠毒。
郭　英：（唱）李庆乃是大钦犯，明日奉旨将他诛。
　　　　　　　怪不丫头顶碰我，乞婆真敢训丈夫。
郭夫人：（唱）你若不去奏丞相，姑爷岂能命呜呼？
　　　　　　　从来虎毒不吃子，你比豺狼心狠毒。
郭　英：（唱）哎呀，毁骂丈夫真欠打。
　　　　（白）好个老乞婆，竟敢辱骂丈夫，是你招打。
郭　力：这个家，爹呀，她娘们两个，四六不懂，何必与她置气呀？快随孩儿去见元帅，想法平贼。明日该斩犯人啦，办咱们的勾当，与她们吵吵啥呀？
郭　英：老乞婆，若不亏爱子解劝，定受一场好打。吾儿，随父来。
郭　力：来了。
郭玉梅：母亲为儿之事连累受辱，儿心下何忍？从今以后，不必劝他父子，任他去为吧。
郭夫人：这父子性情，倒叫为娘无可奈何。
郭玉梅：妈呀，趁他父子不在府下，明日孩儿到在法场祭奠李郎一回，以表夫妻之情，不知母亲意下如何？
郭夫人：我儿，闺门幼女怎好出头露面？而且与姑爷未行大礼，如何能去呀？
郭玉梅：孩儿女扮男装，法场与李郎见上一面，虽死无怨。母亲不容我前去，孩儿不过一死而已。
郭夫人：我儿一定要去，明日命老院子领你一同前去。
郭玉梅：咳，从来妻贤夫祸少，家有孝子父心宽。苦哇！

（完）

第十二本

【剧情梗概】 郭玉梅女扮男装，到法场送别李庆，与之哭诉衷肠。在即将行刑之际，赵金花等赶到，劫去夏杰，李庆则被侠客欧阳朔救走。郭英父子不敌赵金花等人，退出城外。夏杰、赵亮火烧郭府。郭玉梅走投无路，意欲投河自尽，被路过的孟辉所救。孟辉不知其为女儿身，认为义子。严嵩为了斩草除根，令岳贵缉捕黄翠云和黄朋。黄柏设下巧计以黄朋袭杀岳贵，严嵩仓皇而逃。黄氏姐弟趁乱逃出京城，官军随即赶上。正在危急关头，巧遇学艺下山的黄枚，黄枚施展法术，救了众人。黄枚与翠云、黄朋商定，先去青州探明亲人吉凶，再作复仇之计。

（孟辉马上）

孟　辉：（诗）只为明冤枉，不辞鞍马劳。
（白）吾乃孟辉。幸而遇见海老爷，念我俩有同僚之情，准了我的呈子。一定要翻案，明冤雪耻。又听说我外甥李庆上青州投亲，叫他丈人郭英拿住，要献给严嵩。叫我半信半疑的，因此到青州打听，只得催马去奔青州便了。

（上吴有仁）

吴有仁：奉了元帅之命，监斩夏杰、李庆。郭元帅拿住夏、李二人，想要解进北京，奈何山寇困城太急，报知丞相，发命到来，命我斩这两个犯人。刀斧手，将夏杰、李庆一同绑上来！

（绑二人上）

吴有仁：待我点上一个点，死了我不管。刀斧手。

刀斧手：有。

吴有仁：将犯人绑上。

刀斧手：哈。

吴有仁：如有亲朋祭奠不可拦，容他相见。

李　庆：咳，可惜我李庆今未得除贼，反受其害，好不恨也。

夏　杰：大哥，你虽未得报仇，而今死在青州倒爽快，何必长吁短叹？

　　　　　（唱）尊声大哥休嗟叹，细听小弟把话言。
　　　　　　　　志士不忘在沟壑，勇士不忘丧其原。
　　　　　　　　今日虽死得其所，诛贼而把美名传。
李　庆：（唱）你我一死何足惧？恨只恨未杀严贼报仇冤。
　　　　　　　　深恨郭家他父子，谋害善良恶滔天。
　　　　　　　　翁婿之情全不念，趋奉丞相贪升官。
　　　　　　　　今生不能杀老狗，咳，死到黄泉心含冤。
　　　　　　　　豪杰正然心发恨，
郭玉梅：（内唱）来了玉梅女婵娟。（上郭玉梅女扮男装）
　　　　　　　　女扮男装进了法场，一见李郎泪涌泉。
　　　　　　　　尊声李郎奴来到，特来祭奠表情缘。
李　庆：（唱）李庆闻言睁二目，呀，面前站立一位少年。
郭玉梅：（白）郎君，奴家你的妻，祭奠你来了。我那苦命的夫哇。
李　庆：（唱）问声你是何人也？
郭玉梅：（唱）口呼郎君甚凄惨。
　　　　　　　　奴是你妻玉梅到，前来看你诉诉情缘。
李　庆：（唱）既是我妻郭小姐，因何以女扮作男？
郭玉梅：（唱）女扮男装遮耳目，瞒我父兄好祭奠。
李　庆：（唱）小姐到此把我祭，倒叫李庆心不安。
　　　　　　　　前者相救得活命，定想来日夫妻得团圆。
　　　　　　　　咳，也是该我短命死，依然难免刀下餐。
　　　　　　　　小姐免去忧虑请回府，不可以我把心悬。
　　　　　　　　小姐你打开东阁重挑婿，才子佳人配姻缘。
郭玉梅：（唱）玉梅闻言十分痛，寸心如割有话难言。
　　　　　　　　父兄糊涂将君害，良言相劝枉徒然。
　　　　　　　　因此出头露面到法场，与公子见上一面死也心甘。
李　庆：（唱）李庆听罢尊小姐，
　　　　　（白）我李庆目下视死如归，自寻死路，也是命该如此，何忍烦劳小姐活祭？快些回府另选高门，不可以我为念。
郭玉梅：公子休把我当作不良之女。既然与你配为夫妻，岂有再嫁之理？妾虽不才，略晓书籍。尝闻春秋战国之时出了一位烈女祝英台，未生她之时，其父与梁姓交好，二家指腹结亲，若生二男，结为兄弟，若生二女，拜为姐妹，若生一男一女，订为夫妻。后来梁姓生了一男，名叫山伯，祝姓生了一女，名唤英台。那时周景王，最喜有儿之家，朝中有儿者，高升三级，无儿降级罚俸。祝家因此不敢说是一女，假言也称一男，因此梁、祝二姓，结为兄弟，长大成人，送沂山学堂念书。不上三年，其师看出破绽，命他二人回家。后来梁姓凋零，祝家又将祝英台另与马姓为婚。梁山伯闻知，气恼而死。及至马姓娶亲，路过梁山伯坟墓，忽然狂风大起，马姓问道是何缘故，从人禀知，来到梁山伯的坟墓。祝英台闻听此言，下轿参拜，直开坟墓，祝英台登时把罗裙蒙头，投坟墓而死，后人留诗一首：

（诗）英台节烈世间夸，烈女焉能嫁二家？
　　　所以入坟全节死，心如白玉永无瑕。

（唱）玉梅吟罢诗一首，泪流满面痛悲哀。
　　　世间还有位节烈女，公子听奴说明白。
　　　秦雪梅自幼许商姓，那商辂未完婚呜呼哀哉。
　　　雪梅未曾把门过，商门吊孝不回来。
　　　苦守百年不改嫁，秦王钦赐节烈牌。
　　　奴今不学雪梅节烈女，要学前朝祝英台。
　　　公子如若不凭信，立死君前表明白。
　　　你我夫妻死一处，阴曹与君两和谐。

李　庆：（唱）小姐果是贞烈女，世间称起女英才。
　　　　宁可守节不改嫁，在此自尽于理不该。
　　　　奉劝小姐回府去，切不可惨痛过悲哀。

（白）哦，小姐，看这天道，堪堪要到午时，是我受戮之期。小姐，你回去罢。

郭玉梅：我那无救星的夫君哪！

（唱）玉梅闻听时刻到，跪倒祭奠泪珠飘。
　　　满满斟上一杯酒，奴的心事对君说。
　　　你今饮了这杯酒，不枉奴出头露面走一遭。

李　　庆：（唱）既承小姐美情意，我就领酒把心浇。
　　　　　　　酒到口中不能咽，将酒吐出把头摇。
　　　　　　　空负小姐好情意，竟自尽情把心掏。
郭玉梅：（唱）一见郎君不能饮，心中好似滚油熬。
　　　　　　　手中酒杯拿不住，丢在地下哭号啕。
　　　　　　　羞丑二字全不顾，双手拉住小英豪。
　　　　　　　哭声郎君短命死，咱夫妻今生不能鸾凤交。
　　　　　　　法场之地寻自尽，奴家与你同赴阴曹。
　　　　　　　玉梅越哭心越痛，
夏　　杰：（唱）叹坏了夏杰小英豪。
　　　　　　　郭英父子多奸诈，竟有这样女多娇。
　　　　　　　未过门夫妻情义重，前来祭奠痛号啕。
　　　　　　　世间有此节烈女，贤惠美名万古标。
　　　　　　　大哥何幸婚此女，虽死九泉乐逍遥。（响炮）
　　　　　　　正然赞叹大炮响，
刽子手：（唱）刽子手上前喊声高。
　　　　　　　祭奠之人快靠后，时刻一到要开刀。
郭玉梅：（白）咳。
　　　　（唱）玉梅无奈一旁闪，
　　　　（上赵金花、赵银花）
赵金花、赵银花：（唱）来了金银二多娇。
　　　　　　　　　早已派出长探报，劫夺法场走一遭。
　　　　　　　　　姐妹二人紧催马，法场里边抡动绣绒刀。
　　　　　　　　　虎入羊群无人挡，刽子手霎时早挨刀。
　　　　　　　　　护卫兵丁杀个净，霎时杀散众军校。
　　　　　　　　　姐妹急忙割绑扣。
　　　　　　　（白）两位贤弟，多有受惊了。
李　　庆：原来是云龙山二位姐姐到了，救了我弟兄性命。
赵金花、赵银花：我姐妹早知二位贤弟有此大难，特来相救。现有备下刀枪，二位贤弟随我姐妹，斩关夺隘，杀出关去。

李　庆：多蒙二位寨主救命之恩，小生感激不尽。
夏　杰：小弟二人，就此闯东门。
　　　　（唱）小豪杰，喜在心。
　　　　　　　各寻兵刀，杀奔东门。
赵金花、赵银花：（唱）姐妹忙用力，催动马麒麟。
夏　杰：（唱）夏杰急急上闯，李庆紧紧随跟。
　　　　　　　来至东关挡去路，只好急急开东门。
卒：　　（唱）慌张了，众役人。
　　　　　　　齐声喊嚷，快拿犯人。
　　　　　　　这个拿宝剑，那个把刀抢。
　　　　　　　一齐上前围住，豪杰困在中心。
　　　　　　　越杀越把精神长，杀得人头乱纷纷。
赵金花、赵银花：（唱）姐妹俩，抖精神，
　　　　　　　　　　　坐在马上，看得更真。
　　　　　　　　　　　但见众兵将，围杀他二人。
　　　　　　　　　　　只得施展武术，助他兄弟打开东门。
　　　　　　　　　　　迎接喽兵把城进，再拿奸贼郭俊臣。
　　　　　　　　　　　用暗器，打敌人。
　　　　　　　　　　　飞镖袖箭，打得更真。
　　　　　　　　　　　催动坐下马，乱砍众三军。
　　　　　　　　　　　兵丁各个逃走，不敢把守关门。
夏　杰：（唱）夏杰斩锁门开放，
　　　　（上赵亮）
赵　亮：（唱）赵亮率兵把阵临。
　　　　　　　远远瞧见二兄长，心中大悦面生春。
　　　　　　　来至对面一碰手，（三人对上）幸然二兄出关门。
　　　　（白）可喜二位哥哥得脱大难，趁此机会一拥杀进城去，捉拿郭英父子，一齐把他们剐了，方解你我心头之恨。
李　庆：贤弟言之有理，正好搭救老伯出狱，乃是正理。
赵　亮：喽兵们。

喽　　啰：有。

赵　　亮：与二位豪杰，抬枪带马，一齐冲杀进城便了。

（急上吴有仁）

吴有仁：咳呀，可了不得，正然监斩两个犯人，忽然来了两个女寇，乃是云龙山的毛寇，竟将两个犯人劫夺去了。只好急急禀知元帅，捉拿犯人便了。

（内喊一阵，上报子）

报　　子：报元帅得知，今有云龙山女寇，将犯人劫夺去了，又同犯人杀奔东门来了。

郭　　英：这还了得？众将官。

众将官：有。

吴有仁：随本帅努力阻挡贼兵，不得有误。

（上吴有仁与赵亮杀，夏杰与郭英杀，李庆与郭力杀，郭力败下，又上）

郭　　力：咳呀，李庆杀法骁勇，战他不过，不免使暗器百炼飞锤，打他便了。

（唱）李庆这厮多骁勇，险些枪下一命休。

　　　心中不住暗打算，百炼飞锤将他收。

　　　看见不远对了面，

李　　庆：（唱）李庆追赶在后头。

　　　大骂狂徒哪里走？定要拿住把筋抽。（放锤打）

李　　庆：（唱）说声不好栽下马，（倒）

郭　　力：（唱）郭力瞧见乐悠悠。

　　　贼子中锤栽下马，我何不砍他几剑解了仇？

　　　催动坐骑要动手，

欧阳朔：（唱）来了侠客世上游。

　　　欧阳朔名本是我，终日行侠救难愁。

　　　方才街上来行走，正遇奸贼使计谋。

　　　走至近前声断喝，大骂狂徒把天扭。

　　　暗使兵器将人害，看见不平斩你头。

郭　　力：（唱）你是何处贼毛寇？竟敢阻挡拿贼囚。

　　　你快好好给躲开，不然叫你一命休。

欧阳朔：（唱）欧阳朔名就是我，只为救难世上游。

早知李庆身有难，因此前来把他收。
郭　力：咳呦！
（唱）必是深山贼毛寇，自称侠客混胡诌。
说罢拧枪分心刺，
欧阳朔：（白）定身法。
郭　力：呀呔！
（唱）浑身难动如把揪。
咳呀，头迷眼黑如泥塑，好汉息怒听缘由。
恕我无知多冒犯，罪该剥皮把筋抽。
望乞好汉饶恕我，大发慈悲把命留。
欧阳朔：（唱）狂徒仗势行万恶，获罪于天无可求。
侠客慈心乃为本，岂破杀戒诛你头？
杀你之人自然有，我今暂且把你留。
郭　力：（唱）多谢祖宗饶了我。
欧阳朔：（唱）侠义我把李庆收。
你今随我回山去，
赵金花：（唱）来了金花女娇流。
率领女兵把城进，
（白）喽兵们，一齐努力捉拿郭俊臣父子，违令者斩首。
喽　啰：得令。
（赵金花与吴有仁杀，吴有仁败；赵金花又与郭英父子对杀）
郭　力：我说爹爹呀，你看女寇无敌，欲要施展暗器，女寇比我本领还高，你我不如逃走出城去，且等我师兄混横和尚来了，再思收复城池之计。
郭　英：我儿言之有理。就此率残兵逃出城去，安营下寨，不得有误。（同下）
赵金花：哦，贤弟，郭俊臣父子率兵逃走，只得再思擒贼之计。
夏　杰：咳，可叹我盟兄李庆被郭有勉暗器所伤，死于乱军之中，不见尸首，好不令人伤感。
赵金花：死生有命，岂由人力？贤弟不要过于悲痛。单等拿住郭家父子，千刀万剐，再报前仇，以消旧恨。
夏　杰：郭贼逃走，一时难以捉拿，小弟率领喽兵，杀尽家口，少解心头之恨。

就此领兵前去剿其家口。

赵金花：夏贤弟领兵前去，奴可急入帅府，搭救公爹出狱便了。

（上黄家母女）

（诗）无知强暴来求亲，烈女焉能配匪人？

黄夫人：（白）老身康氏。

黄彩云：奴黄彩云。

黄夫人：女儿，前者郭有勋硬求亲事，女儿命人殴打他一顿，他告知其父，必然害咱母女。谁想云龙山女寇将其大营踏破，郭贼命其子进京，搬兵去了，此时不暇与咱母女生事。只怕退了贼兵之时，咱阖家难免其祸了。

黄彩云：母亲请放宽心，凭儿这身武艺，谅他也不敢把咱怎样。

（上家人）

家　人：云龙山二位寨主齐到，将城打破，又命人搭救老爷出狱，现在府外，二人要见夫人。

黄夫人：哦，原来如此，叫人设想不到。就说有请。

家　人：（下，内白）里面夫人有请二位寨主。

（上赵金花、赵银花）

赵金花、赵银花：是，来了。

（唱）姐妹听说一声请，轻摇玉体往前挪。
　　　来到二堂双膝跪，不孝媳妇拜婆婆。

黄夫人：（白）二位寨主姑娘请起，坐下。

赵金花、赵银花：（唱）姐妹叩头抬身起，见婆婆思想丈夫泪如梭。
　　　儿与令郎成婚配，前世造定天作之合。
　　　谁想副将有仇恨，勾串郭力起邪谋？
　　　致使公爹遭罗网，惧罪斩子洗清白。
　　　可怜郎君含冤死，我姐妹岂可贪生世上活？
　　　率兵含冤把城破，搭救公爹出网罗。
　　　单等杀了郭英他父子，姐妹自尽见阎罗。
　　　生前不能同偕老，死后鬼魂再配合。
　　　姐妹说着悲不止，

黄夫人：（白）苦哇。

（唱）夫人含泪把话说。

　　　　似此节烈世罕有，为夫报仇救公婆。

　　　　老身何幸得贤妇，我儿在世喜如何？

　　　　咳，不幸短命不善死，再不能母子相逢夫妻合。

　　　　夫人哭得如酒醉，

（上黄万年）

黄万年：（唱）万年进房看明白。

　　　　一见二女心大怒，尔等无耻太可恶。

　　　　吾儿被擒就该斩，为什么强迫婚姻硬配合？

　　　　老夫英名被你败，致使阖家罪更多。

　　　　黄爷越说越有气，

赵金花、赵银花：（唱）姐妹跪倒把话说。

　　　　公爹且息雷霆怒。

　　　（白）咳，公爹，前者令郎被擒，本当斩首，只因素闻公爹的英名忠义，怎忍加诛？我姐妹愿侍巾栉，令郎决意不允，奴等再三解劝，方应亲事，谁想公爹不愿？妇等自知罪逆，因此率领兵将攻打城池，少赎其逆。

黄万年：胡说，尔等反狱劫牢，抗拒天兵，更使老夫罪上加罪。吾今只好进京领死服法，还可不失为人臣之分。

赵金花、赵银花：咳，天子昏庸，清浊不分，宠信严嵩父子，此去难免杀身之祸，无益于忠良，反为乱臣之名。莫如从速行兵，捉拿严嵩、郭贼二姓奸佞，与万民除害，以清君侧，辨明邪恶。那时见了朝廷诉明冤枉，岂不是好哇？爹爹。

黄万年：哇，哼哼，我黄万年名声远振，天子已封英烈将军，四海无不知之。不幸被尔等陷害，竟为乱贼之名，何敢又来劝我反乱朝廷？尔等是我黄门前世冤孽。

　　　（唱）冲冲怒，气攻心。

　　　　可恨尔等，太也心昏。

　　　　黄某秉忠正，英烈保明君。

　　　　英名传于四海，海外无不知闻。

     而今为叛反，一世英名化无尘。

     又遇尔，叛乱贼。

     劝我造反，太也欺心。

     我本忠良将，世代受皇恩。

     宁可受刑戮死，岂为贼子乱臣？

     快快起过逃命去，不然拿你一同面圣君。

赵金花、赵银花：（唱）羞又愧，呼严亲。

      尊声公爹，且免生嗔。

      总是媳妇错，不该强求亲。

      连累公爹婆母，致使祸及临门。

      不孝媳妇该万死，公爹暂且莫伤心。

黄彩云：（唱）彩云女，启朱唇。

     尊声父帅，不必痴心。

     当今主昏暗，清浊两不分。

     宠信严嵩奸党，残忍杀害忠臣。

     如若进京去领罪，难免刀下见阎君。

     阖家死，作冤魂。

     反被人骂，贼子乱臣。

     莫如从嫂嫂，杀奔京都门。

     天牢搭救伯父，诛尽当头仇人。

     见了朝廷把冤洗，免去刑法又全身。

黄万年：（白）哇！

   （唱）喝逆女，少胡云。

     失规少教，太也欺心。

     劝父行反叛，欺心太不仁。

     不忠不孝之女，全然生在黄门。

     怒气攻心昏迷倒，

   （白）咳呀，（倒）不好，罢了我了。

黄夫人、黄彩云：（唱）母女一见甚忧心。

       上前扶住连声唤，

（白）老爷/爹爹醒来。

赵金花、赵银花：（唱）姐妹二人站起身。

　　　　　　　　　羞愧难当尊婆母，

（白）只因不孝媳妇罪及全家。公爹气恼，攻心昏倒，我姐妹有何面目生于世上？咳，不孝媳妇碰死罢了。

黄彩云： 嫂嫂不可。爹爹不过是气攻于心，请医调治，大料无妨。趁此机会，正好点兵捉拿郭英父子，大报冤仇，何必轻生而死？

赵金花、赵银花： 妹妹所言极是，正合我们心意。奈何爹爹执意不从？如何违背父命，不孝之罪深重？

黄彩云： 嫂嫂不可拘于小节而误大事。爹爹怪罪，全推在小妹身上。

赵金花： 如此，即刻去帅府聚齐青州兵将，候贤妹行师便了。

黄夫人： 梅香。

梅　香： 有。

黄夫人： 将老爷搀扶床上。

梅　香： 是。（搀下）

黄夫人： 哦，女儿，你今杀贼抗敌，反乱朝廷，你父难免反臣之名，你千万不可造次。

黄彩云： 当此之时，引颈待戮也，难免叛乱之名。难得二家嫂嫂，协力诛贼，正好杀入京都，得见天子，诉明冤枉，或可洗白叛乱恶名。母亲再思再想。

黄夫人： 咳，事已至此，任凭你们去吧。

正是：奸贼逼迫为叛逆，要报三江四海仇。（下）

（夏杰、赵亮马上）

夏　杰： 好也呀，是好也，咱弟兄将郭贼家口杀净，将他金银财宝抢空，少解俺心头之恨哪。

（唱）可叹盟兄伤贼手，寻不见尸首伤悲。

赵　亮：（唱）大哥似此哭无益，不如报仇诛奸贼。

　　　　　你我去见二位姐姐，点齐人马把贼追。

夏　杰：（白）贤弟言之有理。

（唱）不言二人进帅府，

（上孟辉主仆）

孟　辉：（唱）再表探信老孟辉。

　　　　　　这日到了青州府，打听李庆祸与非。

　　　　　　谁曾想云龙山发来人共马，兵多将广把城围？

　　　　　　欲探消息难把城进，只好暂且把家归。

　　　　　　不言主仆路途走，（下）

（上郭玉梅）

郭玉梅：（唱）再表小姐郭玉梅。（扮男装上）

（白）奴在法场祭奠李郎，方要开刀，忽然来了二位女英雄，说是云龙山女寇，杀进城来，料想李郎必是被山寇救去。方欲回府，谁想山寇将府内抢掠一空，一定是家口尽遭诛戮，大料母亲必然遇害，无可奈何逃出城来。奴想我未出闺门的幼女，投奔何处安身？咳，爹爹呀，你只顾损人利己，谋害忠良，怎知今日循环报应到了啊？

（唱）父兄做事伤天理，仗势欺人害善良。

　　　　女儿也曾相解劝，良言不纳反逞强。

　　　　时下报应遭横祸，只落家败与人亡。

　　　　正应在积善之家有余庆，积恶之家遭祸殃。

　　　　可怜我母刀下死，抛下了孽障丫头苦难当。

　　　　奴想寿光县内投表弟，鞋弓袜小途又长。

　　　　倘若中途露马脚，遇见歹人遭祸殃。

　　　　不如早死为上策，也免得出头露面担惊慌。

　　　　咳，哭哇哇，悲悲切切寻死路，呀，面前一带水汪汪。

　　　　水流汹涌翻波浪，浮萍泛泛飘在江。

　　　　这是奴的葬身地，造定今生水内亡。

　　　　衫袖蒙面投江死，咳，复又悲啼叫李郎。

　　　　夫妻虽然未合卺，两次相见情义长。

　　　　恋恋难舍多恩爱，不亚梁鸿与孟光。

　　　　李郎哪，你今遇救得活命，怎知你妻命丧长江？

　　　　哭着就要水里跳，

（孟辉急上）

孟　辉：（唱）孟辉瞧见着了慌。

　　　　　跳下马来忙拉住，

　　　　（白）咳，你这小伙子，年纪轻轻的，为何轻生自尽呢？

郭玉梅：老人家你快放手，我不活着了。我这苦命的人，活着也是无益。

孟　辉：你这是什么话呢？在生一日，胜似千年。我这老爷子活这么大年纪还不愿死呢，我看你哭哭啼啼的这个样子。我骑马好跑，咳，差一点你跳下去。我将你拉住咧，你再想要跳，可也不能。

郭玉梅：我乃是遭难之人，生不如死，你这个样子拉拉扯扯的成何体统？是何道理？你快快放手。

孟　辉：你这个人可恨之甚，你又不是老娘们，还怕人拉拉扯扯。像我这大年纪的老爷子，纵然拉着你，也是无奈。你真正无理奇怪。

　　　　（急唱）小后生，太也娇。

　　　　　　　好意救你，你反放刁。

　　　　　　　堂堂男子汉，又非女多娇。

　　　　　　　纵然我就拉扯，于礼却也无挑。

　　　　　　　为何红脸生了气，躲躲藏藏装道学？

　　　　（白）再跳下去，我也不拉着啦。

郭玉梅：（唱）尊老者，听根苗。

　　　　　　　多蒙救命，情重义高。

　　　　　　　我家遭不幸，无故把祸招。

　　　　　　　便想无有生路，因此要赴阴曹。

　　　　　　　方才言语多冒犯，恕我年轻礼未学。

孟　辉：（唱）我见你，生得标。

　　　　　　　风流文雅，腹隐才学。

　　　　　　　如若求名利，何愁步登高？

　　　　　　　为何轻生而死？真是思想不高。

　　　　　　　贵姓高名住何处？有何祸事对我讲。

　　　　（白）你对我说说，有什么事情？

郭玉梅：（唱）要问我，苦难熬。

　　　　　　　小生姓梅，字表云高。

　　　　　　　家住青州府，起祸在今朝。

	只因云龙山寇，率兵硬把家抄。

　　　　　阖家老幼全杀死，小生一人把命逃。

　　　　　投亲友，路途遥。

　　　　　盘费短少，甚是心焦。

　　　　　虽然蒙救命，难免作饿殍。

　　　　　情愿投河一死，免去路途之劳。

　　　　　说着伤心泪如雨，

孟　辉：（唱）老儿也是叹声高。

　　　　　心暗想，自斟酌。

　　　　　老儿无后，树老焦梢。

　　　　　东庙许过愿，西庙把香烧。

　　　　　命中该是无子，想尽方法无着。

　　　　　今日巧遇梅家公子，何不认子以承桃？

　　　　　想罢开言尊公子。

　　　　（白）我说梅公子，你打着我姓啥？

郭玉梅：小生未曾领教。

孟　辉：我姓孟名辉，字培德，乃是寿光县彩樵山的人氏，在朝中做过左都御史，如今不做官啦，也算个乡绅。我看着你是有福之人，我有一言，不好启齿。

郭玉梅：老人家有何见教？

孟　辉：我看你仪表不俗，可惜又遭难了，你若是不嫌弃我老爷子，你认我个……

郭玉梅：老人家为何不往下说？

孟　辉：咱们先说下，我要说了，可别叫我抹不开呀。

郭玉梅：小生无不从命。

孟　辉：我要说了，你别嫌我老爷子。你认我个干老子，我认你个干儿子。

郭玉梅：小生落难之人，多蒙抬爱，无不从命。如此爹爹在上，受孩儿一拜。

孟　辉：哈哈哈，罢了罢了，起来起来。我说干儿子，我且问你，我的外甥李庆，上郭英他丈人家投亲去，听说叫他丈人拿住，入了监了，可是有的事情么？

郭玉梅：此事青州府人人皆知，今日被斩，又被云龙山的女寇劫夺法场救去。李庆事儿，我怎不知道呢？

孟　辉： 幸而外甥得了活命，叫老夫真正欢喜。我说干儿子，就此回家。小子。

家　仆： 有。

孟　辉： 与你大叔带马。

家　仆： 是。

孟　辉： 今天探定外甥信，此日巧认螟蛉儿。（下）

（上济小堂）

济小堂：（诗）瑶草碧桃神仙果，白云黄鹤到人间。

（白）小仙济小堂，乃关辽人氏，向年进考，见严嵩害死杨继盛、夏言，因此把名利二字撇开，大起修道之念，多蒙纯阳老祖度化，炼成仙体，普救有难之人。自从救了黄枚进洞，传他法术，可喜武艺精通，今该他下山，父子、夫妻团圆，指引一番便了。黄枚哪里？

（上黄枚）

黄　枚： 来了。师父在上，弟子有礼。

济小堂： 不消，蒲团坐了。

黄　枚： 弟子告坐。师父将徒儿唤来有何见教？

济小堂： 徒儿不知，是你听了。

（唱）为师与你有缘分，所以将你度山林。

光阴似箭数个月，日夜教你加殷勤。

教与你袖吞乾坤无人比，法术无边玄妙深。

难满灾消元功有，今该你纵横宇宙立功勋。

下山不可青州去，自然有期见天伦。

当此亲人身有难，该你搭救他祸离身。

黄　枚：（白）不知何人有难？得师父指引。

济小堂：（唱）此去急到京州地，自遇机会救亲人。

天机为师不可泄，你家自然把冤申。

说着回身取法宝，两宗贵宝紧收存。

炸海干与降魔杵，乃是吕祖宝奇珍。

黄　枚：（唱）黄枚接过双膝跪，口内连把恩师尊。

弟子异日身得地，以报大恩上山林。

济小堂：（白）是你，去吧。

黄　枚：（唱）黄枚叩头出洞去，（下）

济小堂：（唱）济仙也就封洞门。（下）

（上黄枚驾云）

黄　枚：（唱）驾起祥云空中走。

（白）俺黄枚。拜别恩师下得山来，当此之时，斗柄回寅，万象更新，正是阳春好景，不由得想起父母，好不伤惨人也。

（唱）云中闪目四下看，万象更新好时光。

感觉之下添愁闷，思想起来欲断肠。

遇难虽然恩师救，难忘椿萱在高堂。

只因收了赵氏女，致使大祸起萧墙。

欲要青州救父母，师父命我进帝邦。

言及亲人遭大祸，该我解救他灾殃。

师父指引难违命，只好北京探其详。

金奎云中且不表，（下）

（上严嵩）

严　嵩：（唱）再表严嵩坐二堂。

（诗）峰开五色芙蓉静，花满三台燕子闲。

（白）本相严嵩。可恨奸王朱载垕本参老夫，幸而圣上怜悯，不肯加罪，于赵文华亦免其罪。闻听黄朋隐匿京都，那厮勇力过人，又与奸王羽翼相附，叫老夫心头愤恨，因此奏明圣上，领旨捉拿，以绝后患。命人去请义子岳贵，命他前去捉拿，怎么不见到来？

（上院子）

院　子：禀老爷，小人请来岳老爷，外府候见。

严　嵩：里面有请。

院　子：是，（下，内白）请岳老爷。

（上岳贵）

岳　贵：来了。义父在上，晚生岳贵拜揖。

严　嵩：贤契免礼，落座。

岳　贵：晚生告坐。义父将晚生唤来有何见教？

严　嵩：只因黄万寿之子黄朋现在隐匿京都，欲要为父报仇，老夫思想早早除去大患，请来贤契统领人马捉拿狗子。

岳　贵：好哇，量小非君子，无毒不丈夫。说了半天你老人家要将他剪草除根，恐怕黄朋萌芽复起吧？这有何难？不用大兵，只用校尉二十名捉拿黄朋，易如反掌。

严　嵩：黄朋勇不可当，校尉非是他的对手。

岳　贵：不是孩儿夸口，黄朋他生出三头六臂，也难逃我手。若要一动大兵，倘被奸王知晓，必定上本参奏，更为不妥。

严　嵩：贤契，你料事不差，就此带领校尉捉拿黄朋，不得有误。

岳　贵：得令。（下）

（上黄翠云）

黄翠云：（诗）频频遭难身无主，日日思亲泪不干。

　　　　（白）奴黄翠云。

（上黄柏）

黄　柏：小姐，可不好了。

黄翠云：哦，黄柏，为何这样惊慌失色？

黄　柏：老奴在大街之上，只见严嵩、岳贵率领兵将，口口声声要拿咱家人口。老奴急急回来禀知小姐，早定脱身之计。

黄翠云：呀，奸贼必是奉旨剿拿家口，真正叫人束手无策。

　　　　（唱）一闻凶信魂不在，抖衣而胆战心寒。
　　　　　　举止失措无主意，只落痛苦叫苍天。
　　　　　　黄氏门中多行善，救困扶危济贫寒。
　　　　　　常言说积善之家有余庆，为何累累降祸端？
　　　　　　爹爹业已含冤死，奸贼严嵩又要剿家园。
　　　　　　阖家难免刀下死，实在令人真可怜。

　　　　（白）咳，苦哇。

（上黄朋）

黄　朋：（唱）进来黄朋小魁元。姐姐为何悲啼起？
　　　　　　快向小弟说根源。

黄翠云：（唱）严嵩少刻即来到，拿咱姐弟刀下餐。

黄　　朋：（白）哎呀呀。

　　　　　（唱）闻听此言冲冲怒，无名火起冲九天。
　　　　　　　　大骂严嵩狗奸党，累累欺人礼不端。
　　　　　　　　我父被害身已死，杀父之仇不共戴天。
　　　　　　　　常想报仇寻找路，可幸该死我门前。
　　　　　　　　游鱼入网难逃走，拿住吃心喝血挖出肺肝。
　　　　　　　　说着迈步往外闯，

黄翠云：（唱）翠云拦挡把门关。
　　　　　　　　兄弟你去杀奸党，难免一命丧黄泉。
　　　　　　　　以卵碰石何济事？须得设计想万全。

黄　　朋：（白）奸贼即刻便到，无计可使。

黄翠云：（唱）无非青宫求太子，自然保奏免祸端。

黄　　朋：（唱）严嵩即刻就来到，时刻逼迫不容宽。
　　　　　　　　绑拿阖家刀下死，殿下做主是枉然。
　　　　　　　　束手待擒等着死，何不舍命杀贼奸？
　　　　　　　　纵然不杀贼老狗，就死黄泉心不甘。
　　　　　　　　望乞姐姐三思也。

　　　　　（白）姐姐呀，那严嵩和死党岳贵率兵来咱家，岂可束手待死不成？小弟只可舍命忘生，杀这囚攮的们。

黄翠云：官兵甚众，你一人如何能挡？

黄　　朋：姐姐呀，岂不闻一人舍命，万将难敌？而我有武艺在身，未必遭擒，纵然遭擒，不过一死而已。

　　　　　（上黄柏）

黄　　柏：公子所言极是。待老奴去见奸相，如此这般，将严、岳二个奸贼请至内宅，出其不意，先将岳贵杀死，那时严嵩也难逃活命，也算与老爷报了仇了。咱家纵然受诛，也是瞑目甘心。

黄　　朋：着哇，着哇，倒是黄柏此言不差。是你，快去快去。

黄　　柏：是，老奴遵命。（下）

黄　　朋：如此，我就等着这奸贼们。姐姐呀，你不必惊慌，一旁藏躲藏躲，待小弟杀贼。

黄翠云：咳，苦哇。（下）
　　　　（内喊）
岳　贵：校尉们。
校　尉：有。
岳　贵：一齐努力捉拿黄朋，违令者斩。
校　尉：哈。（下）
　　　　（上严嵩、岳贵，黄柏对上）
黄　柏：黄府家人迎接太师爷。
严　嵩：起过了。
黄　柏：是。太师爷声言捉拿公子，可有圣上旨意么？
严　嵩：老夫奉旨而来，你等何出此言？
黄　柏：非是小人多口，今奉我家小姐之命，太师爷如有圣上旨意，阖家老幼情愿受绑，见了圣上再辩冤枉。
严　嵩：黄朋野性无知，岂肯遵圣上旨意么？
黄　柏：我家公子身得重病，我家小姐善知国法，黄家世代忠良，何敢不遵？
严　嵩：听你之言，你家小姐深明法律，待我进府宣读圣旨，头前引路。
黄　柏：是，老奴遵命。
严　嵩：贤契，听他之言，真乃天绝黄门。校尉们。
校　尉：有。
严　嵩：随爷进府，剿拿家口，不得有误。
校　尉：哈。
严　嵩：（唱）心中喜，面春风。
　　　　　　　黄朋得病，天赐成功。
　　　　　　　正好拿狗子，刀下丧残生。
　　　　　　　除了心腹大患，心中才得安宁。
　　　　　　　叫声贤契速进府，
岳　贵：（唱）岳贵答应头前行。
　　　　　　　迈开步，进大庭。
校　尉：（唱）军卒进府，
黄　朋：（唱）再表黄朋。

　　　　　　设下稳君计，要杀贼严嵩。
　　　　　　单等杀了贼党，心中怒气才平。
　　　　　　杀父之仇今要报，就死黄泉目也瞑。
　　　　　　提宝剑，抖威风。
　　　　　　屏门之后，隐藏身形。
　　　　　　只见贼岳贵，率领校尉兵。
　　　　　　严嵩手捧圣旨，一拥进了门庭。
　　　　　　堪堪至近一声喊，着剑。
岳　贵：（上）咳呀。
　　　　（唱）躲之不及一命倾。（死）
严　嵩：（唱）吓坏了，老严嵩。
　　　　　　连说不好，急走逃生。
黄　朋：（唱）豪杰心中怒，追杀不放松。（下，又上）
　　　　　　天使奸贼送死，你想何处逃生？
严　嵩：（白）咳呀，不好了。
黄　朋：（唱）狠狠举剑望下砍，
　　　　（上校尉）
校　尉：（唱）校尉架住宝剑锋。
严　嵩：（白）咳呀，不好了。
　　　　（唱）忙跑起，逃了生。
校　尉：（唱）校尉努力，各抖威风。
　　　　　　一齐望下赶，截杀不留情。
黄　朋：（唱）豪杰左冲右碰，杀死校尉兵丁。
　　　　　　迈开虎步往上闯，
黄　柏：（唱）黄柏上前把话明。
　　　　（白）公子一时不能除尽奸贼，奸贼漏网而逃，定然重发人马，抄咱的家口。公子急急回府，早作脱身之计。
黄　朋：咳，可惜我未得诛贼，今日使其漏网。咳，只好回府便了。（下）
　　　　（严嵩急上）
严　嵩：吓死人也。谁想中了狗子之计？险些命丧他手。可怜义子岳贵竟在黄朋

剑下丧命。只好急急点起大兵，抄拿这厮满门家口便了。（下）

（上枪马白永）

白　　永：俺白永。方才军卒报道说是提督岳贵叫黄朋糟蹋啦，严太师差一点没叫那小子毁了。众将官。

众将官：有。

白　　永：急急前去，齐心努力，捉拿黄朋，不得有误。

众将官：哈。

白　　永：（唱）不言白永发人马，（下）

（上车辆、黄翠云、黄朋、黄柏）

黄翠云：（唱）再表小姐黄翠云。
　　　　　　姐弟二人逃出府，

黄　朋：（唱）黄朋保车随后跟。

黄翠云：（唱）恐怕官兵来追赶，心中惊慌乱纷纷。
　　　　　　祷告苍天多保佑，（内喊）呀，定是官兵来追寻。
　　　　　　叫声兄弟怎么好？我姐弟必遭擒。

黄　朋：（唱）姐姐不必心害怕，小弟我努力挡退三军。
　　　　　　叫声黄柏护车走，急急逃出彰义门。

黄　柏：（唱）黄柏一同家人保车辆，（下）

黄　朋：（唱）豪杰催马抖精神。
　　　　　　一拧枪杆迎上去，

（上白永）

白　　永：（唱）白永一见怒生嗔。
　　　　　　大骂黄朋小狗子，老爷特来将你擒。
　　　　　　恶狠狠拧枪分心刺，大小三军乱纷纷。（大杀）

黄　朋：（唱）黄朋踊跃全不惧，直杀得尘土飞空迷乾坤。
　　　　　　咳，奈何一人难敌众？霎时间使得汗浑身。

白　　永：（白）我说众将官呢？

众将官：有。

白　　永：这小子后松啦，快使劲把他杀呀，不可放走了他。

黄　朋：（唱）豪杰力尽要落马，（下）

（上黄枚）

黄　枚：（唱）黄枚驾云进了关门。

　　　　　　　瞧见飞尘城内起，人喊马嘶乱纷纷。
　　　　　　　一人率众围了人一个，声声要把黄朋擒。
　　　　　　　黄朋乃是我兄弟，官兵团围在垓心。
　　　　　　　师父之言多灵验，果然北京遇亲人。
　　　　　　　只可努力杀上去。

（白）我弟堪堪被擒，急急闯入重围搭救兄弟便了。（与白永杀）

白　永：来的小儿是谁？你的胎毛未干呢，竟敢为黄朋助战。

黄　枚：奸贼休得胡言。你少爷我叫黄金奎，乃是青州黄总镇之子。知我厉害早早退兵，免作刀下之鬼。

白　永：哎呀呀呀，原来你是黄枚，拿你不着，今日瞧见，正好将你拿住，以正国法。看枪罢！

黄　枚：来，来，来。（大杀）
　　　　你看官兵势重，蜂拥而来，不免使用飞沙走石，打他便了。呀呸。

白　永：不得了了，可不好啦。看看将黄家弟兄拿住，忽然飞沙走石从空而来，把官兵打散了，只可紧闭城门，等风过去再拿。众将官。

众将官：有。

白　永：不可放他兄弟逃走。（下）

（上黄枚、黄朋）

黄　朋：幸亏哥哥来此，不然小弟我一命休矣。不知哥哥从何而来？

黄　枚：此处不便讲话，待我将你背出城去，再讲往事。着急不顾细言，出城自可告诉与你。

黄　朋：咳，好叫小弟我憋闷哪。

黄　枚：（唱）忙背起，小魁元。

　　　　　　　掐诀念咒，起在云端。
　　　　　　　空中急似箭，仙法妙无边。
　　　　　　　霎时出了城外，轻轻落在平川。
　　　　　　　叫声兄弟睁二目，为兄救你到此间。

黄　朋：（唱）心大悦，面堆欢。

　　　　　吾兄救我，免祸得安。

　　　　　前日闻兄长，交结云龙山。

　　　　　收了赵家姐妹，反了青州高官。

　　　　　不知何时把京进？怎么学会驾云端？

黄　枚：（白）咳呀。

　　　（唱）呼贤弟，听根源。

　　　　　这般如此，结了姻缘。

　　　　　回关父帅怒，定斩不容宽。

　　　　　也是不该我死，恩师救我上山。

　　　　　蒙师指引将我救，兄弟因为何事大战兵官？

黄　朋：（唱）若问我，苦难言。

　　　　　因你招亲，惹下祸端。

　　　　　郭英上参本，天子信谗言。

　　　　　可怜你的伯父，活活饿死在狱间。

　　　　　严嵩安心绝后患，奉旨又来抄家园。

黄　枚：（唱）闻此言，心痛酸，

　　　　　哭声伯父，死得可怜。

　　　　　深恨自己错，惜命收红颜。

　　　　　因此人亡家破，愚兄祸罪滔天。

　　　　　父帅青州遭罗网，大料性命难保全。

黄　朋：（唱）尊兄长，免愁烦。

　　　　　吉凶祸福，命里该然。

　　　　　今日救小弟，脱难出城关。

　　　　　你我同心协力，与父大报仇冤。

　　　　　杀了严嵩贼父子，再杀郭英狗佞奸。

　　　　　兄弟俩，话未完。

　　　（上黄柏赶车）

黄　柏：（唱）黄柏护车，来到面前。

　　　　　开言尊公子，一向可均安？

黄　枚：（白）好。

黄翠云：（唱）翠云见了兄弟，心中少解愁烦。

　　　　　　下车问声哥哥好，
黄　枚：（白）妹妹可好？
黄翠云：（唱）你弟兄何时巧遇在此间？
黄　枚：（唱）从头至尾说一遍，又遇妹妹何幸焉。
黄翠云：（唱）翠云闻听把佛念。

　　　　　（白）阿弥陀佛，佛光普照，逢凶化吉。小妹看来，鸣冤报仇有日了。
黄　朋：哥哥你的法术无边，你我进城取严嵩首级，如探囊取物。
黄　枚：兄弟不可。你我同上青州，探你叔父的吉凶，再思诛贼之策。
黄　朋：哥哥说得有理。就此急奔青州便了。

　　　　　正是：绝处逢生凶化吉，弟兄相见喜重逢。

（完）

第十三本

【剧情梗概】 岳强带人到孟家强行接亲,又见常香元貌美,遂将二女一起带走。常广追至岳宅,被岳强踢死。孟彩霞与常香元假意答应岳强,意欲乘其酒醉将他杀死,然而没有刺中要害,反被岳强命人擒拿。此时,海瑞假扮算命先生,恰在岳宅调查该案。他以命相劝岳强,这才保住了二女的性命和名节。调查清楚后,海瑞将岳强诓骗至寿光县衙,拷问强抢民女、打死常广之事。岳强最初百般抵赖,最终熬不过严刑,只得一一招认。严世蕃率兵抵达青州,混横和尚也赶到,他们与郭氏父子会合,共同攻城。赵亮生擒吴有仁,但他和夏杰也被混横和尚活捉。赵金花战败混横和尚,严世蕃军队暂退。黄万年欲处死吴有仁,经赵金花劝说,他才将吴有仁关入大牢,留作日后昭雪的证人。黄氏一家想起黄枚,都十分悲痛。

(上岳强,坐)

岳　强:(诗)歪打官司有脸,铜钱花了若干。
　　　　　　全凭财势交官,当堂定亲完案。
　　　　(白)我,大爷岳强,字永刚。多蒙易父台老盟兄,把孟彩霞断与我为妻。我舅舅那个老东西,实实的不大愿意咧。唯恐他上告,告我倒不怕,岂不耽误这宗美事吗?因择定今日良辰带领打手三十余名,若是顺当便好,如果不让娶人,大爷我与他个硬抢,定是这个主意。三喜哪里?快来。

(上三喜)

三　喜:有,大爷,干你吗?
岳　强:怎么说话呢?听大爷我吩咐,轿马车夫人等可齐备了吗?
三　喜:要那"奏煞"呲?
岳　强:娶亲。
三　喜:嘿,我打着是出殡的事,我定棺罩、打路鬼、引魂幡、铭旌啥的,那么我就去啦。
岳　强:打!打!打!今日是大爷我的喜事,你怎胡说起来啦?

三　喜：是大爷你"死事"？
岳　强：说不得丧话，不要瞎说。是喜事呢，不会说，竟说坏了。三喜啊，吩咐教师带领打手人等，快与大爷娶亲要紧哪。
　　　　（唱）迈步出二堂，（下，又上）门外把马上。
三　喜：（唱）三喜紧跟随，脑袋瓜儿晃。
岳　强：（唱）今日去娶亲，真是有方向。
三　喜：（唱）娶亲这日子，可也能下葬。
岳　强：（唱）大骂狗奴才，话儿说得丧。
三　喜：（唱）出殡娶媳妇，红白事一样。
岳　强：（唱）你要再胡说，翻脸就不让。
三　喜：（唱）看那抬轿的，好像抬棺杠。
岳　强：（唱）一顿马鞭子，欠打你身上。
三　喜：（唱）大爷把我惹，少闹哭丧棒。
岳　强：（唱）说话你不听，回家再算账。
三　喜：（唱）你老把恩宽，不敢把嘴犟。
岳　强：（唱）你是当瞧瞧，看是啥勾当。
三　喜：（唱）我当是打围，驾鹰把犬放。
岳　强：（唱）说话要吉祥，也该细思量。
三　喜：（唱）娶亲这勾当，小子我全忘。
岳　强：（唱）你听这鼓手，吹打真响亮。
　　　　　　　说着进了府，东张又西望。
　　　　　　　走至府门前，不见老岳丈。
　　　　　　　下马进府门，去找我舅丈。
　　　　（白）老丈人不在家？
　　　　（唱）丈人不在家，免去抬硬杠。（下，又上）
　　　　　　　叩拜丈母娘，待我有方向。
　　　　　　　不言小岳强，
　　　（上常广）
常　广：（唱）常广心难放。
　　　　　　　可恨小岳强，狂徒真混账。

带人硬抢亲，打手多雄壮。

门外乱嚷嚷，叫人魂胆丧。

偏偏我姐夫，上京去告状。

家无主事人，这可怎么样？

着急干搓手。（下）

（白）岳强狗子硬要娶亲，这可怎好？咳，只得告诉我外甥女，再做主意咧！走，告诉外甥女去。

（上孟彩霞、常香元）

孟彩霞、常香元：（诗）心烦懒把蛾眉扫，事急常恨是女流。

孟彩霞：（白）奴孟彩霞。

常香元： 奴常香元。

孟彩霞： 哦，姐姐，小妹心惊肉跳，不知主何吉凶？

常香元： 心惊眼跳人之常事，妹妹不必忧疑。

（上常广）

常　广： 外甥女儿，可不……不好了！

孟彩霞、常香元： 爹爹/舅舅，为何这等惊慌失色？

常　广：（唱）这么着那么着，外甥女快拿主意罢。

孟彩霞：（白）咳，狂徒硬来娶亲，真是叫人惊惧。

（唱）忽闻凶传失了色，抖衣而战脸吓黄。

狂徒横行行霸道，何人敢挡贼岳强？

常　广：（白）外甥女快拿主意吧。

孟彩霞：（唱）举止失措无主意，只顾叫苦痛悲伤。

悲悲切切呼舅父，甥女刻下少主张。

咳，不过舍生一命死，岂肯失节从岳强？

说自悲啼难做主，

常　广：（唱）老儿也是泪汪汪。

外甥女儿休短见，去见你妈说其详。

一同相劝岳公子，花言巧语将他诓。

只说你爹不在府，无有簪环少嫁妆。

择的日子多不好，另择良辰再拜堂。

	万一说得狂徒去，岂不躲过祸一场？
	说着慌忙出房去，
孟彩霞：	（唱）彩霞含悲说其详。
	小妹若不寻自尽，少刻被抢羞难当。
常香元：	（白）小妹不可，万一二老劝他回去，也未可定。
孟彩霞：	咳。
	（唱）狂徒淫邪谋亲事，岂可善念回心肠？
	也是该我命如此，造定今生不善亡。
	妈呀你把闺女害，引诱岳强起祸殃。
	祸及爹爹遭词讼，逼迫孩儿一命亡。
	阖家骨肉生拆散，你老心中果安康？
	这佳人哭罢多时心暗想，复又转回细思量。
	奴家豁自一命死，何不学邬氏飞霞刺梁王？
	一则得把冤仇报，二则除害这一方。
	那时我再寻自尽，贞洁烈女美名扬。
	正是彩云主意定，

（上常氏）

常　氏：	（唱）常氏妈妈进了房。
	满面带笑呼爱女，
	（白）我说闺女呀，这个事你也不必哭啦，妈妈我早把你许配岳强啦。总怪你爹爹老杀才，他又把你许配李庆了，闹了个惊动官府告状。如今当堂公断，把你又断与岳强，你纵是不愿意可也不中啦。何况老岳家家豪富大，奴婢成群，有吃的，有戴的，有穿的，有盖的，还找啥样主？那主有多好啊！岂不如那囚犯李庆吗？妈的好闺女，快快地梳洗梳洗上轿去吧。人家来了一大些人，你若不上轿，人家还不抢你呀？你想叫人家拉拉扯扯的多么磕碜。妈的好闺女呀，咳，你怎不说话呀？
孟彩霞：	咳呦咳，母亲，你呀，你呀，不过是要我一死罢了。
常　氏：	咳呦，我怎的咧？
孟彩霞：	事已至此，孩儿只可如此了。
常　氏：	这才是妈的好闺女呢。

常　广：全是姐姐，你闹得一家不和，你看外甥女儿哭哭啼啼的，就是娶了去，也是不和美，总是劝那岳强王八蛋、小兔羔子，改日再娶吧。

常　氏：你少要胡说，这个事你管不了。

（上岳强）

岳　强：这个舅爷，舅母，丈母娘，天不早咧，该上轿了。

常　氏：咳呦，是啦，我说侄女呀，你扶持她梳洗梳洗好去上轿。

常香元：是，我知道了。

岳　强：咳，这个美人生得令人可爱。我说舅妈，丈母娘，不知这位又是谁呢？

常　氏：那是我娘家侄女。

岳　强：莫非是常舅爷的令爱？

常　氏：就是她。

岳　强：好好，真是好人品，好人品。我何不当面提亲，一同地搬娶过门？夜战双美，岂不更好？我说这个常舅爷，我看这位表姐生得倒也美貌，人品出众，与我做个二房如何呢？

常　广：公子言之差矣，小女早已过门，是有夫之妇，岂可再嫁呢？

常　氏：外甥使不得。人家有了男人啦，那可使不得呀。

岳　强：一起不是更好吗？

常　广：岳公子不必再言，断乎不敢从命。

岳　强：我劝你从了倒好。若是不从，我就要硬抢。

常　广：唉，我看你抢个大钱的。

岳　强：那时可不体面啦。

常　广：哈哈，我把你这万恶的狂徒，真正反了。

（唱）双眉皱，二目圆。

大骂狗子，万恶滔天。

未从起邪念，也该细详参。

吾女有夫之妇，岂可再把亲连？

不应你就要硬抢，不怕暗中有循环？

岳　强：（白）哈哈咧。

（唱）老坏种，胆包天。

竟敢骂我，该把嘴扇。

　　　　　　前者对这事，挑唆献谗言。
　　　　　　至今亲事来要，甥舅结下仇冤。
　　　　　　我心早就把你恨，今日定与你女会巫山。
常　　氏：（白）外甥不可生气，看我吧。
常　　广：（白）咳呀咳呀。
　　　　　（唱）狗子你，太狂癫。
　　　　　　舍了老命，要把理言。
　　　　　　猛劲撞了去，（岳强倒）按倒地平川。
　　　　　（白）着打！我与你偿了命吧，狂徒着打。（打介）
常　　氏：（唱）叫声兄弟快快松手，不要任性闹狂癫。
常　　广：（白）咳，打死我与你偿命吧。
岳　　强：哎呀哎呀，罢了罢了。
　　　　　（唱）疼痛难忍叫家将，
家　　将：（白）有。
岳　　强：（唱）快救大爷齐上前。
　　　　　（白）小子们快来救我。
家　　将：有。
　　　　　（唱）众走狗，齐上前。
　　　　　　急忙马上，怒发冲冠。
　　　　　　上前捉常老，恶狠齐挥拳。
岳　　强：（白）小子们，与我把他拉到外边去打。
家　　将：（唱）众人捉出常老，（拉下）
岳　　强：（唱）岳强二目瞪圆。
　　　　　　小子快抢常氏女，与爷我作偏房丫鬟。
常香元：（唱）香元女，自详参。
　　　　　　今日被抢，面上何颜？
　　　　　　何不上轿去，设计杀狗男？
　　　　　　进房尊声公子，息怒且把恩宽。
　　　　　　情愿陪伴我表妹，侍奉公子把茶端。
岳　　强：（白）要是这么说，我还那么做啥呢？快上轿。

常香元：（唱）无可奈何去上轿，暗藏短刀在身边。
常　氏：（唱）常氏送出府门外，（下，又上）回房悲啼泪不干。
岳　强：（唱）岳强登鞍上了马，身上虽疼心内欢。
　　　　　　　　今夜晚间收了二美，一对新人伴着我眠。
　　　　　　　　洋洋得意往前走，轿马人夫闹声喧。
　　　　　　　　鼓乐喧天多热闹，观看人儿齐上前。
　　　　　　　　不言岳强娶亲事，
常　广：（唱）常广挨打真可怜。
　　　　　　　　一瘸一拐出了府，
　　　　（白）可罢了我了，这个王八兔羔子们打坏我了。闺女、外甥女全被狗子硬抢去啦，偏偏我姐夫不在家。我姐姐她与岳强一条腿儿，可我有啥法子？大料她姐妹难免一死，剩下我一条老命，我也没活头啦。我一定找这狂徒去舍死拼命，和女儿们死在一处去罢。可苦了我了。
　　　　（出海瑞坐）
海　瑞：（诗）报国忠心光日月，爱民如子暖乾坤。
　　　　（白）下官海瑞，扮作占卜算命先生，前去寿光县私访土豪恶霸。方才乡人纷纷乱嚷，说岳强硬抢孟辉之女为婚，我不免赶去，好保孟小姐名节，也未可定。（下）
　　　　（上岳强）
岳　强：（诗）人生唯有婚姻乐，今日方才随我心。
　　　　（白）我是岳家大爷，小名强头。可今日娶来两个美人，方才拜了天地，真是千金不换第一乐也。
　　　　（上家仆）
家　仆：禀告我大爷，常广堵着咱门口，骂不绝声，要与大爷拼命呢。
岳　强：咳呀，这个老坏种，竟敢前来找死。小子们。
家　仆：有。
岳　强：将他给我捉进来。
家　仆：是。
常　广：我把你这个王八羔子，咱们俩拼了命罢。
岳　强：常广，你这老杂毛，竟敢在我这门首，骂不住口。爷我告诉你说，若不看我丈母娘是你姐姐和你闺女是我媳妇面上,你可难免一死。

常　　广:哎呀呀,岳强,你要将我女儿送回,万事皆休。

岳　　强:岳大爷我好不容易抢到手里,给你送回去,没有那事。

常　　广:你若不送回去,我老爷子与你拼了命了!岳强呀岳强,我把你狗子,可气死我了。

　　　　(唱)咬牙皱双眉,怒气冲满面。
　　　　　　高声骂岳强,杂种王八蛋。
　　　　　　仗势任意行,硬要欺良善。
　　　　　　吾女有丈夫,抢来竟霸占。
　　　　　　竟不怕王法,横行胡作乱。
　　　　　　送回我女儿,啥事全都散。
　　　　　　如若不送回,舍死拼命干。
　　　　　　说着撞羊头,

岳　　强:(白)哈。

　　　　(唱)岳强怒满面。
　　　　　　大叫老杂毛,屡次来作乱。
　　　　　　挑唆我舅舅,才把亲事断。
　　　　　　多亏知县官,断亲才完案。
　　　　　　所以恨在心,把你闺女干。
　　　　　　与我作媳妇,快乐报仇怨。
　　　　　　竟敢找上门,拼命望我干。
　　　　　　大爷有威名,谁敢把我犯?
　　　　　　大胆辱骂爷,不待把你惯。
　　　　　　叫声小子们,

家　　仆:(白)有。

岳　　强:(唱)快把衣服剥,猛劲一齐揎。

家　　仆:(唱)慌了众家仆,答应不怠慢。
　　　　　　按倒常进财,剥衣身体现。
　　　　　　绳子沾水抽,

常　　广:(白)咳呀。

（唱）打得浑身战。

疼得不住喊，身子嗒嗒颤。

大骂贼羔子，杂种王八蛋。

打死你爷爷，立地把茔看。

岳　强：（唱）岳强听此言，气得颜色变。

走至近前踢一脚。

常　广：（白）咳呀，罢了我了。

岳　强：我把你个老杂毛，你再骂我，我踢死你。（踢介）

家　仆：大爷呀，这回一脚把他踢死咧。

岳　强：好不要脸的东西，叫我一脚踢死咧。

家　仆：可不是，看看真死啦。

岳　强：小子们，将尸首扔在后花园土井里去。

家　仆：是。伙计们，大家合着手来来。（抬尸下，又上）禀大爷，府外来了一位算命先生，有急事求见。

岳　强：请他进来。

家　仆：（下，内白）我们大爷请你进去呢。

（上海瑞）

海　瑞：来了。公子在上，愚下有礼。

岳　强：好说，先生请坐。

海　瑞：有坐。

岳　强：不知先生有何事要见我？

海　瑞：公子听了。

（唱）公子在上容我禀，在下云游四海为家。

幼年曾学周易卦，出外算卦作生涯。

袖里阴阳无不准，趋吉避凶自无差。

贵府今日把亲娶，何人选择？日子不佳。

岳　强：（白）是我自己选的好日子。

海　瑞：（唱）今天本是黑道日，丧门当值犯红沙。

公子今日要合卺，难免杀身大祸加。

非我直言触君怒，只因日子择得差。

岳　强：（白）哦，哦。

（唱）点头无言心中暗想，先生他算法真精华。

方才打死那常广，喜中生忧不怎么。

说罢便把先生奉。

（白）多承先生指引，小可我定有重谢。今日合卺，可有破法无有？

海　瑞：公子，今逢黑道，又犯红沙，绝无可破。必得再选良辰吉日，方可完婚配偶，拜堂成亲。

岳　强：先生所言极是。请先生再把我生辰八字推算推算才好。小生我是戊申年，三月初五日子时生人。求先生直言一算。

海　瑞：哦，待我算来。哦，公子贵造乃是蝴蝶之格局，定主大富大贵之命。又有红鸾星入运，今年流年，贵神六合，朝临主日得双妻。

岳　强：哈哈哈，先生不要奉承。

海　瑞：在下不会奉承，就是直言无隐哪。公子请细听。公子生于戊申年，是土命，土能生金，故而大富；庚申皆属金，二金生扶有力，旺而生水，水能生财，财能升官，故主大贵。若论一生，多得贵人提拔。而且按五行性情讲来，你是仗义疏财，不亚孟尝君。按四柱格局推去，你是财官双美，犹如行阳运，诸事如意。况且时下正交子运，目下虽未得官贵人扶助，禄马暗动，官符有日，不久就有。

岳　强：哈哈哈，好先生，好先生，好先生。果然是好算法，如同亲眼看见一般。不才仰蒙先人所遗，家资颇称豪富。若论功名，虽不读书，现有贵人与我交好，若说三二品的官职，吹灰之力，便可以得。先生之言，果然不错。请留住在府下，择选吉日，好好选择，好成佳偶，以图长久。小子们。

家　仆：有。

岳　强：请先生书房安寝，用好茶叶泡茶。

家　仆：哈，先生随我来。

海　瑞：来了。

岳　强：咳，好不凑巧，刚刚美人到手，偏偏的今个又犯红沙，不得成真好事。不免前去看看美人，唠个嗑儿便了。

正是：性如狂蜂同浪蝶，爱向花丛上下飞。（下）

（上孟彩霞、常香元）

孟彩霞：（诗）贞洁常忧强暴污，见机而作刺狂徒。

（白）奴孟彩霞。

常香元：奴常香元。哦，你我被狗子抢来，在这狂徒府中，大料单等夜晚刺杀狗子，报仇雪恨。须要小心注意，见机而作。

（上岳强）

岳　强：二位美人在房么？

孟彩霞、常香元：公子来了，请坐。

岳　强：有坐有坐，二位美人不要烦恼。

孟彩霞：奴我醒过蒙来了，不烦恼啦。

常香元：奴我自来就不烦恼，多承公子矜念，我们姐妹全都劝喜了。

岳　强：哈哈，好！好！你我三人有缘分，成就夫妻，享不尽的荣华富贵。你想有吃的，有戴的，有穿的，有盖的，乐乐哈哈的，有多么好哇。

孟彩霞、常香元：可不是呢？我二人幸得侍奉贵人，我们其不乐乎呢。

岳　强：对，对。

（唱）吩咐梅香摆酒筵，干果碟子往上端。

梅　香：（白）是。

岳　强：（唱）满满斟上两杯酒，二位娘子开怀畅饮少羞惭。

孟彩霞、常香元：（白）公子说哪里话来？我们可不羞惭了。

岳　强：（唱）这是咱夫妻吃的交杯盏，表示从此和美两合欢。

孟彩霞、常香元：（唱）心中怀恨面上带笑，和颜悦色把话言。

我姐妹与贵人结了秦晋，享不尽人间福绵绵。

遂我姐妹平生愿，夫唱妇随过百年。

敬领贵人酒一盏，回敬三杯礼当然。

岳　强：（白）哈哈，那我可不推辞，领了。梅香。

梅　香：有。

岳　强：看大杯过来。

梅　香：晓得了。

岳　强：这是喜酒，我是得喝的。

（唱）连喝三杯说醉了，心中恍惚坐不安。

　　　　　　　　伏桌而寝沉沉睡，
孟彩霞、常香元：（唱）姐妹一见喜心间。
　　　　　　　　今该狂徒一命尽，趁此正好杀狗男。
　　　　　　　　叫声梅香与仆妇，各自回房去安眠。
梅　香：（白）是了。
常香元：（唱）但见梅香出房去，取出利剑拿手间。
　　　　　　　　恶狠狠地照着脖颈刺，
岳　强：（唱）咳呀一声躺在平川。
　　　　　（白）咳呀，杀了人啦！可了不得啦！
　　　　　（唱）连忙大叫一声喊，
众　人：（唱）惊动小子与丫鬟。
　　　　　　　　一齐上前忙搀起，
岳　强：（唱）咳呀，疼得难忍战一团。
　　　　　　　　带怒便把小子叫，
　　　　　（白）梅香、小子们，这两个贱人，不怀好意，暗中行刺，把他们小刀子快夺过来，快快把她俩绑上。
（绑孟彩霞、常香元）
常香元：罢了是罢了，我姐妹杀你这狗子，与万人除害，以报前仇。可恨未杀掉狗命，只是枉费心机，我姐妹不过有死而已。
岳　强：将这两个贱人锁在空房，少刻处死，绑下去。
梅　香：是。
岳　强：咳呀，好疼好疼，真好疼。刀子扎错了，扎在肩膀子上啦，要是扎在脖子上，定糟蹋啦。酒也吓没啦。那先生果然算得灵验哪。小子们呢？
小　子：有。
岳　强：快请先生来见我。
小　子：是，先生随我来。
（上海瑞）
海　瑞：来了。公子相召有何见教？
岳　强：先生啊，自悔不听先生之言，这般如此，挨了一小刀子。先生果然阴阳有准，实实敬服。已将两个贱人锁在空房，少刻处死。

海　瑞：方才已曾说过，今日犯凶煞，新人所以凶神附体，因此行刺，何怪新人呢？再择吉日，拜堂完婚，夫妻自然和美。

岳　强：哦，新人行刺是凶神附体？这么一说，还是怪错新人啦？梅香。

梅　香：有。

岳　强：快快地与你二位奶奶松绑，小心看守，莫叫她们寻短见。

梅　香：是。

岳　强：小子们呢？

家　仆：有。

岳　强：请先生书房安宿，酒筵伺候。

家　仆：是，先生随我来。

海　瑞：来了。

家　仆：咳，好丧好丧，方欲洞房花烛夜，谁想今日犯凶煞？

梅　香：（内白）与二位奶奶松了绑，随我上屋里来吧。

常香元：（内白）苦哇，苦哇。

　　　　（上孟彩霞、常香元、丫鬟站）

孟彩霞、常香元：咳，苦哇，苦哇，咱姐妹本想刺杀狗子一死，怎奈反受其害呀？

　　　　（唱）姐妹二人只发恨，恨我未得除贼人。

　　　　　　　杀虎不成反被噬，狗子岂肯善甘心？

　　　　　　　难免强迫成亲事，贞节难保必失身。

　　　　　　　咳，恶狗看守加防范，大料不久命归阴。

　　　　　　　想到此间心难过，只落痛哭泪纷纷。

　　　　　　　妈呀，算是你把我们害，只弄得出头露面辱家门。

　　　　　　　爹爹/姑夫上京又去告状子，怎知孩儿我们大祸临身？

　　　　　　　大料着今生难见面，不能尽孝奉双亲。

丫　鬟：（白）奶奶们睡觉吧，别哭了。

常香元：（唱）姐妹止哭要安寝，

丫　鬟：（唱）奴仆止灯闭房门。

　　　　　　　一齐上床安眠了，

　　　　（上常广鬼魂）

常　广：（唱）常进财屈死来显魂。

　　　　　　（白）女儿们哪唔。
常香元：（唱）睡梦间睁开愁眉眼，忽见一人甚惊人。
　　　　　　披头散发多狼狈，浑身是血湿衣襟。
　　　　　　梦中惊醒嗒嗒颤，
常　广：（白）唔唔……
　　　　　　（唱）进财冤魂把话云。
　　　　　　（白）女儿们，我是汝父常进财。今被岳强活活踢打已死，我所以床前托梦与你们报仇。今有海老爷，现在府上，他自然救你姐妹脱难。谨记谨记，为父去也。
常香元：爹爹呀！（起来，追）爹爹转回来，转回来咳。
孟彩霞：咳呀，姐姐醒来，姐姐醒来。
常香元：咳呀，可不吓死人也。奴父方才血淋淋的身体进得房来，言说被岳强踢打已死，说咱姐妹不可寻死，自有海老爷解救脱难。
孟彩霞：如此说来，舅父被岳狂徒打死了？咳，舅父哇！
常香元：妹妹不可声张，打听府下梅香，自然知道。你我安歇了吧。
孟彩霞：咳，好苦哇。
　　　　　　（上混横和尚）
混横和尚：（诗）五云缥缈烟霞近，万里迢遥路途长。
　　　　　　（白）出家人混横和尚。奉了师父之命一到青州，帮助师弟郭有勋捉拿赵氏姐妹，只得前去便了。
　　　　　　（内报）
卒：　　报元帅得知，离青州四十里之遥。乞令定夺。
严世蕃：看平阳之地，安营下寨。
　　　　　　（升帐，二将立）
孟岐、娄高：（诗）大将南征胆气豪，腰横秋水雁翎刀。
　　　　　　　　旌旗日暖微风动，杀气冲空锁碧霄。
孟　岐：（白）俺左先锋孟岐。
娄　高：俺右先锋娄高。
孟岐、娄高：元帅升帐，在此伺候。
　　　　　　（上严世蕃）

严世蕃：（诗）三尺龙泉吐光芒，英雄事业海天长。

（白）本帅严世蕃。大兵已到青州，离城四十里安营扎寨。已命长探报与郭俊臣，内外夹攻，何愁不破女寇？

（上卒）

卒：　　报元帅得知，郭元帅已到营外。

严世蕃：起过了。

卒：　　哈。

严世蕃：郭仁叔已到，定是青州有失，待我迎接。

（唱）一闻此信心纳闷，欠身离座下中军。

（下，内白）仁叔哪里？

郭　英：（内白）贤侄哪里？

严世蕃：（内白）仁叔可好？

郭　英：（内白）你父驾安？

严世蕃：（内白）我父是好的。

郭　力：（内白）妻兄可好？

严世蕃：（内白）好嘛，哈哈。

（内唱）不知仁叔贵驾到，迎接来迟罪深深。

（内白）仁叔请。

郭　英：（内唱）携手同行上大帐，

（同上，坐）

严世蕃：（唱）三揖三让坐中军。

仁叔率兵到营内，莫非贼兵破了关城？

郭　英：（唱）从头至尾说一遍，自恨无才丧三军。

丧师辱国失郊界，算是老夫获罪深。

盼望贤侄如饥渴，夺回青州把贼擒。

严世蕃：（唱）兵家胜败是常有，仁叔何须甚忧心？

正然说话军卒报。

（上卒）

卒：　　（白）报二位帅爷得知，营外来了一位道人，口称混横道人，求见元帅。

郭　英：起过了。混横大师到来，不可怠慢，待我儿出营迎接。

郭　　力：孩儿遵命。（下，又上）师兄可好？
　　　　　（上混横和尚）
混横和尚：师弟可好？
郭　　力：师兄请。
混横和尚：师弟请。（行礼）元帅在上，山人稽首。
郭　　英：仙长请坐。
混横和尚：洒家有坐。
郭　　英：不知长老光临，有失远迎，面前恕罪。
混横和尚：岂敢哪岂敢？洒家助阵来迟，失了青州，多多有罪。
郭　　英：好说。而今大兵齐集，又有大师父前来助阵，何愁不能收复青州，扫灭山寇？众将官。
众 将 官：有。
郭　　英：后帐排宴伺候。
众 将 官：哈。
郭　　英：仙长请。
混横和尚：元帅请。
　　　　　（升帐，夏杰、赵亮站，赵金花、赵银花坐）
赵金花、赵银花：（诗）耀武扬威冲碧天，除退奸党万民安。
　　　　　　　　　诛尽谗臣冤仇报，要学从军花木兰。
赵 金 花：（白）奴赵金花。
赵 银 花：奴赵银花。
赵 金 花：前者一战破贼，夺了青州，救出公爹。公爹怒恨未休，因气得病，至今未愈。我姐妹羞愧无地，要自尽而亡，多得彩云妹妹苦劝方止。今日大合人马，与夫报仇。青州仓库丰足，粮草不亏，正好行师，捉拿郭家父子。
　　　　　（上报子）
报　　子：报寨主得知，京中发来无数人马，城外要战。
赵 金 花：再探。
报　　子：得令。（下）
赵 金 花：小弟听令。

赵　　亮：在。

赵金花：你带领三千人马攻打头阵，不得有误。

赵　　亮：得令。喽啰们。

喽　　啰：有。

赵　　亮：抬刀备马，冲杀上去。

军　　校：（内白）列开旗门！

（上吴有仁对赵亮）

赵　　亮：你这小子不是吴有仁吗？

吴有仁：正是你老爷我呀。

赵　　亮：好你囚攮的，我姐夫他救了你一命，你反害他一死，今日正好拿你报仇，与我姐夫雪恨。看枪吧！

吴有仁：来吧。

（大杀，吴有仁落马）

赵　　亮：军校们。

军　　校：有。

赵　　亮：快将这小子绑进城去。

军　　校：哈。

赵　　亮：军校们，冲杀上去。

（上混横和尚，步战对赵亮）

混横和尚：你这小子是谁？竟敢拿去将官，真是撒野。报名上来领死吧。

赵　　亮：你爷爷我叫赵亮。你这秃驴叫什么东西？

混横和尚：你祖师爷混横。要知厉害，早早下马受死。

赵　　亮：好秃驴，叫什么混横。看你也不是好东西，上这里混横来了。看枪罢。

混横和尚：来，来，来。（大杀一阵，赵亮败下，夏杰上，对混横和尚）你这黑小子是谁？快快报名上来。

夏　　杰：你爷爷我名夏杰。秃驴何名？竟敢前来送死。

混横和尚：若问仙长，是你听了。

（唱）双眉皱，二目圆。

叫声黑汉，细听我言。

洒家名混横，出家净真观。

郭力是我师弟，我才来在这边。

帮助师弟拿反叛，我今一定全捉干。

夏　　杰：（唱）既出家，在庙观。

奉念黄经，苦修参禅。

慈悲是为本，积德占人先。

因何混乱世界？不怕犯罪终天？

劝你收心回庙去，不然叫你染黄泉。

混横和尚：（唱）我师弟，到庙观。

请我助战，来到此间。

投军把功立，扫灭云龙山。

拿住赵家姐妹，与我师弟报冤。

洒家我既来帮助，将你反叛全拿干。

夏　　杰：（唱）心起火，怒冲冠。

大骂秃驴，少发狂言。

既然当和尚，胆大到军前。

说着拧枪便刺，

混横和尚：（唱）和尚急架相还。

战了多时无胜败，心中辗转自详参。

这小子，勇无边。

一路枪法，令人胆寒。

若与他恋战，得胜只怕难。

何不用定神法，将他拿回营盘？

虚晃一剑败下去，急回步来指将官。

夏　　杰：（白）呀。

（唱）身难动，手腕酸。

浑身不动，泥塑一般。

昏迷栽下雕鞍。

混横和尚：（唱）和尚传令叫小子，快将这厮用绳拴。

军　　校：（白）绑着绑着。

（上赵亮）

赵　　亮：（唱）小赵亮，把阵观。

　　　　　　只见二哥，绑入营盘。

　　　　　　催马往上闯，大战到阵前。

　　　　　　二人大战一处，银枪直刺胸前。

　　　　　　越杀越勇精神长，

混横和尚：（唱）敌他不过还照前。

　　　　　　（大杀，混横和尚败下，又上）

　　　　　　（白）这小子杀法骁勇，哪有闲工与他耐战？还用定神法定他。

赵　　亮：秃驴哪里走？咳呀，不好。（落马）

混横和尚：军校们，给我绑了。

军　　校：哈。

　　　　　　（上赵金花）

赵金花：好秃驴，擒去我兄弟。快快送回，饶你不死。

混横和尚：不放回呀。你这花奴想是赵金花，正好拿你与我师弟报仇。看剑吧。

赵金花：来，来，来。

　　　　　　（大杀一阵）

混横和尚：咳呀，这花姑娘，英勇善敌，哪有闲工与她久战？不免用飞镖。

赵金花：待我接过。

混横和尚：咳呀，这个花奴将我飞镖收去，真是可恼哇。

　　　　　　（唱）咬牙切齿说可恼，收去我的宝飞镖。

　　　　　　　任凭你武艺妙，怎敌山人这飞刀？

　　　　　　　对准丫头撒出去，

赵金花：（唱）金花一见乐滔滔。

　　　　　　不慌不忙接在手，再叫和尚听分晓。

　　　　　　有啥暗器只管使，试试你高是我高。

混横和尚：（唱）和尚一见红了眼，我今定与你拼了。

　　　　　　今天若不拿住你，怎与师弟把仇消？

　　　　　　说罢抡剑杀上去，

赵金花：（唱）金花急忙手抡刀。

　　　　　　疆场大战心犯想，不免假败阵外逃。

混横和尚：（唱）和尚一见哈哈笑，料想你望哪里逃？

　　　　　　舍死拼命往下赶，

赵金花：（唱）将马圈回仔细瞧。只见秃驴赶来了。

　　　　（白）好秃驴，真正赶下来了，不免祭起斩仙剑斩他，结果这个秃驴。秃驴看剑。

混横和尚：咳呀，不好。（跑下）

赵金花：只看秃驴一阵旋风似的跑了。天色已晚，只得收兵，再想法搭救兄弟要紧。众将官。

众将官：有。

赵金花：收兵回城。

　　　　（上和尚，坐地）

混横和尚：咳呀，吓死我也，吓我死也。这个花奴，使来什么东西。耀眼明光，直奔我来。幸得我练就两条飞毛腿，拼命地好跑，不然还得糟蹋了呢。咳呀，只得回营想法，再拿这个贱人吧。众将官，就此回营哈。

　　　　（上黄万年）

黄万年：（诗）明君误听奸臣语，逼迫忠良为叛臣。

　　　　（白）老夫黄万年，前因气得病，昏迷不醒。谁料女儿彩云她与赵家姐妹，招聚兵将，要拿郭贼报仇，青州众将无不乐从，我只好从权，单等朝廷发来人马，我再向元帅诉明冤枉，进朝领罪伏法。不料又是仇人严世蕃领兵为帅，焉能洗清冤屈？咳，可叹我黄万年为国多立功勋，不幸为奸臣逼迫，落了个叛臣之名，好不恨也。

　　　　（上赵金花、赵银花）

赵金花、赵银花：公爹在上，儿媳参拜。

黄万年：尔等出城会战，胜败如何？

赵金花、赵银花：夏杰、赵亮被和尚擒去，我等擒来吴有仁，请公爹发落。

黄万年：拿住狂徒，正好报仇雪恨。尔等退下。

赵金花、赵银花：儿媳们遵命。

黄万年：众将官，将吴有仁捆绑上来。

　　　　（绑上吴有仁）

吴有仁：望元帅留我一条草命罢。

黄万年：吴有仁哪吴有仁，我把你这无义的狂徒，老夫一向未曾亏你，你为何勾串郭英，枉奏于我？害得我父子身负罪逆，有冤无处可诉？贼子呀贼子！

吴有仁：元帅老爷有难，全是郭有勋之过，末将我未曾上表哇，元帅。

黄万年：你若不本奏朝廷，朝廷也不能深信。你害得我家破人亡。吴有仁呀吴有仁，我把你这贼呀，我就将你千刀万剐、碎尸万段，难消我心头之恨哪！

（唱）心起火，怒生嗔。

大骂狗子，丧尽良心。

帐下为副将，待你恩德深。

竟敢忘恩负义，反倒害我黄门。

勾串郭英贼父子，将无作有奏圣君。

当今主，宠佞臣。

致使本帅，大祸临身。

兄在狱饿死，爱子命归阴。

阖家俱受冤枉，无处可把冤申。

可巧今日拿住你，定要剥皮抽你筋。

吴有仁：（唱）心害怕，走三魂。

口尊元帅，容奏原因。

末将焉能敢，枉奏主当今？

全是郭英父子，勾串严嵩奸臣。

严世蕃设计上参本，因此元帅才大祸临了身。

黄万年：（白）哇！哼哼。

（唱）我命你，上表文。

就该上朝，启奏圣君。

为何将奏表，献与郭俊臣？

分明勾串贼子，设计害我黄门。

不打谅你不招认，

（白）军卒们。

军　卒：有。

黄万年：（唱）将贼子重打四十问原因。

（白）拉下去着实重打。

吴有仁：（唱）打得我，血淋淋。

　　　　　　　疼痛难忍，好似穿心。

黄万年：（白）吴有仁，是你招上来。

吴有仁：是。

　　　　　（唱）叩头呼元帅，息怒暂开恩。

黄万年：（白）招上来。

吴有仁：是我招哇。

　　　　　（唱）情愿从实招认，再也不敢胡云。

　　　　　　　只因郭力战山寇，看见小姐起邪心。

　　　　　　　进帅府，面求亲。

　　　　　　　元帅大怒，赶出府门。

　　　　　　　狗子心怀恨，找我吴有仁，

　　　　　　　一同求见其父，上本残害大臣。

　　　　　　　末将一时无主意，事在而今悔在心。

黄万年：（唱）黄爷闻听心更怒。

　　　　　（白）吴有仁，我把你这狂徒，前者会战被擒，说是我儿招亲，从权辱命，按军法理应斩首，老夫不忍，格外施恩，将你释放，但责打四十就算处理了。是老夫原谅，特别减轻。谁想贼子你反不知恩，反倒怀恨谋害老夫？像你这样无义之徒，就是千刀万剐，死有余辜。刀斧手。

刀斧手：有。

黄万年：将这贼子绑下去开刀。

吴有仁：咳呀，元帅呀，若论我做的事，一点点地剐也不冤屈，还望元帅格外开恩，留我一条狗命，再也不敢做这王八蛋兔羔子的事情了。

黄万年：哦！吴有仁哪吴有仁哪，像你这贪生怕死，就不该暗起亏心，将无作有，谋害老夫，这也是天网恢恢，疏而不漏，该我黄万年大报冤仇。我岂肯违了天命，饶你这贼子？刀斧手！

刀斧手：有。

黄万年：绑下去杀。

吴有仁：咳呀，这一回可要糟蹋了。

赵金花：（内白）刀下留人。（上）公爹不可。欲要洗白咱一家冤枉，尽在吴有仁口内，未可一时愤怒将他斩首。

黄万年：哦，是了。我弟兄的冤枉尽在这贼子口内，若见了朝廷，现有吴有仁作证，岂不泾渭自明吗？咳，幸亏媳妇，险乎误了大事。刀斧手。

刀斧手：有。

黄万年：将吴有仁打入监牢，好好注意看守，不让狗子自寻短见。

刀斧手：是。

黄万年：咳，好哇，果然有小妇女胜似男子。咳，可叹我儿一死，父子、夫妻再也不能见面了哇，我的儿啦。

（唱）一见锦鞍思骏马，想起爱子黄金奎。
　　　　曾记得那日逃回府，即刻上绑刀下催。
　　　　我的儿苦苦哀求饶命，说话之语令人悲。
　　　　说什么父子关天性，岂忍孩儿一命危？
　　　　那时节铁石人听也心软，自悔狠毒心不回。
　　　　绑至西郊去正法，风卷尸骨踪影没。
　　　　儿啦，父子今生难见面，你夫妻不能夫唱与妇随。
　　　　悲痛过度心烦乱，咳呀，一阵昏迷气微微。

赵金花：（唱）金花进前连声唤，

（白）公爹醒来，醒来，叫着不应气不回。梅香快来！

（上梅香）

梅　香：来了。

赵金花：快请夫人、小姐。

梅　香：是。（下，内白）有请夫人、小姐。

（上黄夫人、黄彩云）

黄夫人、黄彩云：来了。

（唱）惊动夫人与小姐，夫人一见魂吓飞。
　　　　只见面庞无血色，双合二目锁虎眉。
　　　　方才后房多精爽，为何一时命要危？
　　　　老爷/爹爹呀，你今如有好和歹，抛下我母女四人倚靠谁？

（白）老爷/爹爹醒醒罢。

黄万年：（唱）苏醒多时回过气，微睁二目看明白。
　　　　　　　只见媳妇面前站，夫人女儿把我陪。
　　　　　　　左边瞅来右边看，不见我儿黄金奎。
　　　　　　　猛然醒来哭爱子，儿啦，二目不住泪双垂。
黄夫人：（唱）夫人也是心酸痛，
赵金花：（唱）哭坏金花女英魁。
　　　　　　　哭声郎君死得苦，
黄彩云：（唱）彩云闻言也伤悲。
　　　　（白）嫂嫂不可过痛，当此敌人困城，爹爹痛子心慌，不能执掌军务，嫂嫂这样悲啼痛哭，倘有好歹，何人破贼，搭救二家兄弟？
赵金花：妹妹所言极是。将公爹搀入后堂将养，我姐妹领兵，一面攻打一面守城。
赵银花：是，小妹遵命。（搀下）
　　　　（上海瑞，升堂）
海　瑞：（诗）到任青州府，职责管万民。
　　　　　　　丹心唯报国，青史可传名。
　　　　（白）我乃青州府正堂海瑞，字刚峰。私访土豪恶霸岳强仗势抢霸妇女，竟将常广打死，幸而本府用巧言花语手段，将恶霸哄住，方保二女名节。已命寿光县知县去请，本府我假言说是严嵩门下有事相托，谅他必来相见。
　　　　（上易德才）
易德才：禀爷，卑职请来岳公子，衙外候见。
海　瑞：有请。
易德才：（下，内白）有请公子。
岳　强：（内白）来了。（上）大老爷在上，岳强拜揖。
海　瑞：你就是严太师爷的义子么？
岳　强：不敢，然也。
海　瑞：哇！我把你大胆的狂徒，见了你老爷竟自不跪，还称什么"然也"二字。左右。
人　役：有。
海　瑞：将这厮与我打倒。

岳　强：那我跪下就是了，何必打我呢？大老爷既是严太师爷门下，严太师爷是我干爸爸，咱们是一家人。今日相请，这样的看待，岂是待客之礼乎？

海　瑞：哦，哈哈哈。

岳　强：笑咧，最好说了。

海　瑞：岳强呀岳强，我把你这小小狂生，哪里晓得？汝舅父孟培德告你偷盗珍珠塔，谋娶有夫之妇，你海老爷知你势大，派差捉拿，唯恐费手，故尔将你请来，当堂听审。

岳　强：咳哟，我岳强理直气壮，也不是好惹的。我也不是怕打官司的，何用假言诓我呢？

海　瑞：哇！哼，哼，好一个理直气壮。我且问你，你怎么暗偷去珍珠塔，倚仗势力，强霸有夫之妇？要你从实招来。

岳　强：咳，大老爷呀。

　　　　（唱）岳强闻听心不悦，大人在上听其详。
　　　　　　　孟辉膝下有一女，情愿与我配凤凰。

海　瑞：（白）可是有媒证么？

岳　强：（唱）甥舅结亲无媒证，亲赠宝塔配鸳鸯。
　　　　　　　到而今孟辉嫌我容貌丑，罢亲另要选才郎。
　　　　　　　万般出于无可奈，甥舅成词告当堂。
　　　　　　　多亏本县太爷明似镜，断其女仍配我岳强。
　　　　　　　说罢叩头俯伏地，

海　瑞：（白）哇！
　　　　（唱）海爷座上气昂昂。
　　　　　　　手拍惊堂骂贼子，仗势欺人太猖狂。
　　　　　　　抢去孟氏又推赖，那为何抢去常家女红妆？
　　　　　　　有夫之妇更强霸，万恶淫首丧天良。
　　　　　　　其父找你把理讲，活活打死一命亡。
　　　　　　　因色杀人该何罪？你就该万剐凌迟大开膛。

岳　强：（白）哦。
　　　　（唱）岳强站起心大怒，
　　　　（白）大老爷问到哪里去了？监生何敢抢有夫之妇，又打死了常广？这样问法不实不明,监生不敢领教。

海　瑞:哇,豪霸呀豪霸,谅你不能晓得。昨晚本府扮作算命先生,你家之事一一地私访明白。狂徒,你倚仗有财有势,交结严嵩,豪霸一方,盗宝赖亲,强抢有夫之妇,打死人命,罪恶滔天,死有余辜,快将你一生的罪案,所犯的事件一一招来,免得本府拷打你皮肉吃苦。

岳　强:监生并无犯罪,叫我招什么?

海　瑞:谅你不肯实招。左右。

人　役:有。

海　瑞:拉下去重打四十,然后再问。

岳　强:咳呀,可苦了我了。

（打完,又上）

海　瑞:岳强,你怎么交结严嵩?怎么强迫有夫之妇?与我实实招上来。

岳　强:海瑞呀海瑞,像你这等无故用刑拷打我,监生我冤枉属实。我即刻禀知严嵩丞相,你这个官儿就做不成了。

海　瑞:哇,狂徒哇狂徒。

（唱）手拍案,怒生嗔。

　　　大骂贼子,太也欺心。

　　　交结狗奸党,横行欺良民。

　　　银子买动知县,拆散孟家婚姻。

　　　强迫常氏打死其父,再若不招打断你筋。

岳　强:（白）咳呀哟!

（唱）无明火,来攻心。

　　　大叫海瑞,无故打人。

　　　欺心太有诈,仗着功名人。

　　　刻下就写出字,禀知国老皇亲。

　　　你丢官职还是小,只怕性命难保存。

海　瑞:（白）哇!

（唱）骂狗子,枉费心。

　　　海爷英烈,不怕权门。

　　　不但打死你,还要参佞臣。

　　　　任你心似钢铁，法炉尚能炼金。

　　　　叫声左右拉下去，重打四十再问原因。

　　（白）拉下去着实打！

　　（打完，上）

海　瑞：招上来。

岳　强：不招。

海　瑞：哎呀。

　　（唱）骂狗子，横了心。

　　　　挺刑不招，难以脱身。

　　　　左右看夹棍，快把狗子擒。

人　役：（白）是。

岳　强：慢着，自是我招我招。

　　（唱）岳强连说我招认，何必动刑我全招。

　　（白）是坏了。遂将拒亲事情缘由，只只件件实实说完了，看你把我怎么样吧。

海　瑞：人来。

人　役：有。

海　瑞：将招供呈上来。

人　役：是。

海　瑞：将这厮押下去。人来，传岳强家人当堂问话。

　　（上家人）

家　人：岳府家人与大爷叩头。

海　瑞：你主人仗势，硬要有夫之妇，身犯重罪，我本府念你主人系官宦之子，又与孟培德是甥舅之亲，格外施恩，急将常、孟二氏并那珍珠塔送还孟府，即当释放你家主人，快去。

家　人：是，小人遵命。

（完）

第十四本

【剧情梗概】 严世蕃率军攻城,混横和尚战败赵金花,又拘来水怪,要淹没青州城。黄枚赶到,用炸海干退去洪水,并杀死混横和尚,严世蕃大败。夏杰、赵亮获救,黄氏一家团聚。岳秀云山上学艺已满,奉师父之命回到原籍,发现岳强已被正法。混横和尚魂魄托梦给师父红横僧,请其为自己报仇。严嵩也奏明天子以严桂花为帅,郭力为先锋,再次征讨青州。红横僧来到军中,在严桂花帐下听用。郭玉梅女扮男装之事被孟彩霞和常香元识破,三人同居一处。孟辉打听到消息,说李庆已亡,玉梅与彩霞悲痛欲绝。

(海瑞升堂,易德才站)

海　瑞:(白)人来。

衙　役:有。

海　瑞:传孟辉当堂问话。

衙　役:启禀老爷,小人奉命去传孟辉,孟辉外出未回,其家人当堂问审。

海　瑞:晓谕孟府家人,即到岳家,迎接常、孟二氏回府去。

衙　役:是。

海　瑞:易德才易大人,是你这等交结土豪恶霸,苦害良民,硬将孟氏破婚断离,该当何罪?

易德才:卑职知罪,我罪该万死。望大人格外施恩。

海　瑞:像你这等贪赃害民的猾吏佞臣,等候处罚吧。现在命你即刻点齐人马,到岳府去认常广尸首,并勘验伤害之处。

易德才:是,卑职遵命。

海　瑞:海安。

海　安:有。

海　瑞:吩咐带马。

海　安:是。(下,内白)带马伺候。

海　瑞:(诗)为官不与民做主,枉受爷家爵禄封。

(上黄枚、黄朋、黄柏车马)

黄枚、黄朋：（诗）英雄豪气冲斗牛，诛尽奸臣一旦休。

黄　枚：（白）俺黄金奎。

黄　朋：黄朋。

黄　枚：你我兄弟二人，自从那日逃出京来，走了数日有余，相离青州不远。黄柏。

黄　柏：有。

黄　枚：催动车辆，急急赶行也。

（唱）催坐骑，抖绳缰。

思前想后，甚是心伤。

前者被擒去，就该刀下亡。

不该收了女寇，惹得祸起萧墙。

罪及父帅为不孝，临阵收妻犯典章。

黄　朋：（唱）尊兄长，免惆怅。

吉凶祸福，命里该当。

但愿我叔父，免祸得安康。

父子同心协力，率兵杀进朝堂。

诛尽仇人清君侧，方显男儿为国邦。

单不表，在途常。

（孟辉、郭玉梅马上）

孟　辉：（唱）再说孟辉，转回家乡。

郭玉梅：（唱）玉梅郭氏女，马上自思量。

幸而认为义父，免却死在长江。

不言父子回家转，

众　人：（唱）再表那孟府院子与梅香。

接小姐，转家乡。

（上孟彩霞、常香元）

孟彩霞、常香元：（唱）姑表姐妹，眼泪汪汪。

多得海知府，除暴救善良。

救了咱们姐妹，拿去淫贱岳强。

即将狗子下牢狱，秋后处决刀下亡。

不言主仆归府去，

赵金花：（唱）再表金花女红妆。

（白）奴赵金花，率领众将喽兵，定要攻营搭救兄弟。众喽兵。

喽　啰：有。

赵金花：努力冲杀上去。

喽　啰：哈。

（孟岐马上）

赵金花：来者敌将，报上名来领死。

孟　岐：你老爷孟岐是也，特来拿你。女寇何名？着枪。

赵金花：来，来，来。

（大杀，孟岐死）

赵金花：将这厮杀于马下。众喽兵，赶紧追杀上去。

喽　啰：得令。

（上严世蕃）

严世蕃：（白）来者女将，果是赵金花么？

赵金花：然也，正是你奶奶。来将何名？

严世蕃：你老爷大元帅严世蕃。

赵金花：原来是你这奸贼。你父子蒙君作弊，谋害我父，陷害忠良，正好拿你碎尸万断，方消我恨。不要走，看刀！

严世蕃：来吧。（大杀，败）咳呀，不好，跑了罢。

（步上混横和尚）

混横和尚：元帅不要惊慌，洒家我来助战也。

严世蕃：多加小心。（下）

混横和尚：不劳嘱咐。众军校，擂鼓助威。

（赵金花对混横和尚）

赵金花：好秃驴，前者逃命败走，今又敢前来送死。

混横和尚：祖师爷爷前来，是报那一剑之仇。看剑吧。

赵金花：来，来。

（大杀一阵，混横和尚败下，又上）

混横和尚：咳呦，这花奴果然骁勇，杀法难敌。不免祭起紫金钟擒她便了。

（唱）眼力看准撒出去，撒出宝贝紫金钟。

　　　　　　　一直奔了贱人去,她武艺纵精破不能。
赵金花：(唱)金花抡刀往下赶,呀,半虚空中有响声。
　　　　　　霞光万道冲霄汉,瑞气千条把眼蒙。
　　　　　　仔细一看认得了,原来是口紫金钟。
　　　　　　此宝奴家不能破,只好弃马逃了生。
　　　　　　马上使起纵身法,立即驾云回了城。
混横和尚：(唱)和尚一见哈哈笑,连把花奴骂几声。
　　　　　　谅是金钟不能破,她就急急逃了生。
　　　　　　收起法宝叫军校,快快努力杀贼兵。(下)
青州兵：(唱)青州兵将皆丧胆,大败而逃进了城。
赵金花：(唱)金花急忙传将令,
　　　　(白)众将官。
众将官：有。
赵金花：紧闭关门,多备滚木、礌石、灰瓶、火炮,严守城池,不得有误。
　　　　(上混横和尚)
混横和尚：咳呦,花奴大败而逃,关门紧闭,不能攻打,这却如何是好?哦哦哦,有了,不免拘来水怪,鼓浪兴波,淹没青州,管叫贼人个个有死无生,定是如此。天灵灵,地灵灵,群鱼水怪何在?
　　　　(上水怪)
水　怪：祖师相召,有何法谕?
混横和尚：你等听真。只因赵金花欺我太甚,借你水势,淹了青州城池一座。众水兵,急急发大水。
水　怪：遵令。
　　　　(唱)霎时变了天和地,黑云滚滚把天蒙。
　　　　　　风雷冰雹一声响,大雨瓢泼往下倾。
　　　　　　霎时间平地水深有数尺,洪水滔滔往上升。
　　　　　　无边无岸发潮水,
青州兵：(唱)惊动城上众兵丁。
　　　　　　正在城上加防备,忽然云雾把天蒙。
　　　　　　心中惊慌四面望,

（白）咳呀，不好了。

（唱）波浪滚滚洪水横。

想是和尚造了孽，快报元帅得知情。

百　　姓：（白）咳呀，不好了。

（唱）城内之人尽知晓，各个胆战心又惊。

跑至城上往下看，惊慌失色走真灵。

（白）呀，大水呀，

（唱）眼看水势往上涌，少刻就要灌进城。

你我俱丧鱼虾腹，阖城人等性命水内倾。

百姓叫苦声不住，

（上黄万年）

黄万年：（唱）黄爷闻听心胆惊。

心忙意乱出帅府，来在城上看分明。

呀，波浪滔滔洪水涨，倒海翻江一样同。

无法可使把天叫，

（白）苍天哪苍天，我黄万年上不亏君，下不负民，为严嵩奸贼逼迫，不得已而抗拒天兵，是为国家扫除奸佞，自知罪该万死，但愿诉明冤枉，即当受戮伏法，岂可偷生于世上？今不料恶僧作孽，水淹城池。我黄门有罪，死固当然，可怜青州百姓尽丧鱼腹之内，苍天哪苍天。

（唱）心如醉，意不安。

双手一并，祷告苍天。

黄门遭水难，也是命该然。

水淹青州百姓，弟子心下何安？

但愿上天退去水，搭救军民免祸端。

百　　姓：（唱）众百姓，心胆寒。

只见洪水，波浪飞翻。

水势多汹涌，刻下把城淹。

阖城妻儿老小，水中死得可怜。

军民悲啼哭惨痛，妈呀！

黄万年：（唱）黄爷一见更惨然。

　　　　　　心自窄，骂僧癫。
　　　　　　施来邪术，来将城淹。
　　　　　　军民皆丧命，死后也含冤。
　　　　　　无端来作冤孽，不怕获罪于天？
　　　　　　军民无故遭横祸，丧在鱼虾腹内间。
　　　　　　心伤感，泪不干。
　　　　　　我今一死，有何可怜？
　　　　　　可惜老百姓，霎时被水淹。
　　　　　　前后走投无路，跺足只叫苍天。
　　　　　　把心一横望下跳，
　　　　（白）也罢。
众　　将：（唱）众将拉衣忙阻拦。
　　　　　　呼元帅，且尊安。
　　　　　　何须短见，命丧水间？
　　　　　　先且回帅府，或可免祸端。
　　　　　　推推拥拥把城下，
黄　　枚：（内唱）再表一家小魁元。
　　　　　　黄枚已知有大难，（上）霎时来到城上边。
　　　　　　站立城头望下看，就知水怪惹祸端。
　　　　　　巨浪滚，洪水翻。
　　　　　　城内百姓，叫苦连天。
　　　　　　水势往上涌，霎时把城淹。
　　　　　　若不小可来到，青州怎得平安？
　　　　　　怀中取出无价宝，此宝名为炸海干。
水　　怪：（唱）众水怪，逞凶顽。
　　　　　　正用水力，要淹城池。
　　　　　　呀，忽然露身体，水净地也干。
　　　　　　想是能人破了，逃走不可迟延。
　　　　　　群鱼水怪各散去，
混横和尚：（内唱）混横和尚怒冲冠。（上）

何人大胆破我法？就该拿住把眼剜。

（白）咳哟，水怪正用水力，堪堪淹了青州城池，不知何人破了水势？咳哟，城头站立一人，必是他破了我的水势，真正可恨。待我将他拿住，碎尸万段，以解我心头之恨。（对上）你这幼儿是谁？竟敢把水弄干。

黄　枚：我乃黄总兵之子黄金奎。你这和尚真乃作孽，水淹青州，不怕五雷轰顶？休走，看剑。

混横和尚：来！来！

（大杀一阵，混横和尚败）

黄　枚：哪有闲工与他久战？不免祭起降魔杵打他便了。和尚哪里走？

混横和尚：咳呀，我的妈呀。（死）

黄　枚：好！我将秃驴打死，好与兄弟进城则可。

（弟兄对上）

黄　朋：哦？远远望见云雾冲天，人喊马嘶，却是为何？

黄　枚：原是恶僧使用邪法，水淹青州。愚兄退去邪水，将和尚打死了。

黄　朋：好哇，打死僧人，正好杀进城去，捉拿郭贼父子。进城见了叔父，也显显咱哥哥的本事呀。

黄　枚：兄弟此言有理。黄柏。

黄　柏：有。

黄　枚：小心保护车辆，我弟兄闯进营去，捉拿郭贼父子，进关显功。

黄　柏：是，老奴遵命。

黄　朋：大哥，咱杀进营去。

黄　枚：有理。

（对上郭英）

郭　英：来这小子是谁？竟敢闯我大营。

黄　朋：你祖宗黄朋，特来擒你这奸贼，与我父报仇。

郭　英：原来你是叛臣之子，正好拿你以正国法。休走，看刀。

黄　朋：来，来，来。

（大杀，郭英败下，又上）

郭　英：咳呀，不好了。

(唱）口内连连说不好，险些枪下赴阴曹。
打马如飞回里走，

黄　朋：（唱）豪杰大骂气不消。
喊叫吆喝望下赶，奸贼哪里把命逃？
祖宗定要擒住你，万剐千刀把心掏。
催马拧枪赶下去，

郭　英：（唱）俊臣吓得魂魄消。

黄　朋：（白）哪里走？

郭　力：（内唱）堪堪被擒郭力到，（上）催马拧枪喊声高。
贼将休要伤我父，少爷与你动枪刀。

（黄朋、郭力对杀）

郭　力：（唱）二马盘旋杀一处，只杀得尘土腾空起云霄。
何不祭起这个宝，叫这小子归阴曹？
虚刺一枪往下败，（下，又上）急忙撒出一口刀。
眼看奔了敌人去，

黄　枚：（唱）黄枚疆场细观瞧。
用手一指刀落地，

郭　力：（唱）郭力一见皱眉梢。
恶狠狠地杀上去，
（白）咳呀，原来是反贼之子。正好拿你以正国法，休走，看刀。

黄　枚：来，来，来。

（大杀，郭力败）

郭　力：咳呀，不好了！都说黄金奎被风刮去，尸骨无存，你怎么又活了，又来破我的宝贝？

黄　枚：怎知吉人自有天相？你少爷有神人救去，今日下山，捉拿你父子，大报冤仇。看剑。

郭　力：来，来，来。

（大杀，黄枚败下，又上）

黄　枚：哪有闲工与他耐战？待我使出降魔杵擒他便了。哪里走？

郭　力：咳呀，不好了。（跑下）

黄　　枚：这厮跑得真快，正好平他大营。

黄　　朋：咱弟兄杀这个囚攘的们哪！

　　　　　（唱）小豪杰，把马撒。

黄　　枚：（唱）黄枚念咒，祭起飞沙。

　　　　　　　　忽然狂风起，走石望下砸。

众兵将：（唱）大营兵将逃走，咳呀，砸得哭爹叫妈。

黄朋、黄枚：（唱）弟兄趁此齐努力，闯进营去往上杀。

　　　　　（上郭英、严世蕃）

郭　　英：（唱）郭俊臣，甚惊讶。

　　　　　　　　连说不好，地陷天塌。

严世蕃：（唱）世蕃心害怕，不住把鞭加。（上马一过）

　　　　　　　　打马逃出营外，不敢去动杀伐。

　　　　　　　　率领三军逃了命，大营已破乱如麻。

　　　　　（上夏杰、赵亮）

夏杰、赵亮：（唱）再表那二豪杰。

　　　　　　　　夏杰赵亮，一旁锁押。

　　　　　　　　忽听人马喊，不知为什么？

　　　　　　　　想是黄老伯父，搭救你我回家。

　　　　　　　　二人正然心纳闷，

　　　　　（上黄朋、黄枚）

黄　　枚：（唱）黄枚进前细观查。

　　　　　　　　呀，正是赵夏二贤弟。

　　　　　（白）急忙割了绑绳。不知二位贤弟被擒，解救来迟，多有得罪。

夏　　杰：好说，多谢救命之恩。

赵　　亮：你不是姐夫黄枚么？

黄　　枚：正是。

赵　　亮：他们说你被风刮去了，你怎又活了呢？真是喜出望外。

黄　　枚：此处不便叙话，进城再为言讲。

黄　　朋：兄长啊，郭俊臣、严世蕃俱已逃去了，料想一时不能捕拿，何须过劳军兵？咱弟兄就该进城，见了叔父，再想擒拿之策。

黄　枚：我弟言之有理，大家保护车辆进城便了。

（急上郭英父子、严世蕃）

严世蕃：吓死人也，我的妈。你我三人，幸而未遭擒拿。可恨黄枚英勇无敌，将咱大营踏为平地，这却如何是好？

郭　英：贤侄进京搬兵，再拿黄家父子。我父子招集残兵，投青州寿光县等候贤侄。

严世蕃：就依仁叔之言，小侄急急进京调选人马就是了。

　　　　正是：将军不下马，各自奔前程。

（上黄万年夫妻）

黄万年：（诗）死生始信皆由命，富贵由来都在天。

（白）老夫黄万年。哦，方才有人报道，忽然间邪水退去，乃系万民之福，感动天地，以免水难，少觉心安。咳，虽然邪水退去，奈何和尚无有能人是他敌手？恐怕城池难保，老夫也是放心不下呀。

赵　亮：（内白）姐夫随我来。

黄　枚：（内白）是，来了。（上）爹娘哪里？咳呀，（跪）爹爹呀。

黄万年：你不是我儿黄金奎么？

黄　枚：正是，不孝儿来了。

黄万年：你已经被风刮去，尸骨无存，你怎么还阳转世？打鬼，打鬼。

黄　枚：父母不必多疑，真是不孝儿回来了。

黄万年：是你怎么重活在世上？你快些说来。

赵　亮：着哇，姐夫你快些说说，你是怎么还阳的？

黄　枚：爹爹听讲。

（唱）俯伏跪在尘埃地，带痛含悲呼双亲。

　　　自从那日遵严命，绑赴西郊命归阴。

　　　多亏济仙将儿救，跟师学道武艺深。

　　　师父命我把山下，儿方才破了邪水和尚死。

　　　爹娘呀，自从那日一着错，不该与赵氏结婚姻。

　　　罪及阖家遭罗网，孩儿不孝罪孽深。

　　　说着悲啼难出语，

黄万年：（唱）一闻此言更觉伤心。

　　　　　　想起为父过残忍，决不该立逼我儿命归阴。
　　　（白）我儿快些起来。
黄　枚：（唱）若非仙人将儿救，父母子媳怎得两相亲？
　　　　　　父子正诉离别苦，
　　　（上黄彩云、赵金花、赵银花）
黄彩云等三人：（唱）想起前情泪纷纷。
　　　　　　哥哥／夫主呀，只说兄妹／夫妻难相见，谁想时下得相亲？
　　　　　　姑嫂悲泣声不止，
赵　亮：（唱）赵亮一旁把话云。
　　　（白）伯父伯母、姐妹们不必悲伤。我姐夫他呢，逢凶化吉，又得仙人传授，学会武艺，又破了邪水，救了万人性命，竟把和尚打死，今天又把我哥俩救回来啦，我们大家有多么欢喜呢，怎么还哭呢？那位黄公子与小姐不久就到府外。姐夫，你瞧瞧去，好请他们进来。咳，若不然，你接进他们来吧。
黄万年：我儿，可是哪位黄公子来在府外？
黄　枚：爹爹不知，这般如此，伯父遇害而死，我将她姐弟救来，少刻就到。
黄万年：怎么？你伯父遇害身亡了？
黄　枚：正是。
黄万年：咳呀，可不痛死人也。
　　　（唱）听凶信，心痛酸。
　　　　　　哭声兄长，死得可怜。
　　　　　　误被严贼害，乏食殒了天。
　　　　　　你今含冤而死，小弟心下何安？
　　　　　　情愿陪兄于地下，我岂偷生在世间？
　　　　　　兄长呀，正悲痛，泪涟涟。
　　　（上黄翠云）
黄翠云：（唱）翠云小姐，走在面前。
　　　　　　裣衽端肃拜，叔父可金安？
　　　　　　婶母身体康健，阖家欢喜团圆。
　　　　　　母女各诉离别苦，

黄万年：（白）你们母女、姑嫂后堂去吧。

黄翠云：是。

（唱）姑嫂一齐出堂前。

（上夏杰、赵亮、黄朋）

夏杰、赵亮、黄朋：（唱）进来了，众魁元。

黄　朋：（白）二位哥请了。

（唱）黄朋进来，跪在堂前。

叔父可康健？小侄来问安。

黄万年：（唱）黄爷一见侄子，二目珠泪涟涟。

带痛含悲忙搀起。

（白）可怜你父，因我遇害而亡，我有何颜生于世上？但愿上天有眼，诛贼报仇，愿从你父归于地下。我的兄长呀，呀呀！

黄　朋：我姐弟在京遇害，并无亲故设法解救，已失所望，自想必死，多蒙哥哥救出，我叔侄今日才得相逢，但愿叔父能除贼雪恨。

赵　亮：老伯父不可悲泣，今日一家团圆，正好大家商议，提拿严嵩奸党，报仇雪恨，见面应当欢喜呀。

黄　枚：我弟言之有理，爹爹不可过痛。

黄万年：咳，我儿真是天相。如此，今日大摆筵宴，祝贺团圆。众将官。

众将官：有。

黄万年：吩咐杀猪宰羊，大摆筵宴。明日发兵北京。

正是：今日喜逢团圆日，明天兵发除奸雄。

（上金刀圣母）

金刀圣母：（诗）修成大道龙虎伏，不老长生天地间。

（白）出家人金刀圣母。在这金花山金花洞中，修炼五千余年，真是金身不坏。三年前岳秀云有难，将她救上山来，今日该她下山夫妻婚配，不免差她下山才是。秀云哪里？快来。

（上岳秀云）

岳秀云：来了。恩师在上，弟子稽首。

金刀圣母：不消，蒲团坐了。

岳秀云：弟子告坐。师父，将徒儿唤来有何教训？

金刀圣母：听为师指引于你。

   （唱）金刀圣母呼弟子，细听为师说原因。

      是你有命不该死，为师救你上山林。

      你乃两世为人也，仙丹救得你还魂。

      教与你刀枪剑戟样样会，生就乃是软弱身。

      真仙卜易你学会，又学地理与天文。

      自从救你到古洞，不知不觉亦三春。

      今日该你把山下，夫妻不久要结婚。

岳秀云：（白）弟子不愿下山，愿在古洞从师父学道成仙。

金刀圣母：（唱）你乃凡间人物也，定受皇封一品夫人。

      自古道神仙还得神仙做，哪有凡人做神仙？

      这一回你到家中去，稳坐绣房有好音。

      不必多言下山去，

岳秀云：（唱）秀云闻言站起身。

      双膝跪在流平地，拜谢师父救命恩。

金刀圣母：（白）去吧。

岳秀云：（唱）叩头站起出古洞（下），

金刀圣母：（唱）圣母用手一指闭洞门。

   （白）你看秀云出洞去了，待我奉念黄经才是。

   正是：仙家若不发慈念，耽误凡间多少人？

   （上岳秀云）

岳秀云：（诗）两世为人到凡间，奉师之命下仙山。

   （白）奴家岳秀云，奉师之命回转原籍，只得前去。

   （唱）真言咒语念完毕，双足一跺起凌虚。

      奴乃两世为人也，多得圣母老恩师。

      还魂丹救活奴的命，恩同再造难报宜。

      古洞住了三年整，学会妙法与玄机。

      昨日闲暇无有事，算算我家凶和吉。

      算我哥哥无有命，不知此卦实与虚。

      师命回转家中去，祸福吉凶奴便知。

　　　　不言秀云云中走，（下）
（上来保）

来　保：（唱）再表来保管事的。

　　　　这日心暇无有事，坐在门楼以内暗叹息。

（白）但能行好事，何必问前程？在下来保，自幼岳家一名大管家。只因我们大爷岳强仗势霸道行凶，那日硬抢常家女子，常广随后赶来拼命，叫我大爷活活打死，可巧海瑞前来私访，我家之事全都访清，偏有孟舅爷在青州府告了我们大爷霸占亲事等，等知府去了，我们大爷立刻被问成死罪，去年挨了刀了，无奈收殓尸首，送在坟茔埋葬，这也不在话下。咳呀，来了一个女子，好生面善。

（上岳秀云）

岳秀云：那边不是来保么？

来　保：正是，你是小姐呀？

岳秀云：你大爷今在何处？

来　保：咳，小姐你不消问了。

　　　　（唱）提起大爷他，叫人不尊敬。

　　　　　　　因他平素间，霸道又豪横。

　　　　　　　爱上孟彩霞，心想交鸾凤。

　　　　　　　舅母许了他，舅爷许李庆。

　　　　　　　因此结了仇，回家毒计定。

　　　　　　　暗花五百银，他把舅爷控。

　　　　　　　上堂问其情，珍珠塔为证。

　　　　　　　舅爷发了蒙，官司输一定。

　　　　　　　大爷回到家，吩咐一声令。

　　　　　　　紧急择日子，急娶彩霞孟。

　　　　　　　看见常香元，生得更干净。

　　　　　　　硬抢她到家，事情做得愣。

　　　　　　　常广着了忙，赶来要拼命。

　　　　　　　吩咐吊马棚，打死绝了挺。

　　　　　　　夜间入洞房，暗把巧计定。

　　　　　　将他灌醉了，二人把手动。
　　　　　　拿出小刀子，左膀扎个洞。
　　　　　　又遇海老爷，私访他弊病。
　　　　　　事情全访真，该他遭不幸。
　　　　　　舅爷上青州，把我大爷控。
　　　　　　如此诓了去，上堂问口供。
　　　　　　岂肯善自招？就把大刑动。
　　　　　　难以挺大刑，实招画了供。
　　　　　　也曾打点他，花银不中用。
　　　　　　去年挨了刀，偿了常广命。
岳秀云：（唱）秀云听此言，心内好酸痛。
　　　　　　开言又把来保叫。
　　　　（白）来保。

来　保：有。

岳秀云：奴今回家来，花银买几个使女、仆婢伺候。
　　　　正是：害人如同害己，报应自有早迟。
　　　（上混横鬼魂）

混横鬼魂：（诗）渺渺冥冥路，悠悠荡荡魂。
　　　　（白）吾生前乃是混横和尚。只因师弟邀请下山，助青州大战赵家姐弟，一时不加防备，叫黄金奎把我活活咔吧啦嚓了。叫他把我糟蹋啦。我混横也横不了啦。孤魂无倚，去找我师父与我报仇便了。唔唔。
　　　（上红横僧）

红横僧：（诗）自幼出家当和尚，终朝思念女红妆。
　　　　　　若得美人陪伴宿，强如佛前烧常香。
　　　　（白）出家人法号红横禅僧。前者有徒儿郭力请我出庙助战，我便打发他师兄混横一到青州大战，一定是马到成功。

混横鬼魂：来在庙院，待我进去。老师父在上，可苦了徒儿我了。

红横僧：呀，方才打一盹睡，便见大徒弟混横哭哭啼啼，你是怎么样了？

混横鬼魂：咳，老师父不消问了。
　　　　（唱）未语泪先流，师父听一遍。

奉命出庙观，青州去交战。
到在青州城，就把元帅见。
即日大交兵，令下不迟慢。
到在疆场中，要把武艺现。
连擒将几员，回城庆功筵。
次日去出征，来将真能干。
名叫黄金奎，武艺更不善。
大战数十合，暗地起宝剑。
弟子未提防，被他斩两断。
可惜我性命，死得真可怜。
孤魂渺无倚，来把师父见。
只求出庙观，与我报仇怨。

红横僧：（唱）僧人听此言，气得直打战。
好个黄金奎，小儿敢暗算。
杀死我徒儿，岂肯甘休愿？
即时出庙山，前去与你战。
急急后庙去，家伙拿几件。
带上暗器兜，飞镖与袖箭。
拿起宝铲杖，迈步出后殿。
叫声大徒儿，好好看庙院。
为师到阵前，与你报仇冤。
说罢出庙门，走起如闪电。
和尚且不言，

（上孟彩霞、常香元）

孟彩霞、常香元：（唱）再表二婵娟。
一人做事二人疑，二人同疑一人知。

孟彩霞：（白）奴孟彩霞。

常香元： 奴常香元。

孟彩霞： 哦，表姐，我父在半途中认了个义子来到家中，只是与人各别，总要独自用饭，独自安眠，见了生人，说话羞羞惭惭，我看他好像个二傻子。

我与他见面一遭，看他来头不正。

常香元：我倒想起来了。

孟彩霞：表姐，你想起什么来了？

常香元：那年奴在家之时，有云龙山的二寨主赵氏银花女扮男装去到我的房内耍笑于我，咱何不如此这般？愚姐以女扮男，去到书房耍笑他一回，他自然露出本相。

孟彩霞：倒也不错，就依表姐扮来。

常香元：待奴改装扮来。（扮男装又上）表妹你看扮得怎样？

孟彩霞：倒也不错，像一位入学的秀士。

常香元：就此前去。梅香。

梅　香：有。

常香元：随我去到书房，不许多言，听我吩咐。

梅　香：是。

常香元：随我来。

梅　香：来了。

（上郭玉梅男装）

郭玉梅：（诗）假扮男装哄他人，何时换容方见真？

（白）奴郭玉梅。自从法场祭奠李郎，被兵冲散，走至半路，欲要投河以死，多亏遇见孟老爷将奴拉住，留生于世，认他老人家为义父，将奴带到他家。住了几月，全是独食独寝，至今未露马脚。

（孟彩霞、常香元上）

孟彩霞：义兄在房么？

郭玉梅：小妹来了，请坐。

孟彩霞：有坐。

郭玉梅：此位是谁？因何领至书房？

孟彩霞：这是南庄里一位表兄，来探望二老人家，母亲吩咐用了酒饭，叫奴领到这里与你谈心作伴。你们哥俩见面，也认识认识。

郭玉梅：此乃有些不好。

（唱）玉梅暗暗说不好，吓得立时变朱颜。

　　　他是个生人男子汉，来与奴家一处眠。

　　　　　　　虽说表兄无妨碍，到后来露了马脚人笑谈。

　　　　　　　奴是贞洁节烈女，丑名难免万古传。

　　　　　　　玉梅急得出躁汗，心内无主胆战寒。

孟彩霞：（唱）彩霞早已看出漏，只见她变了颜色无话言。

　　　　　　　看来奴家加加紧，吓唬吓唬她一番。

　　　　　　　叫声梅香听吩咐，快到后房把行李搬。

梅　香：（白）是呀。

孟彩霞：一铺一盖快去取，

梅　香：铺盖取到。

孟彩霞：（唱）送到内室一里边。

　　　　　　　你们哥俩心暇把家常叙，奴我要回到上房间。

　　　　　　　彩霞故意就要走，梅香快走莫迟延。

郭玉梅：（唱）玉梅立时着了窄，愚兄有话讲在先。

　　　　　　　我到此说是书房把书念，不许闲人来搅缠。

　　　　　　　快把此位领出去，我要读书把门关。

　　　　　　　佳人着急望外撵，

常香元：（唱）一旁笑坏常香元。

　　　　　　　分明是个多姣女，混充道学一老仙。

　　　　　　　奴家与她上上紧，启齿开言来打诂。

　　　　　　　二年未曾来到此，今来问候二老年。

　　　　　　　将我领到书房内，指望与你叙心田。

　　　　　　　不但不留硬要撵，酸又加醋讨人嫌。

　　　　　　　说着故意望前走，铺盖上睡才安然。

郭玉梅：（唱）玉梅她拉着不让睡，你这人儿不体面。

常香元：（白）任凭你怎说吧，我一定要在这里睡觉啦。

郭玉梅：（唱）这可教人怎么好？无可奈何露本颜。

　　　　　　　奴家不是男儿汉，乃是郭氏女婵娟。

孟彩霞、常香元：（白）我们可不信。

郭玉梅：（唱）从头至尾说一遍，待我内室换衣衫。

　　　　　　　摘帽脱袍拉靴子，露出三寸小金莲。

贤妹请看真和假，

孟彩霞：（唱）彩霞观看笑软瘫。

（白）小妹看你，早就有些疑心。你是一女，假意变了一位男子。

郭玉梅：多有瞒哄之罪，你可把他领到别处去吧。

孟彩霞：义姐，不必害怕，她也是奴的表姐常香元。

郭玉梅：奴可真不信。

常香元：奴也改换叫你看看。（下，改女装又上）你再看看，可害怕不害怕也？

郭玉梅：你们两个还说呢，这一下子闹得我无主意啦。

孟彩霞：义姐，如今你不必在书房独居，咱姐妹同居一处吧。

常香元：小妹言之有理。三人同室喜同心。

（上严嵩）

严　嵩：（诗）秉政当权任所尊，斯文神武人上人。

（白）本相严嵩。自从我儿世蕃领兵征剿云龙山寇，青州大战，一定是旗开得胜，马到成功。

严世蕃：（内白）家将们。

家　将：（内白）有。

严世蕃：（内白）将马带过。

家　将：（内白）是。

（上严世蕃）

严世蕃：相父在上，孩儿打躬。

严　嵩：我儿去不多日后又回京，必有不祥。

严世蕃：相父容禀。

严　嵩：讲来。

严世蕃：（唱）尊相父，听分明。

孩儿奉旨，身作元戎。

率领人共马，杀奔青州城。

离城三十余里，埋锅做饭安营。

营外来了大和尚，能征惯战武艺精。

我妹丈，他师兄。

混横和尚，果有威风。

　　　　　大帐正讲话，营外来贼兵。
　　　　　急急遣将对垒，出营大战交锋。
　　　　　来来往往百十趟，和尚真正武艺精。
　　　　　头一阵，成了功。
　　　　　次日乘胜，又去出征。
　　　　　来了赵金花，大战秃和尚。
　　　　　恶战三十余趟，丫头拜了下风。
　　　　　她用诈败使暗器，和尚不防性命倾。
　　　　　贼势众，来得凶。
　　　　　郭家父子，急去出征。
　　　　　大战数十趟，败走逃了生。
　　　　　孩儿疆场大战，稀松武艺不中。
　　　　　率领残兵逃了命，只落得丧师辱国回了营。

严　嵩：（唱）老奸相，听得清。
　　　　　失机败阵，叫人心惊。
　　　　　只得奏天子，多多调雄兵。
　　　　　吾儿领去人马，一定要把贼平。
　　　　　吾儿灭了贼反叛，回京得赏又请功。

严世蕃：（唱）尊相父，且消停。
　　　　　孩儿有话，禀与父听。
　　　　　丧师辱了国，有罪却非轻。
　　　　　即刻奏知天子，另派别人领兵。
　　　　　孩儿被贼杀破胆，这一辈子不敢去出兵。

严　嵩：（唱）闻此话，暗调停。
　　　　　我儿胆怯，不敢领兵。
　　　　　女寇多骁勇，武艺令人惊。
　　　　　当此无有对手，大兵胜她不能。
　　　　　哦，忽然想起人一个，女儿桂花有神通。
　　　　　在她那，仙山中。
　　　　　学艺三年，妙法无穷。

　　　　　　不但刀马勇，贵宝件件能。
　　　　　　当初她与赵氏，两次去把她赢。
　　　　　　我何不命她领兵灭反叛？准准马到就成功。
　　　　　　主意一定开言道。
　　　　（白）我儿后堂休息去罢。

严世蕃：是。

严　嵩：人来。

侍　从：有。

严　嵩：调轿上朝。（下）

侍　从：（内白）请爷下轿。

严　嵩：（内白）尔等朝房伺候。

　　　　（天子摆朝，众臣站）

天　子：（诗）安居九重呼万岁，晏处深宫娱晚年。
　　　　（白）朕，大明天子嘉靖在位。侍臣。

侍　臣：伺候。

天　子：传朕旨意，众爱卿有本早奏。

众爱卿：遵旨。

侍　臣：下边文武老先生听真，有本早奏，无本散朝。

严　嵩：慢着，严嵩有本。

侍　臣：随旨上殿。

严　嵩：万岁万万岁，臣严嵩有本奏闻陛下。

天　子：严爱卿奏来。

严　嵩：万岁，臣子世蕃领兵征伐云龙山女寇，因其邪术厉害，臣子丧师辱国，罪该万死，望我主赦宥。

天　子：兵家胜败难定，可另遣勇将，前去征剿。

严　嵩：万岁，当此朝无良将，臣女桂花乃是圣母之徒，法术精通，可挂印为帅，能胜赵家二女。

天　子：好，皇姨领兵，朕无忧虑。朕当封严桂花为帅，领精兵五万，战将十员，扫灭山寇，得胜还朝，另加升赏。

严　嵩：为臣领旨。（下）

（上欧阳氏、严桂花）

欧阳氏、严桂花：（诗）作奸作恶作余殃，为德为善为万良。

欧阳氏：（白）老身欧阳氏。

严桂花：奴严桂花。妈呀，家父、兄在朝，专权误国，谋害忠良，后来必有杀身之祸，罪及全家，咱母女常言解劝，怎奈良言难入逆耳？只好凭命由天，任其所作去吧。

（上严嵩）

严　嵩：夫人、女儿在房么？

欧阳氏：老爷回来了？今日上朝所为何事？

严　嵩：你母女听我道来。

（唱）老夫年纪花甲子，位列三台贵又尊。
　　　一辈有儿又有女，阖家欢乐太平春。
　　　只因一事心不顺，世蕃为帅领三军。
　　　征剿云龙山的那女寇，丧师辱国回家门。
　　　当时朝中缺良将，何人为帅灭贼人？
　　　想起女儿可以去，你本是法术无穷圣母门。
　　　当初你与赵氏女，大战两次胜她身。
　　　此去定然灭反叛，马到成功回朝门。
　　　我与女儿择佳婿，

欧阳氏：（白）老爷，不知你把女儿许配谁家呢？

严　嵩：（唱）郭英之子名郭力，一十九岁正青春。
　　　不但他的枪马勇，佛门弟子更惊人。
　　　话到此间哈哈笑，

严桂花：（唱）呀，桂花开言甚惊心。
　　　奴家终身许李庆，一女有了二夫君。
　　　这可是件为难事，吓得浑身汗淋淋。
　　　思想多时说有了，暂且含糊领三军。
　　　李郎现在青州地，但到那里验假真。
　　　夫妻若是见了面，姻缘巧合先成亲。
　　　主意一定开言道，

	（白）爹爹，论理不该孩儿领兵为帅，既然爹爹荐举，圣上钦封，天语不敢不遵，成命难以挽回，只好领兵前去。不知何日行师？
严　嵩：	贼势紧急，明日就是吉日，亦可以行师。急急地收拾收拾，以备起身。
严桂花：	是，孩儿遵命。
严　嵩：	（唱）明日离别三杯酒，
严桂花：	（唱）此去马到必成功。

（上宋信）

宋　信：（诗）奉了家长命，青州探信音。

（白）我小子宋信，有个小名叫小五，乃是孟辉老爷家奴。奉命到了青州打听姑爷李庆的下落，今已打听明白，只好回家送信便了。

（上郭力）

郭　力：（诗）快乐快乐真快乐，媳妇她把元帅做。

我做她的先行官，哈哈，真显威风赫。

（白）我，大爷郭力，字有勉。我未过门的媳妇，做了兵马大元帅，我做她的先行官，那有多好呢。昨日又有我老父从庙观而来，定要与我师兄报仇。我想这一回去到青州，定是旗开得胜，马到成功。相父我老丈人说道，班师回朝，即择良辰，就要洞房花烛，乾坤定矣。闲言少叙，只得等候老师父进城才是。人来。

人　役：有。

郭　力：带好马匹，送到大营伺候。

人　役：是。

郭　力：不得有误了。（下）

（升帐，郭力、伍万、陆炳站）

众　将：（诗）锵锵铁马击铜铃，冉冉征云锁碧空。

男儿要挂封侯印，冲锋打仗立奇功。

郭　力：（白）俺前部先锋郭力。

伍　万：俺左护卫伍万。

陆　炳：俺右护卫陆炳。

众　将：元帅升帐，末将等在此伺候。

（上元帅严桂花）

严桂花：（诗）凤翅银盔压鬓鬟，上阵特抖搜杀法。

遇大将按玥就砍①，逢小将生擒活拿。

（白）本帅严桂花。奉旨为帅，扫灭云龙山女寇赵金花姐弟三人。方才点将已毕？即刻发兵。

郭　力：元帅在上，郭力有一事相告。

严桂花：先行有何军情？

郭　力：昨日我师父下得山来助战破贼，故而引见元帅。

严桂花：如此，请入大帐。

郭　力：是，元帅。有请师父。

（上红横僧）

红横僧：来了。元帅在上，出家人稽首。

严桂花：好说。众将官。

众将官：有。

严桂花：看座来。

红横僧：洒家告坐。

严桂花：方才先行官说道，大师父下山前来助战，不知住在哪座宝刹？道号何名？

红横僧：元帅听了。

（唱）连把元帅尊，听我说分明。

出家净真观，名叫红横僧。

出家在庙观，奉经与养性。

遇着我徒儿，上庙把我请。

年迈心情懒，身子不愿动。

打发大徒弟，混横出庙境。

助战到青州，头阵得了胜。

遇见黄金奎，暗剑丧了命。

孤魂到庙中，与我来托梦。

诉说一往情，哭了一个恸。

连哭带伤心，气得火星蹦。

---

① 按：此句疑有误，原文如此。

　　　　　　一怒出庙观，与他碰一碰。
　　　　　　定拿赵金花，偿了他的命。
　　　　　　不是把口夸，拿她是一定。
　　　　　　不用动杀法，叫她死个净。
严桂花：（唱）桂花听此言，心内也高兴。
　　　　　　启齿便又开言道，
　　　（白）好，倒是大师父能耐高超，帮助于我，乃为万幸。师父不嫌，请在参谋帐下听用。就是大材小用，多对不起了。
红横僧：好说，多谢元帅。
严桂花：众将官。
众将官：有。
严桂花：就此起兵，不得有误了。
　　　（出郭玉梅、孟彩霞、常香元坐）
郭玉梅等三人：（诗）三人同室意如何？盼信不到疑念多。
郭玉梅：（白）奴郭玉梅。
孟彩霞：奴孟彩霞。
常香元：奴常香元。二位表妹，姑爹已命家人去青州打听李公子下落，去已多日，不见回来。
孟　辉：（内唱）宋信随我到上房。
　　　（上孟辉、宋信）
宋　信：（白）来了。
常香元：姑爹来了，请转上座。
孟　辉：一个家里爷们，不用客气，便座可矣。方才宋信从青州来，叫他说说信息，说得真真切切的，大伙好听听。
宋　信：听我一言奉禀。
　　　（唱）连声尊老爷，听我说仔细。
　　　　　　奉命上青州，打听姑爷事。
　　　　　　不辞长途劳，走了好几日。
　　　　　　刚才到青州，急忙进城里。
　　　　　　遇见一个人，年纪二十几。

见面就打听，奉承好言语。
他是一官兵，名叫刘自起。
提说咱姑爷，他却知根底。
他夸李姑爷，英雄真无比。
那日大交锋，看看把胜取。
郭力诡计多，暗把宝贝使。
姑爷未提防，被他活打死。
眼见队败行，一阵乱风起。
本是收尸时，尸首无处觅。
耳听这消息，急急回家里。
今日到家中，报丧不报喜。

郭玉梅、孟彩霞：（唱）郭孟听此言，吓得魂离体。
哭得过悲哀，昏迷倒在椅。

常香元：（唱）香元近前忙扶住，
（白）二位妹妹苏醒，妹妹苏醒。

孟　辉： 闺女们，醒来啦。

郭玉梅： 咳呀。

孟彩霞： 咳。

常香元： 好啦，打咳声了。

孟彩霞：（唱）昏迷在椅无知觉，忽忽悠悠又出声。

孟　辉：（白）闺女们哪，醒来吧。

常香元： 表妹苏醒。

孟彩霞：（唱）耳旁听得有人唤，

常香元：（白）二位表妹可醒过来了。阿弥陀佛，阿弥陀佛，好了。

郭玉梅、孟彩霞：（唱）爹爹相扶泪直倾。
苦哇，哭声郎君刀割胆，心中好似滚油烹。
希望有了团圆日，谁想与你难相逢？
不料你今阵亡了，临死之时不善终。
你死一身只顾你，抛下我姐妹怎为生？
咱本三贞九烈女，从一而终无改更。

　　　　　　　　活自无益不如死,事到而今短命倾。
　　　　　　　　想到这里悲又痛,悲痛过度心火攻。
　　　　　　　　一阵发晕昏绝倒,
常香元:(唱)香元扶住唤连声。
　　　　（白）表妹醒来。
孟　辉:(唱)老儿一旁也扶住,
　　　　（白）闺女们又怎的,闺女醒醒吧,咳。
　　　　（唱）叫着十声九不应。
　　　　　　　你们若有好共歹,莫把老爹送了终。
　　　　　　　外甥李庆一身死,我死谁与我送终?
　　　　　　　想到这里悲啼起,
常香元:(唱)香元一见好伤情。
　　　　　　　姑爹不可过悲痛,
　　　　（白）姑爹不用哭了,且将表妹搀在软榻上温存,可就好了。
孟　辉:侄女说得有理。咳,我的闺女们,那可怎好?来,老爹爹搀起,大家着手。（下）

　　　　　　　　　　　　　　　　　　　　　　　　　　　　（完）

第十五本

【剧情梗概】李庆随欧阳朔学艺满两年，欧阳朔赠其法宝，令其下山。孟彩霞、郭玉梅正因伤心而病重，见李庆归来，立时痊愈，她们以及岳秀云与李庆拜堂完婚。严桂花率兵抵达青州，红横僧用邪物罩住青州，青州全城大雾弥漫。李庆以五光宝锤破去邪法，但自己也和黄枚被红横僧生擒。严桂花命郭力押解李、黄二人回京报捷，随即又暗中告知赵金花姐妹。赵氏姐妹在途中劫走李庆、黄枚，李庆杀死郭力。红横僧在青州城内投毒，意欲为郭力报仇。济小堂带来解药，并劝说红横僧回山。二人发生冲突，济小堂不敌，于是请来师兄云柳。云柳生擒红横僧，红横僧发誓不再破杀戒，云柳放他回山。严桂花劝说黄万年等回归王化，准备班师回朝，又悄悄与黄翠云和李庆完婚。朝廷即将开科取士，在太子的力荐之下，天子召回海瑞，令其官复原职，外加大主考。

（上侠客英雄）

欧阳朔：（诗）隐居林泉懒作官，无拘无束胜如仙。

济困扶危真本色，杀富济贫救忠贤。

（白）在下欧阳朔。那年云游青州，看见李庆有难，是我将他救出法场，与我同居两年有余。今日该他出世，还上青州。李庆哪里？

（上李庆）

李　　庆：来了。恩人呼唤，有何事议？

欧阳朔：那边有座，你且坐下，听我有话讲来。

（唱）唤你前来非别故，听我从头讲根源。

那日郭力打死你，恶狠狠又想用枪穿。

是我遇见你遭难，走至近前把他拦。

沙土迷了郭力眼，趁时救你走阳关。

腹内灌下灵丹药，救你性命转阳间。

咱二人本有缘分，故居一处武艺传。

习学技术无昼夜，聪明伶俐却非凡。

学会风里能行走，刀枪剑戟占人先。

　　　　　　　　光阴不觉整二载，该你出世到人间。
李　庆：（白）难人不愿出世，情愿与恩人云游，习学武艺。
欧阳朔：（唱）你本天下奇男子，该做明朝一品官。
　　　　　　　　后来之事不可破，二人相遇有时间。
　　　　　　　　一则扬名传于外，二则该你报仇冤。
　　　　　　　　先到寿光县里探舅父，一家聚会得团圆。
　　　　　　　　急急回家休迟误，青州救难莫迟延。
　　　　　　　　赐你五光锤一柄，此锤厉害非等闲。
　　　　　　　　快些收过急急去，不必与我久流连。
　　　　　　　　久后相会且有日，
李　庆：（唱）李庆不觉泪涟涟。
　　　　　　　　站起身来施下礼，恩人呀，此恩此德报不完。
欧阳朔：（白）你快走吧。
李　庆：是。
　　　（唱）施礼已毕抬身起，
欧阳朔：（唱）再说侠客自在仙。
　　　　　　　　终朝无事闲游逛，到处救困杀赃官。
　　　　　　　　欧阳术士且不表，
李　庆：（唱）再表李庆运转还。
　　　　　　　　多亏恩人将我救，各样武艺习学全。
　　　　　　　　学会驾雾风里走，不亚驾云一样般。
　　　　　　　　我本两世为人也，恩人吩咐不敢拦。
　　　　　　　　只得前去探舅父，再上青州走一番。
　　　　　　　　不言李庆探亲去，
　　　（上孟辉）
孟　辉：（唱）再表孟辉坐庭前。
　　　　　　　　唉声叹气说坏了，终朝愁闷饭懒餐。
　　　　　　　　思念外甥病加重，看看残命染黄泉。
　　　　　　　　正然惆怅——
　　　（上家人）

家　人：（唱）家人报。

　　　　（白）禀老爷，你老大喜了。

孟　辉：说哪里话？要愁死咧，哪里来的喜呢？

家　人：今日你老的外甥李庆姑爷来了。还不是喜吗？

孟　辉：你是活见鬼了吧？

家　人：明明是人，怎么说是鬼呢？那不进来了？

　　　　（上李庆）

李　庆：舅父可好？甥儿叩头问安。

孟　辉：真是我外甥来啦？

李　庆：正是孩儿。（跪）

孟　辉：快起来，快起来，你就坐下。你快说说，告诉我明白明白。

李　庆：甥儿告坐。

孟　辉：不用多礼，快坐下就是了。

李　庆：舅父容禀。

　　　　（唱）遂将往事说一遍，跟随恩人整二年。

　　　　　　今日前来看舅父，您的身体可安康？

孟　辉：（唱）老孟辉也将往事说一遍，闹了个马仰与人翻。

　　　　　　玉梅小姐郭英女，如此这般都在咱的家园。

　　　　　　那一日打发宋信小总管，青州探信走一番。

　　　　　　遇见官兵刘自起，他是知道你根源。

　　　　　　他说那日正打仗，遇见郭力狗子男。

　　　　　　他使暗器打死你，尸骨无存甚可怜。

　　　　　　小子回家报凶信，闺女为你哭软瘫。

　　　　　　如今大病要伤命，不久就要染黄泉。

李　庆：（白）哦，原来如此。

孟　辉：外甥，快跟我后堂去。

常香元：（唱）再表香元女婵娟。

　　　　　　扶持妹妹在左右，愿表妹们病而清爽可安然。

郭玉梅：（白）病在旦夕之间，不能起床。

常香元：待姐姐搀扶你两个，到外边凉爽凉爽，病可好些。

郭玉梅：倒也使得。

常香元：梅香。

梅　香：有。

常香元：快来着着手。

郭玉梅、孟彩霞：（唱）二佳人方才床前坐，

孟辉白：（白）外甥，随我进房看看。

常香元：（唱）忽听外边有人言。

　　　　　见爹爹领着人一个，

孟　辉：（白）闺女们大喜啦。

郭玉梅、孟彩霞：大喜？

李　庆：（唱）李庆进房忙问安。

　　　　郭小姐与表姐可都好？

郭玉梅：（白）呀。

　　　　（唱）忽然一见甚罕然。

　　　　你是李郎来到此？

李　庆：（白）正是。

郭玉梅：是真是假在梦间？

李　庆：表姐与玉梅，真是我李庆到了。怎么你二人身体欠安？

郭玉梅、孟彩霞：（唱）耳听说是李郎到，好象吃副顺气丸。

李　庆：（白）表姐病可觉好点吗？

孟彩霞：（唱）一见表弟心好宽。

孟　辉：（白）罢了。我外甥来了，我闺女病可就好多啦。

郭玉梅：（唱）玉梅小姐不顾羞臊，郎君你请坐别憎嫌。

李　庆：（白）有坐。

郭玉梅：是从何处来到此？

李　庆：原是这般如此来到这里。

郭玉梅、孟彩霞：（唱）二位佳人心欢喜，

孟　辉：（唱）孟爷一旁把话言。

　　　　（白）闺女病体算好了，我外甥也来了，我该是真欢喜了。梅香，吩咐厨下，大摆筵席，与我外甥迎风洗尘。何幸甥舅团圆，吉人天相，我心愿

已了。走，喝酒去罢。外甥来。
李　　庆：来了。
常香元：二位表妹，表弟回来，真是梦想不到，喜出望外，何幸如之。此乃遇难成祥、逢凶化吉之事，我搀你两个到外边去吧。
郭玉梅：不用搀了，病就算好，能够行走了。
常香元：这病总算好得快呀。
郭玉梅：表姐请。
常香元：请。

（上太子）

太　　子：（诗）思念恩官不在朝，朝夕不住心内焦。

（白）小王朱载垕。只因一怒打了严嵩之子严世蕃和赵文华等，拿他一款目中无君，启奏圣上，父皇并不深究。孤愁考期太近，此时朝中奸多忠少，朝朝想念恩官海瑞。因他打了严嵩，父皇贬他，以大降小，现为青州知府。欲要保他还朝。今乃是大朝之日，单等父皇散朝，进宫启奏。

（上冯保）

冯　　保：启禀千岁，圣上已回昭阳。
太　　子：如此，随我进宫。
冯　　保：遵旨。

（上张元英）

张元英：（诗）要得真富贵，还是帝王家。

（白）哀家张皇后。因被严嵩陷害，贬入冷宫，多得恩官海瑞与大学士黄万寿保本，我母子方出冷宫。而今圣上十分宠爱我母子二人。

（上官女）

宫　　女：启禀娘娘千岁，圣上御驾回宫。
张元英：待我接驾。（下，内白）万岁万万岁，小妃迎接圣驾。

（张元英迎接天子同上）

天　　子：梓童平身，赐座。
张元英：谢主隆恩。
天　　子：朕，大明天子嘉靖在位。
张元英：圣上今日散朝甚早。

天　　子：朝中无事，因而早散朝纲。

　　　　　（上太监）

太　　监：启禀万岁，宫外有青宫太子前来见驾。

天　　子：宣他进宫。

太　　监：领旨。（下，内白）有宣千岁进宫。

　　　　　（上太子）

太　　子：（跪）万岁万万岁，儿臣有本启奏父皇。

天　　子：皇儿平身，绣墩赐坐。

太　　子：父皇万岁。

天　　子：皇儿有本，慢慢奏来。

太　　子：父王容儿细奏。

　　　　　（唱）儿臣不奏别的事，专为国家大事情。

　　　　　　　　当此时朝中缺少忠良将，文官只有一位干国忠。

天　　子：（白）却是哪个呢？

太　　子：（唱）刑部云南司海瑞，被贬青州知府公。

　　　　　　　　当宣入朝理国事，总要复职理才通。

　　　　　　　　目下京中开科考，缺少一位主考卿。

　　　　　　　　儿保海瑞主考试，乞父王即降圣旨宣进京。

　　　　　　　　奏罢站起又跪倒，可止则止可行则行。

　　　　　（白）父皇。

天　　子：（唱）天子闻奏龙心喜，皇儿所奏真有情。

　　　　　　　　急急提笔降圣旨，皇儿领旨速出宫。

太　　子：（白）谢过父王。

　　　　　（唱）小王领旨将恩谢，站起出宫足不停。

张元英：（唱）皇后吩咐摆宴筵，

太　　监：（白）领旨。

天子、皇后：（唱）君后赴宴正大明。

太　　子：（唱）再表小王忙吩咐，

　　　　　（白）冯保。

冯　　保：有。

太　子：（唱）命你捧旨急出京。

冯　保：（白）领旨。

太　子：（唱）去到青州宣圣旨，宣召海瑞赴龙庭。

冯　保：（唱）冯保躬身接圣旨，

太　子：（唱）小王心下乐融融。

　　　　　　这才遂了孤心愿，看将来明朝喜气庆太平。

　　　　　　小王宫中且不表，

（上严桂花）

严桂花：（唱）再表桂花领雄兵。

　　　　　　这日来到青州地，忽听军卒报一声。

　　　　　　大兵离城四十里，人马暂且安大营。

　　　　　　埋锅造饭不用讲，（下）

（上红横僧）

红横僧：（唱）再把红横明一明。

　　　　　　当面元帅夸海口，我今一去定成功。

　　　　　　故此出营急似箭，要到青州看分明。

　　　　　　看罢一回拿主意，想用邪法下绝情。

　　　　　　云雾弥漫遮天日，不分南北与西东。

　　　　　　井水以内下毒药，七日七夜命尽倾。

　　　　　　和尚撒毒回营去，（下）

军　卒：（唱）再说城中将与兵。

　　　　　　一齐着忙说不好，快禀元帅得知情。

（出黄万年坐）

黄万年：（唱）总兵黄爷升大帐，不知今日主吉凶。

　　　　　　一时天变遮云日，

　　　　（白）本帅黄万年。自从战败严、郭二奸党，又听道京中发来无数人马前来困城。方才天气清明，忽然云雾弥漫，好叫人发闷也。

（上卒）

卒：　　报元帅得知，祸从天降。

黄万年：有何祸事？快快报来。

卒：　　　元帅听报。

　　　　　（唱）报报报元帅，只说事奇怪。
　　　　　　　　朗朗是晴天，霎时太阳盖。
　　　　　　　　阖城雾蒙蒙，人马眼变坏。
　　　　　　　　阴霾不见人，昏暗不自在。
　　　　　　　　城中乱哄哄，这事多奇怪。
　　　　　　　　探得京兵来，是个女元帅。
　　　　　　　　名叫严桂花，武艺真厉害。
　　　　　　　　又闻她营中，有个和尚怪。
　　　　　　　　是他弄邪法，把咱青州盖。
　　　　　　　　大兵遍地来，十里安营寨。
　　　　　　　　探得俱是实，元帅快分派。

黄万年：（白）起过了。

卒：　　　得令。

黄万年：呀，不好。

　　　　　（唱）黄爷闻此言，吓得魂不在。
　　　　　　　　是我老运衰，苍天把我败。
　　　　　　　　我死是应该，阖城受挂带。
　　　　　　　　黄爷正发愁，

　　　　　（上赵金花）

赵金花：（唱）金花说无碍。

　　　　　（白）公爹万安。请放宽心，媳妇有解毒药撒在井中，管保无事，阖城人等，不会丧命。

黄万年：好媳妇，若有方法，快去办来。

赵金花：是。

黄万年：多亏贤媳赵氏，不然阖城性命个个休矣，但愿平安即是福也。

　　　　　（上郭玉梅、孟彩霞、岳秀云、李庆）

李　庆：（诗）洞房花烛人间美，燕尔新婚喜气多。

　　　　　（白）俺李庆。

郭玉梅：奴郭玉梅。

孟彩霞：孟彩霞。

岳秀云：岳秀云。

李　庆：舅父选择吉日良辰，咱四人拜堂合卺，以完终身之事。

郭玉梅：哦，郎君，你我百年之好得以成亲，真是出人意外，此乃天缘辐辏。

李　庆：哦，娘子们，你我已过三朝，与我打点行李，明日我便要上青州。

郭玉梅：郎君上青州，妾等有言相告。

孟彩霞等三人：（唱）姐妹三人开言道，郎君洗耳听妾言。

老天护庇成连理，何幸夫妻得团圆。

完婚才把三朝过，怎忍相离分北南？

去上青州有何事？不甚要紧把心关。

非是妾等相留你，何如在家享清闲？

刀枪林里无好处，又杀又砍心胆寒。

此去难免不交战，我姐妹在家把心担。

劝郎君还是不去好，凡事三思要从全。

不如在家常相聚，老幼共享太平年。

姐妹言辞说不断，

李　庆：（唱）豪杰闻听皱眉间。

妇道人家不知理，怎知我事在胸间？

恩师有命难违背，迟去恐怕大祸端。

不必多言免忧虑，快备行李与盘缠。

明日起身就要走，

郭玉梅：（唱）姐妹闻听不流连。

吩咐梅香备酒筵，与你姑爷饯行设杯盘。

梅　香：（白）是咧。

郭玉梅：（唱）不言夫妻去吃酒，

（上冯保）

冯　保：（唱）再表冯保在途间。

非行一日来到了，青州不远在面前。

不言冯保捧旨把城进，（下）

（上海瑞）

海　瑞：（唱）再表刚峰干国贤。

　　　　　　时才退堂书房坐，

　　　（上院子）

院　子：（唱）院子跪倒报事端。

　　　（白）禀爷，圣旨已到衙外。

海　瑞：看香案接旨。

　　　（上冯保）

冯　保：圣旨到，跪听宣读。诏曰：兹尔海瑞，因打严嵩，获罪被贬为青州知府，今有青宫太子保奏，尔官复旧职，额外加天下主考，接旨疾速进京。钦此。望阙谢恩。

海　瑞：万岁万万岁。人来。

　　　（上院子）

院　子：有。

海　瑞：将旨供奉龙亭。

冯　保：哦，海大人恭喜高升一品，外加三级，可喜可贺。

海　瑞：此乃全仗殿下玉成、公公大人照应，才能如此。

冯　保：大人即刻早赴京师，不可误期。

海　瑞：下官交代明白，自然起身。老公公一路劳乏，请至大厅筵宴。公公大人请。

冯　保：大人请。

　　　（上李庆）

李　庆：（诗）杀气冲斗牛，威风贯九州，

　　　　　　要展擎天手，名标五凤楼。

　　　（白）俺李庆。叩别舅父即往青州。今日天气晴和，急急走走是也。

　　　（唱）恩人秘传驾风走，走路好似刮大风。

　　　　　　这一去到青州地，要找郭力把账清。

　　　　　　为人不把冤仇报，虽生在世枉为人。

　　　　　　我心存此英雄志，忠孝君父扬大名。

　　　　　　要为天下奇男子，须在世间立奇功。

　　　　　　此去全凭浑身艺，五光宝锤鬼神惊。

> 青州平灭郭父子，然后带兵杀进京。
> 拿住严嵩贼奸党，与我爹爹报冤横。
> 算是为国清君侧，方显李庆是英雄。
> 正然思想来得快，瞧见青州大雾蒙。
> 这却是为何缘故？只得近前看分明。
> 瞧见空中有一物，如扣住青州一座城。
> 看罢多时明白了，定是贼人弄神通。
> 待我施展仙家宝，今日试验灵不灵。
> 取出宝锤甩出去，宝锤一掷半空中。
> 径直奔了邪物去，打得响亮似雷鸣。
> 收回宝锤止住步，

（白）好也好也，邪物被我宝锤神力击破，不免去到城中，见黄元帅报功便了。

（升帐，夏杰、黄枚、黄朋、赵亮、陶力站）

众　将：（诗）瞳瞳晓日照辕门，冉冉征云锁寨屯。
　　　　　　密摆刀枪排虎帐，欢歌凯旋颂将军。

夏　杰：（白）俺夏杰。

黄　枚：俺黄金奎。

黄　朋：俺黄云飞。

赵　亮：俺赵亮。

陶　力：俺陶力。

众　将：元帅升帐，在此伺候。

（上黄万年）

黄万年：（诗）战鼓咚咚震山川，杀气腾腾冲碧天。
　　　　　男儿欲挂封侯印，须得血战疆场边。

（白）本帅黄万年。方才之间，空中响声如雷，立时云散雾消，不知是何缘故？天气清明，赶快升帐，操演人马，以备冲锋对敌。

（上卒）

卒：　　报元帅得知，辕门外来了一位少年，报名李庆，要见元帅。

黄万年：起过了。哦？李庆他被郭力打死，怎能后生呢？

夏杰等：元帅莫疑，待末将等出帐一观。

（众将下，又上。上李庆）

夏杰等：果然是大哥来了。大哥可好？

李　庆：贤弟们都好？

夏杰等：都好。大哥快随我等去见元帅。

李　庆：来了。元帅在上，李庆打躬。

黄万年：呀，果然是李庆到来。人来。

卒：有。

黄万年：看座。

李　庆：小侄告坐。

黄万年：贤侄，自那年你在疆场上，明明被郭力用暗器所伤，怎得复生呢？今日从何而来？快告诉我知晓。

李　庆：元帅请听，容小侄细禀。

（唱）自从那年在疆场，冲锋对敌大交锋。

可恨恶人贼郭力，他使暗器把我倾。

多亏了侠客恩人将我救，同居同寝一室中。

跟随学艺二年整，学会走路乘脚风。

今奉恩人来到此，我恩人早知青州有灾星。

小侄到在关城外，只见城中云雾蒙。

细看乃是妖邪物，祭起那五光宝锤把它攻。

立时打破妖邪宝，故此来到大帐中。

想见叔父兄与弟，

黄万年：（唱）黄爷闻言喜气生。

到底是邪难侵正，贤侄英雄把他平。

贤侄两世为人也，吉人天相福非轻。

千古罕有奇巧事，

夏　杰：（唱）帐下喜坏众英雄。

夏杰上前忙拉住，大哥呀，那日里见你把命倾。

我亲自将你尸首找，寻你不见影无踪。

想你哭了几个死，何幸兄弟得相逢。

正然叙话——

（上卒）

卒：（唱）探子报。

（白）报元帅得知，城外来一红面秃头和尚，声言要破宝之人出去受死。

黄万年：再探。

卒：得令。

李　庆：元帅万安，待小侄出阵会他一会。

黄万年：多加小心。

李　庆：不劳嘱咐。众将官，大开城门，擂鼓助威，请来出城观阵。

（上红横僧）

红横僧：我出家人红横僧。来到关外，见我的宝贝竟有人破了，故此前来要战。你看城门大开，闪出一员小将，徒步而来，待我迎接上去。

（李庆、红横僧对上）

红横僧：破了我的法宝，莫非就是你吗？

李　庆：然也，就是你少爷李庆。秃驴，报名上来领死。

红横僧：你祖师爷法名红横僧。孩儿不要走，吃我一剑吧。

李　庆：来，来，来。

（大杀，红横僧败下，又上）

红横僧：呀，这个小崽剑法如神，力战不能取胜，不免使我的狗皮褡裢，装他便了。对准敌人撒出来呀。

李　庆：哪里走？呀，不好！（入袋）

（上红横僧）

红横僧：将他装入袋中，待我冲杀上去。

黄　枚：（内白）众将官。

众将官：（内白）有。

黄　枚：（内白）枪马过来。（对上杀，红横僧败下，又上）

红横僧：这孩儿枪马骁勇，还是使口袋装他便了。

黄　枚：秃驴哪里走呀？不好。（入袋）

红横僧：我再拿他几个。

赵金花：（内白）众将退后，待奴赵金花会会和尚。（与红横僧对上）

红横僧：来这个贱人，报名领死。

赵金花：奴赵金花。秃驴何名？

红横僧：洒家红横僧，特来与我徒弟报仇雪恨。不要走，吃我剑头了吧。

赵金花：来，来，来。

（大杀，红横僧败）

赵金花：呀，和尚战未数合，竟自佯输诈败，又要使他邪物伤我，怎得能够？待奴先用斩妖剑，擒他便了。（念念有词），宝剑起呀。

（红横僧回跑）

赵金花：呀，秃驴武艺不善，竟能借遁逃走。暂且回城，单等夜晚之间，设法搭救夫君、李贤弟等。众将官。

众将官：有。

赵金花：就此回城，不得有误。

（急上红横僧）

红横僧：吓死我啦，果然赵金花这个贱人十分厉害，幸而我借风逃走，不然我就没了啦。此城不破，恶气不出。哦，有了，单等夜至三更，还是将我带来的瘟毒撒在井内，三天以内，管叫他们死得人芽不剩，且回营报功便了呀。好险哪！（下）

（升帐，众将站）

严桂花：（诗）虽然妖娆一女奴，胜似男儿大丈夫。

（白）本帅严桂花。大兵来到青州，十里安营，未曾交战，有参谋红横僧人夸下海口，不动干戈，管保青州兵将三日之内自己死净。今日红横僧带兵出营，到在青州城下，观其动静，也该回来了。

（上红横僧）

红横僧：元帅在上，洒家交令。

严桂花：青州事如何？

红横僧：洒家到青州一看，紫金钵盂竟被李庆给破了。洒家一怒，将李庆、黄枚一并拿来献功，乞元帅发落。

严桂花：好，真乃奇功一件，侍立一旁。

红横僧：遵命。

严桂花：众将官。

众将官：有。

严桂花：将两个叛臣绑上来。

众将官：得令。

（绑李庆、黄枚上）

严桂花：唗，叛臣见了本帅，因何不跪？

李　庆：你爷爷上跪天子，下跪父母，岂肯屈膝跪汝？

严桂花：你二人各报名上来。

李　庆：我乃李庆。

黄　枚：我黄枚。

李　庆：上边坐的不是严桂花么？

严桂花：吾是元帅，（暗使眼色）李庆少说。众将官。

众将官：有。

严桂花：将他二人绑下去，押在后营。

众将官：得令。

严桂花：好。严桂花心生一计，先行官郭力上帐听令。

郭　力：在。

严桂花：你接本帅令箭一支，明日押解两个叛臣进京献捷报功，带领五百人马，不得有误。

郭　力：得令。

严桂花：众将官，摆素宴与大师父庆功。

众将官：得令。

严桂花：正是：略施小计策，搭救李郎君。（下，又上）好也，好也，本帅严桂花略使小计，差郭力押着囚车献捷报功，单等定更之时去见李郎，当时说明其故，使他放心，免得忧虑。那时奴家假说出城，急去见赵金花送信，明日叫夺囚车，多带人马，易如反掌。也要她姐妹将郭力杀死，奴好与李郎完其终身之事。此计一举两得，单等行事便了。（下）

（上赵金花、赵银花）

赵金花、赵银花：（诗）夫妻连心热如火，设法相救得脱身。

赵金花：（白）奴赵金花。

赵银花：奴赵银花。咱们将军被和尚擒去，你我单等三更以后，急急出城解救将军和李家贤弟。姐姐，你我此去必得大展其才，只好如此。

（上丫鬟）

丫　鬟：禀二位奶奶得知，外面来了一员女将。她乃是大营元帅严桂花，她说有机密大事，要见奶奶们呢。

赵金花：呀，严桂花此来必有奸诈，你我暗藏兵器，提防不测，看眼色行事。梅香。

梅　香：有。

赵金花：就说里面有请。

梅　香：晓得了。（下，内白）我家姑娘里边有请。

（上严桂花）

严桂花：来了。赵家小姐，我这里有礼了。

赵金花：好说。你不是严桂花么？

严桂花：正是本帅。

赵金花：你我两家乃是仇敌，至此必有奸诈，有我姐妹在此，怎得能够？

严桂花：你姐妹不要怀疑本帅，此来有机秘大事相告。

赵金花：既然如此，梅香看座来。

梅　香：是。

赵金花：有何机密？快快说来。

严桂花：是你听了。

　　　　（唱）我至此，无奸谋。

　　　　　　你两姐妹，细听我说。

　　　　　　黄枚与李庆，一同都被捉。

　　　　　　立时绑入大帐，吩咐打入囚车。

　　　　　　明日解进京都去，已命郭力押囚车。

赵金花：（白）押进京去，焉有他俩性命？

严桂花：（唱）此件事，巧计谋。

　　　　　　你们不岔，细听我说。

　　　　　　郭力押解去，带领兵不多。

　　　　　　暗中与你送信，早去半路等着。

　　　　　　你姐妹杀了他报仇，岂不容易劫囚车？

赵金银花：（白）咱们两家，乃是仇敌，因何如此？
严桂花：（唱）这内里，有陈说。
　　　　　　李庆当日，在京行刺。
　　　　　　被奴擒拿住，受刑苦折磨。
　　　　　　后来要不是奴救命，他早已经见阎罗。
　　　　　　费了仙丹整两粒，私命家人放他走脱。
赵金花：（白）难得小姐这样好心。
严桂花：（唱）后来事，好难说。
　　　　　　多蒙救护，感奴恩德。
　　　　　　定下婚姻事，暗中结丝萝。
　　　　　　自从那日走后，至今才得会合。
　　　　　　怎忍残心将他害？你姐妹寻思自掂夺。
赵金花：（唱）据你说，我明白。
　　　　　　他俩暗暗，私自配合。
　　　　　　莫怪如此作，暗定巧计谋。
　　　　　　明日早去等候，准备劫夺囚车。
　　　　　　难得小姐把心费，此事凑巧幸如何。
严桂花：（唱）事已至此告辞去，
　　　　　（白）话已说明，烦二家小姐解劝黄老元帅归降王化，免动干戈，后来咱乃一殿之臣了。
赵金花：好，倒是小姐见识高强，叫我姐妹佩服。
严桂花：我要告辞了。
赵金花：不敢久留，请。
严桂花：请。（送回）
赵金花：妹妹，你听严桂花之言，并无奸诈在内，咱明日早去劫夺囚车便了。
赵银花：姐姐言之甚是，你我安眠去罢。（下）
　　　　　（上郭力）
郭　力：校官们。
校　官：有。
郭　力：押着囚车，急急快行。

校　官：哈。（枪马上）

郭　力：（诗）奉了元帅令，押车去献功。

（白）我先行官郭力，奉了元帅雪粉佳人的将令，押解黄枚、李庆进京报捷献功。看见严小姐我媳妇那样子，真是美了个透骨冰凉。

（唱）催马往前行，自言又自语。
　　　生来命运强，寻个好媳妇。
　　　头戴凤翅盔，乌云仅露尾。
　　　脸儿好白净，真是一团粉。
　　　两道细弯眉，杏眼一池水。
　　　鼻子如悬胆，小小樱桃嘴。
　　　耳坠八宝环，身穿十样锦。
　　　不大小金莲，瘦小无有底。
　　　绣鞋花满帮，雪白木头底。
　　　真叫我爱惜，几时得同寝？
　　　但愿早归师，奏凯回朝里。
　　　到家请先生，摆个好日子。
　　　将她娶过门，拜堂合了巹。
　　　我到洞房中，巫山会云雨。
　　　再也不懒惰，夜夜要上紧。
　　　越想越精神，打马撒开腿。
　　　不言郭力他，

赵金花、赵银花：（唱）再说二女子。

赵金花：（白）奴赵金花。

赵银花：奴赵银花。

赵金花：你我来在大道上等候囚车，救了他二人，好一齐冲杀，捉拿狗子。

赵银花：姐姐言之有理。（念念有词），飞沙走石起。

（上卒）

卒：　　哎呀，不好，快快跑了罢。

（上赵金花、赵银花枪马、囚车）

赵金花：念动解锁法，枷锁落地。将军与李贤弟，现有姐妹带兵，大家努力捉拿郭力狗子，谅他今日插翅难飞。

李　庆：就此冲杀上去。

（杀一阵，换卒杀，郭力败下，又上）

郭　力：咳呀，了不得了。赵家姐妹劫夺囚车，四人与我恶战，料想不能取胜，如何是他对手？急急弃了坐骑，驾风逃走，溜之乎也。

（急上李庆）

李　庆：狗子想要驾脚风逃走，怎得能够？取出五光神锤，打这狗子。

（郭力落地死）你看这狗子，被锤打得脑浆迸裂，待我再砍他几剑。狗子，看剑。这才略解我心头之恨。

（上赵金花、赵银花）

赵金花：贤弟今日大仇得报，而今又脱离此难，全是严桂花设此妙计，才能如此。

李　庆：嫂嫂，此话小弟不明，望嫂嫂明白告我知道。

赵金花：贤弟，是你不知，严桂花二次亲身到此，昨晚明言，又差我姐妹如此而行。

李　庆：好叫我李庆不胜感激。

赵金花：她又言道，叫疾速灭了和尚，劝元帅呈上降书顺表，归降王化。

李　庆：原来这等。大家进城，共议擒拿和尚之计。

赵金花：言之有理。

赵银花：贤弟请。

李　庆：二嫂请。

（升帐，二将站，红横僧坐）

众　将：（诗）依仗真人术，惯战与能征。
　　　　　　　旗开就得胜，马到便成功。

红横僧：（白）出家人红横长老。

伍　万：俺伍万。

陆　炳：俺陆炳。

众　将：元帅升帐，在此伺候。

（上严桂花）

严桂花：（诗）闺中女将能镇守，钢刀摆动定江山。

（白）本帅严桂花。昨日晚上暗定了一条计策，差遣郭力押解囚车，赵家姐妹半路里劫夺囚车，大料一定成功。

（上卒）

卒：　　报元帅得知，祸从天降了。

严桂花：有何祸事？慢报来。

卒：　　（唱）报报报军情，元帅听一遍。
　　　　　　　先锋郭老爷，押解把功献。
　　　　　　　走到半途中，遭了大祸患。
　　　　　　　忽来一阵风，飞沙打人面。
　　　　　　　原是赵金花，劫夺二囚犯。
　　　　　　　囚车打开了，囚犯脱了难。
　　　　　　　四人并力杀，一场大恶战。
　　　　　　　先锋后松了，艺儿本有限。
　　　　　　　大战几回合，想自要逃窜。
　　　　　　　刚才驾起风，人家更不善。
　　　　　　　丢起兵刃来，打死阎王见。
　　　　　　　李庆赶上前，一连砍几剑。
　　　　　　　狠毒真狠毒，剁个稀巴烂。
　　　　　　　尸首抬进营，元帅做主见。
　　　　　　　报罢下中军，

严桂花：（唱）桂花乐无言。
　　　　　　　听报郭力亡，遂了奴心愿。
　　　　　　　开言尊长老，这事怎么办？

红横僧：（唱）红横听此言，气得颜色变。
　　　　　　　好个赵金花，累累把我犯。
　　　　　　　害了我徒儿，一定报仇怨。

（白）元帅不必为难，昨夜我要去下此瘟毒散药，因一时身体不爽，故而未去，今日必得下此毒手，就此去也。

严桂花：和尚下此毒药，倘若碍着郡马，那却怎好？哦，有了，单等夜静更深，与郎君亲去送信，带去解毒散药，一则夫妻见上一面，说几句话儿，是奴心中觉自喜悦也。众将官。

众将官： 有。

严桂花： 小心看守大营，违令者斩。（下）

（上红横僧）

红横僧：（诗）要报大仇恨，须得下狠心。

（白）我红横长老。可怜我徒儿郭力被李庆杀了，故此一到青州城内，下此瘟毒药，只得走走也。

（唱）两个徒儿死得苦，事出无奈必得行。

我今与他报仇恨，去到城中把事行。

我本不愿破杀戒，这一回大破杀戒害众生。

但愿报仇与雪恨，急急回庙去修行。

稳坐禅堂不出世，修真养性奉黄经。

霎时之间来得快，青州已到进了城。（一更鼓响）

天气昏黑敲更鼓，一鼓过了交二更。

大街以上行人少，（下，又上）正好去到井泉中。

按井下上瘟毒药，准叫众人性命倾。

莫怪山人心肠狠，赵金花杀我徒儿更苦情。

下完毒药回营去，

（上济小堂）

济小堂：（唱）再表小堂坐洞中。

蒲团打坐练真性，哦？心血来潮主何情？

袖占一课知道了，白虎星官有灾星。

青州和尚下毒药，阖城生灵活不成。

山人只得前去救，救了众生有阴功。

后洞便把丹药取，出洞念咒把云腾。

风送禅云急似箭，霎时来到青州城。

不言济仙进帅府，

黄万年：（唱）再表黄爷坐在厅。

长吁短叹说怎好，阖城之人病不轻。

定是和尚施毒药，众人一齐把病生。

正然烦闷——

（上黄枚）

黄　　枚：（唱）黄枚到。

（白）启禀父帅，府外济仙恩师到了，请父帅急去迎接。（同下，又上）

黄万年：老仙师哪里？

（上济小堂）

济小堂：元帅可好？

黄万年：老仙师，请到大厅一叙，请。

黄　　枚：恩师在上，弟子黄枚稽首。

济小堂：起来。

黄　　枚：是。

黄万年：不知仙师驾到，未去远迎，多多有罪。

济小堂：好说，不敢。

黄　　枚：恩师请坐。

济小堂：有坐。

黄万年：当日小儿有难，多蒙老仙师解救，又传他一身武艺，叫我一家之人，寝食不忘恩德。

济小堂：些许小事，何足挂齿？

黄万年：老仙师，阖城人等俱都受灾，堪堪至死，仙驾至此，必有解救之法。

济小堂：这却不难，用丹药几粒下在井内，每人各喝一盏，立时痊愈。

黄万年：多谢老仙师慈悲恩功。

济小堂：黄枚，这是仙丹，拿去急急办来。

黄　　枚：是，徒儿遵命。（下）

济小堂：大事办妥，山人出城劝劝和尚，急归山去，就此告别。

黄万年：老仙师说哪里话来？本帅备下素宴一桌，用之再去不迟。

济小堂：山人不用凡间之物，老元帅多费心了。

（上黄枚）

黄　　枚：回禀恩师，小徒奉命把丹药放在井内，每人各用凉水一盏，病人俱已痊愈。众人在外，要给仙师叩头相谢。

济小堂：好，我就出去，容尔等一谢，也是山人下山所积阴功。就此告辞去也。

黄　　枚：请。（下，内白）大仙到来一齐跪下，快些叩头。

（出众人，上济小堂）

众　　人：我们阖城人等，多得大仙解救，我等相谢，多多磕几个头吧。

济小堂：众位请起。出家人以慈悲为本，何言相谢？起来，快快请起。

众　　人：我等多得大仙救命之恩，相送大仙一程。

济小堂：倒也罢了。黄枚。

黄　　枚：有。

济小堂：随我去到大营，我找那和尚，相劝他一回便了。

黄　　枚：是。

（济小堂、黄枚驾云一场，落地）

黄　　枚：禀恩师，来此已是大营。

济小堂：你进他营，指名叫那和尚出来，用言相劝于他，快去。

黄　　枚：遵命。（下，又上）嗨，报事的儿郎听真，你快报给老和尚，出来领死。

卒：　　（内白）报大仙师得知，营外有一少年，指名叫长老出去受死呢。

红横僧：起过了。

卒：　　得令。

红横僧：又是哪个前来送死？待山人出去会他一会。（对上黄枚）我当是谁呢？原来是昨日被捉的黄枚小子。得脱罗网，竟敢又来送死？

黄　　枚：我师父现在那里，有话和你讲。

红横僧：狗蛋，待我见见何妨？

济小堂：红横僧请了。

红横僧：你是何人？怎么认得我呢？

济小堂：贫道济小堂特来见你。

红横僧："小糖"多闹几块，你说吧。

济小堂：你是出家之人，大破了杀戒，用毒物残害生灵，怎奈我将你毒物破了？

红横僧：哈哈，好个济小堂，欺我太甚，我与你势不两立。"小糖"哪"小糖"，我把你用嘴含了。

济小堂：你且不用暴躁，听我相劝于你。

红横僧：不听不听不爱听。

济小堂：（唱）你我出家有根本，修真养性炼善心。

　　　　　　　出家慈悲乃为本，善行方便才为门。

>　　好容易脱化人身体，不该私自染红尘。
>　　用此毒物众生害，岂不污了慈悲门？
>　　事要三思免后悔，扔了性命真屈心。
>　　小仙我来相劝你，道友急急归山林。

红横僧：（白）若我不归山呢？

济小堂：（唱）小仙还要往下讲，

红横僧：（唱）红横和尚怒生嗔。
>　　赵金花伤了我两徒弟，特来报仇把冤申。
>　　你竟敢破了我法力，冤家已定何用云？
>　　说罢举剑往下砍，

（白）狗道不要多言，着剑吧。

济小堂：哇，好个妖和尚，任性胡为，不听善言，难道惧你不成？倒要领教于你。（大杀，济小堂败下，又上）哦，你看贼秃甚是骁勇，等他到来，用掌手雷击他便了。

红横僧：哪里走？

济小堂：看五雷击你。

红横僧：五雷齐发，我也不惧你，着剑吧。

（大杀，济小堂败下，又上）

济小堂：你看和尚胆量，五雷轰他，他也不怕。哦，有了，急忙掏诀念咒，柳师兄早来速降。

（上云柳）

云　柳：师弟相召，有何大事？

济小堂：今有红横和尚不守清规，红尘作乱，特请师兄前来收服。

云　柳：这有何难？你与他略战几合，愚兄自有降他之策。

济小堂：小弟知道了。

（大杀）

云　柳：和尚来了，看我捆仙锁，仙锁锁他。

（锁住红横僧）

红横僧：呀，不好了，原来柳仙将我制住。望乞大仙饶了我的命吧。

云　柳：是你不知济小堂乃是我师弟，请我前来收服于你，看宝剑吧。

红横僧：大仙千万留命，从此再不前来搅乱世界，情愿明誓。

云　柳：你明誓上来。

红横僧：老天在上，玉帝早知。弟子再破杀戒，准备五雷轰顶。

云　柳：待我饶你，赶快隐遁去吧。

红横僧：是，苦哇。

济小堂：还是道兄神通广大，慈悲心重将他放了。

云　柳：师弟，咱乃出家之人，慈悲为本，方便为门，不能伤其性命。你我不可久立凡间，大家回山要紧。

济小堂：师兄回洞，见了师父，替我问安。

云　柳：师弟费心，愚兄我去也。

济小堂：你看师兄回洞去了，我也不可久站。黄枚。

黄　枚：有。

济小堂：你就回城，禀告你父帅，说和尚回庙去了，为师我也回仙山去也。

黄　枚：送恩师。

济小堂：回去罢。（下）

黄　枚：弟子遵命。（下）

（出严桂花升帐，二将站）

严桂花：（诗）略施小计策，神鬼也不知。

（白）本帅严桂花。昨日略施小计，郭力身亡而死，正遂我的心愿。唯有和尚不服，要与他两个徒儿报仇，一怒上青州去了。青州城内，黄昏时候，阖城井内下上毒药，三日之内，阖城人等个个身亡。奴家唯恐伤着李郎，是我暗暗送去解毒散药，可保无事。我往黄老元帅处，请明情由。众家英雄好汉俱愿归降王化，便都应许，又撮合叫奴与他侄女择吉日与李郎成亲完婚。红横仙此去，不知军机怎么样了？

（上卒）

卒：报元帅得知，红横和尚被人获住，出于无奈，对天起弘誓大愿，放他回庙，永不许出世。请令定夺。

严桂花：起过了。

卒：是，得令。

严桂花：好，真乃妙哉。正愁和尚在营事情难办，他今一走，由奴自主。昨晚写了捷表,即可差人前去,呈捷报功。伍万,上来听令。

伍　万：在。

严桂花：这是捷表一道,先行进京报捷,本帅随后班师回朝。

伍　万：得令。

严桂花：陆炳,上帐听令。

陆　炳：在。

严桂花：本帅命你执掌军机事务,本帅进城有事,休息几天,即可班师回朝。

陆　炳：是,末将遵命。

严桂花：正是：鼓敲金镫响,人唱凯歌还。

（完）

第十六本

【剧情梗概】郭英、严嵩阴谋假传圣旨，说天子赐赏黄万年等每人三盅御酒，而在酒中下毒，希图将他们全部毒死。苗云之妻冯氏为报夫仇，将此诡计告诉了海瑞。海瑞写密信联络黄万年，告知万年在奸臣献酒之时，放炮为号，城内城外一起捉拿奸臣及眷属，然后送到海瑞处审讯。经讯问，严嵩、郭英、严世蕃、吴有仁、赵文华等人均对自己的罪行供认不讳。海瑞将他们的口供上呈给天子，天子大怒，然念在严桂花有功的份上，赦桂花母女无罪，并令严嵩拿着银碗、金筷，在民间乞食为生，以警示世人；郭英、严世蕃、吴有仁、赵文华则皆处死。最后，天子大封忠烈之士。

（出郭英坐）

郭　英：（诗）得命三生幸如何？扫灭贼寇战功多。

（白）老夫郭英。被贼人赵金花劫了法场，冲开城门，一场好战也。杀得我马仰人翻，大营被贼人踏破，如同平地。看事不好，带领人马和小儿郭力、国舅严世蕃三人逃回京师。严相爷亲翁又命儿媳严桂花挂印为帅，小儿封先锋，还有红横长老，此去准会旗开得胜，马到成功。

（上得用）

得　用：老爷在上，得用叩头。

郭　英：得用，跟你少爷出征，怎么你独自一人回来？

得　用：咳，老爷不消问了。

（唱）连连尊老爷，细听我告禀。

　　　　小人跟少爷，左右把我用。

　　　　到了青州城，来把干戈动。

　　　　全仗红横僧，头阵取了胜。

　　　　拿了将二员，

郭　英：（白）拿的二将，叫何名字？

得　用：（唱）黄枚与李庆。

　　　　见了元帅他，立刻传将令。

急命我少爷，押车回运送。
献表奏朝廷，好把功劳挣。
走至半途中，活该遭不幸。
来了赵金花，她把机关弄。
走石带飞沙，军卒着了重。
囚车被人劫，救去枚与庆。
四人战一人，少爷不中用。
杀了几回合，大败想逃命。
刚自出阵中，人家把宝用。
少爷未提防，身子自了重。
倒在地平川，

郭　英：（白）怎样？

得　用：（唱）呜呼丧了命。

郭　英：（白）什么？

得　用：（唱）故此跑回家，才把凶信送。

郭　英：（白）咳呀！

（唱）咕咚倒平川，未死身难动。

得　用：（唱）得用上前忙扶住，

（白）老爷苏醒，老爷醒来。

郭　英：（唱）咳呀一声罢了我，苏醒多时打咳声。

强打精神睁二目，

（白）我的儿啦，

（唱）哭声孩儿叫不应。

为父南征与北战，用尽心机未得安宁。

所生一儿和一女，定想着富贵荣华乐无穷。

不想半世命乖舛，家败人亡不善终。

女儿玉梅无踪影，我儿阵亡性命倾。

儿啦，我儿一死只顾你，你叫为父怎样疼？

哭罢多时说可恨，大骂万恶女花容。

恼恨金花贼山寇，要报山海大冤横。

为人不能把仇报，活在世上枉托生。
必得先到严相府，亲翁自然有调停。
吩咐中军快带马，

中　军：（白）哈。
郭　英：（唱）去到相府办事情。
不言郭英严府去，
伍　万：（唱）再表伍万催马路上行。
奉命先将捷表报，大兵随后便回京。
这回征战真快乐，刀枪未动就成功。
郭有勋在路上死，其他的兵未损一名得安宁。
这次行程非一日，霎时到了北京城。
不言伍万奔相府，
严　嵩：（唱）再表严嵩坐大厅。
正自心中生烦闷，
（上中军）
中　军：（唱）中军跪倒把话明。
（白）郭大人府外候见。
严　嵩：郭亲翁亲身到来，不可慢待。快快请。
中　军：哦。（下，内白）有请郭老爷。
（上郭英）
郭　英：来了。亲翁在上，小弟有礼。
严　嵩：好说。
严　嵩：亲翁请坐。
郭　英：小弟告坐。
严　嵩：亲翁面带不悦之色，是何缘故？
郭　英：亲翁你可晓得？我儿他阵亡了。
严　嵩：哦，我却不知，怎么死的？一一告诉与我。
郭　英：兵到青州头阵取胜，擒住二将，元帅命我儿押解囚车，送进京城，行至半路，被金花把囚犯劫去，杀死我儿。
严　嵩：果然夫婿死得好苦也。

郭　英：因此来到相府，望作一调停。
严　嵩：只可慢想良策，报仇未晚。
　　　　（上中军）
中　军：禀相爷，有随元帅左护卫伍万，进京献捷，来见相爷。
严　嵩：他来得正好，命他进来见我。
中　军：（下，内白）伍将军，随我进来。
　　　　（上伍万）
伍　万：来了。相爷在上，末将打躬。
严　嵩：伍将军一路劳乏，请坐。
伍　万：末将告坐。
严　嵩：你今到来，本相问你，郭公子怎么阵亡？你必知晓。你细细说来。
伍　万：相爷容禀。
　　　　（唱）尊相爷，贵耳听。
　　　　　　　细听末将，告诉分明。
　　　　　　　那日领人马，去到青州城。
　　　　　　　刚刚到了地界，离城十里安营。
　　　　　　　次日和尚去要战，拿住贼人整二名。
　　　　　　　小黄枚，李庆童。
　　　　　　　少年英勇，果然英雄。
　　　　　　　绑在大帐上，元帅喜欢煞。
　　　　　　　吩咐上了铁锁，命人押在大营。
　　　　　　　即差先锋郭公子，次日押车解北京。
　　　　　　　走在那，半途中。
　　　　　　　有人劫夺，不放车行。
　　　　　　　赵氏姐妹俩，真正武艺惊。
　　　　　　　使了飞沙一阵，众人各奔西东。
　　　　　　　打开囚车一场战，四人合战郭先锋。
　　　　　　　冲一阵，勇不中。
　　　　　　　先锋败阵，弃马逃生。
　　　　　　　人家使暗器，打落地流平。

李庆急到，

（白）这才不好了，

（唱）如同万剐尸灵。

众人一起报元帅，一旁气坏大和尚。

他带怒，出大营。

要找反叛，大报冤横。

急急到那里，撒药下绝情。

竟被人家破了，和尚岂肯善容？

来了小堂济老道，二人恶战杀得凶。

济老道，落下风。

祭起五雷，要把他轰。

和尚道行大，五雷也不中。

他请柳仙至此，获住和尚难行。

如此如此发誓愿，这般这般回庙中。

当此时两家和好不交战，黄万年归了王化来进京。

元帅她命我先来献捷表，大兵随后就进京。

捷表在此相爷看，内中还有家书一封。

严　嵩：（白）伍将军退下。

伍　万：是。

严　嵩：（唱）严相接过看一遍，不由叫人吃一惊。

他们如此归了王化，难免他要下毒手性命倾。

必须想条绝妙计，害他们一死才得安宁。

（白）这，这怎么处治？哦，哦，有了。

（唱）忽然想起一条计，一网打尽不留情。

郭　英：（白）何为一网打尽？亲翁有此妙计，何妨相告与我？

严　嵩：此乃绝计一条。一网打尽就是等他来时，待要进城，早早地预备下药酒一坛，假传圣上旨意，就说此乃皇封御酒，圣上钦赐每人各饮三杯五盏。如有不饮者，就是抗违圣旨，如要饮三杯，管叫他们俱各活活地都药死。这不是一网打尽吗？

郭　英：好，好，好，此计大妙，就依此而行。

严　嵩：（诗）金风未动蝉先觉，暗算无常死不知。
郭　英：（白）就此告辞了。
严　嵩：老夫我命人备下酒筵，与亲翁洗恼解忧愁。
郭　英：如此费心，就要叨扰了。
严　嵩：请。
郭　英：请。（同下）
　　　　（上欧阳氏）
欧阳氏：（诗）想娇生无时不念，思往事终日忧心。
　　　　（白）老身欧阳氏。女儿严桂花出征，去上青州，也不知胜败如何？是我心中时时挂念。
　　　　（上严嵩）
严　嵩：夫人在房么？
欧阳氏：老爷回来了？请转上座。
严　嵩：便座可以。
欧阳氏：方才听说有客，想是饮过酒了。
严　嵩：送客才回后庭。咳。
欧阳氏：老爷为何叹气声不止？却是何故？
严　嵩：夫人听了。
　　　　（唱）老夫我身为一品官，位列三台众所尊。
　　　　　　儿女不缺真富贵，妻财子禄受皇恩。
　　　　　　只因为女儿桂花领人马，今日捷报到府门。
欧阳氏：（白）捷报到了，想是得了胜了。
严　嵩：（唱）也算得胜平安了，姑爷阵亡却叫老夫不遂心。
欧阳氏：（白）怎么郭姑爷阵亡？倒是怪可惜的。
严　嵩：（唱）郭亲翁方才到在府内，叫我设法灭叛臣。
　　　　　　黄万年此时归了王化，定有诡计暗害人。
　　　　　　我不杀他他杀我，人不伤虎虎伤人。
　　　　　　打架必得先下手，要使绝计害他们。
欧阳氏：（白）不知有何妙计？
严　嵩：（唱）药酒一瓶他不知晓，各饮三杯命难存。

一网打尽众反叛,

欧阳氏:（唱）夫人听罢按良心。

老爷你定下绝户杀人的计,岂不知天理昭彰暗有神?

善恶到头终有报,远在儿女近在身。

劝老爷千万不可行此计,积下阴功留儿孙。

夫人还要望下讲,

严　嵩:（白）住口!

（唱）闻听此言大生嗔。

妇人家不必管闲事,算是一定无别云。

相爷不悦床上倒,

欧阳氏:（唱）夫人无法枉自劳心。

回在后堂且不表,

（上冯氏）

冯　氏:（唱）再表那一旁伺候女钗裙。

回到屋里心发恨,老贼又使害人心。

忽想起我夫死得苦,

（白）奴家冯氏,乃是义仆苗云之妻。儿夫只为放走了李庆,奸贼严世蕃大怒,将我丈夫活活用剑杀死。我本想随夫而死,又想我冤仇无人可报,如遇机会,好与夫报仇雪恨,故此生于世上。方才在房伺候夫人,奸相进房,又说要害黄老爷与众家英雄。若中此计,俱各性命休矣。哦,哦,哦,有了,我不免借他此计以报夫仇。明天乃是亡夫的周年,告诉太太,以女扮男装,假托上坟为名,暗中送信。我想来朝内奸多忠少,唯有海瑞老大人是位忠良之臣,我何不暗投他府中禀告?海大人自有定夺。定是这个主意。正是:要报无情恨,神鬼也不知。

（出白面武生坐）

杨进忠:（诗）生成意气性刚强,练就刀剑世无双。

男儿若无凌云志,怎作国家一栋梁?

（白）俺杨进忠。我父杨继盛官居吏部天官之职,被严嵩陷害而亡,还要抄家灭门阖家。我等听此凶信,与老母逃出,在外隐姓埋名,只想报仇,未得其便。今乃大比之年,京都大开科场。这河南归德府有两个朋友,二弟李元龙，三弟万人耀。是我三人商议定了，欲要上京都赴考，夺取大魁。言定今日起身，为何不见到来？

（上红、黑二净）

李元龙： 大哥在房么？

杨进忠： 二位小弟来了，请坐。

李元龙、万人耀： 不用坐。天气不早咧，大家赶路要紧。

杨进忠： 我齐备多时，就此走走。

正是：此行须展擎天柱，得第身荣报父仇。

（出海瑞坐）

海　瑞：（诗）休看眼前势力者，须知头上有青天。

（白）下官海瑞，字刚峰。多得青宫太子保奏，官复原职，外加大主考。与殿下共议，欲除奸贼严嵩一害。

（上院子）

院　子： 禀大人，外边有一年少之人要见大人。

海　瑞： 如此，叫他进来问话。

院　子： 哦，我家大人命你进见。

冯　氏： 来了。大人在上，小民叩头。

海　瑞： 你姓甚？何名？

冯　氏： 耳目众多，不便言讲。

海　瑞： 众退下。

家　仆： 是。

海　瑞： 此无别人，有话讲来。

冯　氏： 大人容禀。

（唱）我本不是奇男子，乃是一个女婵娟。

海　瑞：（白）你来何事？为何以女扮男呢？

冯　氏：（唱）来此乃是重大事，说起此事甚惨然。

我夫苗云是严府家将，因放了李庆死得可怜。

海　瑞：（白）怎么死的？

冯　氏：（唱）怒恼世蕃恶狗子，以主杀奴谁敢言？

小奴冯氏想着把仇报，留性命于世在他府间。

　　　　　这事凑巧机关会，今该奴家大报仇冤。
　　　　　严桂花征剿反叛去，不久得胜班师把朝还。
　　　　　老帅黄爷征服了，这如今归顺王化朝见龙颜。
海　瑞：（白）此事你怎么知道呢？
冯　氏：（唱）昨日个差官来把捷报，严嵩见了心胆寒。
　　　　　众人与他有仇恨，来了岂肯善容宽？
　　　　　奸相摆下了绝户计，早早地备下药酒几大坛。
　　　　　假传圣旨去等候，圣上钦赐三杯酒要饮干。
　　　　　大料着众人不解其中意，个个准备饮酒赴阴间。
　　　　　我此来假言上坟来报告，
海　瑞：（白）此事可实吗？
冯　氏：大人哪，
　　　　（唱）千万可别把此事误耽。
　　　　　我送信算鸣冤把仇来报，
海　瑞：（唱）海爷闻听气炸肝。
　　　　　好个万恶贼奸相，定此诡计不怕天。
　　　　　正想拿你无计使，今日可巧遇机关。
　　　　　单等明日差人去，凶信转达黄万年。
　　　　　早做准备拿奸相，你须得悄悄地把他府还。
　　　　　后来你还有好处，
　　　　（白）冯氏你不可在此久站，回他府去罢。事要秘密，不可泄露。
冯　氏：那是自然，奴家急回去也。
海　瑞：好一个万恶的奸相，用这毒计，阴谋伤害众人的性命。正要拿你，来得其便。不免去到青宫，见了殿下，早定良谋。捉拿老贼，易如反掌。人来。
家　仆：有。
海　瑞：带马一到青宫。
家　仆：哈。
海　瑞：不使万丈深潭计，怎得蛟龙颔下珠？
　　　　（上太子）
太　子：（诗）青宫苦读书万卷，安阙继明作君王。

(白)小王朱载垕,诸日在宫。

宫　人：禀千岁,门外有海大人候见。

太　子：恩官到来,不可慢待,快快有请。

宫　人：领旨。(下,内白)里面有请。

　　　　(上海瑞)

海　瑞：来了。(跪)千岁千千岁,臣海瑞参见千岁。

太　子：恩官请起。冯保看座。

冯　保：是。

海　瑞：谢我主千岁赐座之恩。

太　子：海爱卿不在府中,进宫何事？

海　瑞：千岁,容臣细奏。

　　　　(唱)为臣进宫有密事,千岁贵耳听明白。
　　　　　　把严嵩下药酒事说一遍,

太　子：(唱)奸贼又要闹是非。
　　　　　　竟敢私自传圣旨,爱卿怎晓这是非？

海　瑞：(唱)他府家奴暗送信,此事为臣才晓得。
　　　　　　因此急来见千岁,大家商议来定规。
　　　　　　千岁须得用良策,趁着机会拿奸贼。
　　　　　　为臣我主意是如此,差人青州报是非。
　　　　　　此信达与黄元帅,进京来前早定规。
　　　　　　献酒之人急拿住,

(白)为臣我急回府去,早早修书一封,命人送至青州。黄万年见字进京,早为定规,自然明白。当下考期一到,众武士、考童应行罢考,圣上要拿了严嵩他父子,众武士才应试；若是不拿,众即散去。当此时朝无良将,臣今日晚上把众举子唤进府来,如此这般望他们一说,他们无不愿从捉拿严嵩。号炮一响,单等捉拿那个献酒之人；大炮一响,众人闯进严府去,男女一齐下手,以捉赵文华、郭英等。千岁把这些贼发在下官我的府下,那时严刑拷打,他们无不招认。将招供之言写清,臣再启奏圣上。圣上一见招供,焉有他的性命？

太　子：好,此计太妙。爱卿急急回府去罢,秘密地办来。

海　瑞：为臣领旨告辞。

　　　　（唱）枉使杀人计，反被他人杀。（下）

　　　（上海瑞）

海　瑞：（白）好也呀，是好也，方才见了千岁，定下捉拿老贼之计，待我写书一
　　　　封。（写介）书已写完，海安哪里？

海　安：伺候，老爷。

海　瑞：这是书字一封，休辞劳苦，星夜下在青州，面交黄老元帅。你快去。

海　安：小人遵命。

海　瑞：海雄哪里？

海　雄：来了。老爷呼唤有何吩咐？

海　瑞：拿我帖儿将众举子请到咱府叙话。你就说老爷今有密事商议，快去。

海　雄：是。

海　瑞：你看海雄此去，众举子一齐到来，捉拿奸相易如反掌。奸贼呀奸贼，海
　　　　老爷若不杀你，誓不为人也。

　　　（上李庆、严桂花、黄翠云）

李庆等三人：（诗）金屋人间传二美，银河天上渡双星。

李　庆：（白）俺李庆。

严桂花：奴严桂花。

黄翠云：奴黄翠云。

李　庆：多得黄老叔父择卜吉日，与二位小姐拜堂合卺，已过了三朝。

严桂花：你我三人燕尔新婚，应该欢喜，奴看郎君哼咳不止，莫非我姐妹哪点不
　　　　如郎君之意？

李　庆：咳，各人自有各人心事。

严桂花：有啥心事，为何不言讲当面？

李　庆：明日进京，恐你父兄不怀好意，陷害于我。

严桂花：呀，原来为此，这算是郎君多心了。

　　　　（唱）桂花启齿开言道，妾等有言贵耳听。

　　　　　　　非奴无耻郎君配，凡事尽思得从容。

　　　　　　　想当初你在我府身受罪，堪堪至死不得生。

　　　　　　　奴家不救谁救你？我用仙丹治好你伤痕。

郎君你当面许亲事，奴家命苗云放你去逃生。
郎君只顾逃了命，奴兄知道岂肯容？
苗云竟被他杀死，可怜义仆死得苦情。
昨日郎君被擒去，奴用计害了郭力性命倾。
这如今三生有幸夫妻会，前生造定好恩情。
明日只管进京去，有奴保护无事情。
纵然我父心肠狠，郎君不到我府中。
小奴我回府实言禀父母，不过是瞅着奴家把气生。

李　庆：（白）难道说你不从父母之命吗？

严桂花：（唱）父母不正难以从命，像他们所作所为把人倾。

李　庆：（白）任凭怎么不好，准是偏向你父，不能向着我呀。

严桂花：呦。

（唱）郎君你把话听到哪里去了？天性情怎如恩爱情？

李　庆：（唱）豪杰闻听心欢喜。

（白）娘子，你确是聪明智慧，贤德淑贞，拙夫无不敬服娘子。快些收拾行李罢。正是：

（诗）父子天性相隔远，夫妻恩爱感情深。

（升帐，李庆等七人站）

众　将：（诗）彤彤旭日照辕门，冉冉征云映寨屯。

　　　　　　密摆刀枪飞虎将，夜听刁斗暗风尘。

李　庆：（白）俺李庆。

黄　枚：俺黄金奎。

夏　杰：俺夏杰。

赵　亮：俺赵亮。

陶　力：俺陶力。

赵金花：奴赵金花。

赵银花：奴赵银花。

众　将：元帅升帐，在此伺候。

（上黄万年）

黄万年：（诗）干戈宁静息狼烟，归降王化面龙颜。

君侧一清分忠孝，好保大明锦江山。

（白）本帅黄万年。多得女帅严桂花劝说归降，罢息干戈，众将悦服。我便命我侄女翠云一同严氏桂花与李庆拜堂成亲，成就百年合好。择定吉期，明日启程。城内大事，早已委托大将执掌，我好进京奏主。

（上卒）

卒：报元帅得知，辕门外来了一人，乃是海老爷命人下书。他言说从京中而来，请令定夺。

黄万年：命他进来。

卒：是。（下，内白）元帅命你进见。

（上海安）

海　安：来了。元帅在上，下人海安打躬。

黄万年：免礼。你家老爷可好？

海　安：好。我家老爷命我下密书一封，请元帅过目。

黄万年：呈上来。

海　安：是。

黄万年：接过书字，从头至尾看了一遍。哦，当是什么秘密？原是奸相严嵩设下毒计阴谋，备下药酒，假传圣旨，命我等各饮三杯，活活地药死。海公与殿下暗定计谋，与我送信，只管进京，到在那里，先拿献酒之人，早已定妥。众家举子听得大炮一响，各执兵器，捉拿严嵩父子阖家，一同郭英、赵文华等，以报冤仇。不可教严桂花知道，恐怕走漏消息。人来。

（上卒）

卒：有。

黄万年：好好招待来人。

卒：是，随我来。

海　安：来了。

黄万年：李庆、夏杰、黄朋、赵亮、陶力，你几人听令。

众　将：哈。

黄万年：你等进前来。

众　将：是。

黄万年：本帅有话嘱咐与你们，尔等要这般如此。单等献酒之时，一声令下，说拿就拿，说绑就绑，急送刑部审问。大炮一响，一起动手，与众武士举子，努力杀奔严府，去剿拿他满门家眷，不可叫外人知晓。准备明日起身。

众　　将：我等遵命。

黄万年：（唱）含冤已多日，报仇自有时。

（上海瑞）

海　　瑞：（诗）设下弯弓擒虎豹，安排香饵钓金鳌。

（白）下官海瑞。命人去请众举子来府相见，有密事相商。

卒：（内白）哈。大人有命，请众位二堂相见。

（上公举子）

众举子：来了。大人在上，我等打躬。

海　　瑞：众位免礼。

众举子：老宗师，唤我等有何事故？

海　　瑞：你等听我面谕。

（唱）请尔不为别的事，原是罢考事一宗。

你等听奉圣上旨，要考得拿贼严嵩。

众举子：（白）若不拿严嵩，我等俱都散去。大人。

海　　瑞：（唱）这件事情特重大，谁敢擅自奏朝廷？

我还有件机密事，不知尔等可愿从。

众举子：（白）不知何事？请道其详。

海　　瑞：（唱）如此如此托尔等，这般这般捉拿严嵩。

众举子：（唱）要是捉拿严嵩，俱各愿去。

海　　瑞：（唱）若是拿了严嵩贼父子，你等有赏又有功。

众举子：（唱）众人闻听心欢喜，去拿老贼俱愿从。

但听大人来调用，都拿枪刀武艺通。

此事不知何日做？大人吩咐我等听。

海　　瑞：（唱）海爷闻听心大喜，

（白）单等黄老元帅一到，早早与尔等送信，及早来伺候。号炮一响，努力杀奔严嵩府，捉拿他满门家眷，俱各上绑，不杀害，押送在我的府中，按功升赏。不要走漏风声，谨记谨记。

众举子：是，我等遵命。

海　瑞：你看众家举子，欣然而去，妙计已成。大料老贼插翅难飞。

　　　　正是：要除心腹患，须得苦用功。

　　　　（上赵文华）

赵文华：（诗）唾骂由他去，好官我自为。

　　　　（白）下官我侍郎赵文华。今日奉了我义父之命，捧着假旨，命人抬着药酒，出城迎接黄老元帅一同众家英雄，就说是圣上钦赐御酒，每人须各饮三杯，谅他们不敢抗违圣旨。只得前去。我的人呢？

卒　　：有。

赵文华：抬着酒坛，一到南门外等候便了。

　　　　（黄万年马上，六人跟）

黄万年：（诗）要知真共假，少刻自明白。

　　　　（白）本帅黄万年，带领夏杰、李庆、赵亮等，家眷车辆随后。目今已到南门，迎面许多人马迎接而来，尔等小心伺候。

众　将：遵命。

　　　　（赵文华对上）

赵文华：来者是黄老将军？一路劳乏太甚，下官迎接来迟，望乞恕罪。

黄万年：黄某有何德能，敢劳赵大人前来迎接？当面谢过。

赵文华：好说。今有圣上钦赐皇封御酒一坛，每人各饮三杯，黄老将军这一回朝，大大有脸。人来。

卒　　：有。

赵文华：看酒来。哦，待下官把盏，敬酒三杯。黄老将军请饮了罢。

黄万年：圣上钦赐御酒，黄某过去已饮过了。奉敬赵大人三杯。

赵文华：这个，这个，这个……

黄万年：这个怎么？

赵文华：下官我是不会饮的。

黄万年：哈哈，你煞是不会饮的？你与严嵩一党同谋，假传圣旨，意欲药死我等，怎得能够？众家英雄，快将这厮拿下绑了。

众　将：是。

赵文华：黄老将军，这是怎样？

黄万年：哇！好个奸贼，休来装聋作哑，机关已泄，不必唠叨。人来。

卒： 有。

黄万年： 快将他押送刑部海大人那里，等候发落。

卒： 遵命。

赵文华： 咳呀，可苦了我了。

黄万年： 众将点起号炮，努力杀进严嵩府内，剿拿满门家眷，不许放走一人。

众　将： 得令。

（炮响，内喊）

（上卒）

卒： 禀相爷，了不得了，今有考试众举子、武士杀入府中，请令定夺。

严　嵩： 这还了得？快些吩咐家将与众校尉，捉拿刺客，不得有误。

（乱杀一阵，上杨进忠、万人耀、李元龙）

杨进忠： 俺杨进忠。

万人耀： 俺万人耀。

李元龙： 俺李元龙。

杨进忠： 你看严府人多势众，众家弟兄听真，齐心努力，捉拿严家父子，不得有误。

（唱）欢炸了，众英雄。

　　　　一齐动手，三百余名。

万人耀：（唱）万人敌骁勇，

李元龙、杨进忠：（唱）元龙杨进忠。

　　　　俱是英雄好汉，个个力大无穷。

　　　　遇着一个绑一个，去到后院拿严嵩。

夏杰、李庆：（唱）又来了，二英雄。

　　　　夏杰李庆，闯进府中。

　　　　逢人便杀砍，并不通姓名。

　　　　正遇世蕃狗子，仇人一见眼红。

　　　　三人见面战一处，（大杀，严世蕃败）大家努力别放松。

严世蕃：（唱）严世蕃，魂吓崩。

　　　　连说不好，胆战心惊。

　　　　仇人是李庆，夏杰有冤横。

　　　　　　该我时衰运败，父子准死无生。
　　　　　　捉剑勉强杀上去，（杀一阵，严世蕃被擒）
李　庆：（唱）拿住狗子上绑绳。
　　　　（白）押在一旁。
严　嵩：（唱）吓坏了，老严嵩。
　　　　　　东西乱跑，想要逃生。
万人耀、李元龙：（唱）来了万人耀，豪杰李元龙。
　　　　　　　　上前抓住奸相，急忙上了绑绳。
　　　　　（白）押在一旁。
　　　　　（唱）闯入后堂拿家眷，不多时拿个干干净净。
　　　　　　　解送刑部府内，大家前去领赏受封。
严府众人：（唱）苦了这，校尉兵。
　　　　　　　还有许多，家奴院公。
　　　　　　　一齐上了绑，叫苦喊连声。
李元龙等：（唱）押送刑部府内，审问老贼严嵩。
　　　　　　　不言众人刑部去，

（上黄万年）

黄万年：（唱）再把黄爷明一明。
　　　　　　带领着，一队兵。
　　　　　　小儿黄枚，侄儿黄朋。
　　　　　　进入后府内，捉拿贼郭英。

（上郭英）

郭　英：（唱）郭英方闻警报，捉剑来到大厅。
　　　　　　　正遇黄家二兄弟，大战一场互不容。
　　　（大杀一阵，又换人杀，郭英被擒住）
黄万年：（白）人来。
卒：　　有。
黄万年：将这老贼押在一旁上绑。
卒：　　哈。
　　　（唱）忙坏了，众兵丁。

　　　　　　　前后搜拿，家奴院公。

　　　　　　　一起全拿住，没剩人一名。

　　　　　　　个个都上绑，事毕回禀一声。

黄万年：（唱）黄爷吩咐不怠慢，全部押在刑部中。

　　　　　　　这一节，又不明。

　　　　（上赵亮、陶力）

赵　亮：（唱）再表赵亮，

陶　力：（唱）陶力随行。

　　　　　　　来至侍郎府，赵文华家中。

　　　　　　　抄拿满门家眷，绳绑更不留情。

　　　　　　　霎时之间抄拿毕，押送刑部不消停。

　　　　　　　不言众人海府去，

海　瑞：（唱）再表海爷把堂升。

　　　　　　　吩咐快把犯官带，

　　　　（白）人来。

卒：　　有。

海　瑞：带犯官赵文华听审。

卒：　　犯官进。唔哈，犯官进。

赵文华：海大人，将我绑进你府，却是何故？

海　瑞：哇！赵文华呀，你这奸贼，认严嵩为义父，趋奉权臣，残害满朝文武，多少官员俱因你这个奸贼献的诡计而被害？今日事快快招上来，免得你皮肉吃苦。

赵文华：严嵩他害人与我何干？海大人问到哪里去了？

海　瑞：奸贼，还是这等嘴硬，不打岂肯善招？人来。

卒：　　有。

海　瑞：将狗官拉下去，重打四十，然后再问。

卒：　　哈。（打完，又上）

赵文华：咳呀，罢了我了。

海　瑞：赵文华快快招上来。

赵文华：此乃无凭无据，叫我招个什么呀？

海　瑞：狗官真会挺刑，人来。

卒：　　有。

海　瑞：将这狗官急用大刑。与我夹起来，看他招与不招？

赵文华：咳呀。

卒：　　禀爷，昏过去了。

海　瑞：用凉水喷醒。

卒：　　哈。

赵文华：咳呀。

海　瑞：叫他招上来，招上来。

赵文华：海瑞呀海瑞，你这等苦拷，叫我从何而招哇？

卒：　　禀爷，他还是不招。

海　瑞：再夹起来。

赵文华：咳呀，不好了。自己问着自己，赵文华啊赵文华，我今不招也是一死，何必受此苦刑？不用再夹了，我招了就是了。

海　瑞：如此，去了大刑，叫他招上来。

卒：　　当堂去刑，上来。

赵文华：咳，我招。

　　（唱）如此失败我好悔，想当初不该趋奉那老严嵩。

　　　　二次三番设毒计，害了多少文武卿？

　　　　这如今事犯当官得招认，不招难免身受刑。

海　瑞：（白）快快招上来。

赵文华：有招哇，大人。

　　（唱）当初谋害杨继盛，都是我把毒计生。

　　　　假设他私通番王耶律虎，严嵩他私与番王两私通。

　　　　故此才杀了夏言杨继盛，二人死得真苦情。

　　　　又设毒计害国母，娘娘打在冷寒宫。

　　　　只因太子他把严嵩打，回府请我定牢笼。

　　　　内有王惇老太监，三人定计要害青宫。

　　　　陈春乃是我家将，王惇引他入的宫。

　　　　半路途中去行刺，陈春被擒问口供。

>
> 事先早已计定好，将无作有说分明。
> 诬赖李万赵永差刺客，珍珠塔乃是陈春偷出宫。
> 有凭有据圣驾怒，可惜杀了干国忠。
> 严嵩他恐怕陈春招认了，是我药死他赴幽冥。
> 又请我去定巧计，抄拿赵李二家假旨行。

海　瑞：（白）我再问你，谋害黄万年他一家，想来也是你定计么？

赵文华：定计不是我。

海　瑞：却是何人？

赵文华：（唱）乃是郭英他父子，内中还有副将吴有仁。

海　瑞：（白）我再问你，刑部监中断了黄学士饮食，却是哪个？

赵文华：（唱）学士饿死在牢狱，也是严嵩叫我行。

海　瑞：（白）我再问你，今日假传圣旨，生此毒计，下药酒谋害黄万年及众将，想来也是你定的毒计？

赵文华：这个计策不是我，

海　瑞：却是哪个定计？

赵文华：（唱）乃是郭英与严嵩。

>
> 严嵩交给假圣旨，我早知药酒害人情。
> 不知是谁机关泄，我才被拿受非刑。
> 句句实实全招认，绝无虚言假招来。
> 赵文华招罢以往事，

海　瑞：（唱）海爷听罢怒冲冲。

（白）赵文华，你敢私串合谋，生这些毒计害死忠良，好生可怜，真正可叹。

（上卒）

卒：　禀爷，众家举子与黄老大人抄拿严嵩、郭英等府，各等着献功。

海　瑞：命众人上堂。

卒：　哈，（下，内白）命众家举子随我来。

（上杨进忠、万人耀、李云龙等举子）

众举子：来了。

杨进忠等三人：大人在上，我等奉命抄拿严嵩一家，男女俱绑在堂下，望乞大人发落。

海　瑞：好，真是奇功一件。尔等各回下处，等我事毕，按个升赏。

杨进忠等三人：是，我等遵命。

海　瑞：人来。

卒：　　有。

海　瑞：请黄老元帅。

卒：　　是。（下，内白）有请黄老元帅。

（上黄万年）

黄万年：来了。末将奉大人命令，抄拿郭英等家眷，已至堂下伺候。

海　瑞：如此甚好。黄老将军，请后打一偏座，好助我判。人来，带严嵩父子听审。

卒：　　哈，犯官进，犯官进。

（带上严嵩父子，不跪）

海　瑞：哇，好个万恶奸贼，见了本部，竟敢不跪。

严　嵩：住了。本相位居当朝宰相，又是国戚太师，岂能跪你这个小小的官？

海　瑞：哇！你这老奸贼，老匹夫，你到了这个地步还提你那宰相、国戚？你岂不知王子犯法，与民同罪？奸贼呀，老匹夫。人来。

卒：　　有。

海　瑞：用棍与我打倒。

严　嵩：咳呀，不用打，我跪下就是了。

海　瑞：你也有了今日了。

（唱）拍桌案，恶狠狠。

　　　　手指大骂，万恶奸臣。

　　　　外表是人面，内里是兽心。

　　　　枉为当朝宰相，空受国家皇恩。

　　　　害死夏言杨继盛，干国忠良死得屈心。

　　　　又祸害，老国母。

　　　　暗设毒计，谋害储君。

　　　　多得黄学士，保本命才存。

　　　　连累赵永李万，斩了二家小臣。

　　　　你竟顾自把人害，也不怕暗室亏心有鬼神。

又设计，要除根。

假传圣旨，抄灭赵门。

逼反她姐弟，逃走住山林。

惹得刀兵滚滚，你女带领三军。

也算征服得胜了，黄万年归降王化是真心。

你竟敢，胆包身。

假传圣旨，暗又害人。

备下毒药酒，暗害黄将军。

怎知机关泄露，暗中自有鬼神？

快些当堂把罪认。

（白）老贼快快招上来，免去皮肉受苦。

严　嵩：海瑞，你说了这半天，全是无影无踪之事，你叫我招个什么？

海　瑞：哈哈哈，严嵩奸贼呀，谅你不肯实言招认。赵文华，为何低头不语？若不实招，先把你这奸贼枷起。

赵文华：别枷起，千万不可，我说实言就完了。

海　瑞：快快招上来。

赵文华：是，我说。义父大人，不必隐瞒了，从头至尾，我早招啦，你也招了罢。

海　瑞：人来。

卒：　有。

海　瑞：与他笔墨，叫他画招。

卒：　哈。这是笔墨，快快画招上来。

严　嵩：咳，我严嵩到了这个地位，不得不招，待我画招。招供画完拿去。

卒：　招供呈上，请大人过目。

海　瑞：拿来我看。画得不错。严世蕃，你父子作恶，死有余辜，你作罪几次？快快地招上来，免得动刑拷打。

严世蕃：大人，本是我父作罪太多，我作儿子的，不敢违父之命，望乞大人笔下超生吧。

海　瑞：咦，狗子你今不招，怎得能够？人来。

卒：　有。

海　瑞：将这狗子重打四十，然后再问。拉下去打。

卒： 哈。(拉下，打完上)

严世蕃：咳呀，罢了我这两条腿了。

黄万年：回禀大人，末将倒想起一件事来。严世蕃与郭英父子兵发青州大战，拿住副将吴有仁，非刑拷打，全招了罪行。郭英父子与严嵩父子四人一党同谋，原是这般如此，事非因亲而起，现有吴有仁亲口招的口供在此。请大人看。

海　瑞：待我看来。呀，此事果有严世蕃在内哦。黄老将军，可将吴有仁带来？

黄万年：早已带到，望大人发落。

海　瑞：人来。

卒： 有。

海　瑞：将吴有仁带上堂来。

卒： 哈。(下，内白)将犯官带进。

(带上吴有仁)

吴有仁：犯官吴有仁，与大人叩头。

海　瑞：你就是犯官吴有仁么？

吴有仁：正是我。

海　瑞：你且跪在一旁。严世蕃，你该何说呀？

严世蕃：那个事情，还有郭英父子。

海　瑞：人来。

卒： 有。

海　瑞：带郭英上堂听审。

卒： 是，犯官进。

郭　英：海大人，下官并未犯法，叫我是何道理？

海　瑞：哇！郭英老奸贼逆，父子只为提亲，捏造黄万年谋反叛逆。你将此事奏知圣上，圣上大怒，不分皂白，将他二家拿问，将黄学士立刻掐入刑部监中。严嵩暗托赵文华断了饮食，活活饿死。你该当何罪？

郭　英：此话老夫一字不知。

海　瑞：呀呀，呸！证据现在当面。吴有仁为何低头不语？如不按公实言，难免非刑拷打。

吴有仁：大人不必动刑，我说实话就是了。郭英、严嵩，还有郭力，咱们四人同

    谋黄家前后之事，我就招咧，何必动刑？你们招了吧。无可说了，招供是实，望大人笔下超生。

海　瑞：你等罪逆弥天，还想活生？人来。

卒：　　有。

海　瑞：与他纸笔，叫他画招。

卒：　　哈，纸笔在此，快快画供。

吴有仁：罢了罢了，招供画完拿去。

海　瑞：招供呈上，待我看来。画得不错。人来。

卒：　　有。

海　瑞：将尔等上了大刑，掐入刑部监中。其余三二百余口，押在外班，小心看守。

卒：　　哈。犯官当堂，立时收监。

海　瑞：黄老将军，你看本部断得如何？

黄万年：好判断，甚是明鉴。

海　瑞：黄老将军，还有一件密事，本部请教。

黄万年：有何密事？

海　瑞：近前来，听我告诉于你。严府有一女叫冯氏，原是这般如此，来与本部送信，我急写书一封，达知将军，将军才有今日。

黄万年：竟有此事？看起来此位女仆，乃是我的救命恩人了。

海　瑞：明日老将军另眼看待此人才是。

黄万年：老夫认作义女如何？

海　瑞：倒也罢了。便将此女暗暗送在你府，不可声扬。

黄万年：是，末将记下了。就此告辞。

海　瑞：不敢久留。正是：善恶到头终有报，只争来早与来迟。

黄万年：大人请。

海　瑞：老将军请。（下）

　　　　（海瑞又上）

海　瑞：今日天色已晚，明日早朝，报奏圣上，任凭圣上龙意裁度。

　　　　正是：循环有报应，恶贯自满盈。

　　　　（出李庆坐）

李　庆：（诗）山海深仇报有日，团圆得会七月七。

（白）俺李庆。今日剿拿严嵩，多得众家武士、弟兄帮助，方能成功。阖府男女一并送至刑部海大人审问，非刑拷打，俱各实招，我父真是严嵩生心陷害。眼看着他们上刑入监，我弟兄才同归黄府。

（上黄万年）

黄万年：女婿自己在房么？

李　庆：岳父来了？请转上座。

黄万年：便座无妨。女婿可知严嵩设此毒计泄露机关亏了哪个？

李　庆：小婿不知。

黄万年：听我道来。

（唱）你我今日得活命，多亏一位女钗裙。
　　　提起他夫你知晓，名叫苗云忠义人。
　　　只因放你逃了命，严世蕃知道不甘心。
　　　当时用剑活杀死，冯氏守节想把冤申。
　　　可巧严嵩将咱害，暗定毒计她知音。
　　　女扮男装到海府，海大人命人与我送信音。
　　　机关泄露拿奸相，这女子真是你我大恩人。
　　　欲要认她为义女，与她择个好夫君。
　　　就算以德将恩报，方对得起始终仁德那妇人。

李　庆：（唱）李庆闻言心大悦，我倒想起一个人。
　　　陶力本是英雄汉，蚕眉凤眼貌超群。
　　　虽然家将为义子，刀枪剑戟武艺深。
　　　保举圣上封官职，堪作擎天柱一根。
　　　小婿情愿把媒作，又想起小姨妹令千金。
　　　与她择个好佳婿，

黄万年：（白）却是哪个呢？

李　庆：（唱）盟弟赵亮勇绝伦。
　　　明日必袭他父职，不知岳父可称心？

黄万年：（唱）黄爷闻听说情愿，

（白）这二段姻缘全仗女婿撮合。

李　庆：些许小事，理当效劳。

　　　　正是：姻缘本是前生定，天意造就非偶然。

卒：　（内白）请爷下轿。

海　瑞：（内白）尔等朝房伺候。

　　　　（出天子坐，上海瑞）

海　瑞：（白）万岁万万岁，臣海瑞有本奏闻陛下。

天　子：爱卿有何本章？奏来。

海　瑞：万岁，今有严嵩假传圣上旨意，暗设毒药酒，谋害黄万年和一同众将，机关泄露，被黄万年并众将拿下。赵文华、郭英与严嵩等伙谋勾结等情是实，黄万年并众将士将犯官押送臣府，臣审问口供实情，随后命人抄拿众犯官满门家眷。奸相严嵩亦招实情，口供在此。臣不敢自专，任凭龙意天裁。

天　子：将口供呈上来。

海　瑞：请我主御览。

天　子：好。嘉靖天子从头至尾看了一遍。呀，好一个奸贼逆臣，竟敢做此逆天之事，大恶万死不亏。旨意下：命黄万年将严嵩满门家眷及郭英、赵文华、王惇等一并绑赴云阳市口，午时三刻，餐刀废命。不许再奏，退朝。

海　瑞：为臣领旨。

严桂花：（内白）众将官。

众将官：（内白）有。

严桂花：（内白）将人马候在校军场，等本帅上朝面君。（上）

　　　　本帅严桂花来到午门，待奴上朝。

　　　　（上卒）

卒：　报元帅得知，祸从天降。

严桂花：有何祸事？这等惊慌失色。

卒：　相府阖家满门被拿，相爷、太太现在刑部受罪。

严桂花：起过了。

卒：　得令。

严桂花：竟有这等凶险之事？待奴上朝面君。（下，又上，跪）

　　　　万岁万万岁。臣女严桂花，征服青州老将黄万年，倾心归顺王化，带领人马众将，先头进京。望乞我主宽恩赦宥，封官赠职。

天　子：皇姨归班。征服青州，奏凯回朝，寡人不胜心喜。你父之事，原是这般如此。这是你父口供，亲口招认，拿去看来。

（招供扔下）

严桂花：待奴看来。呀，原是这般可不痛死人也？苦哇。

（唱）看完口供魂不在，吓得粉面似油炸。

哭了声天来叫了声地，哭了声爹来叫声妈。

父兄哇，你们做的逆天事，死者不屈应该杀。

不该连累我的母，还有桂花女姣娃。

母女终朝常相劝，奈何逆耳不听咱？

到如今事犯当官悔不悔，罪及阖家染黄沙。

这才算善恶到头终有报，天理昭彰鬼神察。

桂花哭得如酒醉，

天　子：（唱）哭得皇爷心如麻。

这却叫朕怎么好？难以释放他一家。

天子为难多一会，忽然想起妙方法。

忙开金口把桂花叫，

（白）桂花皇姨，不必恸哭，朕当赦你母女无罪。看汝之面，征剿有功，再赦宥严嵩。但死罪饶过，活罪难免。罚他金筷子、银碗，贬出京师，乡下讨饭度生，献丑于世，以惩大恶，而警将来。不准再奏，退朝。

严桂花：谢我主隆恩，万岁万万岁。

天　子：内臣伺候。

内　臣：遵旨。

天　子：宣张绅上殿。

内　臣：领旨。（下，内白）圣上有旨，宣张绅上殿。

（上张绅）

张　绅：来了。万岁万万岁，臣张绅恭见我主万岁。

天　子：张爱卿，领朕旨意，急到刑部监中宣旨赦严嵩，死罪免过，活罪难免，罚他金筷子、银碗，贬出京师，乡下讨饭度生，献丑于世，以惩大恶，而警将来。快去。

张　绅：为臣领旨。

　　　　（上卒）

卒：　　禀大人，圣旨到。

海　瑞：摆香案接旨。

　　　　（张绅、海瑞对上）

张　绅：圣旨到，跪听宣读。

海　瑞：万岁万万岁。

张　绅：听宣读。诏曰：兹尔严嵩，罪过逆天，理应斩首示众。朕念其女严桂花剿征有功，赦其父严嵩死罪，罚他金筷、银碗，贬出京师，讨饭度生。赦欧阳氏无罪，其余男女，男仆充军，女婢当官卖为奴。严世蕃、郭英、赵文华等斩首示众。钦此。钦遵。

海　瑞：万岁万万岁。人来。

卒：　　有。

海　瑞：将旨供奉龙亭。请大人大厅宴筵。

张　绅：朝命在身，不敢久留。

海　瑞：请。

张　绅：请。

　　　　（送下，又上）

海　瑞：好一位仁慈皇帝。严嵩罪重如山，竟自赦其死罪，圣命难违。人来。

卒：　　有。

海　瑞：释放严嵩、欧阳氏，其余男仆充军，女仆官卖为奴。

卒：　　遵命。

海　瑞：定于明日考期，科考天下奇才。

　　　　（上黄万年）

黄万年：（诗）奉旨身为监斩官，杀其仇人冤报冤。

　　　　（白）老夫黄万年。方才斩了众犯官三十余口，也算大报冤仇。大事已毕，回朝交旨便了。

卒：　　（内白）禀爷，来到午门。

黄万年：（内白）尔等朝房伺候。（上）万岁万万岁，臣黄万年奉旨监斩众犯官，俱各示众。臣来交旨。

天　子：好，内臣。
内　臣：伺候。
天　子：快传各家忠臣之后上殿来，朕当封官赠职。
内　臣：（下，内白）圣上有旨，传众忠臣之后上殿听封。
　　　　（上夏杰、李庆、黄枚、黄朋、赵亮、黄万年六人）
众　人：万岁万岁万万岁。臣子见驾。
天　子：各伏金阙听朕加封：黄万年加封镇殿将军英烈侯。
黄万年：谢主隆恩。
天　子：夏杰、李庆加封镇国侯，其妻封一品夫人，父含冤而死，追封英灵侯之爵位。
夏杰、李庆：谢主隆恩。
天　子：黄枚封为八台总镇，其妻赵金花封为勇力夫人、赵银花封为无敌夫人。
黄　枚：谢主隆恩。
天　子：黄朋亦加封八台总镇，尔父大学士因含冤而死，追封武宁侯之爵位。
黄　朋：谢主隆恩。
天　子：赵亮子袭父职，其妻为一品夫人。
赵　亮：谢主隆恩。
黄万年：万岁，为臣保举陶力，可为国家栋梁玉柱也。
天　子：传上殿来。
宫　人：领旨。（下，内白）圣上有旨，传陶力上殿。
　　　　（上陶力）
陶　力：来了。万岁万万岁，民子见驾。
天　子：好！嘉靖天子一瞧，此人蚕眉凤目，虎背熊腰，真乃是一员虎将。朕封为副将之职，后有功再加升赏。
陶　力：谢主隆恩。
天　子：圣驾回宫，众臣退班。
众　人：送万岁。
天　子：正是：君王有道民瞻仰，父慈子孝天下传。

（全剧终）